Für all die Samis,
Tatus und Krähenmädchen da draußen.
Ihr seid nicht allein.

Prolog

Nachtgedanken

Es ist dunkel auf dem Flur. Dunkel und still – der stillste Teil der Nacht. Sogar die Eltern sind ins Bett gegangen, der Fernseher schweigt längst und nur noch die große Standuhr unten in der Diele tickt.

Doch Nora ist wach. Kaum, dass aus dem Schlafzimmer ihrer Eltern nichts mehr zu hören war, ist sie wieder aufgestanden und auf den Flur geschlichen. Weil unter der Tür zu Mikas Zimmer immer noch Licht hindurchscheint, trotz der Ermahnung der Mutter, nicht mehr zu lange aufzubleiben. Und weil die Stille eine andere ist als sonst. Eine Stille, die gefährlich klingt.

Nora presst ihr Auge gegen das Schlüsselloch von Mikas Tür. Der Schlüssel steckt nicht, das ist ihr Glück, und so sieht sie ihren Bruder dort sitzen, wie sie ihn so oft in den letzten Wochen dort hat sitzen sehen. Auf seiner Bettkante, während er auf das Döschen mit den goldenen Pillen in seiner Hand starrt. Angeblich hat er sie nicht angerührt, seit das mit Jacko passiert ist. Wozu auch? Dieses »Große Ding«, von dem Mika immer so begeistert gesprochen hat, das Geheimprojekt, an dem sein bester Freund mitgearbeitet hat, gibt es doch angeblich nicht mehr. Und Jacko … Jacko liegt im Koma. Es wäre also kein Wunder, wenn auch Mika mit diesem Projekt und den Pillen nichts mehr zu tun haben wollte.

Aber Nora weiß es besser.

Weil sie ihn beobachtet, Nacht für Nacht, wie er auf das Döschen starrt, es hin und her dreht, einen fiebrigen Glanz in den Augen und ein verklärtes Lächeln auf den Lippen. Wie er die Pillen schluckt und dabei so beängstigend zufrieden und erfüllt aussieht. Jede Nacht.

Heute aber ist es anders. Mika sitzt da wie immer, das Döschen in der Hand. Doch im Gegensatz zu sonst ist seine Miene dabei nicht verzückt und auf diese unheimliche Art glücklich. Er ist blass, sein Gesicht verzerrt, und in den harten Linien um seine fest zusammengekniffenen Lippen sieht Nora frustrierte, verzweifelte Wut. Sie kann nur raten, was diese Wut hervorgerufen hat, aber sie reimt sich zusammen, dass auch das mit Jacko zu tun haben muss. Es ist Donnerstag. Mika besucht Jacko jeden Donnerstag im Krankenhaus. Seit sieben Monaten inzwischen, doch nach allem, was Nora weiß, ist sein Zustand bisher unverändert. Genau wie der der anderen jungen Programmierer, mit denen Jacko an diesem mysteriösen Geheimprojekt gearbeitet hat. Nora hat ihre Eltern darüber sprechen hören, an einem der vielen Abende, an denen sie in den letzten Monaten rastlos durchs Haus geschlichen ist, während ihre Familie glaubte, dass sie schliefe. Direkt erzählen sie ihr kaum etwas, weder ihre Eltern und schon gar nicht ihr Bruder – wahrscheinlich halten sie

sie mit ihren elf Jahren für zu jung für solche Geschichten. Aber Nora hat es trotzdem gehört, und sie begreift bestens, dass ihre Eltern sich große Sorgen um Mika machen. Denn auch Nora macht sich Sorgen. Weil er ihr mit jedem Tag fremder wird. Immer weniger ihr geliebter, bewunderter großer Bruder, mit den lachenden Augen und dem Kopf voller Ideen und Pläne. Er wird immer blasser, die Schatten auf seinen Wangen immer tiefer, seine Hände immer zittriger.

Deshalb ist Nora wach und beobachtet ihn. Jeden Abend. Presst ihr Auge ans Schlüsselloch und verfolgt alles, was er tut – wie er dort sitzt, auf das Döschen starrt, lächelt. Üblicherweise nimmt er irgendwann zwei Pillen und blickt dann einige Sekunden lang verklärt vor sich hin, ehe er das Döschen wieder im Nachttisch versteckt. Danach legt er sich bloß noch hin und schläft, und auch Nora geht schlafen, wenn auch nicht ohne jedes Mal minutenlang mit sich zu ringen, ob sie ins Zimmer schleichen und eine der Pillen stehlen soll. Weil sie es wissen will. Begreifen will, was in Mika vorgeht, wenn er tut, was er tut. Aber am Ende hat sie sich nie getraut, obwohl sie inzwischen schon so viele Nächte hier Wache hält, dass sie sie nicht mal mehr zählen kann.

So wie heute hat sie Mika allerdings noch nie gesehen. Wenn er Jacko besucht hat, ist er hinterher jedes Mal in sich gekehrt und noch verschlossener als sonst. Aber nicht wütend. Nicht so.

»Warum hast du mich nicht mitgenommen?«

Nora zuckt zusammen, als seine Stimme dumpf durch das Holz der Tür zu ihr dringt. Die Worte klingen genau so fremd, wie sein Gesichtsausdruck aussieht, heiser und voll zorniger Bitterkeit.

»Warum lässt du mich nicht rein? Du hast es versprochen! Willst du mich verarschen, Jacko?!« Er springt auf, beide Hände zu Fäusten geballt, und starrt mit wildem Blick in die Schatten jenseits des kleinen Lichtkreises der Nachttischlampe.

Nora spürt, wie ihr ganzer Körper sich anspannt. Das ist nicht gut. Irgendetwas Furchtbares wird gleich passieren, da ist sie sich sicher. Sie muss jetzt dort reingehen, sie muss ihn aufhalten, was auch immer er vorhat. Aber sie ist wie gelähmt.

Mika wendet sich mit einer abgehackten Bewegung zurück zum Bett, beugt sich vor und beginnt im Nachttisch zu kramen. Nora beobachtet ihn atemlos, wie er Bücher und Taschentücher und allen möglichen Krempel achtlos auf den Boden wirft, bis er findet, was er sucht: einen Beutel aus schwarzem Stoff, der oben mit einem Zugband verschlossen ist. Als Mika ihn umdreht, fallen winzige goldene Pillen heraus, regnen auf die Bettdecke und hüpfen über den Boden. Noras Augen werden groß und sie schnappt nach Luft. Es müssen hundert oder mehr sein. Wo hat er die alle her?

»Siehst du das?« Mikas Stimme glüht jetzt vor Wut, er spuckt die Worte regelrecht aus. »Ich bin der beste User, den ihr je hattet. Ich mache alles! Ich kann alles! Ich weiß alles über euer beschissenes System. Reicht das nicht? Was soll ich denn noch tun, betteln?!« Zornig schleudert er den leeren Beutel in eine Ecke und das Metalldöschen hinterher, das

aufspringt und noch mehr Pillen auf den Boden prasseln lässt. Dann hält er atemlos inne, den Blick wie gebannt auf den Pillenhaufen auf dem Bett gerichtet.

»Es reicht«, flüstert er. »Es muss reichen. Es reicht ganz bestimmt.«

Wie in Zeitlupe streckt er seine Hand nach den Pillen aus und greift, so viele er fassen kann. Schimmerndes Gold regnet zwischen seinen Fingern hervor. Kurz schließt er die Augen, wie um sich zu konzentrieren. Ein tiefer Atemzug fließt sichtbar in seinen Körper hinein und wieder heraus. Dann nimmt er mit der anderen Hand das Glas Wasser, das auf seinem Nachttisch steht.

Jetzt endlich kommt Leben in Nora. »Mika, nein!« Sie stößt die Tür auf und stürmt in den Raum.

Mika erstarrt mitten in der Bewegung. Wortlos stehen sie voreinander. Mikas Augen sind verblüfft geweitet, während immer noch einzelne Pillen zwischen seinen Fingern hindurchfallen und über den Dielenboden davonhüpfen. Ein Schatten huscht über sein Gesicht, und kurz glaubt Nora, dass er sie jetzt wütend anfahren und hinauswerfen wird – und doch erkennt sie in seinem Blick und dem kleinen Seufzer, der kurz darauf über seine Lippen schlüpft, eine eigenartige Erleichterung. Ist er vielleicht sogar froh, dass sie ihn aufgehalten hat?

Dann aber verschließt sich sein Gesicht erneut, er schüttelt den Kopf, und nun sieht Nora in seinen Augen nur noch Traurigkeit. Weil er glaubt, dass Jacko ihn verraten hat. Mit Nora hat das hier nichts zu tun, und sie begreift, sie kann ihn gar nicht aufhalten. Nichts, was sie sagt oder tut, kann ihn stoppen.

»Hey«, flüstert Mika endlich. Tränen glitzern in seinen Augenwinkeln. »Was machst du denn hier? Geh wieder ins Bett, okay?«

Er weiß vermutlich, dass Nora das nicht tun wird. Aber er will nicht, dass sie sieht, was gleich passiert. Nora glaubt auch, dass sie selbst das nicht will. Aber noch weniger will sie einfach hinnehmen, dass er geht. Denn das wird er. So ist auch Jacko gegangen, und all die anderen, nachdem sie ihnen das Projekt weggenommen haben. Mika hat es gesagt, in seinen bitteren Zwiegesprächen auf dem Bett, die Nora belauscht hat. Und nun hat er selbst all diese Pillen in der Hand.

»Lass das.« Auch ihre Stimme ist gebrochen vor Tränen, dabei hat sie gar nicht gemerkt, dass sie weint. »Bitte. Tu sie wieder weg.«

Aber Mika schüttelt ein weiteres Mal bloß den Kopf. »Es ruft mich«, sagt er, und nun ist da wieder dieser fiebrige Glanz in seinen Augen. Dieses unheimliche Glück. »Ich muss gehen. Tut mir leid, kleiner Vogel.«

Und ehe Nora noch etwas sagen oder tun oder auch nur schreien kann, hat er die ganze Handvoll Pillen in seinen Mund geworfen und spült mit Wasser nach.

Sekundenlang passiert gar nichts. Sie stehen immer noch voreinander und starren sich an, und für einen Augenblick hat Nora die wilde Hoffnung, es hätte nicht funktioniert. Vielleicht wird er gleich einfach das Licht ausmachen und schlafen gehen, wie immer. Vielleicht wird er auch wütend werden, so wie eben, aber auch das wäre in Ordnung.

Doch dann geht ein Ruck durch Mikas Körper, ein Zucken, wie eine Welle vom Kopf bis hinunter in die Zehen.

»Ja!«, flüstert er und lächelt – ein wunderschönes, strahlendes, verboten seliges Lächeln. »Das ist es! Ich … Ich hab es geöffnet, ich … komme zu dir …«

Dann verdreht er die Augen, bis nur noch das Weiße zu sehen ist, und fällt einfach um.

Und Nora schreit.

DAS KRÄHENMÄDCHEN

1
Der Flug der Krähe

Sechs Jahre später.

Es begann als ein feines Zittern, irgendwo in dem Raum zwischen ihrem Magen und ihrem Herzen. Nora schloss die Augen und spürte den Beton der Dachkante unter ihren bloßen Füßen. Vor ihr, über ihr und unter ihr – nichts als Leere. Das höchste Dach der Stadt. Langsam breitete sie die Arme aus.

Komm.

Das Zittern setzte sich fort, ein feines Flüstern, und rann bis in ihre Fingerspitzen. Schwarze Federn, schattengleich. Sie schluckten das Licht, wo es golden hätte glänzen sollen.

Jetzt.

Sie ließ sich fallen.

Die Schwerkraft griff nach ihr, ein grelles Ziehen im Magen, als sie dem Boden entgegenraste, sekundenlang. Dann fing sich der Wind rauschend in ihrem Gefieder. Kräftige Schwingen schlugen, ein gellender Schrei brach aus ihrer Kehle.

Und sie flog.

Nora riss die Augen auf. Weit unter ihr breitete sich die Stadt aus, ein schillerndes Kunstwerk aus gläsernen Türmen und stählernen Brücken, aus Beton und Stein und Erde geformt, umarmt von wuchernden Ranken und den Ästen hoch aufragender Bäume. Euphoria City. Die Hauptstadt Euphorias. Strahlend und düster, wild und fragil.

Nein. Nicht hier. Such dort, wo ich wirklich bin.

Nora blinzelte. Einmal. Zweimal. Die Krähe schlug mit den Flügeln und glitt weiter über die warmen Luftströme dahin. Die Stadt unter ihr flackerte und wurde durchscheinend wie milchiges Glas, durch das die echte Welt hindurchschimmerte. Eine andere Stadt. Tristes Grau, rotbraun und gelb gefleckt vom Herbstlaub. Millionen Menschen. Echte Menschen, eingefroren im Blinzeln der Dämmerzeit, die nichts von dem Schatten ahnten, der über sie hinwegzog.

Wo bist du?

Die Puppe – jenes *Enigma*, das sie für ihre Mission so dringend brauchte; sie musste hier sein. Die Krähe hatte sie gefunden, und die Krähe irrte sich nie. Nun musste Nora ihr nur schnell genug folgen.

Mit einem weiteren gellenden Schrei landete der Vogel im Geäst eines fast kahlen Ahornbaumes. Unter dem Baum stand eine Bank, und auf der Bank saß … ein Junge?

Bist du es?

Ein Ruck durchfuhr Noras Körper. Ihren Menschenkörper, der zurückgeblieben war, dort auf dem Dach in Euphoria City. Ihre Sicht verschleierte sich.

Nein! Noch nicht!

Die Schwerkraft zerrte an ihren Beinen. Wind und Regen strichen empfindlich kühl über ihre nackten Arme, als wären dort kahle Stellen in ihrem Gefieder.

Warte! Ich habe sein Gesicht noch nicht gesehen …

In diesem Augenblick hob der Junge auf der Bank den Kopf und sah zu ihr hinauf. Mit klaren, wachen Augen, als wüsste er genau, dass sie dort war und ihn beobachtete. Dabei hätte er sich gar nicht bewegen dürfen.

Er war so fragil. Die Haut so glatt und ebenmäßig wie bemaltes Porzellan, die dunklen Locken umtanzten das schmale Gesicht in einem Wind, den es in der Dämmerzeit eigentlich nicht geben konnte.

Du bist es.

Der Junge starrte sie an. Fragend, die glatte Stirn kräuselte sich leicht dabei. »Wer bist du denn?«

Die Verbindung flackerte. Nora hustete und spürte es in ihrer menschlichen Kehle kratzen. Sie taumelte rückwärts, stolperte auf Menschenbeinen, die steif waren wie Stöcke. Bilder verschoben sich, ineinander, übereinander. Das Gesicht des Jungen verschwamm wie ein glatter See, in den jemand einen Stein geworfen hatte. Seine Lippen bewegten sich, aber Nora konnte ihn nicht mehr hören. Die Sinne der Krähe entglitten ihr.

Dann erstarrte die Zeit und zersprang in winzige Splitter.

Die Krähe war fort. Zurück blieb nur ein hustendes Mädchen auf dem höchsten Dach der Stadt.

Bis auch das sich in glitzernde Scherben auflöste.

Nora schlug die Augen auf. Fahles Neonlicht flackerte und stach direkt in ihren Kopf. Sie kniff die Lider wieder zusammen. Ihr Magen zog und schien sich zu dehnen, als wolle er sich verknoten. Ihre Glieder zitterten, und auf ihrer Stirn und im Nacken stand kalter Schweiß. Saures Brennen stieg ihr die Kehle hinauf.

»Scheiße.« Nora tastete über die klammen, zerknitterten Laken, hin zum Nachttisch. Zu fahrig. Zu unkontrolliert. Dann bekamen ihre bebenden Finger die halbe Zigarette zu fassen, die noch im Aschenbecher lag. Und das Feuerzeug.

Ein Klicken. Zwei tiefe Züge, der widerlich bittere, pelzige Geschmack, der sich auf ihrer Zunge ausbreitete. Und dann, endlich, Erleichterung.

Langsam verebbte das Zittern und ihr Magen hörte auf zu rebellieren. Nora nahm einen dritten Zug, wälzte sich auf die Seite und drückte die Kippe wieder aus. Ekelhaft.

Das ist Medizin. Die muss nicht schmecken, sondern dich nur auf den Beinen halten.

Sie drehte sich wieder auf den Rücken und atmete langsam aus und ein. Es wurde schlimmer. Jedes verdammte Mal.

Wenigstens hatte es sich diesmal gelohnt. Noch besser wäre allerdings gewesen, sie hätte gleich aufstehen und lossprinten können. Der Gedanke brachte sie zum Lachen und gleich darauf zum Husten.

In ihren Träumen vielleicht.

Nachdem sie noch zehn weitere langsame Atemzüge gemacht hatte, setzte sie sich vorsichtig auf. Die Welt blieb, wie sie war. So weit, so gut. Nora stand auf, schaltete den Wasserkocher ein und ging auf wackeligen Beinen zum Fenster. Blassgelbes Herbstlicht fiel durch einen Spalt zwischen den hässlichen braunen Vorhängen. Draußen hatte es endlich aufgehört zu regnen. Nora zog die Vorhänge zur Seite und schaltete die flackernde Neonröhre aus, die das wohl schäbigste Einzimmerapartment der Stadt beleuchtet hatte. Ein muffiges Hinterhofloch. Billig und der perfekte Ort, wenn man unentdeckt bleiben wollte.

Draußen trieb der Wind nasse gelbe Blätter über den dreckigen Hof. Einzelne Sonnenfinger brachen durch die Wolken. Auf einem fast kahlen Zweig der ausladenden Kastanie hockte die Krähe und sah mit starrem Blick zu ihr herüber. Nora grinste matt.

»Was sagst du dazu?«, fragte sie und wusste selbst nicht genau, wozu eigentlich.

Die Krähe, wie nicht anders zu erwarten, schwieg. Erst nach einer Weile schüttelte sie unwillig ihr pechschwarzes Gefieder und gab ein heiseres Krächzen von sich.

»Hast ja recht«, murmelte Nora. »Keine Zeit zu verlieren.«

Sie wandte sich vom Fenster ab und schlüpfte in den

schwarzen Wollmantel, der neben der Tür hing. Ein automatischer Griff in die Tasche – Zigaretten, Feuerzeug. Und die verbeulte Pillendose. Nora brauchte nicht hineinzusehen, um zu wissen, wie viele Pillen noch darin waren. Sie tat es trotzdem.

Fünfzehn. Dreizehn golden. Zwei schwarz.

Und das Foto, das nach all den Jahren noch immer im Deckel klemmte und sie anlächelte.

Mika.

Nora schloss die Augen und unterdrückte das erneute Zittern, das sie überkommen wollte. Schon zuckten ihre Finger zu den Pillen.

Noch nicht.

Aber bald. Ihr würde nichts anderes übrig bleiben.

Mit einem scharfen Knacken ließ sie das Döschen wieder zuschnappen und in der Manteltasche verschwinden. Eins nach dem anderen.

Der Wasserkocher brodelte inzwischen und schaltete sich kurz darauf aus. Nora wankte zurück zu der klapprigen Küchenzeile und schaufelte löslichen Kaffee in eine Blechtasse, füllte sie zur Hälfte mit heißem Wasser und Energydrink auf und stürzte die Brühe hinunter, ohne umzurühren. Der beißend saure Geschmack vertrieb das Zittern, obwohl sie sich am liebsten direkt übergeben hätte. Danach war es besser. Vorübergehend.

Wieder tasteten ihre Finger ganz von selbst nach dem Pillendöschen in ihrer Tasche. Wieder zwang sie sich, sie zurückzuziehen.

Noch. Nicht.

Nora schlug den Kragen ihres Mantels hoch und öffnete die Tür. Feuchtkalter Wind blies ihr ins Gesicht. Nein, definitiv noch nicht. Sie hatte etwas anderes zu erledigen, hier, in der echten Welt. Und dafür musste sie auf zwei Beinen stehen.

Die Stadt war grau und voller Menschen. Nora bewegte sich rasch mit dem Strom und genoss das Gefühl, in der Menge unterzugehen. Es war beruhigend, eine von vielen zu werden, ein Schatten unter Schatten. Die Augen des Prinzen waren überall. Drei Tage war es her, dass der Wind sie auf der Suche nach einem Puppen-*Enigma* in diese Stadt getragen hatte, mit ihren verwinkelten Häuserschluchten und vollgestopften Straßen. Es hätte einfach sein müssen, unbeobachtet zu bleiben. Doch seit gestern schon fühlte Nora immer wieder einen Blick, der ihr folgte, wie ein Kribbeln im Nacken. Auch die Krähe war ungewöhnlich unruhig, und das konnte nur eins bedeuten: Jemand hatte sie entdeckt. Jemand aus Euphoria.

Nora beschleunigte ihren Schritt und sah sich um. Irgendwo hier war es gewesen. Über diese Straße war sie mit der Krähe geflogen, sie war sich ganz sicher. Sie erkannte die Geschäfte, die mickrigen Bäume in der Mitte der Fußgängerzone und die U-Bahn-Station, deren Rolltreppenschacht unablässig einen dünnen Strom von Passanten ausspie. Drei Strahlen Sonne, und die Menschen kamen aus ihren Löchern. Darauf war immer Verlass.

Und da drüben war auch die Bank, auf der der Junge gesessen hatte. Mit Blick auf das gigantische Einkaufszentrum *CityCenter*, in dessen vollverglaster Front sich das dramatische Himmelsschauspiel des Sonnenuntergangs hinter aufgebrochenen Regenwolken spiegelte. Kein Zweifel, dies war der richtige Ort.

Aber die Bank war jetzt leer.

Verdammt!

Ein Flattern vertrauter Schwingen rauschte über Nora hinweg. Die Krähe ließ sich auf der Lehne der Bank nieder und krächzte. Nora blieb stehen, verfluchte ihre Schwäche, die sie so lange aufgehalten hatte, und ließ unschlüssig den Blick schweifen. Keine große Überraschung, so gesehen. Wer würde hier schon lange sitzen wollen? Aber wohin war er gegangen? Grob überschlagen hatte sie etwa zwanzig Minuten gebraucht bis hierher. In der Zeit konnte man ziemlich weit in alle Richtungen laufen.

In diesem Moment krächzte die Krähe noch einmal, stieg mit heftigen Flügelschlägen von der Bank auf und segelte davon. Nora sah ihr überrascht nach.

Was …?

Und da sah sie ihn. Klein und zierlich, der Rucksack auf seinem Rücken zu wuchtig für seine Gestalt. Er strebte direkt auf das Einkaufszentrum zu.

Der Puppenjunge!

Nora rannte los. Noch einmal durfte sie ihn nicht verlieren! Schon drohte die große gläserne Drehkreuztür ihn mit einem großen Schwung Menschen zu verschlucken und in die anonyme Sicherheit der Menge zu schaufeln. Noras Herz raste. Im Laufen tasteten ihre Finger in der Tasche nach dem Pillendöschen, und ihr Puls beschleunigte sich, flatterte vor Freude auf das ersehnte Kribbeln, das gleich durch ihren Körper schießen würde.

Tu's nicht!, schrie ihr Verstand. *Zu früh! Zu schnell hintereinander!*

Ach, scheiß drauf. Nur die eine.

Das Licht gefror.

Und Nora flog.

Als Nora vor inzwischen mehr als sechs Jahren zum ersten Mal Euphoria betreten hatte, um dort nach ihrem großen Bruder zu suchen, war ihr die erste Ebene die vertrauteste und zugleich erschreckendste von allen gewesen. Wie alles erstarrte und sich in Glas verwandelte, und dämmergoldenes Licht die Menschen zu reglosen Schatten werden ließ. Ein Licht, das die Sinne betäubte und sie schwindeln ließ, während eine überwältigende Leichtigkeit sie überschwemmte wie ein Rausch. Ihr Körper schien hier kein Gewicht zu haben. Keine Schmerzen. Kein Gefühl. Und so viel bizarre Schönheit in den vertrauten Dingen, die nichts mehr waren als Schemen ihrer selbst, gläsern und doch fließend. Sie hatte ewig gebraucht, um sich darin zurechtzufinden.

Gerade war sie allerdings ziemlich blind dafür. Nora rannte, ohne den Boden zu berühren. Ihr Körper glitt durch schillernde Wände, als wären sie gar nicht da.

Wo ist er? Hilf mir, Krähe!

Sie hatte die stumme Frage kaum zu Ende gedacht, da spürte sie das bekannte Kitzeln, als sich ihr Schatten von ihr löste, lichtlose Schwingen ausbreitete und hinaufstieg in die Luft. Das Krächzen der Schattenkrähe hallte weit in der goldenen Dämmerlandschaft. Immer höher schraubte sich der Vogel hinauf. Suchte. Spähte. Und fand, was Nora allein nicht hätte finden können.

Oder wen.

Den Puppenjungen.

Er war im Fahrstuhl. Dem Fahrstuhl mit der verglasten Front, der an der Fassade des *CityCenters* hinauffuhr bis in den siebten Stock. Allein.

Nora blieb stehen. Atmete tief durch, um ihr wild pochendes Herz zu beruhigen. Jetzt nichts überstürzen. Kräfte sparen. Er konnte ihr nicht mehr entwischen. In Euphoria, selbst auf der ersten Ebene, verlief die Zeit anders. Was für ihn nur ein Blinzeln war, verschaffte ihr in Euphoria eine ganze Stunde.

Nora rief die Krähe wieder zu sich und stieg langsamer die Treppe hinauf. Weiter hinauf, bis ganz nach oben, wo die Büros der Verwaltung lagen und um diese Zeit kaum noch Menschen die Flure kreuzten. Dort hockte sie sich hin und zog Ekaterinas Multitool aus der Tasche. Ein leichter Stich schmerzte in ihrer Brust. Nora biss die Zähne zusammen.

Das hätte dir gefallen, Kitty.

Sie drückte den Schlüssel in die kleine Vertiefung unterhalb des Fahrstuhlknopfes und drehte ihn zweimal herum. Dann wartete sie, dass die Welt zu blinzeln aufhörte.

Und der Fahrstuhl klingelte.

2
Sami

Der Montag hatte es nicht gut mit Sami gemeint. Erst hatte er die Klausur im Mathe-LK gründlich vergeigt, dann war das Taekwondo-Training ausgefallen, wo er sich die nervigen Zahlen aus dem Kopf hätte prügeln können. Und sein bester Freund Tatu, mit dem er sich zum Ende dieses Scheißtages wenigstens zum Zocken hatte treffen wollen, hatte ihn auch noch versetzt.

Sorry Piezke, hatte er geschrieben. *Wird heute nichts. Der Commander hat spontane Invasion angekündigt, kann nicht weg.* 😭 *Sehen uns morgen! PS: Schon süchtig?* ☺ ✌

Damit spielte er auf das Rätselgame an, das er Sami am Vormittag in der Schule untergejubelt hatte – *falls du mal wieder ein bisschen Rage und Braintoast nötig hast, zwinkerzwinkergrins.* Von Anfang an hatte Sami geahnt, dass das nichts Gutes bedeuten konnte, und er hatte recht behalten. Kreise und Kreuze klicken vor einem kitschigen Fantasy-Elfenhintergrund war ja an und für sich schon reichlich psychedelisch. Trotzdem hatte Sami den halben Nachmittag davorgehangen wie ein Cyberzombie – obwohl er es eigentlich nicht mal hatte ausprobieren wollen, aber es lenkte ihn zumindest irgendwie davon ab, dass sein bester Freund keine Zeit für ihn hatte, weil er mit seiner diktatorischen Tante abhängen musste. Bis es seinen Laptop zum Absturz gebracht hatte, der seitdem keinen Mucks mehr von sich gab. Sami war gründlich bedient. Frustriert hatte er den Rechner in den Rucksack gestopft und war mit dem Fahrrad in die Innenstadt gestrampelt. Im *CityCenter* gab es einen Laden namens *Doctor PC*. Hoffentlich hatten die was drauf.

Das *CityCenter* leuchtete schon im Abendlicht, als er ankam – was so spät im Herbst natürlich nicht viel hieß. Sami schloss sein Rad am Johannisplatz an und setzte sich für einen Moment auf die Bank neben der U-Bahn-Station. Er war schnell gefahren und in der dicken Jacke ziemlich durchgeschwitzt. Außerdem mochte er das riesige Einkaufszentrum zwar nicht besonders, aber er sah es sich trotzdem ganz gern an, wenn der Sonnenuntergang sich darin spiegelte. So wie jetzt. Manchmal hatte er dann das Gefühl, die Zeit würde für einen Moment den Atem anhalten. Still werden und in sich hineinlauschen. Es war irgendwie beruhigend, wenn auch auf eine ziemlich schräge Art – deswegen hatte Sami auch noch niemandem davon erzählt. Außer Tatu.

Eine Krähe krächzte ganz in der Nähe. Sami wandte den Kopf. Und tatsächlich, dort saß sie, auf dem Baum direkt neben der Bank, und starrte ihn aus glänzend schwarzen Knopfaugen an.

»Wer bist du denn?«, fragte Sami, und wieder überkam

ihn dieses Gefühl. Als wäre er in einer Blase, in der es für einen langen Moment nur ihn gab und die Krähe. Er grinste schief.

»Du bist ja wohl hoffentlich kein schlechtes Zeichen für meinen Laptop.«

Der Vogel spreizte leicht die Flügel und krächzte noch einmal. Dann flog er auf und segelte in Richtung des *CityCenters* davon. Sami starrte ihm nach. Was für eine schräge Begegnung …

Er kramte sein Handy aus der Hosentasche und schrieb eine Nachricht an Tatu.

Rechner tot, sitze in der City und rede mit Vögeln. Alles deine Schuld. ☹

Die Antwort kam postwendend. Ein Sticker, auf dem ein Männchen auf Knien um Vergebung flehte.

Sorryyyy …

Und dann, ein Teddy, der Herzchen-Glücksstrahlen auf ihn schoss.

Sami starrte auf die Nachricht. Eine Ewigkeit, wie ihm schien. Dann steckte er das Handy wieder weg, lehnte sich zurück und sah in den Himmel, an dem die Wolken sich in immer dramatischer werdender Beleuchtung übereinandertürmten.

Trottel.

Aber es half ja alles nichts.

Sami stand auf und schulterte seinen Rucksack. Bei seinem Glück machten die PC-Doktoren ihren Laden sonst noch direkt vor seiner Nase zu.

Das *CityCenter* hatte sieben Stockwerke. Damit war es nicht unbedingt das höchste Gebäude der Stadt, aber es ging trotzdem recht hoch hinaus. Das merkte man vor allem, wenn man sich mit einem lärmenden Haufen fremder – und aus Samis zu kurz geratener Perspektive leider fast immer ziemlich großer und massiger – Menschen in den sogenannten Panoramafahrstuhl zwängen musste, bewegungsunfähig gegen die Scheibe gepresst, und keine andere Wahl hatte, als zuzusehen, wie die Straße weit unten immer kleiner wurde. Sami war für gewöhnlich schon mit dem zweiten Stock mehr als bedient. Heute musste er bis in den vierten. Glücklicherweise stiegen die anderen Leute alle schon im ersten wieder aus – Fressmeile und Fastfoodtempel – und verschafften ihm so wenigstens etwas Luft zum Atmen. Von dem Platz, um sich ein paar Schritte von der Glasfront zu entfernen, ganz zu schweigen. Sami atmete erleichtert auf und drückte auf den Knopf, der die Türen schloss, damit bloß keine neuen Menschen hereinkamen, die ihn zurück gegen die Scheibe hätten drängen können.

In diesem Moment, gerade als der Fahrstuhl sich erneut in Bewegung setzte, geschah es schon wieder. Die Zeit blinzelte zu langsam, und die Welt um ihn herum schien zurückzuweichen. Sami schüttelte sich. Was war denn heute los? Wahrscheinlich war sein Gehirn irgendwie weich geworden von diesem blöden Spiel.

Wie zur Antwort auf seine Gedanken summte in seiner Hosentasche das Handy. Wieder Tatu. Garantiert. Automatisch tasteten seine Finger danach, um eine weitere missgelaunte Nachricht zurückzuschreiben.

Allerdings vergaß er dieses Vorhaben sehr schnell, als der Fahrstuhl in diesem Moment den vierten Stock erreichte – aber nicht dort anhielt. Das Licht leuchtete, die Klingel läutete leise. Doch die Kabine stieg unbeirrt weiter die gläserne Fassade hinauf.

Samis Herz begann zu flattern.

Ganz ruhig. Alles cool. Kein Grund zur Panik. Du hast nicht richtig gedrückt.

Er drückte den Knopf für das fünfte und sicherheitshalber auch noch für das sechste und siebte Stockwerk.

Nichts geschah.

Fünfter Stock, dann der sechste. Jetzt bekam Sami doch ziemliche Panik. Er hämmerte auf den Knopf mit der Glocke – nichts.

Kein Notruf?!

Scheiße. Scheißescheißescheiße …

Siebter Stock.

Ping.

Der Fahrstuhl hielt an. Mit leisem Surren glitten die Türen auseinander. Sami sah den Flur mit den ebenfalls vollverglasten Büros der Verwaltungsabteilung kaum. Endlos erleichtert wollte er aus dem Fahrstuhl stolpern, raus, bloß raus hier – als ein ausgestreckter Arm ihm wie eine Schranke den Weg versperrte.

»Hi.«

Sami starrte das Mädchen an. Sie war ein beachtliches

Stück größer als er und ziemlich dürr, das sah er sogar unter dem abgetragenen schwarzen Wollmantel und der verwaschen-schwarzen Jeans, die sie trug. Ihr kurz gelocktes Haar wirkte ein wenig zerrupft, wie das struppige Gefieder eines nassen Vogels, und es hätte schwarz sein können, hätte nicht ein stumpfgrauer Schleier darauf gelegen, als sei es staubig. Die Haut des Mädchens war so hell, dass sie fast transparent schien, und unter den schiefergrauen Augen lagen Schatten wie dunkelviolette Blutergüsse.

»Ich bin Nora. Kann ich reinkommen?«

Sami kniff die Augen zusammen und riss sie wieder auf. »Äh«, sagte er, weil ihm etwas Schlaueres nicht einfiel. »Also, das würde ich nicht machen, ich habe gerade …«

Aber da war sie auch schon drin und drückte den Knopf für das zweite Untergeschoss. Samis Herz setzte einen Schlag aus. Er versuchte noch, sich an ihr vorbeizudrängeln, aber sie stand im Weg.

»He! Warte, der Fahrstuhl ist …«

Zu spät. Sie glitten schon abwärts.

»… kaputt. Ach scheiße.«

Er konnte einfach nicht aufhören, sie anzustarren. Sie kam ihm eigenartig bekannt vor. Aber woher?

Das Mädchen namens Nora schien sich inzwischen nicht besonders darüber zu bekümmern, dass sie gerade in einen womöglich defekten Fahrstuhl eingestiegen war. Tatsächlich bildete Sami sich sogar ein, so etwas wie

Erleichterung auf ihrem Gesicht zu sehen. Sie sah sich mit schmalen Augen in der kleinen Kabine um, als wolle sie sichergehen, dass sonst niemand im Fahrstuhl war. Dann wandte sie sich wieder Sami zu.

»Wie heißt du?«

»Sami«, sagte Sami, ehe er Gelegenheit hatte, darüber nachzudenken, warum er eigentlich einer Fremden seinen Namen verraten sollte.

»Hm.« Nora nickte. Dann musterte sie Sami mit eindringlichem Blick. »Hast du meine Nachricht bekommen?«

Ihre Stimme war ein bisschen heiser, und tiefer, als man es bei einem Mädchen in ihrem Alter vermutet hätte. Sie verursachte Sami eine Gänsehaut. Aber – Nachricht?

»Entschuldigung, ich glaube, du verwechselst mich gerade.«

Nora schüttelte den Kopf. »Nein. Ganz sicher nicht. Also sag schon. Hast du sie bekommen?«

Sami war drauf und dran, den Kopf zu schütteln. Aber dann fiel es ihm wieder ein. Sein Handy. Es hatte gesummt, kurz bevor … Unwillkürlich zuckte seine Hand zu seiner Hosentasche.

Ein schmales und irgendwie schiefes Lächeln erschien auf Noras Gesicht.

Das Krähenmädchen möchte dich nach Euphoria einladen, stand auf dem Display. Nur dieser eine Satz. Sonst nichts.

Das Krähenmädchen.

Noras Lächeln verbreiterte sich zu einem Grinsen. »Das bin ich.«

Krähenmädchen. Krähe.

Ja, jetzt wusste er, woher sie ihm so bekannt vorkam. Die Krähe auf der Bank. Aber das war doch Quatsch. Völliger Unsinn …

»Kein Interesse.« Er schoss die Worte so schnell heraus, dass er selbst kaum wusste, sie vorher gedacht zu haben.

Nora hob eine Braue. »Du weißt doch noch nicht mal, worum es geht.«

»Will ich auch gar nicht.« Sami ließ seinen Blick zur Schalttafel des Fahrstuhls huschen. Dritter Stock, und das blöde Ding schien auch diesmal nicht anhalten zu wollen. Drückte denn da draußen niemand mal auf den Knopf?!

Nora runzelte die Stirn und schien nach Worten zu suchen. »Ich weiß nicht, ob du es gemerkt hast«, sagte sie, und in ihrer Stimme war jetzt ein Anklang von Ungeduld zu hören, »aber ich versuche gerade, dich um Hilfe zu bitten.«

Sami warf ihr einen verblüfften Blick zu. Ihr helfen? Nein, das hatte er bisher tatsächlich nicht rausgehört. Und Interesse hatte er trotzdem keins. »Danke«, sagte er bestimmt, »aber nein danke.«

Nora zog die Brauen noch dichter zusammen. »Jetzt hör mir doch wenigstens zu En-«

»Nein.«

Nora schwieg einen Moment. Sie schien eindeutig irritiert davon, dass Sami sie nicht mal hatte ausreden lassen – ein kleiner, wenn auch schäbiger Triumph.

Aber dann tat sie etwas, womit Sami nicht gerechnet hatte. Er hatte nicht gesehen, wie Nora sich bewegte, und trotzdem war sie plötzlich ganz nah, neigte sich dicht zu ihm hin und starrte ihm eindringlich ins Gesicht, sodass er jede einzelne der dichten, rabenschwarzen Wimpern sehen konnte, die ihre Augen umrahmten. Ihr Atem streifte seine Wangen, und Sami roch einen eigenartig kühlen Duft, wie nach Wind und feuchter Erde.

»Aber ich brauche dich«, flüsterte sie, und nun hörte er unter dem kühlen Hauch noch etwas anderes: Verzweiflung. Echte, tiefe und sehr, sehr dunkle Verzweiflung. »Bitte, Sami. Hilf mir!«

Obwohl sie ihn nicht einmal berührte, presste ihre Nähe Sami die Luft aus dem Brustkorb. Instinktiv wich er zurück, so weit er konnte. Der Handlauf vor der Scheibe drückte sich in seinen Rücken. »Ich …«

Der Fahrstuhl war inzwischen fast im Erdgeschoss angekommen. Sami nahm allen Mut zusammen, stieß Nora mit einem Ruck zur Seite und griff an ihr vorbei zur Schalttafel, um auf den Knopf mit dem E zu drücken. Er hatte nicht viel Hoffnung, dass der Fahrstuhl diesmal etwas anderes tun würde, als einfach immer weiter zu fahren, bis sie ganz unten in der Tiefgarage angekommen waren. Doch zu seiner Überraschung hielt der Fahrstuhl im nächsten Augenblick mit einem leichten Ruck an. Gerettet!

»Ich muss aussteigen.«

Als er sich an Nora vorbeidrängte, rechnete er fest damit, dass sie ihn aufhalten würde, und innerlich war er schon darauf vorbereitet, ihr ordentlich eine zu verpassen, wenn es sein musste – für irgendwas musste so ein blauer Gürtel im Taekwondo schließlich gut sein.

Aber nichts dergleichen geschah. Nora rührte nicht einen Finger.

Doch als Sami sich durch die gerade auseinandergleitenden Fahrstuhltüren zwängte und fast in eine kleine Gruppe von Menschen stolperte, die draußen vor dem Eingang wartete, konnte er ihre Verzweiflung ganz deutlich auf seiner Haut spüren.

»Wenn du's dir überlegt hast«, sagte Nora leise, »schau in deiner Jackentasche nach.«

Sami drehte sich ruckartig um.

Nora lächelte schief, als würden gerade nicht etliche Menschen an ihr vorbei in den Fahrstuhl drängen. »Vielleicht brauchst du eines Tages eine Möglichkeit, weiter über dich hinauszuwachsen, als du es je für möglich gehalten hättest. Damit du endlich so stark sein kannst, wie du es dir immer gewünscht hast.« Sie hob leicht die Schultern, als wolle sie sagen, dass es jetzt nicht mehr in ihrer Hand lag. »Du hast meine Nummer. Du kannst mich jederzeit anrufen.«

Dann schlossen sich die Türen und Nora war fort.

SAMI

3

So stark, wie du es dir immer gewünscht hast

Es war schon dunkel, als Sami zu Hause ankam. Schon im Flur wurde er von Todesschreien und dem Krachen von Schüssen begrüßt, die aus dem Wohnzimmer drangen. Sami kickte seine Schuhe unter die Heizung neben der Garderobe und steckte den Kopf durch die Tür. »Hallo, Mama!«

Seine Mutter saß mit angezogenen Beinen auf dem Sofa und starrte konzentriert auf den Fernseher, den Controller der Spielkonsole in den Händen. »Ah, der Rumtreiber ist wieder da!«, sagte sie, ohne sich umzudrehen, und jagte einer riesenhaften Kreatur eine Maschinengewehrsalve in die Brust – ohne nennenswerten Erfolg. Kaum eine Sekunde später röchelte ihre Spielfigur vor Schmerz und fiel, von einem gigantischen Tentakel getroffen, in einer dramatischen Pose zu Boden.

»Warum?! Warum musst du jetzt sterben?!« Sie schnaufte entnervt und schaltete das Spiel in den Pause-Modus. Dann drehte sie sich endlich zu Sami um und schenkte ihm ein breites Lächeln. »Hi, Schatz. Alles wieder gut mit deinem Laptop?«

Beim Anblick ihrer vor Aufregung geröteten Wangen und der funkelnden Augen konnte Sami sich nur ganz knapp ein Grinsen verkneifen. Seine Mutter war eine winzige Person mit wilden Locken und einem Faible für Ballerspiele, dem sie völlig ungeniert nachging, seit Sami und seine Schwester Sila in ihren Augen nicht mehr zu klein waren, um zu sehen, wie ab und zu auf dem Bildschirm Blut spritzte. Auf Fremde wirkte sie auch mit Mitte vierzig noch viel eher wie Samis ältere Schwester als wie seine Mutter, und es war überhaupt keine Frage, wessen Erbgut Sami es zu verdanken hatte, dass er – sehr zu seinem Leidwesen – mit sechzehn immer noch aussah wie höchstens zwölf. Ganz im Gegensatz zu seiner Schwester, die zwar die Locken ihrer Mutter, aber auch die beachtliche Körpergröße ihres Vaters mitbekommen hatte. Vielleicht war es das, was Sami in dieser Familie am meisten frustrierte: Er hätte durchaus auch 1,95 m groß werden können. War er aber nicht.

Er hob die Schultern. »Die im PC-Laden schauen sich das mal an.«

»Na hoffentlich kriegen die das hin. So teuer wie der war.« Seine Mutter verzog das Gesicht. Dann aber lächelte sie schon wieder – ihr neckendes Lächeln, das sie immer dann aufsetzte, wenn sie Sami ihre Liebe zeigte, indem sie ihn ärgerte. »Immerhin warst du so wenigstens mal vor der Tür. Du alter Stubenhocker bist ja schon ganz blass und dünn.«

Sami verdrehte die Augen. Als ob sein Tag nicht mies

genug gewesen wäre, auch ohne, dass sie in offenen Wunden stocherte.

»Du brauchst gar nicht so zu gucken. Wer nicht vernünftig isst, bleibt klein. Ist doch total klar.« Sie zwinkerte ihm zu, was Sami nur deshalb nicht völlig auf die Palme brachte, weil sie selbst oft genug darüber klagte, dass sie zu kurz geraten war und auf der Stelle zu einem schlaffen Strich in der Landschaft wurde, wenn sie mal eine Mahlzeit ausließ. Erbgut blieb eben Erbgut, ob es Sami passte oder nicht. »Hast du dir wenigstens in der Stadt was geholt? Oder ist irgendwas Megaspannendes passiert, das dich vom Essen abgehalten hat?«

Sami seufzte. Ihm war nicht so besonders danach, seiner Mutter von der Begegnung im Fahrstuhl zu erzählen. Das musste er im Kopf erst mal für sich selbst ordnen, bevor er mit jemand anderem darüber sprach.

»Wo ist denn Papa?«, fragte er stattdessen, um das Thema zu wechseln.

Seine Mutter fuhr sich durch die krausen Haare und machte ein leidendes Gesicht, das Sami nur allzu gut kannte. »Der kommt heute erst spät. Dabei dachte ich, er würde mir helfen, endlich diesen Leviathan zu töten. Wo wir doch morgen bestimmt den ganzen Nachmittag brauchen, um Omas Flur zu streichen.«

Sami seufzte. Sila und er hatten die Konsole im letzten Jahr als Gemeinschaftsgeschenk zu Weihnachten bekommen. Aber es war von Anfang an glasklar gewesen, wen ihre Mutter damit wirklich beschenkt hatte – und wer in der Familie die meiste Zeit mit dem Gerät verbringen würde. Vor allem, seit Sila neuerdings wieder einen Freund hatte. Im Gegensatz zu ihr hatte Sami sich allerdings bisher meist geweigert, mit seiner Mutter »auf die Jagd zu gehen«, wie sie es nannte.

»Und Sila?«

Seine Mutter zuckte die Schultern und griff wieder nach dem Controller. »Uniparty mit Moritz … Tja, was soll's. Ich werde mich wohl allein durchschlagen müssen.«

Normalerweise wäre dies der Zeitpunkt gewesen, wo Sami etwas in sich hineinbrummte, die Schultern zuckte und sich auf sein Zimmer verzog. Heute allerdings war ihm irgendwie überhaupt nicht danach, allein in seiner Bude zu hocken. Was sollte er da auch groß anstellen – ohne Laptop? Er konnte sich ja nicht mal weiter über Tatus Spiel aufregen. Und den ganzen Abend am Handy rumzuhängen, wenn er sich eigentlich auf Sport eingestellt hatte, war auch nicht sein Ding. Vielleicht, dachte er und war selbst ein bisschen überrascht davon, war ja heute genau der richtige Tag, um mal eine Ausnahme zu machen. Also setzte er sich kurz entschlossen neben seine Mutter aufs Sofa und angelte den zweiten Controller unter dem Couchtisch hervor. »Wir können's ja mal zusammen versuchen, wenn du willst.«

Das Gesicht seiner Mutter leuchtete auf. »Ja wirklich?«, strahlte sie. »Das ist mein Junge.«

»Ich bin aber erst Level 23«, warnte Sami. »Versprich dir nicht zu viel, okay?«

Aber seine Mutter lachte bloß und wuschelte ihm durch die Haare. »Ach, das macht doch nichts, Spätzchen. Alles wird gut. Du musst dich nur hinter dem Felsen verstecken und draufhalten, okay?«

Genau das tat Sami dann auch. Und zumindest für eine Weile hatte er die Begegnung mit dem Krähenmädchen völlig vergessen.

Nach dem Kampf mit dem Leviathan, aus dem sie geschlagene zwei Stunden später tatsächlich siegreich hervorgegangen waren, hatte Sami sich den Rat seiner Mutter doch noch zu Herzen genommen und sich ein Steak gebraten, dazu aß er Salat mit Käse und Hummus. Ganz unrecht hatte sie schließlich nicht, wenn sie ihn ständig ans Essen erinnerte, und er wollte wenigstens ordentlich Eiweiß zu sich nehmen, wo doch schon das Training ausgefallen war. Erst danach machte er sich auf den Weg in sein Zimmer. Im Gehen fischte er noch schnell das Handy aus seiner Jackentasche, in der er es hatte stecken lassen – was an und für sich schon an einen Ausnahmezustand grenzte. Nicht, dass er irgendwelche speziellen Mitteilungen erwartet hätte. Aber dass er den ganzen Abend nicht einmal aufs Handy gesehen hatte, das war selbst für ihn ungewöhnlich.

Vielleicht, dachte er, war es eine Art Fluchtreflex. Damit er bloß nicht zufällig wieder auf diese Nachricht stoßen konnte.

Das Krähenmädchen möchte dich nach Euphoria einladen.

Wer war sie? Und was wollte sie von ihm? Ausgerechnet von ihm? Woher hatte sie seine Nummer, verdammt noch mal? Und überhaupt, was sollte dieses Euphoria eigentlich sein?

Sami hatte gerade beschlossen, die Nachricht einfach zu löschen und den Vorfall so schnell wie möglich zu vergessen, als er es spürte: die kleine Box aus kühlem Metall, die neben seinem Handy in einer Falte seiner Jackentasche klemmte. Verwundert zog Sami sie heraus.

Wenn du's dir überlegt hast, schau in deiner Jackentasche nach. Die Stimme des Mädchens klang ihm noch überdeutlich im Ohr. *Vielleicht brauchst du eines Tages eine Möglichkeit, weiter über dich hinauszuwachsen, als du es je für möglich gehalten hättest.*

Sami sah auf die kleine Box – nicht mal so groß wie seine Handfläche. Sie ließ sich problemlos zwischen den Fingern verstecken, wenn man das wollte. Hatte sie ihm die etwa in die Jacke gesteckt?

Sami öffnete die Schachtel. Sie war innen geteilt in zwei kleine Fächer. In jedem der Fächer lagen zehn winzige Pillen.

Zehn goldene.

Und zehn schwarze.

Pillen? Was sollte das denn jetzt wieder? War sie ein Dealer oder so was? Aber vor allem … *woher zum Teufel* konnte sie seine Gedanken lesen?

Sami stopfte das Döschen in die Tasche seines Hoodies und lief die Treppe hinauf in sein Zimmer, wo er die Tür hinter sich abschloss. Sein Herz raste, als wäre er auf der Flucht. Vor dem Schrank blieb er stehen, zerrte sich Pullover und Shirt über den Kopf und starrte sein Bild in dem großen Spiegel an der mittleren Tür an. So klein. So schmächtig. Sami hasste es, sich anzusehen, und tat es trotzdem ständig, weil er jeden Tag hoffte, es würde sich endlich etwas ändern. Egal, wie viel er trainierte, ob er morgens und abends fünfzig Liegestütze machte oder hundert, ob er fraß wie ein Scheunendrescher oder sich dreimal täglich Eiweißshakes reinpfiff – es blieb nichts hängen. Gar nichts. Und dieses Gesicht … dieses Milchbrötchengesicht mit den abnormal großen Augen konnte er ja sowieso nicht wegtrainieren. Wahrscheinlich würde ihm nie im Leben ein Bart wachsen.

Damit du endlich so stark sein kannst, wie du es dir immer gewünscht hast.

Sami ließ sich aufs Bett fallen und zog noch einmal das Handy hervor.

Du kannst mich jederzeit anrufen.

Sein Finger zitterte über dem Hörersymbol.

Dann drückte er den Knopf.

4
Einsamkeit

Nora stieg in der Tiefgarage aus. Die unterste Ebene war um diese Uhrzeit an einem Montagabend schon beinahe leer. Kein Mensch war zu sehen, und hier erlaubte sie sich endlich, hinter einem Pfeiler zusammenzubrechen. Ihre Knie zitterten. Ihr Herz raste und sie war völlig durchgeschwitzt. Sechs goldene Pillen innerhalb einer einzigen Stunde. Das war bestenfalls ungesund. Aber blieb ihr eine Wahl? Wohl kaum. Zumindest, dachte sie zynisch, konnte man sich das doch immer wieder erfolgreich einreden. Es gab immer einen Grund für den nächsten Schuss.

Aber dieser Junge … diese *Puppe* …

Nora lachte, rau und bitter. Wäre es nicht so wichtig gewesen, sie hätte vielleicht sogar Spaß gehabt an diesem kleinen Flirt. Um ihn zu überzeugen, würde sie ganz schön tief in die Trickkiste greifen müssen. Nur war ihr Charisma derzeit leider nicht gerade auf dem Höchststand.

Nora schloss die Augen und versuchte, ruhig zu atmen.

Ich schaff das. Ich schaff das.

Wie automatisch legten sich ihre Finger über ihr

Handgelenk – dort, wo sich in Euphoria dieses pinke Ungetüm von einer Uhr befand. Ekaterinas Uhr.

Nora presste für einen Moment die brennenden Lider zusammen und tastete in ihrer Hosentasche nach ihrem Handy. Das Display leuchtete auf. Behutsam strich sie mit dem Daumen über den obersten Namen in ihrer Kontaktliste. Immer grau. Immer offline.

Kitty ist leider nicht erreichbar, meldete die App. In Noras Kopf hatten die Worte einen blechernen, geradezu höhnischen Klang. *Möchtest du einen anderen Freund anrufen?*

Nein, das wollte Nora nicht. Sie hatte keine anderen Freunde. Zumindest keine, die diese Bezeichnung wirklich verdienten.

In der Ferne meinte sie, ein vorwurfsvolles Krächzen zu hören. Die Krähe. Natürlich. Ihr *Enigma* war immer da, sogar hier draußen, in der realen Welt in einer Tiefgarage, und gab seinen Kommentar ab, als wollte es Nora daran erinnern, nicht in unnötige Schwermut zu verfallen. Nora seufzte gereizt und zog ihre Kopfhörer aus der Tasche.

Lass mich doch nur einmal in Ruhe Trübsal blasen.

Sie schaltete die Musik ein. Wie immer, dasselbe Stück. Edward Elgars *Enigma-Variationen* – in all der Ironie, die der Titel für Nora besaß, denn Elgar hatte ganz bestimmt noch nichts von den *Enigmen* in Euphoria geahnt, als er das Stück komponierte, waren sie eine einigermaßen sichere Bank, wenn sie nicht mehr wusste, wie sie sonst runterkommen sollte. Sie lehnte den Kopf an den kalten, harten Beton des Pfeilers, schloss die Augen und lauschte dem An- und Abschwellen der Streicher, bis ihr Atem ruhig und gleichmäßig wurde und sie die Lider nicht mehr mit Gewalt geschlossen halten musste. Langsam, ganz langsam trieb sie davon. Ihr Kopf leerte sich, und schließlich versank sie ganz. Euphoria und die Realität waren nun beide weit fort, jenseits des Kokons, den die Musik um Nora spann, und konnten sie, wenigstens in diesem Moment, nicht mehr berühren.

Der einzige Frieden, den sie seit Jahren kannte.

* * *

Sechs Jahre zuvor.

Zitternd kauert Nora im verschneiten Unterholz des Winterwaldes. Es ist still hier. Sehr still. Keine User. Keine Drohnen. Keine Streams. Nicht mal der Dämmerhimmel ist hinter den tief hängenden Schneewolken zu sehen.

Hat sie ihre Verfolger abgehängt? Schwer zu sagen. Aber sie glaubt zumindest, dass sie nicht mitbekommen haben, wohin sie gereist ist. Sie ist allein.

Ein Krächzen erklingt leise aus den schneeblinden Schatten, ein wisperndes Rascheln schwarzer Federn. Nicht ganz allein. Der Gedanke ist zumindest ein bisschen tröstlich. Und Nora spreizt die Schattenschwingen, so weit sie kann, und hüllt sich darin ein wie in eine Decke, wickelt sie um sich, bis sie nichts mehr spürt außer Wärme und Dunkelheit. So bleibt sie hocken. Sekunden? Minuten? Es ist nicht so wichtig. Sie wartet bloß, dass die Pillen endlich zu wirken aufhören und sie nach Hause kann.

Auch heute wird sie Mika nicht finden. So wie an keinem Tag in den letzten Monaten. Sie ist zu schwach. Zu klein. Was soll ein gerade zwölfjähriges Mädchen gegen all die erfahrenen User ausrichten, die versuchen, ihr ihre kostbaren Pillen mit Gewalt abzunehmen? Sie kann nur weglaufen.

»Hey.«

Nora hebt erschrocken die Stirn von ihren Knien. Sie ist so in ihre Gedanken vertieft gewesen, dass sie gar nicht bemerkt hat, wie sich ihr jemand näherte. Wie unvorsichtig und dumm!

Vor ihr steht jetzt ein Mädchen – vielleicht auch eine junge Frau, es ist schwer zu beurteilen; sie sind ja nicht über eine Euphoria-Freundschaft verbunden, und Nora kann ihr Gesicht deshalb nicht sehen. Aber ihr Enigma zumindest erkennt sie, denn das Mädchen trägt das platinblonde, am Hinterkopf ausrasierte Haar streng zur Seite gekämmt, sodass die silbrigen Implantate an ihren Schläfen deutlich sichtbar sind. Eine Cyborg.

»Alles okay?« Das Mädchen geht vor Nora in die Hocke, als wolle sie sie aufmerksam mustern – und vielleicht kann sie das auch, vielleicht hat eine Cyborg wie sie einen Hack gefunden, mit dem sie auch die Gesichter nicht befreundeter User sehen kann.

Nora sieht zur Seite, weicht dem unsichtbaren Blick aus und auch der Frage. Natürlich ist gar nichts okay, aber selbst wenn sie gewusst hätte, wo sie mit einer Erklärung anfangen *sollte, kann sie doch nichts davon einer Fremden erzählen. Nichts von ihrer Suche nach Mika. Nichts von dem Frust, so klein und hilflos zu sein. Nichts von der Angst, ihre Eltern könnten doch bald merken, was sie tut, und ihr alles wegnehmen – wahrscheinlich hätten sie sogar recht damit. Aber Nora kann nicht aufhören. Sie kann nicht.*

»Entschuldige. Ich wollte dich nicht bedrängen. Aber du siehst aus, als ob du Hilfe brauchst.«

Nora runzelt die Stirn. »Wer bist du?«

Das Mädchen scheint einen Moment zu zögern, abzuwägen, wie viel sie preisgeben kann. Diese Art des Zögerns hat auch Nora während ihrer kurzen Zeit in Euphoria sehr schnell gelernt, es ist geradezu unverzichtbar. Niemals zu schnell vertrauen. Und vor allem niemals vergessen, dass Euphoria alles sieht. Es ist dieses Zögern, das Nora plötzlich eine seltsame Verbundenheit zu dem fremden Mädchen fühlen lässt und sie sogar dazu bringt, die Schattenflügel um ihre Schultern ein Stück weit zu öffnen.

»Ich nenne mich Kitty«, sagt das Mädchen schließlich. »Aber eigentlich heiße ich Ekaterina. Meine Freunde und ich versuchen, Euphoria zu einem sichereren Ort zu machen.« Sie streckt Nora die Hand entgegen. »Willst du dich uns anschließen? Deine Krähe scheint stark zu sein. Wir könnten deine Kräfte gut gebrauchen. Und du unsere vielleicht auch.«

Nora starrt sie an. Ein sichererer Ort? Die Stimme des Mädchens klingt freundlich. Und Nora hätte tatsächlich viel gegeben, um sich auf ihren Reisen durch Euphoria sicherer zu fühlen. Jemanden zu haben, der sie bei ihrer Suche unterstützt und ihr hilft, diese Welt und ihre eigene Rolle darin besser zu verstehen.

Nicht mehr so allein zu sein.

Trotzdem nimmt sie die angebotene Hand nicht sofort. »Woher weiß ich, dass ich dir trauen kann?«

Ekaterina sieht auf ihre Uhr – ein irritierend grellpinker Kunststoffklotz an ihrem Handgelenk – und nickt. »Du hast recht. Du solltest mir nicht ohne Grund vertrauen. Aber wir haben noch etwas Zeit. Komm mit mir zum Schrottplatz. Dann zeige ich dir mein größtes Geheimnis.«

* * *

»He. Hier wird nicht geschlafen.«

Nora schreckte auf. Über ihr ragten zwei Security-Angestellte des *CityCenters* auf, ein Mann und eine Frau, beide in dunkelblauer Uniform. Nora blinzelte und zog die Kopfhörer aus den Ohren. Die Musik musste schon vor einer Weile aufgehört haben. Ihr Hintern schmerzte vom langen Sitzen auf dem kalten Boden, und ihre Beine … hatte sie noch Beine?

»Na los, aufstehen.« Die Frau schien schlechte Laune zu haben. Oder keinen Bock auf Junkies und Obdachlose. Nora hätte fast gelacht. Wie sie da standen, mit ihren breiten Schultern und den Schlagstöcken. Die hatten ja keine Ahnung, dass man sich von so was nicht mehr beeindrucken lassen konnte, wenn man erst mal ein paar Stunden in Euphoria gewesen war. Tatsächlich wäre sie ganz gern aufgestanden, allein um Stress zu vermeiden. Aber ihre Beine erinnerten sich gerade erst daran, dass sie wohl doch zu ihr gehörten, und meldeten mit schmerzhaftem Prickeln, dass sie sie für die nächsten paar Sekunden definitiv noch nicht tragen würden.

»Hör mal, ich weiß, die Nächte sind schon ziemlich frisch.«

Der Mann machte eigentlich einen ganz netten Eindruck. Bestimmt ein Familienvater, der eine Tochter in Noras Alter hatte.

»Ich hab eine Tochter in deinem Alter und will echt nicht grob zu dir sein. Aber hier kannst du nicht bleiben. Das *Center* schließt bald. Die Bahnhofsmission …«

»Schon gut.« Nora winkte ab und starb innerlich vor Lachen, weil sie recht gehabt hatte. »Ich hab ein Zuhause. Ich häng hier nur ab, weil mein Freund Schluss gemacht hat und ich gerade keine Menschen ertrage, okay?« Mühsam rappelte sie sich auf. Ihr Kopf dröhnte. Wenn sie nur halb so fertig aussah, wie sie sich fühlte, würden die Wachleute ihr die Geschichte höchstwahrscheinlich sogar abkaufen. Zumindest hatte sie sich damit jetzt auch das Mitleid der Frau erschlichen, denn selbst die sah nicht mehr ganz so biestig aus. Sie lächelte sogar. Zumindest fast.

»Ach so, na dann. Aber jetzt trotzdem raus mit dir. Geh nach Hause und trink einen warmen Kakao. Das hilft.«

»Wenn Sie das sagen«, murmelte Nora und machte einen raschen Check-up ihrer körperlichen Verfassung.

Sechs goldene so kurz hintereinander ... das war wirklich eine richtig schlechte Idee gewesen. Aber bis nach Hause würde es wohl reichen.

Kakao. Sie hatte tatsächlich Lust auf Kakao.

Draußen auf der Straße nahm sie zwei Züge von einer ihrer Zigaretten, was gewohnt ekelhaft war, aber immerhin ein wenig half. Dann vergrub sie die Hände in den Taschen und die Nase im Kragen ihres Mantels und machte sich auf den Weg zurück in das Loch, das sie derzeit bewohnte. Die Sonne war untergegangen und die Stadt lag unter einer klammen Nebeldecke.

Sie war kaum hundert Meter weit gekommen, als in ihrer Hosentasche ihr Handy vibrierte. Nora blieb stehen.

Na, das ging jetzt aber doch ziemlich schnell.

»Hallo?«

»Hier ist Sami.«

Tatsächlich. Er war es. Nora sah sich um. Die Straßen hatten sich schon deutlich geleert, nur wenige Menschen waren noch mit raschen Schritten und gegen die feuchte Kälte hochgezogenen Schultern unterwegs, vermummt in dicke Schals, Mäntel und Mützen. Ob Euphoria-User unter ihnen waren? Wer wusste das schon. Es gab ja nicht so viele davon, aber sie konnten überall sein.

»Ich hätte nicht gedacht, dass du so schnell anrufst.«

»Ich will nur wissen, was das für ein Zeug ist, das du mir untergejubelt hast.«

Nora schloss die Augen, um sich zu konzentrieren. Jetzt kam es auf jedes Wort an, wenn sie ihn überzeugen wollte. Und sie konnte es sich nicht leisten, die Suche nach einer Puppe von vorn zu beginnen. »Was glaubst du denn, was es ist?«

Sie konnte sein Stirnrunzeln geradezu hören. »Keine billigen Partydrogen, hoffe ich mal.«

Nora unterdrückte ein trockenes Lachen. »Nein.«

»Was dann?«

Nora legte den Kopf zurück und sah in den Himmel, der diesig im Licht der Straßenlampen leuchtete. Wo war eigentlich dieser Vogel geblieben? Der Gedanke hing wie Bleigewichte an ihren Händen und Füßen.

Warum muss ich so schwer sein? Ich will fliegen …

»Schwer zu erklären.« Sie bemerkte mit Unbehagen, dass ihre Stimme ein wenig schwankte. Automatisch tastete ihre Hand nach dem Pillendöschen. Allein zu wissen, dass es noch da war, beruhigte sie ein wenig. Die Pillen. Und Mikas Foto.

»Sagen wir, es ist eine Art Stimulans. Falls du dich jemals gefragt hast, wie stark du wirklich sein könntest – diese Pillen sind deine Chance, es rauszufinden.«

Am anderen Ende der Leitung war es eine Weile still. »Also doch Drogen«, sagte Sami endlich. Aber er klang nicht ganz so ablehnend, wie Nora befürchtet hatte.

»Die goldenen öffnen eine Tür«, erklärte sie, ohne darauf einzugehen, was er gesagt hatte. »Die schwarzen schließen sie wieder. So oder so wirst du danach mehr über dich wissen. Wer du bist. Und wer du sein könntest. Ob du es erreichst, liegt allein an dir.« Sie atmete einmal tief durch. »Wenn du es versuchen willst, sag Bescheid. Dann treffen wir uns. In Euphoria.«

Wieder schwieg Sami etliche Sekunden.

»So was von Nein«, sagte er dann und legte auf.

Nora blieb stehen, das stumme Handy in der Hand, und starrte auf das dunkle Display.

Verdammt.

Immerhin, er hatte ihr diesmal deutlich länger zugehört. Sogar über mehr als einen Satz hinaus. Wenn sie ganz optimistisch sein wollte, konnte sie sich vielleicht sogar einreden, Neugier in seiner Stimme gehört zu haben. Und noch etwas anderes. Ein Drängen, irgendwie verzweifelt. Als hätte er sie nur angerufen, weil er unbedingt wollte, dass sie ihm etwas versprach. Etwas, das Euphoria oder die Pillen ihm würden geben können.

Vielleicht …

Ein Krächzen weit über ihr riss sie aus ihren Gedanken. Nora grinste schwach, als ein schwarzer Schatten über ihren Kopf hinwegglitt und flatternd auf dem Vordach eines Schuhgeschäftes landete.

»Da bist du ja.«

Die Krähe krächzte noch einmal und schüttelte ihr Gefieder. Dann legte sie den Kopf schief und beäugte Nora missbilligend.

»Hast ja recht.« Nora schob das Handy zurück in die Tasche. »Zeit, nach Hause zu gehen.«

Die Krähe krächzte wieder, stieg mit kräftigen Flügelschlägen in die Luft und segelte lautlos über ihr dahin.

»Was meinst du, findest du ihn wieder, falls er nicht noch mal anruft?«

Die Krähe antwortete nicht darauf.

Nora seufzte. »Nun sei doch nicht immer so schnell beleidigt.«

Dann sagte sie nichts mehr. Besser so. Sie musste ihre Kräfte sparen. Der Tag war ihr wirklich an die Substanz gegangen. Und jetzt, da sie endlich eine Puppe gefunden hatte, hatte Nora die finstere Vermutung, dass das erst der Anfang war.

TATU

5

Freakshow

Der nächste Morgen war ein Dienstag, aber er hätte ebenso gut ein zweiter Montag sein können. Er begann viel zu früh und war darüber hinaus auch noch dunkelgrau vor trübem, unermüdlichem Herbstregen. Außerdem war Sami ziemlich montagsmäßig spät dran und hatte es allen guten Vorsätze zum Trotz natürlich nicht geschafft, morgens im Bett noch die Deutschhausaufgaben zu machen, auf die er abends zuvor einfach keine Lust mehr gehabt hatte. So mussten es nun ein paar hastig im Bus hingeschmierte Zeilen tun, für den Fall, dass er kontrolliert wurde. Und selbst dieses Vorhaben gab er bereitwillig wieder auf, als der Bus nach einer Viertelstunde an der *Osningstraße* hielt, wo Tatu zustieg. Sami stopfte seine Hefte zurück in den Rucksack und rutschte ans Fenster, um den Platz freizumachen, den er für Tatu reserviert hatte. Wie jeden Morgen.

Schon von der Fahrertür aus zeigte Tatu mit ausgestrecktem Zeige- und Mittelfinger das Victory-Zeichen und grinste unter der Kapuze seines Hoodies das für ihn typische breite Grinsen. Natürlich hatte er keinen Schirm dabei und war klatschnass. Warum er nicht ständig todkrank war, war Sami seit Jahren ein absolutes Rätsel.

Tatus voller Name war Tae-Jun Fabian Peters – ein Konstrukt aus seinen koreanischen Wurzeln väterlicherseits und dem ebenfalls väterlich besorgten Wunsch, er möge mit einem zumindest größtenteils deutschen Namen weniger Probleme in der deutschen Gesellschaft haben. Vermutlich, so hatte Sami schon öfter gedacht, hatte Tatus Vater damit leider nicht einmal unrecht, aber dass der Junge sich konsequent mit beiden Namen vorstellen und damit für üble Knoten in den Zungen seiner Sandkastenfreunde sorgen würde, war sicher nicht Teil der Rechnung gewesen. Und so war aus ihren redlichen Bemühungen erst Tatufabi und schließlich Tatu geworden – und geblieben, obwohl sie aus dem Babysprech-Alter in der Tat schon eine Weile rausgewachsen waren. Tatu selbst störte die verbale Verstümmelung seines Namens kein Stück. Das lag vor allem daran, dass Tatu sich grundsätzlich nie an irgendetwas störte – und zwar mit erbarmungsloser Konsequenz, selbst wenn er innerlich vor Wut kochte. Tatu konnte wirklich enorm wütend werden und dabei immer noch der positivste, lustigste Mensch sein, den Sami kannte. Einfach aus Prinzip. An diesem Morgen allerdings war er einfach nur nass.

»Moin, Piet.« Tatu ließ sich mit vollem Gewicht in den Sitz fallen. »Alles klar bei dir?«

Sami zuckte die Schultern. »Erst Dienstag. Und regnet. Aber hilft ja nix.«

Tatu ächzte verständnisvoll, wischte sich die tropfenden Haare aus der Stirn und trat seine Umhängetasche unsanft unter den Sitz seines Vordermannes.

»Und du?«, fragte Sami zurück. »Invasion gut überstanden? Oder hat der Commander dich zu sehr gefoltert?«

Tatu gab einen gequälten Laut von sich. Der Commander, das war seine geradezu unerträglich deutsche Großtante mütterlicherseits, die sie so nannten, weil sie keinen Widerspruch im Regiment duldete, nicht mal wenn sie lachte. Diese Kommandantentante sah es offenbar als ihre Pflicht an, Tatus Mutter das Leben schwer zu machen, weil die es gewagt hatte, einen koreanischen Kunst-Restaurator zu heiraten anstelle eines ordentlichen deutschen Beamten. *Natürlich* hatte sie nichts gegen Ausländer. Aber. Und überhaupt – ein Künstler? Konnte man davon denn eine Familie ernähren? Tatu und Sami verachteten sie beide. Und Tatu sah es daher durchaus als *seine* Pflicht an, seiner Mutter bei Invasionen durch Commander Heidrun beizustehen, so gut er konnte.

»Frag nicht«, erklärte er jetzt und rollte mit den Augen. »Das übliche hochnotpeinliche Verhör, und sie war natürlich wie immer der Meinung, ich würde mich zu wenig um meine Zukunft kümmern, und wo ich bloß diese Faulheit herhätte? *Wir Asiaten* sind doch eigentlich so fleißig, weißt du ja.« Er schnaufte. »Du kannst es dir vermutlich denken: Es hat nicht geholfen, ihr zu sagen, dass ich erst mal irgendeinen Quatsch studieren und mich ein paar Jahre durchs deutsche Sozialsystem schmarotzen will, wie jeder vernünftige Mensch das hierzulande tun würde.« Er seufzte schwer und sah für einen winzigen Moment ernsthaft finster aus. Nur ganz kurz, natürlich. Denn wie gewöhnlich wurde seine Miene schon eine Sekunde darauf von einem spitzbübischen Grinsen aufgehellt. »Aber du, du hast sicher den ganzen Nachmittag dein tolles neues Spiel gespielt und massig Spaß gehabt, oder?«

Sami verdrehte die Augen. »Dein *tolles* Spiel hat meinen Laptop geschrottet. Schon vergessen?«, erklärte er ein wenig genervter, als er es wirklich war.

Tatu hob verblüfft die Brauen. »Echt? Dann war das kein Witz?« Er sah Sami prüfend an, als wollte er herausfinden, wie sauer er deswegen war. »Tut mir leid, Mann.« Er klang nun ehrlich zerknirscht. »Können die was machen beim PC-Doc? Ich schmeiß dir was zur Reparatur dazu, okay?«

»Ach Quatsch, lass stecken.« Sami winkte ab. »Meine Mutter hat mir schon was dazugelegt. Und die waren ganz optimistisch in dem Laden. Ich fahr nachher noch mal hin.« Er rutschte ein bisschen tiefer in seinen Sitz. »Da war so ne komische Type im Fahrstuhl«, sagte er und fragte sich im gleichen Moment, warum es sich so unangenehm anfühlte, davon zu erzählen. Vielleicht, weil ihm die Situation immer noch eher wie ein abgefahrener Traum vorkam als wie etwas, das er wirklich erlebt hatte.

Aber Noras Nachricht war immer noch auf seinem Handy. Und er hatte sie gestern angerufen. Er hatte eben erst wieder nachgesehen, zum etwa fünfhundertneununddreißigsten Mal heute. »Die war ziemlich spooky. Also wenn du mich fragst, entweder Dealer oder Stalker.«

Tatu riss die Augen auf. »Ein Stalker? Nicht dein Ernst! Erzähl!«

»Pssst!«, zischte Sami. »Schrei doch nicht so, Mann!« Er sah sich hastig um, aber die anderen Schüler im Bus interessierten sich genauso wenig für ihr Gespräch wie an jedem anderen Morgen auch. Eher sogar noch weniger, weil alle damit beschäftigt waren, ihre Regenschirme und -mäntel so unterzubringen, dass niemand noch nasser wurde, als er es sowieso schon war. Sami atmete einmal tief durch. Dann berichtete er mit gedämpfter Stimme von der Begegnung mit Nora im Fahrstuhl.

»Sie hat mir so eine komische Nachricht geschickt. Und ich habe echt keinen Plan, woher sie meine Nummer hat.« Er kramte in seinem Rucksack nach dem Handy. »Warte, hier.«

Tatu las die Nachricht mit skeptischem Gesicht und schüttelte dann verständnislos den Kopf. »Abgefahren …« Dann aber zuckte er die Schultern und reichte Sami das Handy zurück. »Also, wenn du mich fragst, ist das irgendein Browsergame, für das sie neue Mitspieler anwerben muss, um Bonus-Schweinemist zu kriegen.« Er grinste. »Lösch den Quatsch am besten gleich. Du hast schon einen Dealer für ätzende Minigames.«

Wider Willen musste Sami lachen. Bonus-Schweinemist, das klang wirklich logisch. Warum war er da nicht von allein draufgekommen? »Auch wahr.«

In diesem Moment wurde ihr Gespräch von einem zuckersüßen »Guten Morgeeeeeeen!« unterbrochen. Gerade hatte der Bus an der vorletzten Station vor der Schule gehalten und einen weiteren Schwung Schüler hereingelassen, unter anderem Mia und Caro, die weibliche Hälfte ihrer »Clique der besonderen Kinder«, wie Mia es wenig schmeichelhaft und nicht ohne Stolz ausdrückte, seit sie die Bücher von Ransom Riggs gelesen hatte. Die beiden ergötzten sich wie gewöhnlich am morgendlichen Leid und der schlechten Laune anderer und fingen direkt damit an, abartig gute Frühaufsteherstimmung zu verbreiten.

»Na ihr Süßen?« Caro ließ es sich auch vom Ruckeln des anfahrenden Busses nicht nehmen, zuerst Tatu und dann Sami ein bonbonbuntes Orangenlipgloss-Bussi auf die Wange zu drücken. »Schönen Montag gehabt? Was gibt's Neues?«

Tatu hob beide Hände in einer dramatischen Geste. »Spannendes! Sami wird von einer Stalkerin verfolgt!«

»Was, echt jetzt?« Mia drängte sich neben Caro, fuhr sich über den streichholzkurzen Irokesenschnitt und machte ein neugieriges Gesicht. »Hi übrigens.«

Sami verdrehte die Augen und schüttelte den Kopf. »Ja nee. Irgendwie nicht so richtig. Glaubt ihm kein Wort.«

»Er ist im Fahrstuhl angequatscht worden.« Tatu grinste. »Aber die Alte hat sich natürlich die Zähne an ihm ausgebissen.«

»Och Mensch, Sami!« Mia grinste und zeigte dabei das Piercing in ihrem Oberlippenbändchen. »Warum bist du denn immer so fies? War sie wenigstens hot? Ey!«, quiekte sie, als Caro ihr mit dem Ellbogen einen Rippenstoß verpasste.

»Da fragst du ja wohl den absolut Falschen«, erklärte Sami mürrisch.

»He, für Hotness gibt es auch objektive Kriterien«, verteidigte sich Mia. »Ist doch egal, ob man auf Jungs oder Mädchen steht. Ich zumindest …«

»Schrei's am besten gleich noch lauter rum«, zischte Caro. »*Vielleicht* möchte Sami ja selbst entscheiden, wer davon weiß?«

»Oh Mann.« Sami zog seine Mütze über die Augen. »Ihr nervt.«

»Ach, nimm's locker.« Tatu legte ihm gespielt mitfühlend den Arm um die Schultern. »Wir finden dir schon noch nen netten Typen. Auch du wirst nicht ewig Jungfrau bleiben.«

Im ersten Moment wollte Sami ihn gereizt anraunzen und seinen Arm wegschieben, ihm einen schrägen Spruch reindrücken und ihn in die Seite boxen, wie er es immer tat, vor allem wenn die Mädels danebenstanden – und das aus gutem Grund.

Aber einen winzigen Augenblick lang zögerte er. Denn wenn er ganz ehrlich zu sich selbst war, wollte er eigentlich gar nicht, dass Tatu seinen Arm wieder wegnahm, obwohl der Ärmel seines Pullovers noch unangenehm feucht war. Ein warmes Kribbeln rieselte durch Samis Brust, und er holte tief Luft, um es wegzuatmen.

Das geht vorbei, Sami. Das geht vorbei. Du weißt genau, dass da nie was draus wird.

Denn im Gegensatz zu ihm stand Tatu definitiv *nicht* auf Jungs. Wenn Sami eines wusste, dann das. Immerhin waren sie *best buddies, dude* – und deshalb war Sami weitaus besser darüber informiert, als ihm lieb war, welche Mädchen hin und wieder in Tatus schmutzigen Fantasien auftauchten. Darum musste diese sinnlose Schwärmerei einfach vorbeigehen. Sie musste.

Und so schob Sami den Arm am Ende doch weg, machte seinen Spruch und lachte über Tatu statt mit ihm, während das Gespräch neben ihnen längst in eine andere Richtung wanderte – zu Mias und Caros eigenen Erfahrungen mit aufdringlichen Typen, und dann weiter zu ihrem Schwimmwettkampf am Wochenende, Serien und Computerspielen und lauter alltäglichem Zeug, das weder mit Sami noch mit Tatu oder gar mit dem Krähenmädchen zu tun hatte.

Besser so.

Es war doch gut, einen besten Freund zu haben, mit dem selbst eine gruselige Begegnung im Fahrstuhl zu einer unwichtigen Angelegenheit wurde. Und genau das würde Tatu auch immer bleiben: Samis allerbester Freund. Nicht mehr. Aber eben auch nicht weniger.

»Hey, Sami. Führst du wieder deine Freakshow spazieren?«

Als sie an der Schule aus dem Bus stiegen, war es mit der Fröhlichkeit erst mal vorbei. Direkt an der Haltestelle hatte sich eine kleine Gruppe aus ihrem Jahrgang zusammengerottet. Rauchend, in Muskelshirts und Kunstlederjacke, mit Markenjeans und gegelter Fitnessfrisur standen sie unter dem Dach, die Mädels bis in die Wimpernspitzen durchgeschminkt. Allen voran wie immer Christina. Sie war seit der fünften in Samis Klasse gewesen und hatte schon damals eine recht giftige Vorstellung von Humor gehabt – gerade deshalb hatten sie sich eigentlich ganz gut verstanden. Bis sie in die Pubertät gekommen war. Seitdem schien bei ihr irgendetwas falsch verschaltet zu sein. Heute trug sie trotz des Mistwetters bauchfrei – wahrscheinlich um ihr Piercing zu zeigen und das neue Tattoo mit dem chinesischen Schriftzeichen.

»Och nö.« Mia verdrehte die Augen. »Der Prollclub.«

Sami zog die Kapuze seines Hoodies über seine Mütze. Scheuklappen aufzusetzen half, wenn der Prollclub – oder vielleicht auch bloß Christina – einen schlechten Tag hatte. Christina und ihre Gang waren in ihrer Stufe so ziemlich das Australien zu Sami und seinen Freunden, und meistens ließen sie sich einfach gegenseitig in Ruhe. Aber manchmal mussten sie anscheinend irgendwie Dampf ablassen. Und dann waren sie echt unerträglich. Vor allem, weil es Sami zuerst traf. Immer. Warum, das konnte er sich beim besten Willen nicht erklären. Manchmal hatte er sich sogar schon gefragt, ob das alles eine verdrehte Art von Anmache sein sollte.

Auch heute hatte Christina offenbar keinen Sinn dafür, ihn einfach so ziehen zu lassen. Immerhin kam sie allein und nicht mit Marla und Penelope, den zwei Schickimicki-Tussis, die sie sonst ständig flankierten. Aber Christina allein war schon schlimm genug.

»Jetzt lauf doch nicht weg.« Sie trat ihnen in den Weg. Ihr Deo roch so pink wie die Blümchen auf ihrem Regenschirm und mischte sich mit dem Geruch nach Zigaretten. Sami wurde direkt ein bisschen schlecht. »Ich wollte dich nur fragen, ob du meinen Schirm leihen willst. Der steht dir bestimmt super, und ich kann einfach nicht mit ansehen, wie so ein zartes kleines Kerlchen schutzlos durch den Regen läuft.«

Sami blieb stehen. Tatu legte ihm die Hand auf die Schulter. »Lohnt sich nicht«, sagte er nur und hatte natürlich völlig recht damit.

»Sag mal, welche Creme benutzt du eigentlich, dass du so eine tolle weiche Haut hast? Das wollte ich dich schon lange mal fragen.«

Gelächter ertönte von hinten und Christina zuckte mit zuckersüßem Unschuldsgrinsen die Schultern. Der Prollclub hatte heute wirklich einen sehr schlechten Tag. Und Sami versuchte wirklich, sich davon nicht treffen zu lassen. Es gelang ihm allerdings genauso wenig wie sonst.

Da flogen von irgendwo hinter ihm neonbunte Wattebäusche in Christinas Gesicht. »Zieh Leine«, sagte Caro und ließ eine apfelgrüne Kaugummiblase platzen.

Für einige äußerst befriedigende Sekunden sah Christina ziemlich verwirrt aus. Dann verzog sich ihr Gesicht. »Dass du echt immer mit diesen Freaks abhängen musst.« Sie schüttelte den Kopf. »Na, macht was ihr wollt. Ich wollte nur nett sein. Bis später, Sami! Und pass auf, dass du nicht weggepustet wirst. Ist windig heute.«

Wieder Gelächter, und Sami fühlte, wie die Wut in ihm zu brodeln begann.

Doch da spürte er, wie Tatu sich sehr dicht neben ihn stellte, ganz lässig, wie es so seine Art war, und grinste, wie es auch so seine Art war. »Warum steht da eigentlich *Arschloch* auf deinem Bauch?«, fragte er und deutete auf den Saum von Christinas Shirt. »Müsste es nicht *Arschlöchin* heißen?«

Christina starrte ihn mit offenem Mund an. Dann lachte sie ein bisschen zu schrill. »Du bist witzig, Tatu. Echt *witzig.*«

»Kein Problem. Macht fünfzig Euro, ich nehm auch Bitcoins.«

Darauf wusste Christina scheinbar endgültig nichts mehr zu sagen. Nicht mal, als Mia ihr demonstrativ den Rücken ihrer Jacke zudrehte, auf dem ein großer Aufnäher in Form eines ausgestreckten Mittelfingers prangte. Sie lächelte nun auch Sami nicht mehr mit ihrem komischen Zuckerlächeln an. Sie ließ ihn und »seine Freakshow« einfach ziehen. Das war wenigstens etwas. Und als

Tatu Sami kurz darauf in die Rippen knuffte und flüsterte: »Sag mal, glaubst du, sie hat je gecheckt, dass ich gar kein Chinese bin?«, da musste Sami fast schon wieder lachen. Aber nur fast.

Sami konnte nichts dagegen tun, dass die Begegnung mit Christina ihm nachhing. Es hätte ihn nicht kümmern sollen, dachte er. Es war nur unreflektiertes Gelaber einer unreflektierten Person, wie Tatu ihm vor Unterrichtsbeginn noch mehrmals eindringlich versichert hatte, bevor sie sich für die nächsten Stunden trennten und in ihre LKs gingen – Sami Mathe, Tatu Sozialkunde. Tatu mochte Fächer, in denen man viel reden musste.

Aber der Tag blieb dunkel, und in der Fensterscheibe neben seinem Platz im Kursraum hatte Sami viel zu oft Gelegenheit, sein eigenes Spiegelbild anzustarren.

Und es zu hassen.

Vielleicht brauchst du eines Tages eine Möglichkeit, weiter über dich hinauszuwachsen, als du es je für möglich gehalten hättest.

Er bekam diese Stimme einfach nicht mehr aus seinem Kopf. Wie oft hatte er jetzt schon nach der Pillendose in seiner Tasche getastet? Warum hatte er sie überhaupt in die Schule mitgenommen?

Damit du endlich so stark sein kannst, wie du es dir immer gewünscht hast.

Und mal ehrlich, was für ein billiger Spruch war das überhaupt?

Falls du dich jemals gefragt hast, wie stark du wirklich sein könntest – diese Pillen sind deine Chance, es rauszufinden.

Bonus-Schweinemist. Ganz bestimmt ging es nur um verdammten Bonus-Schweinemist!

Dann treffen wir uns. In Euphoria.

Sami stand auf.

»Entschuldigung. Ich muss mal aufs Klo.« Die schrägen Blicke der anderen interessierten ihn jetzt nicht mehr.

Auf dem Jungsklo hielt er sich mit beiden Händen am Waschbecken fest und starrte in den Spiegel.

»Jetzt komm mal runter«, sagte er zu seinem Spiegelbild und fand, dass sich das einfach zu sehr nach Tatu anhörte. Nicht mal Tatu verstand, warum ihn das alles so fertigmachte. Aber wie sollte man das auch verstehen, wenn man so ein verdammt hübscher und dabei schon mit siebzehn so lächerlich männlicher Typ war?

Sami biss die Zähne zusammen. Atmete tief ein und wieder aus. Und zog das Döschen mit den Pillen aus der Tasche.

Die goldenen öffnen eine Tür. Die schwarzen schließen sie wieder.

»Wehe, du verarschst mich«, murmelte Sami.

Dann warf er sich eine goldene Pille in den Mund, ehe er es sich wieder anders überlegen konnte. Er schluckte. Spülte mit Wasser nach und spürte die Pille seine Speiseröhre hinunterrutschen. Dann packte er wieder das Waschbecken, starrte sein Spiegelbild an und wartete.

Es geschah nichts.

Sami schloss die Augen und horchte in sich hinein. Kein Kribbeln. Keine Wärme im Magen. Gar nichts.

Sami fluchte und schmiss das Pillendöschen in den Eimer für die Papierhandtücher. So ein dämlicher Mist!

Wütend auf sich selbst stapfte er wieder auf den Flur hinaus und knallte die Klotür laut hinter sich zu.

Da flog eine einzelne Krähe am Fenster vorbei.

Und die Welt um Sami explodierte.

6

Log-In

Es war, als ob die Zeit stehen bliebe. Von einer Sekunde zur anderen verstummten alle Geräusche, erstarrte der Regen vor dem Fenster und selbst die Tropfen hielten in ihrem Lauf die Scheibe hinab inne – einen Wimpernschlag lang nur, ehe die ganze Szenerie zerfiel wie eine Scheibe aus Sicherheitsglas, gegen die jemand einen Hammer geschlagen hatte. Der Flur, das Fenster, die Neonlampen und der graue Himmel draußen, selbst der Fußboden zerbrachen unter Samis Füßen in winzige, glitzernde Stücke. Für einen schrecklichen Moment hatte er das Gefühl zu fallen und griff panisch nach der Fensterbank. Doch auch die zersprang unter seinen Fingern in Scherben und ließ nichts als durchsichtige Schemen zurück.

Sami stolperte, schwankte und griff nach Halt suchend in die leere Luft vor ihm, bis es ihm endlich gelang, das Gleichgewicht wiederzufinden. Trotzdem brauchte er noch etliche Sekunden, bis er wirklich begriff, dass er wieder festen Boden unter den Füßen hatte und dass er wohl doch nicht in unendliche Tiefen stürzen würde.

Schwer atmend blieb er stehen und sah sich um.

Verdammt … was war das hier?

Oder vielmehr: *Wo* war es?

Langsam drehte Sami sich einmal um sich selbst. Er stand in einem langen Korridor, umgeben von Wänden, die aussahen wie schillerndes, unregelmäßig dickes Glas. Durch die Wände hindurch sah er schattenhafte Bäume – und einen dämmergolden strahlenden Himmel, der sich leuchtend über ihm spannte, als wäre er mitten am Tag in einen Sonnenuntergang geraten.

An der rechten Seite des Ganges entdeckte Sami mehrere Türen, und auch durch sie konnte er hindurchsehen, in die Räume hinein. Unförmige Schatten hockten darin, in Reihen hintereinander an durchsichtig schillernden Tischschemen. Ein kalter Schauer lief über Samis Rückgrat.

Ich bin immer noch in der Schule! Aber …

Jetzt wurde ihm doch wieder schwindelig. Aber als er versuchte, sich an der Wand abzustützen, gab diese einfach nach und sein Arm glitt mitten hindurch. Sami taumelte und keuchte auf vor Schreck. Zum Glück hatte er das nicht mit der Außenwand versucht.

Ist das … Euphoria?

Es gab keine andere Erklärung für das hier, so viel war sicher, zumindest keine, die halbwegs logisch war. Er hatte die Pille genommen, und jetzt das, da lagen Ursache und Wirkung ja auf der Hand. Aber was um alles in der Welt *war* es? Halluzinierte er? Hatte Nora ihn belogen und ihm doch eine Droge untergeschoben? Lag er vielleicht gerade jetzt zuckend und sabbernd auf dem Flur und verbreitete Panik bei den Menschen, die zufällig an ihm vorbeikamen? Was für eine grässliche Vorstellung. Oder stand er vielleicht immer noch vor dem Waschbecken und starrte apathisch in den Spiegel?

»Willkommen in Euphoria, unbekannter User.«

Die Stimme kam aus dem Nichts und ließ Sami zusammenfahren. Umso mehr, als unter seinen Füßen plötzlich kleine grüne Pfeile aufleuchteten, die blinkend den Gang hinunterwiesen.

»Dies ist Ebene Eins. Um weitere Ebenen zu nutzen, gehe jetzt zum Registrierungsterminal.«

Die Stimme klang etwas blechern und kam offenbar aus einem Lautsprecher, den Sami nicht sehen konnte. Euphoria. Also stimmte es. Langsam und noch immer ein bisschen wackelig auf den Beinen folgte er den Pfeilen den Flur entlang. Ihm war nun wirklich sehr flau im Magen. Das konnte vielleicht von der Pille kommen, dachte er. Oder von der Tatsache, dass der Welt plötzlich jede Substanz fehlte, dass es keinen festen Stoff mehr zu geben schien, außer dem Stück Boden, auf das er gerade den Fuß setzte, und ansonsten nur Schatten und fließendes Glas. Allein nach draußen zu sehen zu den Schattenbäumen unter dem Dämmerhimmel, die sich in einem lautlosen Wind wiegten, machte ihn schwindelig.

Doch am Ende des Ganges war eine Tür. Eine richtige Tür, ebenfalls aus Glas, das aber fest war und matt geschliffen, sodass er nicht hindurchsehen konnte. Die grünen Pfeile wiesen genau dorthin.

Als Sami das kühle, feste Glas unter seinen Fingern spürte, hätte er am liebsten geheult, weil es sich so gut anfühlte. Als könnte er endlich nicht mehr mit jedem Schritt einfach in den regenbogenschillernden Abgrund stürzen.

Mit einem leisen Zischen glitt die Tür zur Seite.

Der Raum, in den er nun hineinstolperte, war eigentlich mehr eine Kammer, kaum halb so groß wie sein Zimmer zuhause, aber völlig leer – und endlich, endlich nicht mehr aus fließendem Glas, sondern aus sympathisch grauem, unverputztem Stahlbeton. Die Wände wirkten bleich im Licht der nackten Neonröhre unter der Decke, und in die Wand gegenüber der Tür war ein großes Fenster eingelassen, durch das man allerdings nicht nach draußen sehen konnte, weil es verspiegelt war. Dafür sah Sami darin etwas anderes.

Sich selbst.

Wie vom Donner gerührt blieb er stehen.

Die Welt war offenbar nicht das Einzige, was sich bei seinem Sturz durch Zeit und Raum verändert hatte. Auch seine Klamotten waren weg, und an ihrer Stelle trug er einen Overall aus elastischem dunkelviolettem Stoff. Die Nähte und Absätze waren knallrot, und auf seinem linken Oberarm prangten in ebenso leuchtendem Rot die Ziffern 03.

Aber was das Wichtigste war: Er hatte Muskeln. Und

Schultern. Oder zumindest sah es in diesem Overall so aus.

Was zum Teufel geht hier ab?!

Vorsichtig, weil er jederzeit damit rechnete, dass die Welt erneut auseinanderbrechen und der Spuk vorüber sein könnte, trat Sami näher an die spiegelnde Scheibe heran und inspizierte misstrauisch sein Gesicht. Das allerdings sah aus wie immer – schmal und feinknochig, mit diesen riesigen, langbewimperten braunen Augen. Sami blinzelte. Langsam fühlte sich das alles wie ein völlig abgefahrener Traum an. War er nicht doch einfach eingeschlafen? Er versuchte es mit dem guten alten Kneiftrick. Es tat weh, definitiv tat es *ziemlich* weh und würde garantiert einen blauen Fleck geben. Aber es fühlte sich anders an als sonst, ein wenig dumpf und zeitversetzt, als würde der Schmerz mit einigen Hundertstelsekunden Verzögerung ankommen. Unbehaglich rieb sich Sami über den Oberarm. Und jetzt?

Er sah sich im Raum um. Die Stimme hatte von einem Terminal gesprochen … damit konnte wohl nur dieser hüfthohe Kasten aus mattem Glas gemeint sein, der da so unübersehbar in der Mitte des Raums herumstand. Sami runzelte die Stirn und trat näher. Oben auf dem Kasten waren ein Display und eine Art Solarzelle eingelassen. Auf dem Bildschirm war ein Textfeld zu sehen, in dem ein einsamer Cursor blinkte. Darunter eine Touchscreen-Tastatur.

»Bitte gib deinen Namen ein.«

Sami zuckte zusammen. Wieder diese Stimme. Konnten die ihn etwa sehen?

Er warf einen nervösen Blick über die Schulter, doch bis auf ihn und das Terminal war der Raum noch immer bleich und leer. Hinter dem verspiegelten Fenster vielleicht? Wie in einem Verhörraum?

»Jetzt mach dich mal nicht kirre«, sagte er zu sich selbst und wünschte im gleichen Augenblick, er hätte es nicht getan, weil seine Stimme in dem kahlen Raum so flach und gleichzeitig überlaut klang.

»Bitte gib deinen Namen ein.«

Irgendwo hier mussten Kameras sein. Und Lautsprecher. Aber wo?

»Bitte gib deinen Namen ein.«

»Ja, ja, ist ja gut!«

Sami atmete einmal tief durch – dann tippte er *»SAMI«* in das Textfeld. Im letzten Moment schoss ihm noch der Gedanke durch den Kopf, ob es nicht besser wäre, einen Namen zu benutzen, der nicht gerade sein eigener war. Aber da hatte er seine Eingabe auch schon bestätigt.

Der Bildschirm verdunkelte sich. Und kurz darauf erschien statt des Textfeldes eine Zahlenkombination.

7264.

»Willkommen, SAMI. Dein persönlicher Code ist 7-2-6-4. Du kannst jetzt dein PlugIn *einsetzen, um dich mit dem Netzwerk zu verbinden.«*

Zeitgleich mit diesen Worten öffnete sich unten am Terminal eine kleine Klappe. Darin lag ein cremefarbenes

Knöpfchen, etwa so groß wie die Kuppe von Samis kleinem Finger.

PlugIn?

Vorsichtig griff Sami nach dem Knöpfchen und legte es auf seine Handfläche, um es von Nahem zu begutachten. Es sah aus, als wäre es aus Kunststoff, fühlte sich aber warm an, elastisch und seidig, fast wie ein kleines Lebewesen. Dabei erinnerte es Sami entfernt an einen Kopfhörerstöpsel, nur ohne Klanglöcher. Ob er es sich also ins Ohr stecken sollte? War das mit *einsetzen* gemeint?

In diesem Augenblick flimmerte die Glasscheibe vor ihm. Die spiegelnde Oberfläche verschwand und Licht strömte herein, um den grauen Raum in fahles Gold zu tauchen.

»Euphoria City erwartet dich«, sagte die Stimme. *»Bitte setze jetzt das* PlugIn *ein.«*

Sami hörte ihre letzten Worte gar nicht. Mit offenem Mund starrte er nach draußen.

Vor dem Fenster lag eine Stadt. Aber sie hatte nichts, wirklich gar nichts mehr mit der Welt zu tun, die er kannte. Die Häuser standen so eng beieinander, dass der dämmerleuchtende Himmel zwischen ihnen nur zu erahnen war. Ihre spiegelnden Glasfassaden aber fingen die Sonnenstrahlen ein, reflektierten sie millionenfach und tauchten die Szenerie in goldenes Zwielicht. Zwischen den Gebäuden ragten gewaltige Bäume noch höher empor als die Häuser; die Zweige, Stämme und Wurzeln waren untrennbar verwoben mit den Gebilden aus Stahl und

Glas. Grüne Ranken und Kletterpflanzen mit rostroten Blättern wuchsen die Betonpfeiler hinauf und schwangen im Wind, der um die Hochhäuser strich. Weiter unten waren die Fassaden gepflastert mit riesigen Bildschirmen, blinkenden Neonschriftzügen und Plakaten, die Sami aus der Entfernung nicht entziffern konnte. Schwebebahnen glitten auf glänzenden Stahlkonstruktionen an den Gebäuden entlang, hoch hinauf und zwischen den Häusertürmen und Bäumen hindurch, voll mit Menschen, die sich schemenhaft hinter den dunklen Scheiben bewegten. Und auch auf den Straßen drängten sich winzige Gestalten.

Was zum …?

Fasziniert starrte Sami nach unten.

In diesem Augenblick flimmerte die Wand neben dem Fenster und verschwamm zu einem pixeligen Rauschen. Als es sich wieder legte, befand sich dort eine Schiebetür aus Metall, die vorher ganz sicher nicht da gewesen war. Über dem Codeschloss, das in den Rahmen eingelassen war, leuchtete ein kleines rotes Licht.

»Euphoria City erwartet dich. Bitte setze jetzt das PlugIn *ein.«*

Täuschte er sich, oder klang die Blechstimme tatsächlich ungeduldig, weil sie ihm alles dreimal sagen musste? Sami starrte auf die Tür.

Das Codeschloss bestand aus einem Zahlenfeld und noch so einer dunkel schillernden solarzellenähnlichen Fläche. Sami atmete tief durch. Ob er mal …?

7-2-6-4.

Die Lampe blinkte kurz grün auf. Das Solarfeld schillerte – dann ertönte ein lang gezogenes Piepen.

»*Registrierung nicht abgeschlossen.* PlugIn *erforderlich.*«

»Schon gut, schon gut.« Sami betrachtete das Knöpfchen in seiner Hand. Einen Versuch war es wohl wert. Er strich seine Haare zur Seite und fummelte das kleine Gerät in sein Ohr.

Zuerst fühlte es sich angenehm an. Ganz weich und samtig schmiegte sich das *PlugIn* in Samis Ohrmuschel wie ein federleichtes Streicheln. Schon Sekunden darauf spürte er kaum noch, dass es da war.

Bis es mit einem Mal ein gurgelndes, schlürfendes Geräusch gab – wie ein verstopfter Abfluss, der wieder frei wurde und mit einem kräftigen Sog den weichen Knopf tief in Samis Gehörgang hineinzerrte. Entsetzt keuchte Sami auf und fuhr sich mit der Hand ans Ohr – natürlich viel zu spät. Das *PlugIn* war längst außer Reichweite seiner Finger. Sami konnte es fühlen, wie es durch sein Ohr in seinen Kopf hineinschlüpfte und sich dort festsaugte wie ein kleiner Egel. Lange, fädige Ärmchen wuchsen heraus und krochen unter seiner Schädeldecke entlang. Es fühlte sich an, als würde sein Kopf im nächsten Moment platzen. Sami öffnete den Mund, um zu schreien, aber es kam nur tonloses Ächzen heraus. Seine Sicht verschwamm, er taumelte, und sein ganzer Körper fühlte sich bis in die Fingerspitzen taub und kalt an.

Und dann war es vorbei.

Schwer atmend klammerte Sami sich an das Terminal und tastete mit zitternden Fingern nach seinem Ohr – aber da war nichts. Das *PlugIn* war verschwunden, als hätte es niemals existiert.

»Scheiße. Scheißescheißescheiße ...«

Das war nicht echt. Ganz bestimmt passierte das alles nur in seinem Kopf. *Ganz bestimmt* war er immer noch auf der Schultoilette und starrte sich im Spiegel an. Selbst die Vorstellung, zuckend und sabbernd auf dem Flur zu liegen, erschien Sami nun verlockender, als zu akzeptieren, dass er sich gerade ein halb lebendiges Ding in den Kopf gepflanzt hatte.

Was für ein Höllentrip. Wenn das eine Droge war, dann war sie ziemlich krass. Ging so was überhaupt?

»Registrierung abgeschlossen«, sagte die Stimme in diesem Moment – und Sami wäre fast durch die geschlossene Scheibe aus dem Fenster gesprungen vor Schreck. Die Stimme war *in seinem Kopf!* Leicht vibrierend erklang sie genau da, wo sich dieses Knöpfchen-Ding festgesaugt haben musste.

Sami wurde schlecht.

»Du kannst die Tür jetzt öffnen.«

Sami presste die Handballen gegen seine Augen und versuchte sich zu konzentrieren. Was jetzt? Was jetzt? Das hier geriet gerade etwas außer Kontrolle. Was sollte er tun? Und vor allem: Wie kam er hier wieder raus?

Die schwarzen schließen sie wieder.

Natürlich. Die schwarzen Pillen. Samis Hand zuckte zu

der Tasche seines Hoodies – aber die war ja gar nicht da, er trug diesen Anzug. Und überhaupt … Ihm wurde siedend heiß und dann eiskalt, als es ihm einfiel. Er hatte das Döschen *in den Müll geschmissen!* Wie viele beschissene Ideen konnte ein Mensch an einem einzigen Tag haben?

Ruhig, Sami. Ganz ruhig.

»*Warnung, SAMI*«, sagte in diesem Moment die Stimme in seinem Kopf. *»Die Wirkung deiner Pille lässt jetzt nach. Nimm eine weitere oder kehre um.«*

Die Welt begann zu schwanken. Die Wände der Betonkammer flimmerten.

Sami sah sich hektisch um. »Umkehren?« Aber genau das wollte er doch! »Wie denn?«

»Du hast noch zehn Sekunden. Zehn. Neun. Acht. Sieben …«

»Sag mir doch, was ich tun soll!« In der aufkeimenden Panik wurde Sami lauter, als er es wollte.

»Sechs. Fünf. Vier. Drei. Zwei. Eins. Zero.«

Die Zeit blieb stehen. Das Dämmerlicht erstarrte und erbleichte, als würde es zu Eis gefrieren.

Dann zerbarst es in tausend Scherben.

Als die Zeit sich endlich beruhigte und wieder in ihren normalen Takt zurückkehrte, fand Sami sich auf dem Schulflur wieder, die Hände um die Fensterbank verkrampft und mit zittrigen Knien. Hinter den Türen der Klassenräume hörte er das Murmeln von Stimmen, vor dem Fenster rauschte der Regen.

Sami blinzelte. Wie lange war er weggewesen? War er überhaupt weggewesen? Immerhin, gezuckt und gesabbert hatte er wohl nicht. Ihm war ein bisschen schwindelig, und hinter seinen Augen stach ein Kopfschmerz wie stumpfe Nadeln. Aber der Himmel draußen war grau, nicht golden. Es gab keine Hochhäuser mit glänzenden Glasfassaden und rankenden Schlingpflanzen, sondern nur Regen, kahle Bäume und tristen Beton. Nichts, rein gar nichts deutete darauf hin, dass er gerade eben einen wilden Trip in eine andere Welt hinter sich gebracht hatte. Sami rieb sich über die Augen, ließ den Blick über den verlassenen Schulhof schweifen – und zuckte im nächsten Moment heftig zusammen.

Draußen, bewegungslos wie eine schwarze Statue im strömenden Regen, stand das Krähenmädchen und starrte zu ihm herauf.

Sami war in seinem ganzen Leben noch nie so schnell die Treppe hinuntergerannt. Er nahm immer drei Stufen auf einmal und hätte sich in der Pausenhalle beinahe langgelegt.

Doch als er schließlich die Tür zum Schulhof aufstieß und in den strömenden Regen hinausstürzte, war Nora verschwunden.

7

Die Krähe und der Puppenjunge

Es hatte den ganzen Tag geregnet. Erst am späten Nachmittag war die Wolkendecke ein wenig aufgerissen und die Sonne hatte sich mit ein paar blassen Strahlen gezeigt, ehe sie auch schon wieder unterging. Nun senkte sich Dunkelheit über den kleinen Park nahe des Neubaugebiets Oststadt, und mit der Dunkelheit kam auch die Feuchtigkeit zurück, stieg kühl aus dem Gras und schwebte neblig über dem Teich in der Mitte der Grünfläche. Es war kalt, und es war ungemütlich.

Trotzdem wartete Nora.

Seit sie am Morgen so überstürzt den Schulhof hatte verlassen müssen, hatte sie sich in der Stadt herumgetrieben, war in der Menge untergetaucht bis sie die Augen im Nacken nicht mehr spüren konnte. Nora ärgerte sich immer noch, dass sie nicht auf Sami hatte warten können. Er hatte Euphoria betreten, noch deutlich früher, als sie erwartet hatte, und sie mussten dringend miteinander sprechen – und zwar persönlich. Aber eine Warnung der Krähe ignorierte sie nicht. Niemals. Jemand war ihr auf der Spur. Nora war sich jetzt ganz sicher. Ein anderer

User. Und wer auch immer es war, friedlich oder feindselig, Nora hatte keinerlei Interesse daran, dass dieser Jemand die Identität des Krähenmädchens herausfand. Das war einfach die falsche Art von Risiko. Es lohnte sich eigentlich nie.

Wenigstens hatte die Krähe am Morgen herausgefunden, wo Sami wohnte. Von der Bank, auf der sie saß, konnte Nora die Doppelhaushälfte sehen, in dem er mit seiner Familie lebte. Nachdem sie ein paar Haken durch die Stadt geschlagen hatte, um den unbekannten Beobachter abzuschütteln, wartete sie hier auf ihn. Aber bisher war er noch nicht aufgetaucht.

Nora schloss den obersten Knopf ihres Mantels und vergrub das Gesicht bis zur Nase in ihrem Schal. Die Feuchtigkeit aus dem Holz war ihr längst durch die Hose und die Haut bis in die Knochen gedrungen. Von Zeit zu Zeit fiel ein Tropfen aus den Zweigen der Bäume auf ihren Kopf. Aber Nora rührte sich nicht vom Fleck. Nicht weit von ihr sprang flackernd die Straßenlaterne an und warf ihr kühlweißes Licht auf den nassen Asphalt. Oben auf der Laterne saß die Krähe, ein schwarzer Fleck mit glänzenden Knopfaugen und kugelig aufgeplustertem Gefieder. Nora lächelte schief. Dem Vogel gefiel das Wetter auch nicht.

»Noch nichts zu sehen?«, murmelte sie.

Aber die Krähe krächzte nur verhalten und, wie es schien, ein wenig verschnupft, ehe sie kurz die nassen Flügel schüttelte. Nichts zu sehen.

Nora seufzte und drückte die Hände noch etwas tiefer in die Manteltaschen. Wo blieb der Junge nur?

Sie war so in ihren Unmut über das Wetter vertieft, dass sie Sami, als er endlich auf dem kleinen Parkweg auftauchte, beinahe gar nicht bemerkt hätte. Erst, als er wenige Schritte von Nora entfernt stocksteif stehen blieb und hörbar einatmete, nahm sie seine schmale Silhouette zwischen den Schatten der Büsche wahr.

»Da bist du ja.« Seine Stimme klang vorwurfsvoll, als sei er derjenige gewesen, der den ganzen Tag auf sie gewartet hatte, und nicht umgekehrt. »Du hast wohl nicht seit heute Morgen hier rumgesessen?«

Nora hob eine Braue. »Du bist spät«, stellte sie fest und rutschte ein Stück zur Seite. »Setz dich.«

Im bleichen Licht der Straßenlaterne sah sie Samis halb zweifelnden, halb widerwilligen Gesichtsausdruck nur zu gut. Zugegeben, die Bank war nicht der gemütlichste Platz auf Erden. Aber sie lag halbwegs versteckt hinter den Büschen, die Krähe hatte von der Laterne aus gute Sicht, und Nora war nicht bereit, diesen wenigstens einigermaßen beobachtungssicheren Platz aufzugeben.

Schließlich setzte Sami sich doch. Er schien wohl auch der Ansicht zu sein, dass sie sich dringend unterhalten mussten. Das war schon mal kein schlechter Anfang.

»Wieso bist du abgehauen? Heute Morgen, meine ich?« Sami musterte Nora kritisch. Diese großen Augen konnten offenbar besonders gut vorwurfsvoll gucken, dachte Nora und hätte fast gegrinst.

Stattdessen zuckte sie mit den Schultern. »Ungebetene Beobachter. Wenn wir über Euphoria sprechen, ist es besser, wenn wir unter uns sind.«

Darüber schien Sami einen Moment nachzudenken. »Okay. Einverstanden«, sagte er dann und ließ mit einigen Sekunden Verzögerung ein halbes Grinsen sehen. »Obwohl es für andere wahrscheinlich bloß klingt, als würden wir einen krassen Trashfilm abfeiern.«

Nora schüttelte nachdrücklich den Kopf. »Ich mein's ernst. Du darfst mit niemandem darüber reden.« Sie warf einen raschen Blick zur Krähe hinauf. Sie hatte den halben Tag hier gesessen, und eigentlich glaubte sie nicht, dass ihr geheimnisvoller Verfolger sie noch aufstöbern würde. Aber so genau konnte man das eben nie wissen.

Doch die Krähe schwieg. Sie waren immer noch allein.

»Wieso?« Sami klang jetzt ein bisschen trotzig.

»Man weiß nie, wer zuhört. Ich hoffe, es ist noch nicht zu spät?«

Sami runzelte die Stirn. »Nein. Nein, ich hab niemandem was gesagt.«

Nora seufzte erleichtert. »Und? Wie hat es dir gefallen?«

Sami antwortete nicht gleich. Er starrte auf seine Schuhspitzen, die Brauen finster zusammengezogen. Er sah niedlich aus dabei. Nora biss sich auf die Lippe, um nicht doch noch zu grinsen.

»Du hast mich nicht besonders gut vorgewarnt.«

Nora hob die Brauen. »Du hast einfach aufgelegt.«

Sami murmelte etwas Unverständliches.

Nora wartete.

Schließlich seufzte Sami gereizt und sah sie wieder an. Zwischen den Zweigschatten und dem weißen Laternenlicht wirkten seine Augen noch größer als bei Tag. »Woher wusstest du es?«

»Was denn?«

»Dass ich eine von den Pillen genommen habe. Oder in welche Schule ich gehe. Mann, du weißt sogar, wo ich wohne!«

Nora zuckte die Schultern und sah noch einmal zur Krähe auf der Laterne. »Ich lasse dich beobachten. Was denkst du denn?«

Wieder dieses Stirnrunzeln. »Das nennt man Stalking, das ist dir schon klar, oder?«

Nora hob verblüfft die Brauen. Ihr erster Impuls war, zu widersprechen. Ihr zweiter, es mit einem *»Mir doch egal!«* einfach beiseitezuwischen. Aber sie tat nichts davon. Weil ihr im gleichen Moment klar wurde, dass er recht hatte, und weil sie sich plötzlich dafür schämte, wie tief sie gesunken war in ihrer Verzweiflung. Aber wie sollte sie ihm das erklären, ohne zu riskieren, dass er schreiend davonlief?

Sie konnte es nicht. Also sagte sie gar nichts.

Sami stieß langsam Luft aus. Nora sah, wie seine Hand kurz zu seinem Ohr zuckte und dann, als wäre es ihm peinlich, doch nur seine nassen Haare aus den Augen strich. »Sag mir lieber, was es ist«, sagte er leise, und in seiner Stimme hörte Nora das Staunen und die Ehrfurcht, an die sie sich selbst noch viel zu gut erinnerte. Sie hatte es auch gespürt. Damals, als sie noch nichts über Euphoria gewusst hatte. Die Faszination und, etwas später, die Begeisterung. Rauschhafte Begeisterung, die einen sogar solche ekelhaften und gruseligen Dinge wie ein *PlugIn* vergessen ließ, das sich einem ins Hirn saugte. Dabei waren es diese Dinge, die widerlichen und unheimlichen, die man sich merken musste, wenn man Euphorias wahre Natur erkennen wollte. In diesem Moment hätte sie Sami gern gewarnt. Ihn aufgehalten, ehe es zu spät war.

Aber es ging nicht. Sie brauchte ihn. Sie brauchte den Puppenjungen.

»Was es ist?«, wiederholte sie also nur.

Sami warf ihr einen ungeduldigen Blick zu. »Was ist das für ein Zeug in diesen Pillen? Habe ich halluziniert, oder was war das?«

Nora schüttelte den Kopf. »Nein. Also, um ehrlich zu sein: Ich habe auch keine Ahnung, wie es genau funktioniert. Ich kann dir nur sagen, dass Euphoria so eine Art soziales Netzwerk ist, nur ohne Internet und viel … na ja, krasser. Du kannst es dir vorstellen wie eine Art Paralleldimension – es ist immer da, die ganze Zeit, um uns herum. Aber darauf zugreifen kannst du nur mit den Pillen. Ich sagte ja schon, dass sie ein Stimulans sind. Psychoreaktiv, soviel ich weiß. Du schluckst eine Pille, und solange sie wirkt, kannst du es wahrnehmen. Wenn die Wirkung aufhört, kickt es dich wieder raus.«

Nora war sich völlig im Klaren darüber, dass ihre Erklärung so stark vereinfacht war, dass sie hart an der Grenze zur Lüge kratzte. Aber auch so war sie wahrscheinlich schwer verdaulich genug.

Eins nach dem anderen. Eins nach dem anderen.

»Du weißt, wie übertrieben abgefahren das klingt, oder?«

Das brachte sie trotz allem zum Lachen. »Stimmt. Aber ich hab mir das nicht ausgedacht, ich schwöre. Es ist einfach so. Keine Sorge. Das Verständnis kommt mit der Zeit.«

Und die Angst auch.

Sami lehnte sich mit einem schweren Seufzer zurück, legte den Kopf in den Nacken und starrte in den dunklen Himmel zwischen den Zweigen.

»Es war *echt* abgefahren«, sagte er irgendwann – zögernd, als sei er sich nicht sicher, ob er das wirklich zugeben sollte. »Aber … gut. Irgendwie. So im Nachhinein, meine ich.«

Nora wusste genau, was er dachte. Er dachte an sein Spiegelbild, dort in dem Raum mit dem Terminal, das ihm eine Ahnung dessen gezeigt hatte, was er sich schon so lange wünschte. Wie er in seinem Kopf schon immer gewesen war, oder schon immer hätte sein sollen. Euphoria las diesen Wunsch aus und setzte ihn visuell um. So war es bei ihr gewesen. Bei ihm. Und bei jedem anderen User auch. Es war Euphorias bester Trick.

»Ich würde gern noch mal hin.« Jetzt war es raus. Da war der Satz, auf den sie die ganze Zeit gewartet hatte.

Nora glaubte fast, Samis Herz hören zu können, wie es hastig und aufgeregt pumpte. »Ich meine, wenn man nicht so überfahren wird davon, ist es bestimmt ziemlich cool.«

Nora zwang sich zu lächeln und fühlte sich wie eine Verräterin dabei. »Kein Problem. Und beim nächsten Mal komme ich mit. Dann hast du es leichter.«

Sami starrte sie verblüfft an. »Das geht?«

Nora zuckte die Schultern. »Soziales Netzwerk. Was bringt's, wenn man da nicht sozial sein kann?« Sie grinste. »Wenn wir uns drüben treffen, können wir Freundschaft schließen. Dann wird es noch einfacher.«

Wenn das überhaupt möglich war, wurden Samis Augen noch ein bisschen größer. »Du verarschst mich.«

»Wer weiß.« Nora stand auf und streckte sich. Ihre Knie knackten hörbar – denen hatte das lange Sitzen in der feuchten Kälte wohl nicht so gut gefallen. Höchste Zeit, dass sie nach Hause kam. »Das wirst du nur rausfinden, wenn du es versuchst.« Sie vergrub die Hände in den Taschen. »Schick mir eine Nachricht, wenn du so weit bist. Dann treffen wir uns drüben. Aber lass dir ruhig noch ein bisschen Zeit. Ist immer besser, zwischen den Trips ein bisschen zu warten, damit dir das Hirn nicht weich gekocht wird.« Sie tippte sich grüßend an die Schläfe. Die Krähe krächzte und erhob sich flatternd in die Luft.

Ins Bett. Jetzt bitte nur noch ins Bett. Na gut, vielleicht eine Tütensuppe noch.

»Hey.« Samis Stimme ließ sie noch einmal innehalten. »Warte mal.«

Nora hob die Brauen. »Was denn?«

Auch Sami war aufgestanden. »Was du gestern im Fahrstuhl gesagt hast … dass du meine Hilfe brauchst. Was sollte das heißen?«

Nora sah ihn an. Endlos, wie ihr schien, während ihr Kopf versuchte, sich eine Antwort auszudenken, die diesen ärgerlichen Moment der Schwäche erklären konnte, ohne dass Sami doch noch schreiend davonlief.

»Nichts«, sagte sie schließlich und zuckte mit einem schiefen Grinsen die Schultern. »Ich wollte dich nur locken. Bis später, Sami.«

Damit machte sie, dass sie davonkam.

Doch sie spürte den Blick des Puppenjungen noch lange auf ihrem Rücken.

8

Marla

Zum Taekwondo-Training war Sami an diesem Abend katastrophal spät dran. Nachdem er vom Schulhof wieder ins Gebäude gehetzt war und wie ein Eichhörnchen auf Speed den Papierkorb durchwühlt hatte, um das Pillendöschen herauszufischen, hatte er den Rest der Schulstunde nur mit Müh und Not durchgestanden und sich danach kurzerhand mit Kopfschmerzen krankgemeldet. Kaum aus der Schule heraus, hatte er versucht, Nora anzurufen, aber sie hatte ihr Handy ausgeschaltet – also war Sami den ganzen Tag mit dem Fahrstuhl im *CityCenter* auf und ab gefahren, in der sinnbefreiten Hoffnung, sie würde noch einmal dort auftauchen. Was sie natürlich nicht getan hatte. Das wäre ja auch viel zu logisch gewesen. Wenigstens war sein Laptop wieder in Ordnung, das war immerhin ein kleiner Lichtblick gewesen.

Und dann hatte Nora auf der Bank vor seinem Haus gesessen. Vor seinem Haus! Wie lange hatten sie da wohl zusammen rumgehangen? Viel zu lange, gemessen daran, wie durchgefroren Sami inzwischen war. Sich jetzt nicht von der behaglich warmen Luft, dem Murmeln des Fernsehers aus dem Wohnzimmer und der Aussicht auf eine entspannte Runde vor dem frisch reparierten Laptop verlocken zu lassen und sich stattdessen noch einmal in die nasskalte Dunkelheit draußen zu stürzen, erforderte schon einiges an Willenskraft. Aber das Training ausfallen zu lassen, kam nicht infrage. Nicht, nachdem es am Vortag schon ausgefallen war. Und nicht, nachdem Sami gesehen hatte, wie er mit ein paar Muskeln mehr wirklich aussehen könnte …

Um sechs Minuten vor acht hetzte er endlich von der Bushaltestelle auf den Parkplatz vor der Sporthalle.

Schon von Weitem sah er Tatu vor dem Eingang stehen, gegen die feuchte Kälte von einem Bein auf das andere tretend.

Keuchend blieb Sami vor ihm stehen.

Tatu musterte ihn schräg. »Da bist du ja endlich. Mann, du siehst irgendwie käsig aus. Sind die Kopfschmerzen immer noch so heftig? Kannst du überhaupt mitmachen?«

Sami winkte ab. Wie gut, dass Tatu ihn an die Fake-Kopfschmerzen erinnerte. Sami kam sich ziemlich schäbig dabei vor, seinen besten Freund dermaßen anzuflunkern, aber zum einen hätte er wirklich nicht gewusst, wo er auch nur anfangen sollte, Tatu von seinem Trip nach Euphoria zu erzählen, ohne dass der ihn direkt mit einem Eisbeutel auf der Stirn ins Bett steckte. Und zum anderen war es gar nicht wirklich gelogen. Auch jetzt noch glaubte Sami manchmal, ein seltsames Kribbeln unter seiner

Schädeldecke zu spüren, das hartnäckig die Frage aufwarf, ob er sich wirklich ein *PlugIn* ins Ohr gesteckt hatte, das sich jetzt mit langen Spinnenbeinen in seinem Hirn breitmachte. Aber über all das konnte er mit Tatu nicht reden. Vor allem nicht, weil ihm noch die Worte dafür fehlten. Aber erst recht nicht nach Noras Warnung. Obwohl es sich gelinde gesagt ziemlich ätzend anfühlte, egal, womit er es rechtfertigte.

Etwas verkrampft zuckte Sami die Schultern und folgte Tatu in die Umkleide. »Ehrlich gesagt, mir geht's auch übel, aber ich kann dich doch nicht allein lassen«, versuchte er das Gespräch halbwegs geschickt in eine andere Richtung zu lenken. »Was willst du denn machen, wenn du keinen hast, der dich dreimal die Woche so richtig verprügelt?«

Tatu grinste. »Keine Chance. Ich hab immer noch den Ethnical-Origins-Bonus. Du kannst mich vielleicht verprügeln, aber ich sehe dabei einfach professioneller aus.«

Darüber musste Sami lachen und fühlte sich zumindest ein bisschen besser. Es war doch gut, dass er sich überwunden hatte herzukommen. Mal für eine Weile nicht an diesen ganzen abgefahrenen Mist zu denken, der passierte, seit er Nora getroffen hatte – das war sicher der beste Weg, um gesund zu bleiben. Hoffentlich nahm sie der Trainer heute richtig ran.

In der Halle erwartete sie allerdings eine Überraschung. In einer Ecke, verwickelt in ein Gespräch mit ihrem Trainer Philipp, stand ein Mädchen, das Sami nur zu bekannt vorkam.

Marla. Das war doch Marla! Eine von Christinas Busenfreundinnen aus dem Prollclub. Sami blinzelte und sah noch einmal hin. Ohne Make-up, die braunen Haare zu einem einfachen Pferdeschwanz zurückgebunden, im schlichten Shirt und Sporthose, und vor allem ohne die dickrandige Glamour-Nerdbrille, die sie sonst trug, hätte er sie beinahe nicht erkannt. Aber Tatus Ellbogen in seinen Rippen bewies ihm ziemlich schnell, dass er nicht träumte.

»He, Piezke … kneif mich mal.«

Sami schüttelte nur mit offenem Mund den Kopf. »Was will die denn hier?«

Aber da klatschte Philipp auch schon in die Hände – das Zeichen, sich zum Angrüßen vor der *Taegukgi*, der koreanischen Flagge, aufzustellen. Er nickte Marla zu und sie huschte ans linke Ende der Reihe, ihr gestreiftes Shirt leuchtete als bunter Fleck neben den weißen *Doboks*.

»Hast du das gesehen?«, zischte Tatu im letzten Moment, ehe das Training begann. »Er hat *gelächelt*.«

Sami blieb keine Zeit zu antworten. Philipp liebte es, Strafliegestütze fürs Quatschen zu verhängen. Aber er musste Tatu recht geben. Ihren strengen Trainer lächeln zu sehen, wenn das Training schon begonnen hatte, das war … unangenehm anders als sonst. Dabei hatte Sami sich doch nur ein bisschen Ruhe zum Abschalten gewünscht. Die Tür der Halle hinter sich zu schließen und sich einfach nur auszupowern, das wäre genau das gewesen, was er gebraucht hätte.

Aber nicht so. Nicht mit diesem bunten Fleck in dem beruhigenden Weiß.

»Hey.« Tatu stieß ihn noch einmal an. »Denk nicht drüber nach. Ignorier sie einfach, okay?«

Sami biss die Zähne zusammen und nickte. Das hier war *sein* Heimspiel. Er würde sich das nicht vermiesen lassen, erst recht nicht von einer von Christinas Mitläuferinnen.

Aber »einfach« war das natürlich nicht. Ganz und gar nicht.

Unterm Strich schnitt Sami an diesem Tag beim Training schlichtweg unterirdisch ab. Er konnte einfach nicht verhindern, dass er sich beobachtet fühlte, selbst wenn Marla von Philipps Einführungstraining völlig in Anspruch genommen zu sein schien. Immer wieder musste er zu ihr hinsehen, überprüfen, ob sie auch zu ihm sah, ob sie ihn beobachtete oder irgendwas Peinliches bemerken konnte, das sie am nächsten Tag brühwarm im Prollclub diskutieren konnte. Das Gedankenkarussell machte Sami so unkonzentriert, dass er sich im Wettkampftraining mehrere Volltreffer einfing. Von dem Kraftmangel, weil er den ganzen Tag im *CityCenter* abgehangen und auf Nora gewartet hatte, statt sich auszuruhen und irgendwo etwas Vernünftiges zu essen, mal ganz abgesehen.

Als er endlich auch das *Poomsae*, das Formenlaufen, mit Ach und Krach hinter sich gebracht hatte und Philipp die Truppe zum Abgrüßen erneut vor der *Taegukgi* antreten ließ, machte Sami drei Kreuze. Von wegen, sich nach der ganzen Aufregung mal so richtig auszupowern würde ihm guttun. Ja, ausgepowert war er. Aber eher im Sinne von »völlig fertig«, außerdem stand er völlig unter Strom wegen Marlas Anwesenheit, und sein Trainer war auch enttäuscht von ihm. Das wurde Samis Ehrgeiz definitiv nicht gerecht. Schon gar nicht, wenn jemand wie Marla dabei zusah.

Ich will nach Hause. Einfach bloß nach Hause.

Aber auch daraus wurde nichts. Zumindest nicht sofort.

Sami und Tatu trotteten an diesem Tag als Allerletzte aus der Umkleide, die Haare noch nass von der Dusche – immerhin die hatte gutgetan. Die Novembernacht war feucht, blaugrau und kühl, und in der Halle waren die Lichter schon von der automatischen Zeitschaltanlage gelöscht worden. Nur noch die Lampe über dem Notausgang leuchtete in mattem Grün und verbreitete einen gespenstischen Schein im Gang hinter der Glastür.

Trotzdem stand draußen noch jemand. Vermummt in eine dicke Daunenjacke mit Teddyfellbesatz und das Gesicht bis zur Nase in einem Halstuch mit Schwalbenmuster vergraben, stand sie neben den Fahrradständern, wo Tatu sein Fahrrad angeschlossen hatte: Marla.

Sami und Tatu blieben stehen.

Warum überraschte es ihn nicht, dass sie auf sie gewartet hatte, dachte Sami verdrießlich. Viel beschissener konnte dieser Tag ja nicht mehr werden. Innerlich wappnete er sich schon für einen ätzenden Kommentar.

Doch Marla lächelte. Ein überraschend schüchternes und irgendwie … *nettes* Lächeln.

»Hey.«

»Oh hi.« Sami war wirklich froh, dass Tatu erst mal das Reden übernahm. Er selbst hatte gerade wirklich keine Lust darauf – und Marla auch nichts zu sagen. Tatu konnte wenigstens sein *eisernes Pokerface* aufsetzen, seine hart antrainierte Superfähigkeit, wie er es nannte. Undurchschaubar für einfach jeden, wenn er das wollte. Und das tat er nun auch. »Das ist ja echt ne Überraschung.«

Marla nickte. Wurde sie rot? Im schwachen Licht war das schwer zu sagen. »Ich weiß. Für mich auch, irgendwie … Philipp hat mich überredet herzukommen. Unsere Eltern sind befreundet. Ich hätte hier auch nicht gerade mit *euch* gerechnet, na jedenfalls … Ich wollte nur sagen, dass ich nicht hier bin, um euch zu ärgern. Falls ihr das gedacht habt.«

Tatu schob demonstrativ gelassen die Hände in die Taschen. »Ja, darauf könnte man schon kommen, da hast du recht.« Er grinste sein spöttischstes Grinsen. »Und, meinst du, du wirst dich in eine Gruppe einfinden können, in der die Freaks stärker sind als du?«

»Hey, ich hab euch nie Freaks genannt!« Nun brauste Marla richtig auf, machte sogar einen Schritt nach vorn.

»Nie! Ich fand das schon immer falsch, aber ihr habt euch doch auch selbst so bezeichnet.«

Tatu hob eine Braue. »Zwischen Selbstironie und Mobbing gibt's einen Unterschied. Kennst du den?«

Marla presste die Lippen zusammen. In ihrer Miene stritten Ärger und etwas, das glatt so etwas wie Schuldbewusstsein sein konnte. Vielleicht wollte Sami das aber auch nur so sehen, weil es ihm zumindest ein bisschen Genugtuung verschaffte.

»Jedenfalls habe ich es nie gesagt, und es gibt keinen Grund, mich so anzufeinden. Ich werfe euch eure Freunde doch auch nicht vor.«

»Unsere Freunde lassen deine aber in Ruhe.«

Sami warf Tatu einen erstaunten Blick zu. So scharfe Töne hörte er von Tatu selten, aber gerade schien die Luft zwischen den beiden trotz aller Feuchtigkeit regelrecht zu knistern. Irgendeinen Knopf schien Marla bei ihm gedrückt zu haben, oder vielleicht war es auch eher Christina am Morgen gewesen, und Sami konnte sich leider denken, welcher das war. Tatu war schon immer deutlich empfindlicher gewesen, wenn es um Kommentare Richtung Sami ging, als wenn er selbst einstecken musste. Aber das hier ging vielleicht ein bisschen zu weit.

»Lass gut sein«, sagte er. »Sie hat doch nichts gemacht.«

Tatu warf ihm einen raschen Blick zu, als wolle er sehen, ob das wirklich Samis Ernst war. Dann aber nickte er und schien innerlich tatsächlich wieder einen Gang runterzufahren.

»Und?«, fragte Sami an Marla gewandt. »Was wirst du deiner BFF morgen erzählen?« Er konnte nicht verhindern, dass sich ein zynischer Unterton in seine Stimme schlich, und Marla hatte ihn hundertprozentig nicht überhört. Etwas verkrampft zuckte sie die Schultern.

»Eigentlich wär's mir lieber, sie würde gar nicht erfahren, dass ich hier bin«, murmelte sie.

Sami und Tatu wechselten einen überraschten Blick. Daher wehte also der Wind! Am Ende hatte sie vermutlich genau deshalb hier draußen auf sie gewartet – weil sie fürchtete, Tatu und er könnten in der Schule Gerüchte über sie in Umlauf bringen. Es brannte Sami auf der Zunge zu fragen, warum Christina nicht wissen durfte, dass Marla zum Taekwondo ging, und was zum Teufel sie überhaupt hier zu suchen hatte. Aber eigentlich wollte er es gar nicht wissen. Wahrscheinlich ging es gar nicht um Taekwondo, sondern um Philipp oder etwas ähnlich Albernes.

»Wenn's weiter nichts ist … von uns hört sie kein Wort«, sagte Tatu, und Sami nickte.

Marla atmete hörbar auf. Sie schien sich ehrlich zu freuen. Sie lächelte sogar. »Ja dann, cool. Danke. Also … ich muss jetzt zum Bus. Wir sehen uns ja morgen in der Schule.« Sie schulterte ihre Sporttasche, winkte noch einmal ein bisschen unsicher und verschwand mit raschen Schritten und klappernden Absätzen in der Dunkelheit.

Tatu und Sami blieben noch einen Moment vor der verlassenen Halle stehen. Sie sagten nichts, standen einfach nur gemeinsam da und sahen Marla nach, obwohl die Nacht sie schon längst verschluckt hatte.

»Hätten wir sie vielleicht begleiten sollen?«, sagte Tatu schließlich. »So ein Mädchen allein im Dunkeln?«

Sami kratzte sich am Kopf und musste unwillkürlich an Nora denken. Um sie machte sich sicherlich niemand Sorgen, wenn sie allein durch die Nacht zog. »Tja«, sagte er. »Sehr männlich sind wir wohl gerade nicht.«

Darüber mussten sie beide lachen. Laut und völlig übertrieben, warum, das wusste Sami auch nicht so genau. Vielleicht war es die Anspannung, die ihn das ganze Training über gepiesackt hatte und die jetzt von ihnen beiden abfiel. Sie lachten, bis sie beide keine Luft mehr bekamen, und es tat einfach nur gut.

»Und?«, fragte Tatu, als sie sich endlich wieder eingekriegt hatten. »Wie kommst du nach Hause? Der Bus ist ja jetzt wohl weg.«

Sami zuckte die Schultern. Das stimmte – er hätte mit dem gleichen Bus fahren müssen wie Marla, und der nächste kam erst in dreißig Minuten. »Ich geh zu Fuß. Dauert auch nur ne halbe Stunde.«

»Hm«, machte Tatu. »Dann bring ich dich noch bis zum Ehrenbergplatz.«

»So'n Quatsch.« Sami schüttelte den Kopf. »Das ist doch voll der Umweg«, erklärte er ein bisschen zu schroff und hoffte gleichzeitig, dass Tatu sich wie gewohnt nicht davon abbringen lassen würde, zu tun, was er sich in den Kopf gesetzt hatte.

Tatu lachte. »Ach Piet. Manchmal bist du schon ein bisschen niedlich.« Er knuffte Sami gegen die Schulter und bückte sich, um sein Fahrrad aufzuschließen. Dann warf er sich seine Tasche über die Schulter. »Na los. Du sitzt hinten.«

Sami verdrehte die Augen, um das Pochen und Kribbeln zu überspielen, das sich plötzlich völlig ungefragt in seiner Brust und seinem Magen ausbreitete. »Ich geb dir gleich niedlich, du Arsch.« Er packte seine eigene Tasche und schwang sie über den Rücken, ehe er sich hinter Tatu auf den Gepäckträger setzte. »Kann losgehen. Und wehe, du legst uns beide lang.«

9

Sperrstunde

Die Luft schmeckt nach Gefahr. Ein Hauch nur, unwirklich wie ein weit entferntes Donnergrollen, und doch legt sie sich wie ein fauliger Pelz auf die Zunge und brennt sauer in der Kehle.

Nora lehnt sich weit aus dem Fenster und schließt die Augen, spürt den flauwarmen Atem von Euphoria City, der über ihre Wangen streicht und sich unter den Flügeln ihres Schattens sammelt. Die Krähe hält hoch oben am Dämmerhimmel Wacht, und Nora sieht durch ihre Augen, spürt jede noch so leise Veränderung, die die Luft heranträgt. Geisterhaft leer und still liegt die Stadt unter ihr. Irgendwo da unten sind auch Yash und Gorm und wandern durch die verlassenen Straßen. Ninja und Berserker wachen auf ihre eigene Art. Es ist Sperrstunde, und damit die sicherste und gefährlichste Zeit zugleich. Denn auch wenn die meisten von ihnen in der Sperrstunde erstarrt und stumm sind: Die Ob-Server-Drohnen werden nicht einfach dabei zusehen, wenn Ekaterina ihr Cyborg-Enigma einsetzt, um auf den Core Prozessor zuzugreifen. So gut wird selbst Sergej sie niemals verbergen können.

Fünf Jahre ist es her, dass Nora und Ekaterina sich im Winterwald begegnet sind und Ekaterina ihr die Truppe vorgestellt hat, die jetzt ihre besten Freunde und engsten Vertrauten sind. So viel hat sich seitdem verändert. Ihre Ziele. Ihre Freundschaft. Sogar die Suche nach Mika. Es ist alles so viel größer geworden. Auf eine gefährliche Art. Sie haben schreckliche Dinge gesehen. Und sie haben begriffen, dass Euphoria niemals der sichere Ort sein kann, den sie sich erhofft haben. Deshalb werden sie alles tun, um hier rauszukommen, für immer. Und Mika …

»… ra. Nora!«

Die Stimme, tief und eindringlich, rüttelt an der Verbindung zu Noras Schatten und erschüttert sie empfindlich.

Sergej.

Nora trudelt. Flattert. Und stürzt zurück ins Zimmer.

Nur mit Mühe befreit sie sich von den letzten Resten der Schwerelosigkeit. Ihr Körper taumelt, als hätte jemand Blei in ihre Gelenke gegossen. Ein grässliches Gefühl, es ist kaum zu ertragen. Da hilft es auch nicht, zu wissen, dass ein Teil von ihr noch immer dort oben am Himmel schwebt. Irgendwann, bald, vielleicht sehr bald sogar, wenn sie heute Erfolg haben, wird es ohnehin ein für alle Mal damit vorbei sein.

Dann werde ich nie mehr fliegen.

Der Gedanke liegt wie ein Stein auf ihrer Brust. Nora beißt die Zähne zusammen. Damit wird Euphoria sie nicht mehr kriegen. Aber ihre Beine. Ihre Arme. Sie sind so schwer … Nora klammert sich an die Fensterbank.

Sie wird nie mehr fliegen. Aber dafür wieder leben. Genau wie alle anderen.

»Alles ruhig da draußen.« Als sie sich halbwegs gefasst hat, wendet sie sich zu Sergej um, der neben Ekaterinas Stuhl hockt und ihre Hand hält. Sie von allem abschirmt, so gut er kann. Sein kantiges Gesicht ist finster vor Anspannung, und Nora versteht sehr gut, warum. Ekaterinas Augen sind geöffnet, aber glasig, ihr Blick nach innen gekehrt und die Pupillen so sehr geweitet, dass die Iris kaum noch sichtbar ist. Kleine Lichter flimmern in der Schwärze, die bei näherem Hinsehen als endlose Zahlenreihen zu erkennen sind. Aus ihrer Schläfe wächst ein Kabel aus feinen, tausendfach umeinander gewundenen Silberdrähten. Winzige bläuliche Ladungen zucken in unregelmäßigen Abständen daran entlang, ehe sie von der Schnittstelle des Archivcomputers geschluckt werden, in den Ekaterina sich gehackt hat, um Zugriff auf den Core Prozessor zu bekommen. Ihre Lippen sind bleich und rissig, und ein feiner Speichelfaden hängt in ihrem Mundwinkel, während sie unablässig unzusammenhängende Laute vor sich hin murmelt. In diesem Moment scheint sie mehr Teil der riesigen Maschine zu sein als ein Mensch. Kein Wunder, dass es Sergej nervös macht, wenn auch noch Nora ihren Körper verlässt, um mit der Krähe zu fliegen.

Nora versucht ein ermutigendes Lächeln, doch sie scheitert. »Wie lange ist sie jetzt schon da drin?«

Sergej schüttelt den Kopf. »Keine Ahnung.« Seine hellen Brauen treffen sich beinahe über der Nasenwurzel. »Die Uhr … irgendwas ist damit.«

Nora beugt sich vor und versucht, hinter dem Flackern der goldenen Zahlenkolonnen einen Blick von Ekaterina aufzufangen, einen Hinweis darauf, dass sie auf dem Rückweg ist – erfolgreich oder nicht. Vergeblich. Ekaterina ist weit fort, und der Geschmack der Gefahr liegt immer noch bitter auf Noras Zunge.

»Kitty.« Sie klopft ihr leicht auf die fahle Wange. »Kitty, es wird Zeit!«

Ekaterina aber regt sich nicht. Aus dem Augenwinkel sieht Nora, wie Sergej seine Hand fester um die seiner Freundin schließt.

In diesem Moment schreit draußen am Himmel die Krähe. Ein alarmierender, heiserer Laut, der weit durch die klare Luft schallt. Nora fährt zusammen. Im nächsten Moment segelt der schwarze Vogel mit einem eleganten Schwung zum Fenster herein und klammert sich an ihren Rücken, wo sein Gefieder zerfließt, bis er wieder nur noch ein Schatten ist. Die Sperrstunde ist jetzt fast vorbei. Dann muss auch die Wirkung der Pillen bald nachlassen, die Ekaterina geschluckt hat, um die dritte und vierte Ebene Euphorias zu erreichen. Und von dort aus vielleicht sogar die fünfte, die verbotene. So tief drin.

»Kitty«, wiederholt Nora lauter, obwohl es gefährlich sein kann, zu viel Lärm zu machen. »Komm da jetzt raus, wir müssen abbrechen!«

Ein feines Piepen erregt ihre Aufmerksamkeit – schrill und in rhythmischen Wiederholungen, die immer schneller werden. Die Uhr!

Mit fliegenden Fingern greift sie nach Ekaterinas Handgelenk. Sergej hatte recht. Etwas stimmt nicht. Der Zähler hätte im Sekundentakt rückwärts zählen und die verbleibende Zeit anzeigen sollen. Jetzt aber rast er auf null zu, schneller, als die Augen folgen können.

Es gibt nur eine Erklärung dafür: Euphoria hat den Angriff bemerkt. Jetzt zieht es Ekaterina Zeit ab – und Nora überkommt das schreckliche Gefühl, dass es mehr sein wird als das, was von der aktuellen Sitzung noch bleibt. Viel mehr.

In diesem Moment geht ein Ruck durch Ekaterinas Körper. Ihre Augen sind noch immer weit aufgerissen. Doch das Licht der flimmernden Zahlenreihen kommt zur Ruhe und sammelt sich in ihren Pupillen zu einem glühenden Punkt.

»Ich habe es gefunden.«

Ihre Worte klingen mühsam. Abgehackt, als müsse jedes einzelne eine starre Barriere durchbrechen, ehe es zu ihnen dringen kann. Sie steckt noch auf Ebene Drei, begreift Nora und spürt Panik in sich aufsteigen. Von dort wird sie nicht zurückkommen, wenn die Pillenwirkung abläuft. Sie muss sofort da raus!

»Kitty!«, stößt Sergej hervor. Auch seine Stimme ist heiser vor Angst. »Kitty, was …?«

»Der Schlüssel.« Ekaterina scheint ihn gar nicht zu hören. Ihre Stimme ist kaum mehr als ein blechernes Kratzen. »Ihr müsst …« Ein Husten schüttelt ihren schmalen Körper. Ihre Lippen aber bewegen sich tonlos weiter.

»Was?« Nora packt sie an den Schultern und beugt sich zu ihr, bis ihr Ohr beinahe Ekaterinas Mund berührt. »Was hast du gesagt?«

»Scheiße, Nora, hör auf damit!« Sergej ist aufgesprungen und packt sie hart am Arm. »Es frisst sie auf, siehst du das nicht?«

Nora schüttelt seine Hand nicht weniger grob ab. »Halt's Maul, Serj! Ich kann sie nicht verstehen!« Übelkeit drückt ihre Kehle zusammen. Die Gefahr, die sie die ganze Zeit gespürt hat – hier ist sie, und sie kann nichts dagegen tun. Sie kann nur Ekaterinas Schultern noch fester umklammern und hoffen, dass ihr das irgendwie hilft, den Weg zu finden. »Was für ein Schlüssel? Was sollen wir tun? Komm da raus, Kitty, mach schon!«

»Keine schwarzen mehr …« Ekaterinas Atem streift glühend heiß ihr Ohr. Der Blick ihrer noch immer so unnatürlich glimmenden Augen ist erschreckend klar. »Ei… eine … P…p…p…ppe…«

»Eine was?« Nora ringt nach Luft. Kann das sein? Hat sie es richtig verstanden? Eine Puppe? Aber wozu? Was soll die Puppe tun?

Ein kräftiger Stoß in die Seite lässt sie taumeln. »Weg da!« Sergejs Stimme ist wund vor Verzweiflung. In seiner Hand glüht düsteres Schwarz, als er vor Ekaterina auf die Knie fällt. »Schnell, Kitty. Ich geb dir von meinen. Du musst sie nur schlucken, dann wird es wieder gut … es wird alles gut …«

Ekaterinas Lippe platzt auf, als sie schmerzlich den Mund

verzieht und den Kopf schüttelt. Eine einzelne Träne rollt über ihre Wange. »Zu sp…t… zu spät, mein Herz. Zeit… st… abgelaufen.«

»Nein!« Sergejs Stimme bricht. »Nein, Kitty, nein, nein, nein…«

»Findet mich«, wispert Ekaterina, die Worte fast verloren. »Findet…«

Das Piepen der Uhr ist zu einem nervenzerreißenden Stakkato angeschwollen, das die letzten Überreste ihrer Stimme verschluckt. Neun. Acht. Sieben, sechs, fünf vier dreizweieins –

Ein lang gezogener Ton zerschneidet die Zeit. Das Licht in Ekaterinas Augen wird zu Grau. Es verschluckt ihre Pupillen und überzieht ihre Iriden mit schimmerndem Silber, bis sie nur noch blanke Spiegel sind. Ein feines Lächeln erscheint auf den blassen Lippen, freundlich und leer. Das Kabel in ihrer Schläfe verschwindet, genau wie das Blut und die Tränen.

»Willkommen in Euphoria City«, sagt sie mit blecherner Stimme. »Bitte gib deinen Code ein, damit ich dir helfen kann.«

Ein klagendes Heulen bricht aus Sergejs Kehle. Sein Gesicht verzerrt sich in unbeschreiblichem Schmerz. Aber er kann nichts tun. Niemand kann jetzt noch etwas tun.

Auch Nora ist wie gelähmt vor Entsetzen. Erst im allerletzten Augenblick reißt sie sich aus ihrer Starre und stürzt vor, um zu retten, was zu retten ist.

Die Uhr. Und das Multitool.

Dann erstarrt die Zeit und zerspringt in goldenem Splitterregen.

* * *

»Kitty!«

Nora fuhr mit einem Keuchen in die Höhe. Ihr ganzer Körper kribbelte wie verrückt, als ob ihr Gehirn pulsierende Stromstöße bis in ihre Finger- und Fußspitzen schickte. Kurz darauf ertönte von draußen in der Dunkelheit das nervöse Klopfen eines Schnabels an der Fensterscheibe – eine unnötige Warnung. Nora wusste genau, was dieses Kribbeln bedeutete. Ein Wechsel nach Euphoria. Ohne Pillen.

Sperrstunde. … Habe ich deshalb von Kitty geträumt?

Keine Zeit, nachzudenken. Oder auch nur die Tränen abzuwischen, die ihr wie ein Echo des furchtbaren Traums über die Wangen rannen, ohne dass sie sie richtig wahrnahm. Nora sprang aus dem Bett, suchte mit beiden Füßen sicheren Stand und schloss die Augen. Sie hasste den Anblick gefrierenden Lichts, und noch mehr das Gefühl des Verlorenseins im Raum zwischen den Realitäten, diese vollkommene Orientierungslosigkeit. Sie hatte ihre Sinne lieber beisammen. Vor allem an einem Ort wie Euphoria.

Erst als sie wieder festen Boden unter den Füßen spürte, hob sie widerstrebend die Lider. Geisterhaft still lag Euphoria Citys Hauptstraße vor ihr. Keine Regung war zu sehen. Selbst der Wind schien zu schlafen. Keine Bahn fuhr. Kein Blatt raschelte. Selbst der dämmergoldene Himmel strahlte dunkler als sonst.

Nora warf einen raschen Blick in die Runde. Sperrstunden waren die Zeit, in der nur sehr wenige User Euphoria nutzen konnten. Nur jene, die wie Nora weit genug fortgeschritten waren – also vermutlich ein ordentliches Level dieses speziellen Dopes aus den goldenen Pillen im Blut hatten – und die erforderliche, höchst seltene Trophäe freigeschaltet hatten, waren jetzt hier. Aber genau diese User waren die potenziell gefährlichsten Gegner. Oder die mächtigsten Verbündeten.

Nora allerdings würde heute keinen von ihnen treffen. Ihr Traum war zu intensiv, zu real gewesen, um ihm jetzt nicht nachzugehen. Und wer wusste schon, wann die nächste Sperrstunde stattfinden würde?

Ein regloser Statist stand neben dem nächsten Reiseterminal und sah sie aus seinen leeren silbergrauen Augen an. Nora drehte sich angewidert weg. Sie hasste die Statisten. Seit dem Vorfall mit Ekaterina noch viel mehr als früher. Sie ertrug ihren Anblick einfach nicht.

Fast ohne hinzusehen, gab sie ihren Zielort ins Terminal ein und war froh, als das blaue Licht der Transition den Statisten endgültig verschluckte. Die Reise dauerte nur Sekunden. Dann fand Nora sich auf einer Müllhalde wieder. Berge von rostigem Metallschrott, alten Platinen und ausgefransten Kabeln erstreckten sich weiter, als sie sehen konnte. Eigentlich war der Schrottplatz Teil eines der vielen Minigames, die Euphoria seinen Usern zur

Ablenkung bot. Irgendwo dort drin, in diesen schier unendlichen Massen von nutzlosem Zeug, lagen Teile einer Maschine verborgen, die die User auf einer Sammelquest suchen und zu einem Portal zusammenfügen mussten, um den Durchgang zum nächsten Level zu öffnen. Mittlere Schwierigkeit, gar nicht so anspruchslos. Nora hatte die Quest schon vor Jahren hinter sich gebracht, das neue Level durchgespielt und auch die darauffolgenden. Die Suche nach den Maschinenteilen interessierte sie nicht mehr. Doch hier, verborgen in der bizarren Hügellandschaft der Schrotthalde, hinter dem Wald aus Stahlgerippen, von denen wirklich niemand mehr wusste, welche Form sie einmal gehabt hatten, ehe dies ihr Grab wurde, war Ekaterinas größtes Geheimnis verborgen gewesen. Und nun auch Noras.

Es kostete sie etwas mehr als zehn Minuten, um bis zu der Stelle zu gelangen, an der unter einer zerfetzten Plane und einem Haufen alter Platinen eine Falltür aus drei Finger dickem, rostigem Eisen verborgen lag. Sie war mit einem soliden Vorhängeschloss gesichert, zu dem Nora aus gutem Grund den einzigen Schlüssel hatte – nur für den Fall, dass doch irgendein armer Anfänger mit sehr viel Pech über ihr Versteck stolperte.

Nora löste die Krähe aus ihrem Schatten und beobachtete, wie sie in die Luft über dem Schrottplatz hinaufstieg, um ihre Kreise zu ziehen.

Halt Wache.

Dann kletterte sie die Leiter hinab, die unter der Falltür steil abwärts eine kleine Kammer hinunterführte. Es roch muffig, nach feuchter Erde und Schimmel, nach dem rußigen Öl einer alten Lampe und Rost.

Nora hätte so gern noch etwas anderes dort gerochen. Etwas, das davon zeugte, dass es in dem kleinen Raum jenseits von Bakterien, Pilzen und Würmern auch noch anderes Leben gab. Und jedes Mal, bevor sie die Öllampe anzündete, horchte sie endlose Sekunden lang in die Finsternis. Auf ein Zeichen, dass dort eben doch jemand war. Auf eine Bewegung, und sei sie noch so klein. Einen Atem. Einen Herzschlag.

Aber nichts. Niemals. Auch diesmal nicht.

Ein Streichholz flackerte in Noras Hand auf, und kurz darauf erhellte das unstete gelbe Licht der Öllaterne die Kammer. Ihr flackernder Schatten fiel auf eine zerschlissene Matratze und einen Haufen alter, staubiger Decken – und auf das wächserne Gesicht einer Euphoria-Statistin, das selbst im warmen Lichtschein noch kalkweiß und fahl war.

Nora starrte auf Ekaterinas reglosen Körper hinunter, der unter den Decken nur als unförmiger Schemen zu erkennen war.

Da lag sie, ihre beste Freundin. Und war ihr dabei ferner, als sie es im Leben je gewesen war.

Nora presste die Lippen zusammen und ging behutsam neben Ekaterina in die Knie. Sie hatte keine Zeit, sich von ihren Gefühlen überwältigen zu lassen, schon gar nicht von der Schuld. Trotzdem konnte sie minutenlang nichts anderes tun, als dort zu sitzen, genauso reglos wie Ekaterina, und das bleiche, stille Gesicht zu betrachten, während die Brust ihr eng wurde und sie am liebsten von hier geflohen wäre, so schnell und so weit sie nur konnte, um niemals wiederzukommen.

Nein. Ich gebe nicht auf, Kitty. Nicht jetzt, wo ich endlich die Puppe gefunden habe.

Aber die Tränen konnte sie nicht verhindern. Haltlos rannen sie über ihre Wangen. Sie hatte Ekaterina von Euphoria gestohlen, hatte sie mit Hilfe ihres eigenen Multitools ausgeschaltet, damit sie Nora nicht an die *ObServer*-Drohnen verraten konnte, so wie sie programmiert war, und sie dann in ihr Versteck geschleppt. Nora glaubte nicht, dass sie ihre Verwandlung in eine Statistin würde rückgängig machen können. Ekaterinas Zeit war vorbei. Sie hatte sich zu weit vorgewagt, auf eine Ebene Euphorias, von der es kein Zurück mehr gab. Aber Nora würde alles, wirklich *alles* tun, damit ihr Opfer nicht umsonst gewesen war. Auch wenn es noch so wehtat.

Nora blinzelte energisch und schüttelte den Kopf, um sich aus der Starre zu lösen. Keine Zeit. Sie warf einen Blick auf Ekaterinas Uhr an ihrem Handgelenk, die beharrlich die verbleibenden Sekunden der Sperrstunde rückwärtszählte. Noch dreiundzwanzig Minuten. Rasch zog Nora eine Spule Kupferdraht aus ihrem Inventar und wickelte ein Ende um die Sonde eines alten Stromprüfers, den Ekaterina irgendwann auf der Schrotthalde gefunden und mit verschiedenen anderen Teilen zu einem Werkzeug für ihre Mission umgebaut hatte. Nachdem sie zum ersten Mal gesehen hatten, wie Euphoria seine eigenen User fraß; nachdem sie begriffen hatten, was mit denen geschah, die unvorsichtig wurden und ihren Pillenvorrat nicht im Blick behielten, hatte Ekaterina über Monate hinweg die *PlugIns* verschiedener Statisten angezapft und war zu der Überzeugung gelangt, dass irgendwo in ihren neuverschalteten Gehirnströmen noch immer das Wissen gespeichert war, das sie in ihrer aktiven Zeit in Euphoria erworben hatten. Ein Wissen, das Ekaterina mit diesem Gerät hatte abrufen wollen. Allerdings hatte sie es nicht mehr geschafft, es selbst zu testen, und Nora hatte ewig gebraucht, um es ohne ihre Hilfe zum Laufen zu bekommen. Sie war sich nicht mal sicher, dass es jetzt funktionierte. Aber sie wollte fest daran glauben. Alles, was Ekaterina gebaut hatte, hatte funktioniert.

Nora führte den feinen Kupferdraht in Ekaterinas Ohr und schob ihn langsam durch ihren Gehörgang in Richtung Gehirn, wo das *PlugIn* sitzen musste. Das *PlugIn*, das so viele nützliche Funktionen hatte und jetzt zu einem schmarotzenden Egel geworden war. Einem Parasiten, der sich von Ekaterinas verschütteter Persönlichkeit nährte und im Gegenzug ihren Körper, ihren Willen und ihre Gedanken steuerte. Nora machte sich nichts vor. Wenn Ekaterina recht hatte, war alles, was sie jemals in Euphoria getan, gesehen, erfahren und erreicht hatte, im Speicher des *PlugIns* aufgezeichnet – und damit auch das Wissen darüber, was sie in der Tiefe der gehackten Server entdeckt hatte. Konkret also, wie die Puppe, von der sie gesprochen hatte – Sami –, Nora helfen konnte. Die drängende Frage war nur: Wie lange würde es dauern, bis das *PlugIn* Ekaterinas inaktiven Zustand als Tod interpretierte, sich selbst abschaltete und alles löschte? Wie lange würde Nora ihm noch vorgaukeln können, dass Ekaterina nur schlief? Nicht viel länger als sich selbst, vermutlich.

Der Kupferdraht hatte das *PlugIn* jetzt erreicht. Nora konnte die weiche, elastische Oberfläche geradezu an den Fingern spüren. Vorsichtig tastete sie mit der freien Hand hinter sich und schaltete das Gerät ein. Die Maschine begann sanft zu surren und zu vibrieren. Ein Ruck ging durch Ekaterinas Körper, als das *PlugIn* das Signal empfing, das es eigentlich von einem aktiven Gehirn hätte bekommen sollen.

»Gesundheitszustand überprüft: Herzfrequenz, Blutdruck und Atmung im normalen Bereich«, meldete die mechanische Stimme über den Lautsprecher.

Nora atmete tief durch. Wie sie es hasste. Diese wenigen Minuten der Scheinlebendigkeit. Vor allem den Moment, wenn die starren Augen sich öffneten. Das war das Schlimmste. Und trotzdem war es die einzige Möglichkeit, vielleicht doch etwas von Ekaterina zu erfahren. Irgendetwas.

Vorsichtig ließ Nora den Kupferdraht los, wobei sie versuchte, ihn nicht zu sehr verrutschen zu lassen. Das *PlugIn* würde sowieso bald merken, dass es nicht wirklich einen Puls maß und dass trotz angeblicher Atmung kein

Sauerstoff in Ekaterinas Gehirn ankam. Aber wenigstens in diesen kostbaren Augenblicken, ehe es so weit war, wollte Nora versuchen, die Illusion aufrechtzuerhalten. Vielleicht würde sie dann diesmal wenigstens ein paar Daten auslesen können.

Aber alles, was Nora auf dem kleinen Monitor sah, und alles, was aus dem Lautsprecher drang, war nichts weiter als hellgraues Rauschen, das an- und abschwoll und mit sehr, sehr viel Vorstellungskraft an Ekaterinas Stimme erinnerte. Es war unmöglich, dem Kasten ein klares Signal zu entlocken, ganz gleich in welche Richtung sie es mit den Drehknöpfen zu justieren versuchte, bis es mit einem hässlichen Knacken schließlich ganz abbrach.

Wie immer an diesem Punkt hätte Nora die Maschine in diesem Moment am liebsten zertrümmert und die Reste fluchend gegen die Wand geworfen. Aber sie tat es nicht. Sie blieb nur sitzen, versuchte vergeblich, ihren Atem zur Ruhe zu bringen, und schaltete das Gerät schließlich einfach aus.

Ein weiterer Blick auf die Uhr zeigte, dass von der Sperrstunde gerade einmal achteinhalb Minuten übrig waren. Höchste Zeit, zu gehen. Schließlich musste sie noch die Tür schließen und den Müll darüber verteilen, sodass es aussah, als wäre die Stelle niemals auch nur berührt worden.

Nora stand auf und warf einen letzten, langen Blick auf Ekaterinas Gesicht. Ihre Augen waren nun wieder geschlossen, und sie sah wirklich ganz so aus, als schliefe sie bloß.

»Bis bald, Kitty«, murmelte Nora und wischte sich die Tränen von den Wangen.

Dann löschte sie das Licht.

EKATERINA

10

BLAsT

Sami lag auf seinem Bett und starrte an die Decke. Er war völlig platt und gleichzeitig schien es ihm unmöglich, in dieser Nacht noch einzuschlafen. Ganz davon abgesehen, dass seine Nase unangenehm juckte, sein Rachen sich irgendwie rau anfühlte und sein Schädel dumpf. Wahrscheinlich wurde er jetzt auch noch wirklich krank. Na wunderbar. Schlafen wäre da sicher eine sinnvolle Maßnahme gewesen, um am nächsten Tag wenigstens halbwegs fit zu sein …

Aber er konnte nicht. Weil Marla ihm einfach nicht aus dem Kopf ging. Und auch nicht, wie Tatu sie angestarrt hatte, als sie sich stritten. So ungewohnt hitzig und gleichzeitig so … Sami fand kein Wort dafür, aber es war irgendwie strange gewesen und verursachte ihm ein echt beschissenes Gefühl. Als wäre Tatu bei aller Wut geradezu darauf versessen gewesen, dass sie zurückschoss.

Hungrig. Vielleicht war das das richtige Wort.

Aber nein, das war doch Quatsch. Bestimmt bildete Sami sich das ein und es blähte sich jetzt bloß so auf, weil es Nacht war und finstere Gedanken nachts immer viel größer waren. Und weil er in letzter Zeit so verdammt leicht grundlos eifersüchtig wurde. Nachdem Marla verschwunden war, war Tatu jedenfalls wieder ganz normal gewesen, oder?

Und er hatte Sami mit dem Fahrrad nach Hause gefahren. Ganz bis nach Hause, trotz Samis zugegebenermaßen recht halbherzigen Protests. Weil er eben so war, weil er *Tatu* war und Tatu war für Sami nun mal …

Sami fluchte leise und griff nach seinem Handy. Schon nach Mitternacht. Er musste sich irgendwie ablenken. Ob er aufstehen und eine Runde zocken sollte? Kreise und Kreuze klicken, bis er auf der Tastatur einschlief? Oder sein Laptop wieder abrauschte?

Sein Blick fiel auf den Nachttisch. Dort stand die Dose. Mit den Pillen.

Euphoria …

Und wenn er …?

Sami wollte es immer noch nicht so recht wahrhaben, aber er hatte Nora gegenüber nicht gelogen. Er *wollte* noch einmal dorthin. Es noch einmal fühlen. Noch einmal sehen. Und wenn es nur war, um zu wissen, dass er nicht geträumt hatte.

Sami tippte auf Noras Namen.

Sie ging nicht ran.

Sami fluchte wieder. Das war doch einfach nicht zu fassen! Er stand auf, stapfte zum Fenster und starrte nach draußen. Aber keine Krähe war zu sehen. Nirgends, obwohl er fest damit gerechnet hatte.

Sami warf das Handy in den Deckenhaufen am Ende seines Betts und ließ sich mit einem gereizten Schnaufen wieder zwischen die Kissen fallen. Dann eben nicht. Sollte sie mit ihrem Euphoria bleiben, wo sie wollte.

So starrte er in die Dunkelheit seines Zimmers, das einzige Geräusch das Gluckern der Heizung und die gedämpften Stimmen seiner Eltern im Wohnzimmer. Langsam, ganz langsam, überwältigte ihn doch die Müdigkeit. Seine Lider wurden schwer und seine Gedanken drifteten davon.

Gerade in diesem Moment rief Nora ihn zurück.

Sami fuhr auf wie von einer Tarantel gestochen. Hastig wühlte er nach seinem Handy, das zwischen den Falten des Federbetts summte und dudelte. Gleich würde sie auflegen, wetten? Gleich …

»Hi.«

»Hey Sami. Was gibt's?« Sie klang ein bisschen müde. Hatte er sie geweckt? Egal.

Sami atmete tief durch. »Ich glaub, ich bin so weit.«

Er stellte sich vor, dass sie lächelte. Dieses schmale, irgendwie düstere Lächeln, bei dem man nie so genau wusste, was es bedeuten sollte.

»Klar«, sagte Nora. »Kein Problem. Wir können gleich los.« Eine kurze Pause. »Hast du die Pillen?«

»In der Hand.«

»Okay, also …« Sami hörte das Klicken eines Feuerzeugs. Zwei tiefe Züge und ebenso tiefes Ausatmen. Dann räusperte Nora sich. »Hör mir jetzt gut zu, das ist sehr wichtig. Wo warst du, als du beim letzten Mal wieder rausgeflogen bist?«

Sami schloss die Augen und erinnerte sich. Etwas in seiner Brust flatterte, als er daran dachte, wie die Stimme den Countdown heruntergezählt hatte. *In seinem Kopf.*

»In dem Zimmer mit dem Anmeldeterminal. Das mit dem großen Fenster zur Stadt.«

»Hmm.« Klang sie besorgt? »Noch nicht ganz drin also. Vielleicht haben wir Glück, und sie lassen dich diesmal noch einfach so auf Ebene Zwei. Wenn nicht, musst du noch mal zwei Pillen nehmen, um in die Stadt zu kommen. Das ist dann nicht zu ändern. Aber nimm auf keinen Fall mehr, okay? Egal, was sie dir vorschlagen. Geh jetzt noch nicht weiter rein. Ich erkläre dir später, warum.«

»Okaaay …«, machte Sami gedehnt. »Und wie komme ich an die Pillen, wenn ich drin bin? Letztes Mal hatte ich sie nicht dabei, und diese Anzüge … na ja. Die sehen jetzt nicht so aus, als hätten sie irgendwo Taschen.«

Nora schien darüber einen Moment nachzudenken. »Gute Frage. Eigentlich greifst du über dein Inventar darauf zu, aber du bist noch nicht angemeldet, also … Na. Wird schon schiefgehen. Bisher sind noch alle irgendwie reingekommen. Im Zweifelsfall schicke ich dir die Krähe vorbei.«

Sami atmete tief durch. Das klang ja alles unheimlich beruhigend. »Na gut, nehmen wir mal an, es klappt einfach. Was soll ich dann machen?«

»Sobald du in der Stadt bist, wird dich eine oder ein *Guardian* ansprechen und dir ein Einstiegstutorial anbieten. Bitte sie, dich zu den Zentralterminals zu bringen. Dort warte ich auf dich und erkläre dir den Rest.« Jetzt lächelte sie wieder. Ganz sicher tat sie das. »Also, bereit?«

Sami schloss die Augen. Konnte man dafür bereit sein? Schwer vorstellbar. Aber vielleicht war er danach wenigstens müde genug, um einzuschlafen.

»Sicher.«

»Gut. Dann sehen wir uns drüben. Du weißt, was du zu tun hast.«

Es piepte in der Leitung. Nora hatte aufgelegt.

Sekundenlang noch saß Sami auf seinem Bett, in einer Hand das Handy, in der anderen das Pillendöschen.

Dann mal los.

Sami nahm sich zusammen und bemühte sich, sein wild pochendes Herz zu ignorieren. Dann schluckte er die goldene Pille hinunter.

Eine Sekunde verging. Zwei, drei, fünf.

Dann erstarrte die Welt und zersprang in Stücke.

Wie schon am Morgen in der Schule hatte Sami das grässliche Gefühl, Kopf über Fuß durch den leeren Raum zu stürzen.

Und dann stand er wieder in der Kammer. Die Lampe über der Tür blinkte noch.

»Willkommen zurück, SAMI.«

Die fremde Stimme in seinem Kopf traf ihn wie ein Stromschlag. Dabei taumelte Sami immer noch unter dem Gefühl, keinen Boden unter den Füßen zu haben, und die Kombination warf ihn fast um.

»Du kannst Euphoria City jetzt betreten. Gib deinen Code in das Türschloss ein.«

Oh verdammt. Der Code. Wie war der noch gewesen? Sami blieb ein paar Atemzüge lang stehen, um wenigstens sein Gleichgewicht wiederzufinden. Dann warf er einen hastigen Blick auf den Bildschirm des Terminals. Zum Glück. Da stand er noch.

7-2-6-4.

Er hatte kaum die letzte Zahl in das Nummernfeld an der Tür eingegeben, da leuchtete die Solarzelle über dem Schloss bläulich auf und ein Balken aus Licht glitt von Kopf bis Fuß über Sami hinweg. Es fühlte sich an, als ob Millionen winzig kleiner Finger ihn von oben bis unten abtasteten und sich durch den dunkelvioletten Overall hindurch in seine Haut drückten. Sami schnappte überrascht nach Luft.

»Code korrekt«, sagte die Stimme in seinem Kopf. Im Schließmechanismus der Tür klackte es. Das Licht der Leuchtdiode über dem Zahlenschloss sprang von Rot auf Grün, und die Tür glitt zur Seite.

Dahinter lag – ein Fahrstuhl.

In diesem Augenblick hätte Sami fast gelacht. Schon wieder ein Fahrstuhl? Er hasste Fahrstühle.

Vorsichtig betrat er die kleine Kabine, die leicht unter seinen Schritten schwankte. Es war ziemlich eng, so eng, dass er mit ausgestreckten Armen zu beiden Seiten die glatten Wände hätte berühren können. Gegenüber der Tür gab es eine hohe, schmale Fensterscheibe, die bis zum Boden reichte, durch die im Augenblick aber nur die dunkle Wand des Fahrstuhlschachts zu sehen war.

Sami warf einen Blick auf die Schalttafel, auf der bloß ein einziger Knopf angebracht war, groß und rot.

Mehr Klischee ging wohl nicht?

Ohne noch länger darüber nachzudenken, hieb er mit der geballten Faust auf den Knopf. Es zischte, ein Ruck ging durch den Fahrstuhl, und im gleichen Moment erloschen unter der Decke die Lichter. Das Knarren von Stahlseilen über einer kräftigen Winde ertönte, und ein Ziehen griff nach Samis Magen, als die Kabine wackelnd und rappelnd abwärts durch die Dunkelheit sank. Kurz darauf erschien zu seinen Füßen ein schmaler Lichtstreif, der rasch breiter wurde. Sonnenlicht fiel herein, golden gedämpft wie die Herbstsonne kurz vor der Abenddämmerung. Über ihm, in der Decke des Fahrstuhls, knackte ein Lautsprecher und rauschte kurz, ehe leise klassische Musik einsetzte.

Wie magisch angezogen trat Sami näher an das schmale Fenster heran. Der Fahrstuhl glitt an der Außenfassade eines turmhohen Gebäudes entlang, durch Zweige und Blattwerk und goldenes Licht hindurch.

Euphoria City.

Weiter und weiter sank der Fahrstuhl abwärts, begleitet von der knisternden Musik. Und dann tauchte er ein in das Farbenmeer aus Leuchtreklamen und flackernden

Bildschirmen, tauschte den Zauber des Dämmerlichts gegen grelles Blinken und Blitzen. Die Fassaden der Hochhäuser schienen hier unten aus einer schier endlosen Zahl dicht aneinandergepflasterter Monitore zu bestehen, von denen jeder ein anderes Spiel, einen anderen Kampf, eine andere Landschaft zeigte, immer wieder unterbrochen oder überlagert von Werbeeinblendungen. *Teste dich beim Drachenschatz!* oder *Booste deine Kräfte in der Ocean's Club Arena!*, schrien die flackernden Bilder. *Personalisiere deine Kleidung!*, strahlte es aus einer anderen Richtung in grellen Lettern von einem besonders gigantischen Monitor, gefolgt von ganz offensichtlich computergenerierten Models, die ähnliche Anzüge trugen wie Sami, nur aufgepeppt mit bunten Farben und Mustern, Schmuck oder Aufdrucken, mal im *Piraten-Style* oder als *Ninja-Kampfanzug*. Suppenbars warben neben Waffenhändlern und Süßwarenläden um Kunden. Winzige, kugelförmige Drohnen zischten hin und her oder schwebten dicht über den Köpfen der Menschen. Und die waren hier wirklich überall, vielleicht sogar noch mehr, als es von oben den Anschein gehabt hatte. Sie drängten sich auf den Straßen und in den Läden und schoben sich mit eiligen Schritten aneinander vorbei, ein geschäftiges Gedränge, das New York oder Tokyo alle Ehre gemacht hätte.

Nur – etwas war merkwürdig mit ihnen.

Sami konnte es nicht sofort genau festmachen und hielt es im ersten Moment für eine optische Täuschung, die die Entfernung ihm vorgaukelte. Aber je näher er der

Straße kam, desto deutlicher erkannte er, dass er die Gesichter der Passanten auch aus der Nähe nicht voneinander unterscheiden konnte. Oder vielmehr: dass sie gar keine Gesichter *hatten*.

Sami sah noch einmal hin. Noch einmal und dann noch einmal, aber es änderte nichts. Dort, wo die Gesichter der Menschen hätten sein sollen, war nichts weiter als eine schattengefleckte Fläche, die mit sehr viel Fantasie verschwommene menschliche Züge erkennen ließ. Keine Augen, deren Blick er hätte erwidern oder vermeiden können, keine Lippen, die sich beim Reden und Lachen bewegten. In diesem Moment wollte Sami sich umdrehen, den Fahrstuhl anhalten, irgendwie verhindern, dass sich die Türen öffneten.

Zu spät.

»Danke, dass du mit ElAvator gereist bist!«, übertönte eine Stimme aus dem Lautsprecher die leise Musik, während die Türen surrend zur Seite glitten und den Weg freigaben, direkt ins wimmelnde Treiben der Gesichtslosen auf den breiten Straßen. *»Wir verabschieden uns und wünschen viel Spaß in Euphoria City! Bis zum nächsten Mal!«*

Wie festgefroren blieb Sami stehen und starrte durch die offenen Türen nach draußen. Allein bei dem Gedanken, sich in die Menge zu stürzen, wurde ihm ein bisschen übel. Das Rauschen von vielen hundert Stimmen drang zu ihm in den Fahrstuhl wie ein vielfaches Säuseln im Wind, aber er konnte kein einziges Wort verstehen.

»Der Aufenthalt in der Kabine ist an der Endstation nicht

gestattet. Bitte steige jetzt aus, SAMI!« Die Stimme aus dem Lautsprecher klang immer noch freundlich, aber resolut, und nach allem, was Sami bisher in Euphoria erlebt hatte, war ihm ziemlich klar, dass sich das System irgendeine wirkungsvolle Methode würde einfallen lassen, um ihn zum Aussteigen zu bewegen, wenn er es jetzt nicht freiwillig tat.

Lieber nicht.

Als er aus dem Fahrstuhl trat, schlossen sich hinter ihm augenblicklich die Türen, und die Kabine glitt geräuschlos davon. Sami starrte ihr nach, bis er sie zwischen den blinkenden Lichtern und Bildschirmen aus den Augen verlor.

Und jetzt?

Er blieb dicht bei der spiegelnden Fassade des Hochhauses stehen und sah sich um. Hunderte, vielleicht Tausende Gesichtslose strömten an ihm vorbei, ohne Notiz von ihm zu nehmen. Das Rauschen ihrer Stimmen war überall. Tatsächlich benahmen sie sich auf den zweiten Blick ganz genauso wie Passanten in einer stinknormalen Einkaufsstraße: Fremde, die aneinander vorbeiliefen, ohne sich anzusehen.

Ziemlich menschlich eigentlich.

In diesem Augenblick tippte ihm jemand von hinten auf die Schulter. Sami erschrak so sehr, dass er einen Satz machte und einen undefinierten Laut ausstieß, der einem Zombie alle Ehre gemacht hätte – und ihm nur eine Sekunde später ziemlich peinlich war. Denn als er sich umdrehte, stand da nichts und niemand Furchterregenderes als ein Mädchen in einem silbergrauen Overall, das ihn freundlich anlächelte. Ihr Gesicht war so rund, dass es ein bisschen platt gedrückt aussah – aber wenigstens hatte sie eines. Dafür fehlten ihren ebenfalls silbergrauen Augen die Pupillen, was ihren Blick leicht starr wirken ließ.

»Willkommen, SAMI!«, sagte sie mit einer Stimme, die ein wenig mechanisch klang. »Ich bin Rosalia, deine *Guardian*. Ich bin hier, um dich mit Euphoria vertraut zu machen. Hast du eine Frage? Frag mich, was du willst!«

Sami starrte sie mit offenem Mund an. Das war eine der *Guardians*, von denen Nora gesprochen hatte? War sie …?

Rosalia lächelte einfach weiter. »Hast du eine Frage?«, wiederholte sie.

Sami kniff die Augen zusammen, um das Gaffen aus dem Gesicht zu bekommen. »Äh. Bist du ein Roboter?«

Rosalia musterte ihn immer noch mit ausdrucksloser Freundlichkeit, obwohl Sami sich einbildete, einen winzigen Funken Ungeduld in den silbrigen Augen aufflackern zu sehen. Aber er konnte einfach nicht aufhören, sie anzustarren. Ihre Haut, ihre Haare, ihre Bewegungen, ihre Mimik – nichts daran schien künstlich oder leblos. Von ihren Augen einmal abgesehen. Und ihre Stimme …

»Ich bin deine *Guardian*«, wiederholte sie. »Das habe ich doch eben gesagt. Ich bin hier, um dir beim Einstieg zu helfen. Möchtest du ein Tutorial?«

Das war nicht die Antwort, die Sami sich erhofft hatte. Aber irgendetwas sagte ihm, dass weiteres Nachhaken zu nichts führen würde.

»Äh, nein«, sagte er deshalb und versuchte, sich daran zu erinnern, was Nora gesagt hatte. Ob sie schon da war? »Kannst du mich zu den Zentralterminals bringen? Ich bin dort mit No… mit dem Krähenmädchen verabredet.«

Rosalia legte den Kopf schief und musterte ihn mit einem Blick, den man glatt verwundert hätte nennen können. Dann lachte sie. Ein Lachen wie aus der Blechbüchse, ohne echte Fröhlichkeit und dadurch irgendwie nervenaufreibend. »Verabredet? Du bist ganz neu hier und hast dich verabredet? Das ergibt keinen Sinn. Sollte das Krähenmädchen nicht hier sein, um dich abzuholen? Sie ist doch deine Mentorin, oder?«

»Keine Ahnung«, antwortete Sami wahrheitsgemäß.

Rosalia hob die schmalen Brauen. »Natürlich nicht.« Sie seufzte. »Na schön, sehen wir mal nach, wo sie steckt.«

Rosalias Blick wurde starr, und Sami konnte förmlich sehen, wie hinter ihrer Stirn etwas berechnet wurde. Es dauerte nur Sekunden, dann kehrte das Lächeln auf ihr Gesicht zurück. »Das Krähenmädchen. Bei den Zentralterminals. Sie ist schon da. Komm!« Und damit lief sie auch schon los, mitten hinein in die Masse der Gesichtslosen.

»He! Warte!« Sami beeilte sich, ihr nachzulaufen. Besser, er verlor sie jetzt nicht aus den Augen.

Zu seiner Erleichterung war es erstaunlich einfach, sich in der Menge der Gesichtslosen fortzubewegen und dabei niemanden anzurempeln. Es war wie an einem sehr vollen Tag in der Stadt, aus der er kam, man folgte einander oder wich sich aus. Und trotz ihrer fehlenden Augen schienen die Gesichtslosen genau zu wissen, was um sie herum vorging.

»Euphoria bietet dir die einmalige Möglichkeit, Menschen aus der ganzen Welt kennenzulernen«, erklärte Rosalia im geschäftigen, einnehmenden Ton einer Werbesprecherin, während sie nebeneinander durch die Straßenschluchten liefen. »Siehst du, all diese Leute« – sie wies mit einer umfassenden Handbewegung auf die Gesichtslosen – »sind nur ein kleiner Teil der User, die sich durch Euphoria bewegen. Sie kommen aus ganz Europa, aus Asien, aus Amerika, Afrika und Australien, von überallher. Dort draußen in der anderen Welt sind sie Tausende von Kilometern getrennt – hier nur einen Schritt voneinander entfernt!«

Sami starrte auf die Gesichtslosen und dachte daran, was Nora ihm über soziale Netzwerke erzählt hatte. Also waren das alles User wie er selbst, bloß schon länger dabei. Er sah sich auch die Szenen auf den Monitoren, die die Fassaden pflasterten, noch einmal genauer an. Tatsächlich, bei vielen der dort gezeigten Figuren konnte er das Gesicht ebenfalls nicht sehen – oder wenn doch, dann hatten sie auf den zweiten Blick ebenso silbrig starre Augen und silberne Overalls wie Rosalia.

Ein Gesicht allerdings, bemerkte Sami, tauchte immer wieder auf, auf sämtlichen Bildschirmen, wenn auch nicht in den normalen Spielsequenzen, sondern in den zwischengeschalteten Einspielern. Und wenn man nach der Farbe seiner Augen ging, war der junge Mann, dem es gehörte, kein *Guardian*, denn sie waren nicht silbern, sondern von einem ungewöhnlich leuchtenden Blau. *Der Prinz von Euphoria* kündigte ein Banner in leuchtender Schrift ihn jedes Mal an. Und tatsächlich sah er aus wie ein Prinz nach dem allerschlimmsten Märchen-Klischee, mit seinen goldblonden Locken und dem strahlenden Lächeln, dem schlank-athletischen Körperbau und einem Selbstbewusstsein wie ein Filmstar. Sami ertappte sich dabei, immer wieder hinzustarren, sobald er auf der Bildfläche erschien.

Komm zu mir!, schien sein Blick zu sagen.

Aber wer, oder besser: Was war er? Selbst wenn es stimmte, dass er nicht zu den Statisten gehörte – wenn Sami sein Gesicht sehen konnte, war er wohl auch kein normaler User. Oder?

Sami öffnete den Mund, um Rosalia danach zu fragen, doch die war ihm inzwischen schon einige Schritte voraus und redete ungerührt weiter, als spiele sie eine Tonaufnahme ab.

»Dein *PlugIn* sorgt dafür, dass du jeden in Euphoria verstehen kannst, egal welche Sprache er spricht«, erklärte sie gerade, als Sami hastig zu ihr aufschloss. »Um Verständigungsschwierigkeiten musst du dir also keine Sorgen machen. Wir sind hier weit jenseits von Babel, musst du wissen. Ha, ha, ha.« Ihr Lachen klang diesmal sogar noch künstlicher als sonst, als wäre es an genau dieser Stelle einprogrammiert.

Unwillkürlich fasste Sami sich ans Ohr. Das *PlugIn* hatte er über dieser immensen Reizüberflutung schon fast wieder vergessen. Bis jetzt.

Aber auch zum Unwohlfühlen ließ ihm Rosalia keine Zeit. »Weiter geht's. Die Terminals sind jetzt nicht mehr weit.« Sie winkte ihn mit einer knappen Handbewegung weiter. Konnten Roboter eigentlich so lebensecht programmiert werden, dass sie ungeduldig wurden? Vermutlich nicht, dachte Sami, vermutlich interpretierte er das nur in ihr Verhalten hinein. Aber das änderte nichts daran, dass dieser Roboter nun anfing zu drängeln – natürlich noch immer lächelnd. Sami wurde das Gefühl nicht los, dass sie einfach gar keine Lust darauf hatte, sich um einen nichtswissenden Anfänger wie ihn zu kümmern. »Das Krähenmädchen wartet schon etliche Minuten. Zeit ist hier kostbar, musst du wissen.«

Sami seufzte. »Schon gut, schon gut, ich komme ja. Ich hoffe nur, sie ist auch wirklich da.«

»Natürlich ist sie da, wenn ich es dir sage«, antwortete Rosalia schnippisch und führte ihn um eine weitere Häuserecke. »So, und da wären wir auch schon.«

Sami blieb stehen. Und schon wieder konnte er nicht verhindern, dass ihm der Mund aufklappte.

Dicht hinter der Ecke mündete die Straße in einen

weitläufigen Platz. Die Hochhäuser wichen zurück, genau wie die Bäume, mit denen sie verwoben waren, und bildeten einen perfekt gezogenen Kreis. Ein ebenso perfekter Ring aus Stufen führte zum eigentlichen Platz hinunter, wie in einem gigantischen Amphitheater. Im Zentrum des Platzes erhob sich eine anthrazitfarben glänzende Kuppel wie ein futuristischer Dom. Bläuliche Blitze tanzten über die Oberfläche, sammelten sich im höchsten Punkt und zischten in unregelmäßigen Abständen als gleißende Entladung in den dämmergoldenen Himmel. Und über allem schneite es.

Es dauerte eine Weile, bis Sami das begriff, weil der Himmel sich nach wie vor leuchtend klar und wolkenlos über ihnen spannte. Trotzdem rieselten winzige Flocken auf den Platz, im Licht glitzernd wie Diamantsplitter. Der Schnee legte sich wie ein kühler Hauch auf Samis Wangen und Haare, nur um spurlos zu verschwinden, sobald er seine Haut berührte.

»Bitte sehr«, sagte Rosalia neben ihm und deutete auf die Kuppel. »Die Terminals. Deine Mentorin erwartet dich. Damit ist meine Aufgabe erfüllt. Auf Wiedersehen, SAMI!«

»Was …?«, brachte Sami hervor, aber als er es endlich schaffte, seinen Blick loszureißen, musste er feststellen, dass Rosalia schon nicht mehr neben ihm stand. Verdammt! Wo war sie denn hin? Hektisch sah er sich um und entdeckte sie ein Stück voraus, wie sie die Stufen hinunter auf die Kuppel zulief.

»Und trödel nicht!«, rief sie über die Schulter. »Zeit ist kostbar, denk dran!«

Sami fluchte und lief ihr nach. Mit großen Schritten lief er die Stufen hinunter, immer zwei auf einmal – und sah sich einer Wand aus Gesichtslosen gegenüber, die wild durcheinanderliefen. Keine Spur mehr von Ordnung. Und keine Spur von Rosalia.

»Hey!«, rief Sami und spürte, wie sein Herz unangenehm schnell zu pochen begann. »Rosalia, warte doch mal!«

Aber Rosalia war verschwunden. Um Sami herum waren nur noch Gesichtslose, die sich an ihm vorbei schoben und drängten. Sami fluchte. Wie sollte er Rosalia so wiederfinden? Oder Nora auftreiben?

Sami sah sich um. Die riesige Kuppel zumindest war immer noch leicht auszumachen mit ihrem Geblitze und Gezische. Wenn das die Terminals waren, schien es Sami ein guter Tipp zu sein, sich in diese Richtung zu halten. Entschlossen trat er auf den Platz und schob sich zwischen den Gesichtslosen hindurch.

Je näher er der Kuppel kam, desto deutlicher konnte er das Knistern der bläulichen Entladungen hören, die flackernd über die Außenwand der Kuppel zuckten. Jedes Mal, wenn ein Bündel blauer Energie vom höchsten Punkt in den goldenen Himmel geschleudert wurde, gesellte sich ein lang gezogenes Pfeifen dazu, so hell, dass es kaum noch hörbar war. Und nun begriff Sami auch, woher der seltsame Schnee kam: Sobald ein solcher Energiestrahl in der Luft verglühte, zerstob er in Tausende und Abertausende winziger Flocken, die vom leichten Wind über den ganzen Platz verteilt wurden, wo sie schillernd zu Boden sanken.

Sami atmete auf, als er endlich die Wand der Kuppel erreichte. Von Weitem hatte die Oberfläche spiegelglatt ausgesehen. Jetzt erkannte er, dass die schimmernde Füllsubstanz von einem Netz schlanker Stahlstreben getragen wurde und dass zwischen diesen Streben Schwingtüren eingelassen waren. Durch die Türen war ein ständiges Ein- und Ausgehen von Gesichtslosen, wie ein Strom, der niemals zu versiegen schien.

Okay. Und jetzt?

Sami sah sich um, aber außer noch mehr Gesichtslosen entdeckte er absolut gar nichts. Er fluchte leise. Selten hatte er sich dringender gewünscht, wenigstens ein kleines bisschen größer zu sein als ein Meter dreiundsechzig.

»Da bist du ja.«

Die Stimme drang an sein Ohr wie ein verzerrtes Flüstern. Im gleichen Augenblick packte eine Hand nach Samis Ellbogen und zog ihn aus dem Strom, der auf die Türen der Kuppel zufloss. Und als Sami herumfuhr, wusste er sofort, wem er gegenüberstand. Diese sehnige Gestalt und die staubschwarzen Haare hätte er auch ohne den Schrei der Krähe erkannt, der in diesem Moment über den goldenen Himmel schallte. Und auch ohne Gesicht.

In seinen schlimmsten Fieberträumen hätte Sami nicht damit gerechnet, dass er sich einmal wirklich darüber freuen könnte, Nora zu sehen – aber genau so war es. »Na endlich.« Das Aufatmen kam von Herzen.

Es war irritierend, Noras Mienenspiel nicht sehen zu können. Aber er sah sie nicken, und er sah, wie sie die Hand ausstreckte. »Lass uns Freundschaft schließen. Dann redet es sich leichter.«

Sami warf einen verblüfften Blick auf ihre Hand. »Freundschaft?«

»Soziales Netzwerk. Schon vergessen? Nimm meine Hand, dann kannst du mein Gesicht sehen.«

Ach. Na, das ergibt wieder Sinn.

Entschlossen packte er ihre ausgestreckte Hand mit seiner und wäre beinahe im gleichen Moment zurückgezuckt, hätte Nora ihn nicht mit überraschend kräftigem Druck festgehalten. Hatte er gerade einen gewischt bekommen? Zwischen ihren Händen, wo Haut auf Haut traf, breitete sich ein flirrendes Prickeln aus, wie von winzigen elektrischen Ladungen. Und dann spürte Sami einen leichten Druck auf der Stirn, als würde jemand einen eiskalten Finger auf seine Nasenwurzel legen. Sami schnappte nach Luft. Er *kannte* dieses Gefühl! Für etliche Sekunden trat die Welt um ihn herum zurück, wurde leiser und blasser, während innerhalb dieser Blase nur Nora und er übrig blieben, abgeschottet von allen und wie durch ein unsichtbares Band miteinander verbunden. Fasziniert starrte Sami auf Noras Gesicht, von dem jetzt die Schatten flossen, als hätte jemand einen Eimer Wasser über eine Fensterscheibe geschüttet, und schließlich alles freigaben, was zuvor verborgen gewesen war: die schmalen Züge. Die schiefergrauen Augen und das spöttische Lächeln, das sich immer in ihren Mundwinkeln versteckte. Von den Augenringen war hier in Euphoria allerdings nichts zu sehen, und ihre Wangen wirkten nicht ganz so eingefallen. Sie sah geradezu gesund aus, dachte Sami und hätte fast gegrinst.

Dann zerplatzte die Blase und die Welt kehrte zurück. Der Finger auf Samis Stirn verschwand.

»Schon viel besser.« Auch Noras Stimme klang jetzt wieder normal – und auch das war viel besser als dieses verzerrte Geisterwispern. Sie warf einen Blick auf die Uhr an ihrem Handgelenk; ein grellpinker Kunststoffklotz, der aussah wie eins dieser Relikte aus den Neunzigerjahren, die Samis Mutter noch in ihren Schmuckkästen aufbewahrte und die Sila sich manchmal für Trashpartys an der Uni auslieh. »Los, komm. Du solltest dich auf jeden Fall noch im *BLAsT*-System anmelden, und du hast dir ganz schön Zeit gelassen.«

Sami schnaufte. »Ich kann mich nicht daran erinnern, dass wir eine Uhrzeit ausgemacht hätten.«

Aber Nora wischte seine Bemerkung mit einem Schulterzucken beiseite. »Gehen wir rein. Ist mal wieder ziemlich voll da drin. Könnte also eine Weile dauern. Hast du noch mehr Pillen nehmen müssen?«

Damit ging sie voran auf eine der Türen zu, mit selbstsicherem Schritt, der sofort klarmachte, dass sie diesen Weg schon Hunderte von Malen gegangen war.

»Nein.« Sami blieb ihr dicht auf den Fersen und quetschte sich hinter ihr durch eine der Schwingtüren, ehe diese ihm wieder entgegenkommen und eine Welle von Gesichtslosen entgegenspülen konnte. »Hätte ich sollen?«

Nora schüttelte den Kopf. »Auf keinen Fall. Je weniger, desto besser.«

Dann schwang die Tür hinter ihnen zu, und für einen Moment standen sie in Dunkelheit. Keine vollkommene Dunkelheit, da sie durchsetzt war von unendlich vielen kleinen Lichtflecken, die blinkten und sich bewegten. Und als Samis Augen sich an die veränderten Lichtverhältnisse gewöhnt hatten und die Schwärze langsam einem matten Grau wich, erkannte er auch, woher es kam: Die dicken Nähte und Absätze ihrer Overalls leuchteten in der Schwärze milchig weiß, sodass jeder der Menschen im Inneren der Kuppel zu einer beweglichen Lichtquelle wurde, die alle zusammen genug Helligkeit spendeten, um mehrere schier endlose Reihen metallisch schimmernder Kästen sichtbar zu machen – ganz ähnlich dem, an dem Sami sich in der kleinen Kammer oben am Fahrstuhl registriert und das *PlugIn* eingesetzt hatte. Hier und da leuchteten sie in gespenstisch blauem Licht auf.

»Das sind die Terminals«, erklärte Nora neben ihm. In den Schatten wirkte ihr Gesicht verzerrt, starr wie eine Maske und plötzlich gar nicht mehr so viel weniger bizarr als die Gesichtslosen, die in der Halle um jeden Fußbreit Platz kämpften. Wieder packte sie Sami am Arm. »Wir versuchen es da vorn. Komm mit.«

Sami hatte keinen blassen Schimmer, wo *da vorn* sein sollte – oder was sie dort versuchen wollten –, aber ihm blieb ohnehin keine andere Wahl, als Nora zu folgen, so schnell er konnte, wenn er sie in der Dunkelheit und der Menge nicht verlieren wollte. Also ließ er sich wohl oder übel durch den Pulk der Gesichtslosen ziehen, deren verschwommenes Stimmenrauschen ihm wie das Donnern eines Wasserfalls in den Ohren vibrierte.

Mit einem Nachdruck, den man gut und gern Aggressivität hätte nennen können, bahnte Nora ihnen einen Weg, bis sie ihnen schließlich nur wenige Schritte vor einem Terminal einen Platz in einem der Pulks erkämpft hatte, die Sami jetzt als Warteschlangen identifizieren konnte. Aus der Nähe erkannte er außerdem, dass jedes Terminal an eines von unzähligen schmalen Rohren angeschlossen war, die im höchsten Punkt der Kuppel zusammenliefen, und dass die Terminals mit einem irisierenden Feld ausgestattet waren, genau wie das, das er vor der Fahrstuhltür irrtümlich für eine Solarzelle gehalten hatte. Jedes Mal, wenn ein Gesichtsloser seine Hand auf das Terminal legte, leuchtete die Zelle auf, tastete ihn mit einem blauen Lichtbalken ab und verlosch dann wieder. Das Schnarren der Automatenstimmen mischte sich unter das allgemeine Stimmengewirr.

Und dann sah Sami, wie nur etwa zwei Schritte von

ihm entfernt ein Gesichtsloser vor das Nachbarterminal trat. Das Scannerfeld leuchtete auf und warf für wenige Sekunden einen geisterhaften Schein auf sein leeres Gesicht und die bleichen Finger, die eine Eingabe auf dem Bildschirm machten. Im nächsten Moment wechselte das Licht der Zelle zu einem tieferen, satten Blau. Der tastende Lichtbalken glitt in Sekundenschnelle über den gesamten Körper des Gesichtslosen hinweg, hinauf und wieder hinunter, es gab einen schwachen Blitz – und der Gesichtslose war verschwunden.

Mit offenem Mund starrte Sami auf die Stelle, an der eben noch ein Mensch gestanden hatte. Er packte Nora am Arm und drückte ihn so fest, dass sie sich zu ihm umdrehte. »Was zum Teufel passiert da?«, zischte Sami. »Was sind das für Dinger?«

Er konnte Noras Gesichtsausdruck nicht gut erkennen, aber er spürte, wie sie mit den Schultern zuckte, als wäre es die normalste Sache der Welt, dass ausgewachsene Menschen sich einfach in blaues Licht auflösten. »Jedes Terminal hat eine *BLAsT*-Station eingebaut. Ich nehme an, die meinst du.«

»Eine *was*?«

»Eine *BLAsT*-Station«, wiederholte Nora. »Das steht für **B**lue **L**ight **As**cending **T**ravel. Damit kannst du dich in ganz Euphoria von einer Station zur anderen teleportieren. Sehr praktisch, kann ich dir sagen. Und das blaue Licht draußen hast du ja wohl gesehen.«

Sami nickte. Sagen konnte er nichts. Allein der Gedanke, sich in blaue Lichtteilchen zerlegen zu lassen, drehte ihm den Magen um.

Nora hingegen schien das alles ziemlich kalt zu lassen. »Eins nach dem anderen«, erklärte sie bestimmt und schob Sami nur halbwegs sanft in die Lücke, die entstand, als das *BLAsT* den Gesichtslosen direkt vor ihnen in blaues Licht verwandelte. »Bevor du die Stationen nutzen kannst, musst du dich anmelden.«

Und ehe Sami recht wusste, wie ihm geschah, stand er plötzlich direkt vor dem Terminal. Die *BLAsT*-Zelle leuchtete auf, und wie schon beim ersten Mal fühlte er Millionen winziger Finger über seinen Körper krabbeln. Am liebsten hätte er sich geschüttelt. Aber das wäre ihm vor Nora doch zu peinlich gewesen.

»Willkommen, SAMI! Dies ist dein erster Besuch beim BLAsT-Terminal. Bitte gib deinen Code ein, damit ich dir helfen kann!«

Das Zahlenfeld neben dem Bildschirm leuchtete auf. Der Code … wie war der doch gleich? Richtig. 7-2-6-4.

»Code korrekt. Du bist jetzt angemeldet. Lege deine Hand auf den Bildschirm, um dein PlugIn *mit dem Netzwerk zu synchronisieren!«*

Sami presste die Lippen zusammen. Mit dem *PlugIn* hatte er bisher eigentlich nur unangenehme Erfahrungen gemacht. Und jetzt sollte er darüber auch noch irgendwelche Informationen eingespeist bekommen? Er warf einen Blick zu Nora, doch die schien in dieser Angelegenheit nur wenig hilfsbereit. Sie wirkte eher ein wenig gestresst, als dauerte ihr das alles viel zu lange. Und das Terminal schien mit ihr einer Meinung zu sein.

»WARNUNG! Bitte lege JETZT deine Hand auf den Bildschirm! Der Vorgang wird sonst abgebrochen.«

Sami seufzte tonlos. Dann schlug er mit einer schnellen Bewegung die Hand auf das Display, ehe er noch länger darüber nachgrübeln konnte.

Kaum hatte seine Haut die matte Oberfläche berührt, glühte der Bildschirm auf und ein Kribbeln schoss seinen Arm hinauf, als würde Strom direkt hindurchgeleitet, ähnlich wie beim Handschlag mit Nora, nur mindestens zehnmal so stark. Sami biss die Zähne zusammen, um nicht zu schreien, und zwang sich, seine Hand nicht zurückzureißen. Er spürte, dass seine Handfläche fest am Monitor klebte, und vermutlich hätte er sich eher die Haut vom Fleisch gerissen, als dass er vom Terminal losgekommen wäre. Und dann war es sowieso zu spät, sich irgendwelche Gedanken zu machen, denn im nächsten Augenblick stand plötzlich sein ganzer Kopf unter Strom. Samis Sicht trübte sich grünlich ein, und eine stilisierte Landkarte leuchtete vor seinen Augen auf. Im Zentrum der Karte befand sich die grobe Andeutung einer Stadt, bevölkert von einem ganzen Haufen weißer Punkte, die sich unermüdlich bewegten. Mitten in diesem Gewimmel prangte ein weinrotes Dreieck, das mit *SAMI* beschriftet war, und direkt daneben ein blaues, über dem *Krähenmädchen* stand.

Er hatte kaum Zeit, diese Information zu verarbeiten,

da poppte auch schon ein neues Feld vor seinen Augen auf, und dann noch eins und noch eins und noch eins, die sich in so schneller Folge überlagerten, dass er es kaum schaffte, die Überschriften zu lesen. *Artefakte*, *Erspielte Fähigkeiten*, *Connections* und noch einige mehr, aber die Wechsel wurden irgendwann so schnell, dass Sami schwindelig wurde.

Und dann war auch diese Erscheinung vorüber. Das fahle Grün verlosch und ließ nur das mattblaue Licht in der Terminalkuppel zurück, die Bilder verblassten und verschwanden schließlich ganz. Zurück blieb nur ein leichtes Ziehen in Samis Magen, wackelige Knie wie nach einer wilden Achterbahnfahrt und ein Kribbeln in seiner Handfläche, wo das Gefühl durch ihn hindurchfließender Elektrizität nur langsam nachließ. Sami rang nach Luft.

Seine Hand war frei.

Sekunden später erst wagte er vorsichtig aufzuatmen, ließ den Arm vorsichtig sinken und warf einen Blick zu Nora, die sich mit verschränkten Armen gegen das Terminal gelehnt hatte. Ihre Augen funkelten im schwachen Licht, und das spöttische Lächeln hatte sich ungewohnt weit aus ihren Mundwinkeln herausgewagt.

»Fertig?«

Sami nickte, immer noch benommen, und sah sicherheitshalber noch einmal auf das Display des Terminals. Aber das war dunkel geworden. »Ich denke schon.«

»Na wunderbar.« Nora richtete sich auf und sah wieder auf ihre Uhr. »Gerade noch rechtzeitig, würde ich sagen.«

Sami runzelte die Stirn. »Was meinst du?«

»Die Wirkung der Pillen endet bald. Uns bleibt gerade genug Zeit, um einen vernünftigen Startpunkt für die nächste Session zu suchen.« Als sie ihre Hand auf das Display legte, war ihr Grinsen noch breiter geworden. »Minigames spielen«, sagte sie zum Terminal, und dann wieder an Sami gewandt: »Du kannst doch reiten, hoffe ich?«

Reiten? Ausgerechnet reiten? Nein, das konnte Sami nun wirklich nicht. Aber Nora gab ihm gar keine Gelegenheit, auf ihre Frage zu antworten. Sie lachte nur.

»Rennstrecke Pink«, sagte sie. Das blaue Licht leuchtete auf – und Nora war verschwunden, im gleichen Moment, als das *PlugIn* in Samis Kopf sich erneut zu Wort meldete.

»Warnung, SAMI. Die Wirkung deiner Pille lässt jetzt nach. Nimm eine weitere oder kehre um.«

Also hatte Nora recht gehabt. Sami wusste, ihm blieb nicht viel Zeit, mit seinem Schicksal zu hadern. Und die Aussicht, beim nächsten Besuch in Euphoria wieder direkt vor dem Terminal ausgespuckt zu werden, wo hinter ihm schon die Gesichtslosen in der Dunkelheit drängelten und raunten, erschien ihm nicht besonders verlockend. Sonst wo konnte es nur besser sein. Auch wenn ein besonders fieser Teil seines Hirns ihm prompt eine seiner tausend Erinnerungen an Momente mit Tatu ausspuckte. Die, in der Tatu »Du hast schon einen Dealer für ätzende Minigames!« sagte und ihm den Arm im nassen Pulloverärmel um die Schultern legte.

»Du hast noch zehn Sekunden. Zehn …«

»Ach, scheiß doch drauf«, murmelte Sami. Entschlossen legte er seine Hand erneut auf den Bildschirm, ehe er schon wieder anfangen konnte, darüber nachzudenken, wie sich so eine *BLAsT*-Reise wohl anfühlte.

»Hallo, SAMI!«, quäkte das Terminal. *»Was möchtest du tun?«*

Sami räusperte sich. »Minigames spielen.«

»Fünf… Vier… Drei …«, nörgelte das *PlugIn*, und Sami bemerkte am Rande erleichtert, dass es ihn der Countdown zwar stresste, aber nicht mehr ganz so sehr in Panik versetzte.

Auf dem Display erschien derweil eine Liste verschiedener Orte mit kuriosen Namen wie *Drachenschatz* oder *Player's Hell.*

Ein letztes Mal atmete Sami tief durch.

»Rennstrecke Pink«, sagte er. Dann kniff er die Augen zusammen und wartete auf das blaue Licht. Es kribbelte, als die winzigen Finger nach ihm griffen, und er hatte das eigenartige Gefühl, als würde nicht er selbst sich bewegen, sondern die Welt um ihn herum würde weiterwandern und an einem anderen Platz zum Stillstand kommen.

Doch als Sami die Augen wieder öffnete, war er nicht auf der Rennstrecke Pink. Er war nicht einmal mehr in Euphoria.

Er war wieder zu Hause.

11

Anderswo

»Die Krähe hat einen neuen Partner.«

Der Prinz von Euphoria stand am Fenster seines Palastes und sah hinunter auf den großen Platz. Auf das Zischen und Zucken der Zentralterminals, auf die vielen winzigen Menschen, die geschäftig über den Platz wuselten. Sein Reich. Es gab nichts, was ihn mehr beruhigte, als hier zu stehen. Hier, wo er alles sehen konnte, hinaus über die Dächer selbst der höchsten Häuser. Weit über allen. So weit.

Doch hinter ihm, in den Schatten neben der Tür, wartete der Vampir, der ihm die beunruhigende Nachricht überbracht hatte.

Der Prinz ließ die Finger seiner rechten Hand über die seidenweichen Vorhänge gleiten. Lieber hätte er sie hineinverkrampft und den Stoff heruntergerissen. Stattdessen drehte er sich um und lächelte. »Das ist gut. Dann hat sie eine Puppe gefunden.«

»Vielleicht«, murmelte der Vampir. »Das *Enigma* des Jungen ist noch nicht aktiv.«

Der Prinz runzelte die Stirn und dachte nach. Natürlich, es war zu früh, um sich ganz sicher zu sein. Aber er bezweifelte, dass er sich täuschte. Er kannte das Krähenmädchen. Sie war eine Späherin. Ihr *Enigma* hatte die Fähigkeit, zwischen den Welten zu wandern. Zu sehen, was andere nicht sahen. Sie fand immer, was sie suchte. Und dass sie sich jetzt einen neuen Partner gewählt hatte, eigenbrötlerisch und stur, wie sie nun mal war, konnte deshalb nur eines bedeuten: dass *sie* sich bereits sicher war.

Er musste schnell handeln. Den Jungen auf seine Seite bringen, ehe sie ihn zu sehr an sich band. Alles, was die Krähe je getan hatte, seit sie auf ihrer selbstgerechten Rettungsmission durch sein Reich zog, hatte auf Zerstörung abgezielt. Die Krähe hasste Euphoria mindestens ebenso sehr, wie der Prinz es liebte. Deshalb konnte er unter keinen Umständen erlauben, dass sie die Fähigkeiten der Puppe für sich nutzte, wie auch immer diese genau aussehen mochten. Er musste Euphoria und die Menschen darin vor ihr schützen. Und ihren Bruder, der nicht von ihr gerettet werden wollte. Ihn ganz besonders.

»Haben wir draußen jemanden in ihrer Nähe?«

Der Vampir nickte, eine kaum merkliche Bewegung in den Schatten. »Die Sirene behält sie im Auge.«

»Gut. Dann kümmere du dich um den Puppenjungen.« Der Prinz wandte sich zurück zum Fenster und starrte wieder auf den Platz hinaus. Der Himmel über Euphoria schien dunkler geworden zu sein, und der Blick auf das

Volk, für das er die Verantwortung trug, weniger beruhigend. Aber das würde er schon wieder richten.

»Du weißt, was du zu tun hast. Halt mich auf dem Laufenden.«

12

Die Euphoria-App

Am nächsten Morgen war Sami krank.

Es hätte ihn eigentlich nicht wundern dürfen, schließlich hatte er es schon in der Nacht gespürt, und wenn er noch mal darüber nachdachte, wie er den vorigen Tag verbracht hatte, war eigentlich alles klar. Sami wunderte und ärgerte sich trotzdem nach Kräften – schließlich hatte er sowieso nichts anderes zu tun. Das Fieberthermometer zeigte zwar nur leicht erhöhte Temperatur, aber die holte ihn von den Socken wie gute vierzig Grad. Seine Nase war komplett verrotzt, und sein Kopf fühlte sich an wie mit Froschlaich ausgestopft. Wahrscheinlich bemerkte er deshalb erst so spät, dass die kleine Leuchtdiode an seinem Handy blinkend um Aufmerksamkeit bettelte. Nämlich erst dann, als Tatu in der Frühstückspause anrief und ankündigte, später auf einen Krankenbesuch vorbeizukommen. Nachdem Sami aufgelegt hatte, sah er in der Kopfzeile seines Displays ein winziges Symbol, das er dort noch nie gesehen hatte. Ein schlichtes »E«.

Vielen Dank für deine Anmeldung im Euphoria-System. Die App steht jetzt zu deiner Verfügung.

Eine App. Sami starrte auf sein Smartphone. Eine *Euphoria*-App. Wie kam die da drauf? Wahrscheinlich auf dem gleichen Weg, auf dem Nora seine Nummer rausgefunden und ihm eine Nachricht geschrieben hatte. Sami stöhnte. Mit einem Froschlaichkopf zu denken, war wirklich nicht einfach.

»Na schön«, murmelte er und tippte auf die Nachricht. »Dann lass mal sehen.«

Augenblicklich färbte sich das Display laubgrün und bernsteingolden ein, und vor Samis Augen flackerte die gleiche Show wie am Abend zuvor, bei den Terminals, in seinem Kopf. Menüfenster um Menüfenster schob sich übereinander, bis sich das Flackern schließlich beruhigte und Sami hinsehen konnte, ohne dass ihm schlecht wurde. Rasch wischte er mit dem Daumen durch die einzelnen Kategorien, aber die Untermenüs waren noch ziemlich sparsam bestückt. Die für *Artefakte* zählte lediglich sein Handy und das *PlugIn* auf, in der Rubrik namens *Spiele und Regionen* standen »Euphoria City« und »Rennstrecke Pink« noch ziemlich einsam da, und in der Liste mit *Connections* war bisher nur Nora aufgeführt – und Rosalia. Aber das Robotermädchen zählte irgendwie nicht so richtig. Die Liste *Erspielte Fähigkeiten* hatte noch gar keinen Eintrag. Das größte Fragezeichen hinterließ bei Sami allerdings ein einfaches leeres Feld, das mit dem Wort *Enigma* überschrieben war. Was sollte das bloß wieder sein?

Sami schüttelte den Kopf und wechselte ins nächste

Untermenü. *VoiceChat*. Na wenigstens das erklärte sich von selbst. Auch dort waren Nora und Rosalia aufgelistet, und kurz war Sami versucht, es gleich mal auszuprobieren. Aber dann wieder hatte er keine Ahnung, was er hätte sagen sollen. Er bekam ja nicht mal einen geraden Gedanken hin. Also schaltete er weiter ins letzte Untermenü mit dem Titel *Streams*. Eine schier endlose Liste an Links erschien, und als Sami wahllos auf einen davon tippte, ploppte ein Videofenster auf, das offenbar live einen Gesichtslosen auf der Wanderung durch Euphoria Citys Straßen zeigte – ohne Ton allerdings. Darunter gab es verschiedene Buttons, mit denen man Emojis in den Stream senden konnte. *Schau dir deinen eigenen Feed an!*, forderte eine goldene Schaltfläche unter dem Video ihn auf. Und als Sami der Aufforderung nachkam, sah er tatsächlich kleine Videoausschnitte seines Euphoria-Besuchs. Seine Begegnungen mit Rosalia und Nora, und wie er die Terminalkuppel betrat. Vereinzelte lachende oder jubelnde Smileys schwebten hin und wieder über den Bildschirm. Sami starrte perplex auf das Video. Mal ganz davon abgesehen, dass es sehr gewöhnungsbedürftig war, sich selbst von außen zu beobachten, und dann auch noch in diesem lila-roten Euphoria-Overall: Wurde etwa alles aufgezeichnet, was in Euphoria geschah? Waren dafür die vielen kugelförmigen Drohnen da, die durch die Straßen zischten? Auch die Monitore an den Hochhausfassaden fielen ihm wieder ein. Waren das etwa alles Streams? Er musste Nora bei Gelegenheit danach fragen.

Sami tippte sich noch ein paar Minuten wahllos durch die Videos, dann wechselte er zurück ins Hauptmenü. Unter einem Button mit der Aufschrift *Plane deine Reise!* gab es da einen Fortschrittsbalken, der sogenannte *TwilightPoints* zählte. Derzeit stand er auf 150 mickrigen Punkten. Sami hätte gern gewusst, wie viele Punkte Nora hatte.

Kurz kam ihm der Gedanke, dass es vielleicht eine gute Idee wäre, direkt noch mal nach Euphoria zu gehen, um sich in Ruhe umzusehen – und vielleicht diese *Rennstrecke Pink* auszuprobieren, *ohne* dass Nora grinsend dabei zusah. Aber er war zu müde … Er konnte ja jetzt schon kaum noch die Augen offen halten. Vielleicht nicht die optimalen Voraussetzungen, um sich in Euphoria herumzutreiben. Also entschied er sich gezwungenermaßen, lieber doch noch ein bisschen zu schlafen.

Und noch ein bisschen.

Und noch ein bisschen.

Und noch ein bisschen.

Tatu klingelte am Nachmittag, etwa eine halbe Stunde nach Samis drölfzigstem Gesundheitsschlaf an diesem Tag. Zu diesem Zeitpunkt hatte er immerhin schon eine Instantbrühe und einen Joghurt in sich hineingezwungen und seinen Schlafanzug gegen eine Trainingshose und einen Kapuzenpulli eingetauscht. Kurzum, sein Zustand hatte sich um lockere dreihundert Prozent verbessert, und er fühlte sich fast schon bereit, es wieder mit der Welt aufzunehmen.

Fast.

Tatu brachte einen Stapel Ingwerschokolade und eine große Plastikdose *Dak Juk* mit, eine Art Reisporridge mit Hühnchen: »Altes Familienrezept von meinem Vater. Wirkt Wunder, garantiert. Ich hab als Kind so viel davon gegessen, dass ich niemals im Leben wieder krank werde. Spätestens übermorgen bist du wie neu, wetten?«

Dann hockten sich die beiden ins Wohnzimmer vor die Konsole, um gemeinsam ein paar Bossgegner plattzumachen. Besonders gut lief es allerdings nicht. Samis Froschlaichkopf erlaubte ihm keine nennenswerte Konzentrationsleistung, und außer blind draufzuhalten, gelang ihm nicht besonders viel – was nicht so schlimm gewesen wäre, wäre Tatu in seiner üblichen Form gewesen.

War er aber nicht. Im Gegenteil. Er schien regelrecht abwesend und ließ sich ständig von dem riesigen Zombiewurm in den Abgrund schubsen. Irgendwann drückte Sami entnervt die Pausetaste.

»Ich glaub, das wird heute nichts. Ich krieg's nicht auf die Kette.«

Tatu brummte und legte den Controller ebenfalls zur Seite, um sich ein Stück Schokolade zu angeln.

Sami ließ sich zurück in die Sofakissen fallen und zog die Decke über seine Beine. »War heute was Spannendes in der Schule?«

Tatu zuckte die Schultern. »Nö. Nichts.« Er schwieg eine Weile. »Ich hab Marla noch mal getroffen«, sagte er dann. »Sie hat sich bedankt, dass wir so gemäßigt arschig waren gestern.« Er grinste. »Die scheint ein bisschen besser in Ordnung zu sein, als ich dachte.«

»Ach.« Sami warf ihm einen schrägen Blick zu. Ohne dass er es wollte, kam ihm das komische Gefühl in den Sinn, das ihn in der Nacht zuvor so lange vom Schlafen abgehalten hatte.

»Na ja.« Tatu zuckte noch einmal die Schultern. »Sie tat mir ein bisschen leid. Man könnte glatt denken, sie wäre bei uns Freaks besser aufgehoben als bei den Deppen vom Prollclub.«

Sami schnaufte. »Bist du jetzt auf einer Rettungsmission, oder was?«

Tatu verengte die Augen. »Hättest du ein Problem damit?«

Sami verzog genervt das Gesicht. Das *eiserne Pokerface*. Wie er es hasste. »Ach Quatsch.«

»Ich mag's, wie du meinem Urteil vertraust«, kommentierte Tatu trocken. »Im Ernst. Die Trulla werden wir beim Taekwondo nicht mehr ohne Weiteres los, also müssen wir halt mit ihr klarkommen. Oder was hattest du vor, sie wegmobben, wie es der Prollclub mit uns immer versucht?«

Sami fühlte, wie sein Gesicht heiß wurde. »So'n Quatsch, hab ich doch gesagt.«

Tatu hob nur die Brauen. Schier endlose Sekunden stand unbehagliches Schweigen wie eine Wand zwischen ihnen im Raum. Da vibrierte in Samis Hosentasche das Handy. Sami fuhr zusammen und zog es reflexartig heraus. Er brauchte keinen zweiten Blick, um zu sehen, dass es die Euphoria-App war. Nora. Im denkbar schlechtesten Moment überhaupt. Unwillig drückte Sami sie weg und stopfte das Handy in die Ritze zwischen Lehne und Sitzpolster des Sofas, ehe er noch ein Kissen darüberdrückte. Denn wie nicht anders zu erwarten, ließ Nora sich so leicht nicht abwimmeln. Auch wenn jetzt nichts mehr zu hören war, spürte Sami doch das Vibrieren in den Polstern, das mit jedem vergeblichen Versuch nachdrücklicher zu werden schien.

»Hey, Piet. Zieh nicht so'n Gesicht. Das macht dich hässlich.« Aus dem Augenwinkel sah Sami gerade noch, wie Tatu etwas nach ihm warf. Dann hatte er auch schon die Plüschausgabe einer Hausstaubmilbe im Gesicht, die seine Mutter für gewöhnlich liebevoll zwischen den Sofakissen platzierte.

»Au! Arsch!«

Aber Tatu lachte nur und stand auf. »Na. Ich muss dann los.«

Sami zuckte innerlich zusammen. »Du gehst schon?«

Tatu musterte ihn mit undeutbarem Blick, eine Ewigkeit, wie Sami schien. Dann zuckte er die Schultern. »Muttern will, dass ich noch was für sie einkaufe, und der Asia-Laden macht um sechs zu.«

Sami räusperte sich. Mit einem Mal war ihm der Hals ein bisschen eng, und er kämpfte gegen den Drang, aufzuspringen und Tatu anzubetteln, dass er doch dableiben sollte, wenigstens ein bisschen noch. Aber das war unter ihrer beider Würde. Also nickte er bloß. »Okay. Telefonieren wir später?«

»Klar.« Tatu nickte. »Ich ruf durch, wenn ich zuhause bin. Schon dich, okay?«

Sami wusste darauf nichts mehr zu sagen. Sein Hals war viel zu verstopft von diesem komischen Gefühl, das er sich garantiert einfach nur einbildete und das er trotzdem nicht abschütteln konnte. Schweigend brachte er Tatu zur Tür und beobachtete, wie er Schuhe und Jacke anzog.

»Kommst du morgen wieder in die Schule?«, fragte Tatu schließlich, die Klinke schon in der Hand.

Sami zog die Schultern hoch. Seine Beine wackelten und in seinen Ohren rauschte es. »Wohl nicht, wie's aussieht.«

Tatu grinste. »Iss dein *Dak Juk*«, sagte er streng. »Ich seh zu, dass ich es morgen vor dem Training noch mal herschaffe.«

Dann war er weg, und es blieb nur der schale Geschmack eines durch und durch missglückten Nachmittags auf Samis Zunge.

Er kehrte zurück aufs Sofa, weil er definitiv keine Lust auf sein krankheitsmiefiges Zimmer hatte. Das Wohnzimmer war da schon deutlich besser. Er wünschte sich nur, es wäre nicht so still im Haus gewesen. Sami seufzte, schaltete den Fernseher ein, wickelte sich fest in die Sofadecke – und rief Nora an.

* * *

Nora hatte auf Samis Anruf gewartet. Ziemlich dringend sogar. Es war beunruhigend gewesen zu sehen, wie er die Rennstrecke erreichte und sofort wieder verschwand. Nachdem sie einen halben Tag lang nichts von ihm gehört hatte, hatte sie sich einfach versichern wollen, dass er gut zu Hause angekommen war. Und dass er dann nicht auf ihre Anrufe reagiert hatte, hatte sie zugegebenermaßen nervös gemacht. Was war passiert? Was dachte er? War mit ihm alles in Ordnung? Die Puppe, die er wahrscheinlich in sich trug, war einfach zu wichtig für Nora, als dass sie hätte entspannt bleiben können.

Als er sie endlich zurückrief, musste Nora sich sehr beherrschen, um sich ihre Erleichterung nicht zu deutlich anmerken zu lassen.

»Sami. Was gibt's?«

»Du hast doch mich angerufen.« Er klang mürrisch und nicht eben in Stimmung für eine lockere Plauderei. »Aber nur fünfmal oder so, das zählt wohl nicht?«

Nora runzelte die Stirn und ermahnte sich erneut, ruhig zu bleiben. Er schien in Ordnung, das musste für den Moment genügen. »Nur zweimal. Also, wie geht's dir? Verträgst du die Pillen?«

Einen Moment lang herrschte Schweigen am anderen Ende der Leitung. »Schwer zu sagen«, brummte Sami dann. »Bin krank.«

Aha. Daher diese besonders miese Laune.

»Okay. Dann schon dich. Aber wenn du Fragen hast …«

»Was ist ein *Enigma*?«

Die Frage kam schnell wie ein Pistolenschuss. Und auch wenn Nora immer noch zwischen Erleichterung und leichtem Ärger über seine patzigen Antworten schwankte, schlich sich unwillkürlich ein Grinsen auf ihr Gesicht. »Oh. Das würde ich dir wirklich gern sagen. Aber ich kann dir unmöglich die Überraschung verderben.«

Sie konnte förmlich hören, wie er die Augen verdrehte. Ihr Grinsen verbreiterte sich. Geschah ihm recht.

»War nur ein Witz«, fügte sie beschwichtigend hinzu. »Weißt du noch, dass ich dir gesagt habe, du würdest in Euphoria deine wahre Stärke finden und mehr darüber erfahren, wer du wirklich bist? Das war nicht gelogen. Dein *Enigma* ist deine geheime Kraft. Dein erweitertes Ich, sozusagen. Jeder in Euphoria hat eines. Meins ist die Schattenkrähe, die kennst du ja schon. Und bevor du fragst: Ich kann dir nicht vorhersagen, wie dein *Enigma* aussehen wird. Ich kann dir aber verraten, dass du zweitausend *TwilightPoints* brauchst, um es freizuschalten.« Sie lächelte schief und fühlte sich zugleich ziemlich schäbig dabei. Wenn Sami nur gewusst hätte ... Sie schüttelte die Zweifel ab. »Das geht ganz schnell. Ich helfe dir.«

»Jetzt gleich?« Nun hörte sie Hoffnung in seiner Stimme. Die Hoffnung, dem, was auch immer ihm gerade zusetzte – und Nora hatte das vage Gefühl, dass es dabei um mehr als bloß einen kleinen Schnupfen ging –, zumindest für eine Weile zu entkommen. Sie konnte ihn verstehen. Sie konnte ihn sogar viel zu gut verstehen. Trotzdem schüttelte sie den Kopf.

»Nein. Du musst wirklich eine Pause machen. Das waren jetzt zwei Trips ziemlich kurz hintereinander.«

»Aber …«

»Oder willst du dein Hirn weich kochen?«

Darauf sagte Sami eine ganze Weile nichts. »Mir doch egal«, hörte sie ihn dann murmeln.

Nora seufzte. Unwillkürlich wanderte ihr Blick zu dem Pillendöschen auf ihrem Nachttisch.

»Hör mal«, sagte sie und bemühte sich um einen sanften Tonfall. »Ich meine es ernst. Es wird dir nicht guttun, wenn du jetzt noch mal reist. Lass uns das morgen zusammen machen. Dann verspreche ich dir, dass du die zweitausend Punkte in höchstens zwei Trips zusammenbekommst. Okay?«

Sami schien mit sich zu ringen. »Okay«, sagte er endlich.

»Versprochen?«

»Versprochen.«

»Dann schlaf gut, Sami. Ich ruf dich an.«

»Okay«, sagte er noch einmal. Dann legte er auf.

Nora lehnte den Kopf gegen die kühle, feuchte Wand hinter ihrem Bett, atmete den Geruch von Schimmel und Moder ein und starrte auf das dunkle Display, das im fahlen Licht von der Küchenzeile her schimmerte. Samis Worte gingen ihr nicht aus dem Kopf. Krank also … das konnte natürlich sein. Genauso gut möglich war aber auch, dass zumindest ein Teil der Krankheit die ersten Nebenwirkungen der Pillen waren. Jetzt schon. Möglicherweise war ihr Puppenjunge fragiler, als sie beide es wahrhaben wollten. Sie würde gut auf ihn aufpassen müssen.

Sie warf einen Blick zum Fenster. Die Krähe hockte draußen und spähte mit ihren schwarzen Knopfaugen zu ihr herein.

»Gib auf ihn acht«, sagte Nora zu ihr. »Er darf jetzt auf keinen Fall reisen, verstehst du?«

Die Krähe krächzte, spreizte ihre Flügel und flatterte durch den Regen davon.

Ein Zittern rann von Noras Bauch bis in ihre Finger- und Fußspitzen, wurde stärker und schüttelte sie schließlich so sehr, dass ihr das Handy aus der Hand fiel. Nora fluchte und lachte dann über sich selbst. Nicht mal eine Zigarette konnte sie so halten, vom Anzünden ganz zu schweigen. Vielleicht sollte sie sich zuallererst mal an ihre eigenen Ratschläge halten.

Als das Zittern endlich abebbte, angelte sie das Pillendöschen vom Nachttisch. Zehn Goldene noch. Drei verbraucht seit gestern, und dann auch noch die Sperrstunde. Wenn das in dem Tempo weiterging, musste sie sich bald etwas einfallen lassen, wenn sie nicht auf dem Trockenen sitzen wollte. Vielleicht sollte sie Yash und Gorm anrufen. Nora sah die Cyber-Ninja und ihren Berserkerfreund nicht mehr oft, seit sich mit Kittys Verschwinden ihre geheime Gemeinschaft aufgelöst hatte. Aber als Raid-Team funktionierten sie immer noch ziemlich gut, wenn es drauf ankam. Gestern erst hatten sie ihr eine Nachricht geschickt und einen Raid auf Ebene Vier vorgeschlagen, aber da war sie mit Sami unterwegs gewesen. Morgen vielleicht. Oder übermorgen. Sie brauchte wirklich Pillen. Dringend. Oder ihre Zeit wäre früher abgelaufen, als sie es sich leisten konnte. Der Gedanke klang auf absurde Weise verlockend.

Wenn das alles einfach vorbei wäre …

Aber es war nicht vorbei. Noch lange nicht.

Das Foto im Deckel der Dose lächelte immer noch. Nora schloss die Augen, um es nicht mehr sehen zu müssen. Doch auch hinter ihren Lidern lächelte er weiter.

Mika …

Eine stille Träne suchte sich unbemerkt den Weg aus ihrem Augenwinkel.

»Ich hol dich da raus«, flüsterte sie in die Dunkelheit, die ohne die tröstliche Nähe der Krähe plötzlich sehr still und leer war. »Hörst du, Mika? Ich hol dich da raus, ob du willst oder nicht. Und wenn es das Letzte ist, was ich tue.«

13

Rennstrecke Pink

Nora hielt Wort. Samis Familie war am nächsten Morgen kaum aus dem Haus, als sie ihn anrief – anders als Tatu, der sich am Abend doch nur noch mit einer einzelnen, eher knappen Nachricht gemeldet hatte. Und es war allein der verdammten Krankheit zu verdanken, dass Sami darüber nicht die ganze Nacht wach gelegen und gegrübelt hatte.

Nora aber rief an, wie sie es versprochen hatte. Und obwohl Samis Laune immer noch unterirdisch war, war er doch dankbar, dass wenigstens sie an ihn dachte. Tatsächlich hatte sie ihn daran nicht eine einzige Minute zweifeln lassen, denn ihre Stalker-Krähe war schon die ganze Nacht über da gewesen. Am Fenster hatte sie gesessen und auf das Pillendöschen gestarrt. Ohne sie wäre die Chance tatsächlich recht hoch gewesen, dass er auf der Flucht vor seinen eigenen Gedanken trotz aller Warnungen allein nach Euphoria gereist wäre. Wo er sich stark fühlte und irgendwie größer, und wo eine Unstimmigkeit mit Tatu, die vielleicht, wahrscheinlich, *ganz sicher* nur in seinem Kopf existierte, keine Rolle spielte.

Nun aber würde er mit Nora reisen. Wie sie es versprochen hatte. Wie er es versprochen hatte. Und ein gehaltenes Versprechen, dachte er verwundert, als er auflegte und auf die Pillen in seiner Hand starrte, fühlte sich auch verblüffend stark an.

Zwei Pillen, hatte sie gesagt. Weil sie auf die zweite Ebene mussten. Dann blieben ihm nur noch sechs.

So wenige. Und danach?

Aber darüber konnte er sich später Sorgen machen. Oder noch besser, er konnte Nora fragen. Sie wusste bestimmt, wo man neue herbekam.

Also warf Sami sich die Pillen in den Mund und wartete darauf, dass das Licht zerbrach.

Es sollte sich herausstellen, dass die *Rennstrecke Pink* genau das hielt, was ihr Name versprach: Sie war ein bonbonbunter Ort, der vor Süße und Fröhlichkeit geradezu klebte. Kaum, dass die Welt um Sami aufhörte, sich zu drehen, und wieder feste Formen annahm, schallten ihm blubbernd hüpfende Trällermusik und das Jubeln eines großen Publikums entgegen. Genau die Art von Ort, die er für gewöhnlich unter allen Umständen gemieden hätte.

Sami wartete, bis das wabbelige Gefühl zumindest halbwegs aus seinen Knien verschwunden war, und sah sich nach Nora um. In all dem Bunt hätte ihre düstere Gestalt doch eigentlich leicht zu entdecken sein müssen. Aber ganz so einfach war es leider nicht. Das blaue Licht der *BLAsT*-Reise flackerte immer noch vor Samis Augen, und es war viel zu voll, als dass man *irgendjemanden* hätte finden können.

Stattdessen entdeckte er ein anderes bekanntes Gesicht.

Rosalia stand nur wenige Schritte von der *BLAsT*-Station entfernt und schien sehr angestrengt in eine andere Richtung zu sehen.

Sami atmete auf. Sie konnte ihm bestimmt noch einmal helfen. »He! Rosalia!«

Jetzt drehte sie sich zu ihm um, das Gesicht wie schon beim letzten Mal freundlich-ausdruckslos lächelnd, mit einem Hauch von Ungeduld, als sei sie genervt davon, sich schon wieder mit einem wie ihm befassen zu müssen.

»Da bist du ja.« Sie sagte es resigniert, und es war kein Zweifel möglich, dass sie sich über ihre erneute Begegnung nicht sonderlich freute. Aber Moment, sie war immer noch ein Roboter. Welcher Scherzkeks auch immer sie so programmiert hatte, Sami brauchte sich davon nun wirklich nicht angegriffen zu fühlen.

»Hast du denn immer noch kein *Enigma*?«

Sami sah sie verblüfft an. »Ähm, nein. Wie sollte ich das denn anstellen? Ich habe doch noch keine Punkte gesammelt.« Roboter oder nicht, sie nervte ihn schon ein bisschen. »Wieso interessiert dich das überhaupt?«

Rosalia seufzte. »Solange du dein *Enigma* nicht hast, bist du Anfänger und ich muss mich immer in deiner Nähe aufhalten. Falls du Fragen hast oder Hilfe brauchst.«

Ach. So war das? Sami fielen auf einen Schlag sehr viele Möglichkeiten ein, diese Verpflichtung auszunutzen, und wenn es nur war, um sich für ihr herablassendes Getue zu rächen.

... an einem Roboter. Ein bisschen arm war das ja schon. Für den Moment würde es wohl reichen, wenn sie ihn zu Nora brachte.

»Hör mal, ich suche ...«

Rosalias Augen leuchteten kurz silbern auf. »Schon da.«

Im gleichen Augenblick legte sich eine Hand von hinten auf Samis Schulter. Als er überrascht herumfuhr, stand Nora vor ihm.

»Hey. Entschuldige die Verspätung. Ich habe schon mal die Lage gesichtet.«

Sami atmete auf. Wie er erwartet hatte, schien Nora in ihrem schiefergrauen Overall so gar nicht in die bonbonbunte Welt der Rennstrecke zu passen. Schon gar nicht mit ihrem Krähenschatten, der an diesem Morgen wie zwei fedrige schwarze Flügel hinter ihr flackerte, statt wie alle anderen ordnungsgemäß auf den Boden zu fallen. Immerhin hatte sie ein Gesicht. Das allein war schon eine Erleichterung zwischen all den Gesichtslosen und silberäugigen Statisten auf den Zuschauerrängen – und vor allem nach dem undurchdringlichen Blick aus Rosalias starren silbernen Augen. Doch als Sami noch einmal über die Schulter sah, um das Robotermädchen für heute dankend aus ihrer ach so lästigen Pflicht zu entlassen, war die *Guardian* bereits verschwunden.

Was zur Hölle …? Na ja. Ich würde auch von hier fliehen, wenn ich könnte. Was für ein ätzendes Spiel. Könnte glatt von Tatu sein.

Sami schüttelte den Kopf und wandte sich wieder Nora zu, die ihn mit belustigtem Grinsen beobachtete. Vermutlich konnte man ihm seine Gedanken ziemlich deutlich von der Stirn ablesen, und das fand sie wohl witzig. Dabei war sie es doch gewesen, die den Ort ausgesucht hatte.

»*Rennstrecke Pink*?«, fragte er und versuchte vergeblich, nicht zu abschätzig zu klingen.

Nora zuckte die Schultern. »So ist es. Eines der besten Anfängerspiele, wie ich finde«, erklärte sie und klang dabei nicht mal ironisch. »Kurze Spieldauer, viele mögliche Punkte, wenig ernsthafte Konkurrenz. Schneller wirst du kaum auf die 2000 Punkte kommen, die du für das *Enigma* brauchst – es sei denn, du möchtest den Teil mit dem Sozialen Netzwerk ausreizen und alle möglichen Deppen befreunden, die dich anschließend stalken können, ob du willst oder nicht.«

Sami blinzelte. Deppen … stalken … Nein. Das klang definitiv nicht wie etwas, das er wollte. »Was muss ich machen?«, fragte er deshalb.

Nora wies hinüber zu einer Reihe von offenen Boxen. »Da drüben sind die Ställe. Du musst dir nur noch ein Reittier aussuchen.«

»Du weißt schon, dass ich mich nicht mal auf einem Kirmespony halten kann?«

Nora lachte. »Seit du im Kirmespony-Alter warst, bist du sicher ein gutes Stück cooler geworden. Na los.«

Ziemlich langsam, weil ebenso skeptisch, trat Sami auf die Ställe zu. Die Reittiere in den Boxen waren genauso bunt und absurd wie der Rest der Rennstrecke. Die Auswahl reichte von einem rosa glitzernden Einhorn über einen purpurgescheckten Panda bis hin zu einem sonnengelben Gorilla. Sami ließ seinen Blick die Boxen entlangwandern und hatte keinen Schimmer, welches der Tiere er für das kleinste Übel halten sollte. Zum Glück nahm Nora ihm die Entscheidung ab.

»Der hier«, sagte sie und deutete auf eine Box, in der ein türkis gefleckter Jaguar döste. Er blinzelte Sami unter trägen Lidern aus goldenen Augen an, ehe er in einem gewaltigen Gähnen beeindruckende Reißzähne sehen ließ. »Empfindlich, aber schnell. Du brauchst ihn kaum anzutreiben oder zu lenken. Konzentrier dich darauf, nicht runterzufallen, und lass dich nicht einholen, sonst zertrampeln sie dich. Und wenn du kannst, sammle ein paar von den Sternen ein, die über der Bahn schweben. Die geben zusätzliche Punkte.«

»Ich soll auf einer *Raubkatze* reiten?«

Nora lachte wieder. »Vertrau mir einfach, okay? Jaggy hier ist die beste Wahl, wenn du gewinnen willst. Und das willst du.«

Ja, nun. Damit zumindest hatte sie recht. Und ob es leichter war, sich auf einem Gorilla zu halten? Wohl kaum. Fast überzeugt legte Sami die Hand auf das Zahlenfeld mit der *BLAsT*-Zelle neben der Boxentür – als ihm noch etwas einfiel. »Und was machst du?«

Jetzt erschien ein sehr breites Grinsen auf Noras Gesicht, und sie deutete auf eine Box mit einem giftig grünen Keiler, der mit heimtückisch blinzelndem Blick seine Hauer an der Wand schabte. »Wenn du's genau wissen willst: Ich räume das Feld von hinten auf.«

Für einen Moment konnte Sami sie nur ungläubig anstarren. Dann aber musste er lachen. Er wollte es eigentlich gar nicht, und ihm war auch gar nicht danach, aber er konnte nicht verhindern, dass es einfach in ihm hochblubberte.

»Na dann.« Er wischte sich über die Augen. »Was soll da noch schiefgehen?«

Und damit gab er entschlossen seinen Code in das Startfeld ein.

Das Fell des Jaguars war platinhell, fast weiß, mit grelltürkisen Flecken. Es schimmerte unter der Decke hervor, die er als Sattel trug, und schmiegte sich seidenweich an Samis Finger. Sami konnte fühlen, wie die gespannten Muskeln unter der Haut spielten, während sie auf den Startschuss warteten, jederzeit bereit, einen Blitzstart hinzulegen. Sein Magen kribbelte jetzt doch recht unangenehm, und seine Handflächen schwitzten an den breiten Lederzügeln. Die Raubkatze war viel größer, als sie in ihrer Box ausgesehen hatte, und vor allem bewegte sie sich viel mehr. Definitiv kein Vergleich zu einem Kirmespony. Aber er würde schon irgendwie ins Ziel kommen. Er musste. Sonst würde er Nora nie wieder ins Gesicht sehen können, ohne auf der Stelle zu verdampfen vor Peinlichkeit.

In diesem Moment ertönten drei lang gezogene Pfiffe. Ein Moment atemloser Stille folgte – dann erzitterte die Luft unter dem Donnern des Startschusses. Die Türen, die die Reittiere zurückhielten, sprangen auf. Der Jaguar startete mit einem gewaltigen Satz, der Sami gefährlich zur Seite abrutschen ließ. Mit aller Kraft klammerte er sich fest, kämpfte sich irgendwie wieder auf den Rücken der Katze zurück und krallte sich mit beiden Händen an die verstärkte Kante der Satteldecke, ohne die Zügel loszulassen. Der Jaguar lief weich, federnd, als würde er über die Bahn fliegen. Nach dem ersten Sprung spürte Sami seine Bewegungen kaum noch. Er lehnte sich dicht über den muskulösen Hals und kniff die Augen gegen den Wind zusammen. Rechts und links nahm er aus dem Augenwinkel verschwommene Bewegung wahr.

Vor ihm war niemand. Nur der goldene Belag der Rennstrecke schimmerte im Dämmerlicht. Adrenalin rauschte durch seine Adern. Ganz vorn! Nora hatte recht, dieser Jaguar war eine Rakete! Nun musste er nur noch vorn bleiben. Und auf dem Rücken der Katze. Das war vielleicht das größere Problem.

In diesem Moment ertönte hinter ihm der gellende Ruf einer Krähe. Kurz darauf waren erstickte Schreie zu hören, aufgeregter Protest, schrilles Wiehern und Tumult.

Sami riskierte einen raschen Blick über die Schulter, und für einen Moment blieb ihm die Luft weg.

Nora hatte gesagt, sie wolle das Feld von hinten aufräumen. Und genau das tat sie jetzt.

Sie stand auf dem Rücken des giftgrünen Keilers wie ein Surfer auf seinem Brett, die schattenhaften Krähenflügel weit gespreizt. In einer Hand hielt sie die Zügel und in der anderen einen langen Stab, mit dem sie rechts und links die Konkurrenz von ihren Reittieren fegte. Ein rubinrot gefiederter Strauß ging nur kurz hinter Sami zu Boden. Sein langer Hals streifte die Hinterläufe des Jaguars, und die große Katze strauchelte. Mit Armen und Beinen klammerte Sami sich fest. Ein weiterer schneller Blick über die Schulter zeigte ihm, wie die Reiter sich schimpfend aus dem Staub aufrappelten, um wieder auf ihre Tiere zu klettern.

Okay. Okay. Denen ist nichts passiert. Konzentrier dich auf dich selbst.

Sami biss die Zähne zusammen und starrte wieder nach vorn. Es lagen noch etwa drei Viertel der Runde vor ihm. Was hatte Nora gesagt? Sterne brachten Extrapunkte. Da vorn war einer. Der Jaguar raste direkt darauf zu.

Den krieg ich.

Und obwohl ihm das Herz dabei gehörig in die Hose rutschte, richtete er sich bei voller Geschwindigkeit im Sattel auf und griff nach dem Stern, der glitzernd und mit glockenhellem Klingeln in seine Hand fiel.

JA!

Der Triumph rauschte durch Samis Adern wie ein Flächenbrand. Er konnte es! Er hatte es drauf! Jetzt würde er gewinnen, und es war eigentlich egal, was Nora hinter ihm tat.

Von diesem Moment an sah er nicht mehr zurück. Er genoss nun sogar die Geschwindigkeit, genoss es, weit vor allen anderen über die Bahn zu fliegen, während das Publikum auf den Rängen jubelte, der Wind ihm die Haare in die Augen trieb und das Zerspringen der eingesammelten Sterne ihm in den Ohren klingelte.

Doch da schrie die Krähe ein zweites Mal.

Es war ein anderer Schrei. Kein Kampfschrei, kein Signal zum Angriff.

Eine Warnung.

Ein Schatten fiel auf Sami und den Jaguar. Sami sah nach oben und fuhr zusammen. Auf einem riesigen goldenen Adler schwebte ein Gesichtsloser in einem pechschwarzen Overall direkt über ihm.

Scheiße.

Sami ließ Sterne Sterne sein, duckte sich tief über den Hals des Jaguars und presste ihm die Fersen in die Flanken. Wie ein Blitz schoss die große Katze voran. Doch der Schatten der weit gespreizten Adlerschwingen verschwand nicht. Er schien förmlich an ihnen zu kleben, egal wie schnell sie rannten.

Und dann stieß der riesige Vogel herab, stürzte mit einem gellenden Kreischen auf Sami herunter, nur um kurz über ihm rasant abzudrehen, so knapp, dass er den

Luftzug in den Haaren spürte. Der Jaguar fauchte, wich mit einem Sprung aus und schleuderte Sami dabei fast von seinem Rücken. Das Publikum auf den Rängen stöhnte entsetzt und begeistert auf. Der Adler schraubte sich wieder empor, und als Sami einen hastigen Blick nach oben riskierte, sah er, dass der gesichtslose Reiter nun in den Klauen des Vogels hing.

Wieder stieß der Adler herab, und im nächsten Augenblick saß der Gesichtslose plötzlich hinter Sami, direkt auf dem Rücken des Jaguars. Sami keuchte überrascht auf, und auch die Katze schlug einen erschrockenen Haken, um das zusätzliche Gewicht abzuschütteln. Vergeblich. Der Fremde umklammerte Sami mit eisernem Griff – und dann grub er ihm zwei nadelspitze Fangzähne in den Hals.

Die Zeit schien sich zu verlangsamen, bis sie beinahe stillstand. Sami hörte sein eigenes Herz in seinen Ohren dröhnen wie dumpfe Paukenschläge. Die Welt färbte sich grau, als würden alle Farben aus ihr herausgesaugt. Die Geräusche verblassten. Bleierne Erschöpfung legte sich über Sami. Selbst seine Gedanken verstummten. Alle, bis auf einen.

Ich bin müde … so müde.

Er wollte die Augen schließen, sich fallen lassen, nichts mehr sehen, hören, fühlen.

Ein Krähenschrei dicht neben ihm zerriss den Bann. Kreischend griff der schwarze Vogel den Fremden an, klammerte sich mit den Krallen in seinen Nacken und hackte nach seinem Hinterkopf. Nun konnte Sami auch den Angreifer wieder spüren, seinen heißen Atem an seinem Hals, seine Arme um seinen Brustkorb. Mit aller Kraft rammte er seinen Ellbogen nach hinten, wo er die Leber seines Angreifers vermutete; die Umklammerung lockerte sich. Beinahe wären sie gemeinsam gefallen.

Da stieß der Adler ein drittes Mal herab. Die Krähe floh vor dem Raubvogel, flatterte in der Nähe und krächzte aufgebracht. Doch der Adler griff nicht an. Er packte nur seinen Reiter an den Armen und trug ihn hoch hinauf in den Himmel.

Inzwischen hatte der Jaguar die Zielgerade erreicht. Sami biss die Zähne zusammen und klammerte sich fest an den Katzenhals. Seine Sicht verschwamm, aber er würde jetzt nicht aufgeben. Er würde dieses Rennen zu Ende bringen!

Der Jubel des Publikums schlug über ihm zusammen wie eine Welle. Hinter sich hörte er Nora etwas brüllen. Dann raste der Jaguar über die Ziellinie und schleppte das scharlachrote Siegerband noch etliche Meter hinter sich her.

Das war der Moment, in dem Sami sich einfach fallen ließ. Er plumpste zur Seite und kullerte in den Staub der Rennstrecke jenseits der Ziellinie. Völlig erschöpft starrte er in den dämmergoldenen Himmel, der vor seinen Augen dunkler und dunkler wurde. Verschwommen sah er seinen Fortschrittsbalken aufblinken und wie der Zähler auf 1337 vorschnellte. Etwas Warmes, Klebriges rann langsam seinen Hals entlang und versickerte in seinem Overall.

Dann wurde alles schwarz.

DER VAMPIR

14

Der Vampir

Nora hatte starr vor Entsetzen beobachtet, wie der Adler auf Sami herabstieß und die Krähe gegen den Gesichtslosen im schwarzen Overall kämpfte, ohne dass sie sie dazu hätte antreiben müssen. Sie hätte gar nicht erst sehen müssen, wie er Sami in den Hals biss, um zu wissen, *wer er war.*

Trotzdem konnte Nora sich sekundenlang nicht rühren. Sie sah, wie Sami über die Ziellinie preschte, sah ihn fallen … und wie er sich einfach in funkelnden Staub auflöste, während weit über ihm der Adler mit seinem Reiter davonglitt.

Die Starre zerfiel.

»Warte!«

Nora spornte ihren Keiler an und das Tier donnerte los. Zwecklos. Das Rennen war vorbei, in wenigen Sekunden würde ihr Reittier sich auflösen und in seine Box zurückkehren, und der Blutsauger …

Nora fluchte. Ihr blieb keine Wahl.

»Ebene Drei!«

In ihrer Hand materialisierten sich drei goldene Pillen.

Ohne noch lange darüber nachzudenken, warf Nora sie in ihren Mund. Ihre Sicht verschwamm, in ihren Ohren rauschte es. Sie spürte Schattenfedern aus ihrer Haut sprießen, ihr Körper streckte und stauchte sich zugleich.

Sie war die Krähe. Sie flog.

Wie ein Pfeil schoss sie auf dem Wind dahin, ihr scharfer Raubvogelblick huschte suchend über Himmel und Grund.

Der Adler war verschwunden, der Keiler auch. Die *Rennstrecke Pink* lag wieder verlassen da. Aber wo war der Vampir? Wo war er?!

Nora hatte sein Gesicht nicht gesehen. Aber das musste sie auch nicht. Nur einer konnte so schnell so spurlos verschwinden.

Nora schrie, ein gellender, unendlich frustrierter Krähenschrei.

Komm zurück. Komm verdammt noch mal endlich zurück!

Aber der Vampir antwortete nicht. Und er kam auch nicht zurück.

* * *

Sami erwachte mit einem unsanften Ruck, nach Luft japsend, als hätte ihn jemand minutenlang unter Wasser gedrückt, bis er kurz davor war, zu ertrinken. Nur mühsam begriff er, dass er wieder auf seinem Bett hockte und dass er sich nicht länger irgendwo festzuklammern brauchte, um nicht vom Rücken eines sprintenden Jaguars zu fallen. Doch auch nachdem diese Information in seinem Kopf angelangt und verarbeitet war, brauchte er noch eine ganze Weile, um sich wieder in seinem Körper zurechtzufinden. Jeder einzelne Knochen tat ihm weh, und seine Muskeln fühlten sich an wie Nadelkissen.

Sami stöhnte und ließ sich auf den Rücken fallen. Warum zum Henker war die Rückkehr diesmal so anders verlaufen? Es hatte kein Anhalten der Zeit gegeben, kein blasses Licht, das in unendlich viele Teile zersprang. Es war einfach alles schwarz geworden.

Nora … wo war Nora?

Sami warf die Bettdecke zur Seite und stolperte auf die Füße, taumelte auf wackeligen Beinen zum Fenster und riss es auf.

Nichts.

Nur Nebel, der durch die Straßen waberte, alle Konturen unscharf machte und den Tag einfach nicht richtig hell werden ließ. Eins konnte Sami aber trotzdem erkennen: Die Bank, auf der er vorgestern mit Nora gesessen hatte, war leer. Und auch sonst war keine Menschenseele zu sehen.

Sami lehnte die Stirn gegen den Fensterrahmen. Der kühle, feuchte Lack des Holzes tat seinem überhitzten Kopf gut. Es war kein logischer Gedanke, auf Noras Anwesenheit zu hoffen, das war ihm klar. Nur weil sie nach Samis erster Reise nach Euphoria auf dem Schulhof gestanden hatte, hieß das noch lange nicht, dass sie nun jedes Mal in seiner Nähe auftauchen würde, wenn er zurückkehrte. So funktionierte Euphoria einfach nicht. Das änderte allerdings nichts daran, dass Sami sie gerade jetzt wirklich gern dort auf der Bank hätte sitzen sehen.

Er schloss die Augen und spürte dem Zittern in seinen Beinen nach, das sich noch immer nicht ganz gelegt hatte. Er hätte sich wieder hinlegen sollen oder wenigstens das blöde Fenster zumachen. Er tat es nicht, weil er glühte. Innerlich und äußerlich. Unwillkürlich griff er sich an den Nacken, konnte aber nichts fühlen. Keine Wunde, und erst recht kein Blut, nichts was darauf hinwies, dass ihn gerade irgend so ein überdrehter Typ einfach in den Hals gebissen hatte. Bei dem Gedanken überfiel Sami eine kalte, seltsam irrationale Angst, wie er sie zuletzt gespürt hatte, als er noch ein Kind gewesen war und Angst vor Monstern im Schrank hatte. Und nun kehrte er doch hastig zurück in sein Bett, zog die Decke bis ans Kinn und die Beine an die Brust.

Genau in diesem Augenblick klingelte sein Handy.

Überreizt, wie er war, wäre Sami vor Schreck fast aus dem Bett gefallen. Dann aber befreite er hastig seinen Arm aus der Decke und fischte das Telefon vom Nachttisch.

Die Euphoria-App. Eine Nachricht von Nora.

Alles okay bei dir?

Sami zögerte. Okay … war es das? Das war gerade in diesem Moment wirklich nicht leicht zu beantworten.

Geht so, schrieb er zurück.

Tut mir leid. Das hätte nicht passieren dürfen.

Sami runzelte die Stirn. *Was* ist *passiert?*

Diesmal dauerte es eine Weile, bis Nora antwortete. *Das war ein Vampir*, schrieb sie dann. *Er hat dir Zeit abgezogen, um sie für sich selbst zu nutzen.*

Und dann: *Kein Anfänger. Wer weiß, was er dort wollte. Wir sollten wirklich bald dein Enigma freischalten, damit du nicht mehr so angreifbar bist.*

Sami lehnte den Kopf gegen die Wand neben dem Bett und schloss die Augen. Sein Schädel dröhnte, und am liebsten hätte er das Handy einfach aus dem Fenster geworfen. Wenn er ganz ehrlich war: Er hätte heulen können.

Keine Ahnung, ob ich überhaupt noch mal hinwill, tippte er endlich und wusste, dass er sich selbst belog. Aber es half ein bisschen, zu denken, dass er eine Wahl hatte.

Wieder dauerte es eine ganze Weile, bis Nora antwortete.

Willst du dich treffen?, schrieb sie endlich. *Melde dich einfach. Ich warte.*

Sami starrte auf sein Handy. Ob er sich treffen wollte? Mit ihr? Wenn er das bloß gewusst hätte. Aber er wusste es nicht. Er wusste es einfach nicht.

Morgen vielleicht.

Aber darauf gab Nora keine Antwort mehr.

15

Weltensturz

Am Freitag fühlte Sami sich immer noch schwach auf den Beinen, aber doch gesund genug, um seine Mutter zu bequatschen, dass sie ihn wieder in die Schule gehen ließ. Immerhin hatte er freitags sowieso nur vier Stunden, Deutsch und Englisch, wo er sich in den hinteren Reihen verkriechen und unauffällig die Zeit absitzen konnte. Sami hatte das Gefühl, dringend etwas belanglosen Alltag zu brauchen. Vor allem aber lag ihm schwer im Magen, dass Tatu entgegen seinem Versprechen vor dem Training doch nicht mehr vorbeigekommen war, sondern Mia und Caro als Sekundanten vorbeigeschickt und selbst wieder nur eine kurze Nachricht geschrieben hatte. Die hatte zwar fröhlich geklungen und angemessen schuldbewusst, und an einem normalen Tag hätte Sami sich darüber wirklich keinen Kopf gemacht. Aber es ließ ihn einfach nicht los. Es beschäftigte ihn dermaßen, auf sein *Erkläre mich für gesund! Morgen komme ich wieder!* nichts zurückbekommen zu haben als ein *Okay, cool!* ^^, dass er Tatu einfach sehen musste, um sicher zu sein, dass zwischen ihnen alles so war wie immer.

Bis es dazu kam, musste er sich allerdings fast bis zum Ende der ersten großen Pause gedulden. Tatu hatte freitags erst zur dritten Stunde und war ja auch sonst nicht der Typ, der sich gern zeitig auf den Weg machte. Sami hatte also schon damit gerechnet, ihn vor Beginn der dritten Stunde allerhöchstens kurz zu sehen.

Womit er allerdings *nicht* gerechnet hatte war, dass Tatu plante, an diesem Morgen Samis Welt restlos in Schutt und Asche zu legen.

Er stand gerade mit Caro und Mia an ihrem Stammplatz in der Nähe der Schulgartenhecke und hörte ihrer Diskussion über ihren Buddy-Watch der neuen Staffel *Stranger Things* zu, als es passierte. Mitten im Satz verstummte Caro plötzlich, riss die Augen auf und packte Mia so fest am Oberarm, dass diese zusammenzuckte.

»Autsch!«, beschwerte sich Mia. »Hast du 'nen Knall?«

Aber Caro deutete nur zwischen ihr und Sami hindurch, dorthin, wo die Treppen von den Bushaltestellen hinunter auf den Schulhof führten. »Ach du scheiße«, murmelte sie. »Ich glaub, mein Schwein pfeift.«

Unwillkürlich drehte auch Sami sich um – und wünschte sich im gleichen Augenblick, er wäre an diesem Tag doch einfach zu Hause geblieben.

Es war Tatu, angemessen zu spät und damit eigentlich kein ungewöhnlicher Anblick.

Aber er war nicht allein. Er ging Hand in Hand mit Marla.

Samis Kopf fühlte sich plötzlich ganz schwammig an.

Deshalb also. Deshalb hatte er nicht angerufen und war gestern nicht vorbeigekommen. Deshalb hatte er verdammt noch mal einfach keine Zeit dafür gehabt. Jetzt war Sami alles klar – und die Erkenntnis war wie ein Eimer Eiswasser über den Kopf. So lange hatte er sich innerlich für diesen Moment gewappnet, von dem er doch gewusst hatte, dass er irgendwann kommen musste. Es war ja fast ein Wunder, dass Tatu nicht schon viel eher eine feste Freundin gehabt hatte. Aber sie? Ausgerechnet *sie*?

»Caro«, sagte Mia neben ihm. »Kneif mich mal.«

Caro streckte den Arm aus, ohne den Blick von Tatu und Marla zu nehmen, und kniff Mia rücksichtslos fest in den Unterarm, als müsse sie sich durch Mias schmerzerfülltes Quieken auch selbst davon überzeugen, dass sie gerade nicht halluzinierte. Der spitze Ton brachte Sami in Sekundenschnelle zurück auf den Boden der Realität.

»Mensch, jetzt hört auf zu starren, Leute!« Auch Caro hatte sich wieder gefasst und kehrte sofort ihre pragmatische Ader heraus. »Echt jetzt, guckt da nicht so hin, los, tut, als hättet ihr sie nicht gesehen! Verhaltet euch ganz normal, okay? Das ist doch peinlich!«

Damit hatte sie natürlich recht. Aber Sami hatte einfach keine Kraft, irgendwem irgendwas vorzuspielen. Funktionieren würde es ja doch nicht. Während Mia und Caro angestrengt zu den neuesten Paranormalitäten in Hawkins, Indiana zurückfanden, hatte er genug damit zu tun, ein halbwegs unverkrampftes Gesicht zu machen. Selten hatte er sich so sehr gewünscht, zumindest ansatzweise Tatus *eisernes Pokerface* zu beherrschen. Dessen Grinsen nämlich, als er und Marla endlich bei Sami, Caro und Mia stehen blieben, unterschied sich kaum von dem, mit dem er sie sonst begrüßte. Vielleicht war es sogar noch ein bisschen fröhlicher als sonst.

»Morgen zusammen!« Er hob die freie Hand und gähnte demonstrativ. »Na, Piezke, war das *Dak Juk* ein Wundermittel oder nicht?«

Sami starrte ihn nur an.

Tatus Grinsen verblasste.

»Mensch, Tatu, das ist mal echt 'ne Überraschung«, sprang Mia hilfsbereit ein. Sie rieb sich immer noch die Stelle an ihrem Arm, die Caro gekniffen hatte, und sie schaffte es nicht, Marla direkt anzusehen. »Ist ja der Hammer.«

»Ja, echt wild«, bestätigte Caro und schob sich ein giftgrünes Kaugummi in den Mund, um energisch darauf herumzukauen. Die gespielte Coolness auf Mias und Caros Gesichtern konnte wirklich niemanden täuschen, dachte Sami bitter. Aber sowohl Tatu als auch Marla, die sich sichtlich nervös einen halben Schritt hinter ihm hielt, schienen das großmütig als guten Willen abzutun. Sami hingegen drehte sich der Magen um von der seltsamen Stimmung, die plötzlich zwischen seinen Freunden in der Luft hing. Als wären sie sich plötzlich alle fremd. Als würden sie sich nicht schon seit mindestens fünf Jahren jeden Tag sehen und verdammt noch mal gegen alle anderen zusammenhalten.

Tatu sah von einem zum anderen. Sein Gesicht war jetzt viel ernster, und Sami sah, wie seine Finger sich fester um Marlas schlossen. »Na ja«, sagte er, und man musste ihm zugutehalten, dass seine Stimme nur ein ganz klein wenig belegt klang dabei, »ich hoffe mal, wir müssen darüber nicht groß diskutieren, oder? Sie ist jetzt eine von uns.«

Ihr werdet es ihr nicht schwer machen, oder?

Den letzten Satz musste er nicht aussprechen. Sein Blick huschte hinüber zur Raucherecke, wo sich Christina und ihr Club zusammengerottet hatten und offenbar ebenso aus allen Wolken gefallen waren wie sie.

Gleich würde sie rüberkommen, dachte Sami. Christina würde das definitiv nicht auf sich beruhen lassen, und sie würde vermutlich den ganzen Club mitbringen. Jetzt konnte nur noch die Pausenklingel sie retten.

Für einige schier endlose Momente herrschte drückendes Schweigen.

Dann aber holte Caro tief Luft. »Nee«, erklärte sie entschlossen. »Das müssen wir nicht.« Ihr Lächeln, heute glänzend himbeerrot, war wieder so strahlend wie immer, auch wenn es jetzt ein bisschen trotzig wirkte und vielleicht sogar eher für Christina und die Prolls bestimmt war als für Tatu und Marla. »Ich … *Wir* freuen uns für dich. Also, für euch. Stimmt doch, Leute?«

Als hätten ihre Worte einen Damm aus Eis gebrochen, löste sich auch Mia aus ihrer Starre, und obwohl sie sich dabei unruhig über den kurzen Iro strich und an den

Piercings in ihrem Ohr zupfte, brachte auch sie ein Lächeln zustande. »Ach was. Find ich toll, ehrlich. Willkommen bei den Freaks, Marla!«

Aus dem Augenwinkel sah Sami, wie sie ihm einen raschen Blick zuwarf. Prüfend und irgendwie mitleidig, obwohl sie das ganz offensichtlich zu verbergen versuchte. *Hast du das gewusst?*, fragte der Blick, und für eine schreckliche Sekunde hatte Sami das Gefühl, dass Mia seine ganze niederschmetternde Verwirrung und Verzweiflung sehen konnte. Hastig schüttelte er den Kopf, um ihr zu verstehen zu geben, dass er das nicht wollte, *auf gar keinen Fall!* Denn wenn Mia es sah, würde es über kurz oder lang auch Tatu sehen.

Wenn es dafür nicht schon längst zu spät war.

»Piet?«

Sami zuckte zusammen. Tatu sah jetzt ihn an. Nur ihn. Wartete auf seine Reaktion. Und Sami wollte grinsen und die Schultern zucken, alles beiseitewischen und sagen, dass er es den beiden gönnte, so wie es Mia und Caro schafften, und wenn es nur war, um nicht so ein Arsch zu sein wie Christina. Das wollte er wirklich.

Stattdessen drehte er sich um und ging weg.

Er ging, damit Tatu nicht sah, dass er jeden Moment anfangen würde zu heulen, und er ging, weil er nicht sehen wollte, wie seinem besten Freund das Gesicht entgleiste, weil er diese Art Verrat von Sami nicht erwartet hatte.

»Hey, Sami … *Sami!*«

Das war Mia. Aber Sami drehte sich nicht um. Er zog nur die Kapuze über den Kopf und vergrub die Hände in den Jackentaschen. Schneller. Schneller. Nur weg hier.

»Scheiße, Piet, jetzt warte doch mal!«

Tatu. Von ziemlich weit weg. Er kam ihm nicht nach. Er rief nur und blieb. Bei seiner *Freundin*, die Sami in diesem Moment so sehr hasste, wie er noch nie jemanden gehasst hatte.

Ein Bus fuhr die Haltestelle an und spuckte einen Schwall Schüler aus. Sami drängte sich an ihnen vorbei und stieg ein. Die Türen schlossen sich hinter ihm. Und noch immer sah er nicht zurück.

Er hatte den Bus fast ganz für sich. Nur ein älteres Ehepaar mit Einkaufstüten hockte auf dem Sitz direkt hinter dem Fahrer. Sami verkroch sich auf die allerletzte Bank.

In seiner Hosentasche vibrierte sein Handy. Sami fuhr zusammen und riss es heraus.

Tatu!

Aber es war nicht Tatu. Es war bloß die Euphoria-App. Sami wischte sich mit dem Handrücken über die Augen.

Ein unbekannter User versucht dich zu erreichen. Annehmen?

Ein unbekannter User? Wer sollte das nun sein?, dachte Sami gereizt. Einer der Deppen, von denen Nora gesprochen hatte? Die rumliefen und irgendwelche Leute befreundeten, um schnell an ihre *TwilightPoints* zu kommen?

Ach, lasst mich doch alle in Ruhe!

Das Handy hörte auf zu summen. Das Display wurde dunkel.

Sami starrte auf den toten Bildschirm. Die Tränen kamen immer wieder. *Und jetzt?*

Warum war er bloß so? So schwach, so klein, so jämmerlich. Und so ein beschissen mieser bester Freund.

Wenn er bloß … irgendwie …

… mehr sein könnte.

Vielleicht brauchst du eines Tages eine Möglichkeit, weiter über dich hinauszuwachsen, als du es je für möglich gehalten hättest. Damit du endlich so stark sein kannst, wie du es dir immer gewünscht hast.

Nora.

Euphoria.

Dieses *Enigma*, von dem sie ständig sprach. War das die Lösung? Mit etwas fahrigen Fingern rief er ihren letzten Nachrichtenverlauf auf.

Willst du dich treffen? Melde dich einfach.

Der Bus hatte inzwischen Samis Wohnsiedlung erreicht und kurvte im Schneckentempo durch die engen Straßen. Die nächste Station war seine. Aber so eilig er es gehabt hatte, aus der Schule zu flüchten, so wenig konnte er sich jetzt dazu durchringen, von seinem Platz aufzustehen. Das Haus würde leer sein und still, und Sami glaubte nicht, dass er das gerade jetzt gut ertragen konnte. Zu allem Überfluss hatte es auch noch angefangen zu regnen, und dicke Tropfen rannen schon kurz darauf die Scheibe hinab.

Die Bushaltestelle kam in Sicht, der Bus wurde langsamer, hielt schließlich an. Aber Sami stieg nicht aus. Seine Wohnsiedlung glitt am Fenster vorbei, dann der Park. Mit jeder Sekunde entfernte er sich etliche Meter weiter von der einfachsten und zugleich vernünftigsten Lösung für diese sinnbefreite Lage, in die er sich mit seiner Flucht gebracht hatte. Nämlich eben doch nach Hause zu gehen, sich ins Bett zu packen und zu hoffen, dass nach einer ordentlichen Mütze Schlaf alles schon viel weniger schlimm sein würde. Aber auch an der nächsten und übernächsten Station blieb Sami einfach sitzen. Nicht mehr lang, dann wäre er an der Endhaltestelle, wo er theoretisch umsteigen konnte in die Straßenbahn, die weiterfuhr in die Innenstadt. Und dann?

Es gab nur eine Antwort auf diese Frage, auch wenn er sich dabei weiterhin reichlich doof vorkam:

Er rief Nora an.

* * *

Nora stand am Fenster und sah in den Regen hinaus, der den Hof in nasses Grau hüllte, als Sami sie anrief. Sie hatte sich gerade dazu durchgerungen, doch noch an Yash und Gorm zu schreiben und die Einladung zum Raid anzunehmen. Doch als sie Samis Namen auf dem Display sah, war ihr sofort klar, dass das noch warten musste. Zumindest für den Moment.

»Hey, Sami. Wieder gesund?«

Am anderen Ende der Leitung war es einen Augenblick lang still, als wäre er überrascht, dass sie so schnell am Handy gewesen war. »Mmh. Geht so«, sagte er dann. »Hast du Zeit?«

Nora runzelte die Stirn. Er klang anders als sonst. Verhalten und irgendwie …

Todtraurig.

»Klar«, sagte sie und versuchte dabei, die anderen Gedanken zu unterdrücken, die ohne ihr Zutun in ihrem Kopf aufflackerten. Gedanken, für die sie sich selbst nicht mögen konnte.

Genau die richtige Stimmung, um Euphoria zu verfallen.

Sie räusperte sich. »Wofür denn?«

»Keine Ahnung«, murmelte Sami. »Du hast gesagt, wir könnten uns treffen.«

Damit hatte Nora definitiv nicht gerechnet. Sie starrte hinaus zu der Krähe, die wie so oft auf dem Verandageländer vor ihrem Fenster hockte. Der Vogel starrte ungerührt zurück und Nora wusste, was er dachte. Sie konnte diese Chance, ein bisschen näher an Sami heranzukommen, nicht verstreichen lassen. Er musste ihr vertrauen. Auch wenn sie sich dafür vielleicht selbst einen Schritt weiter vorwagen musste, als ihr lieb war. Und auch wenn sie sich dafür hasste, so berechnend zu sein.

»Sicher«, sagte sie endlich. »Willst du vorbeikommen?«

Jetzt war er es, der überrascht schien. »Vorbeikommen? Zu dir?«

Seine Verblüffung brachte Nora zum Lachen. »Traust du dich nicht, oder warum klingst du so entsetzt?«

»Ich bin nicht entsetzt!«, widersprach Sami, eine Spur des alten Ärgers in der Stimme. »Ich dachte nur nicht, dass Madame Mysteriös mir einfach so verrät, wo sie wohnt.«

Nora grinste schief. »Punkt für dich. Tja, was soll ich sagen? Ich mag dich wohl. Und ich nehme mal nicht an, dass du dich von irgendwem hast verfolgen lassen.«

Sami schnaufte. »Als ob.« Einige Momente des Schweigens folgten, und Nora konnte förmlich sehen, wie er einen hastigen Blick in die Runde warf, um sich von seiner eigenen Behauptung zu überzeugen.

»Wie komme ich denn zu dir?«, fragte er dann, die Stimme jetzt deutlich gedämpfter als zuvor.

»Warte kurz«, sagte Nora, nahm das Handy vom Ohr und drückte rasch ein paar Buttons in der App, die zur Bestätigung lang anhaltend piepte.

»Autsch! Was zur Hölle machst du da?!«

Das Piepen verstummte. Nora nahm das Handy wieder ans Ohr. »Ich habe dir eine Markierung gesetzt. Ist doch eine ganz gute Gelegenheit für dich, den Umgang mit der Karte zu üben.«

»Die Karte?«, echote Sami. »Ich dachte, die zeigt Euphoria City?«

Noras Grinsen wurde breiter. »Dann guck noch mal genauer hin.«

Sie hörte etwas rascheln. Dann war er wieder dran. »Du wohnst mitten in der Stadt?«

»Schrei es ruhig noch lauter herum«, kommentierte

Nora trocken. »Ich wollte mir sowieso eine andere Absteige suchen.«

»Tut mir leid«, murmelte Sami, jetzt noch leiser als zuvor. »Ich hätt's bloß nicht gedacht.«

»Eben darum wohne ich ja hier«, erklärte Nora. »Apartment 42. Nicht zu verfehlen.«

Sie hörte Sami lang und tief durchatmen. »Alles klar. Krieg ich hin. In zwanzig Minuten bin ich da.«

Nora lächelte und wandte sich vom Fenster ab. »In Ordnung. Ich setz schon mal Teewasser auf.«

16

Wo Krähen wohnen

Es dauerte dann doch etwas mehr als eine halbe Stunde, ehe die Krähe von draußen krächzend Samis Ankunft auf dem Hof verkündete. Nora hörte ihn am rostigen Geländer der Gittertreppe rütteln, die zu ihrem Apartment hinaufführte, und hätte fast schon wieder gelacht, als das Quietschen und Klappern dumpf im verregneten Hof widerhallte. Hoffentlich traute er sich jetzt überhaupt noch nach oben.

Aber so leicht ließ Sami sich offenbar nicht abschrecken, denn kurz darauf klopfte er tatsächlich an ihre Tür. Nora schloss auf und entfernte die Sicherheitskette, und da stand er. Schmal und verfroren und bis auf die Knochen durchnässt wie ein streunendes Hündchen.

Nora grinste schief. »Hast lange gebraucht. Komm rein.«

Das ließ Sami sich nicht zweimal sagen. Rasch schlüpfte er durch den Türspalt. In der Mitte des Raums zwischen schmalem Bett und linoleumgrünem Sperrholzschrank blieb er stehen und schälte sich aus seiner triefenden Jacke. Sein Blick wanderte über die alten, muffigen

Möbel, die hässlichen braunen Vorhänge, den kalten Aschenbecher und die schiefe Küchenzeile und blieb schließlich an der kleinen elektrischen Heizung hängen, die tapfer gegen die feuchte Kälte ankämpfte, die von draußen hereinkriechen wollte. »Hier lebst du also.«

Nora zuckte die Schultern und nahm ihm die Jacke ab, um sie über einen Kleiderbügel zu streifen und an einen Haken in der Nähe der Heizung zu hängen. »Hausen trifft es wohl eher. Setz dich.«

Belustigt beobachtete sie, wie Sami sich mit angemessener Vorsicht auf dem wackligen Holzstuhl neben dem Fenster niederließ. Das alte Holz knarrte und ächzte, aber der Stuhl hielt.

Nora grinste schief und hockte sich mit untergeschlagenen Beinen auf ihr Bett. »Ja, das ist ein besonderes Modell. *Stuhl des Frohsinns: Lach, und der Stuhl lacht mit dir.*«

Das war nun wirklich ein selten blöder Spruch, aber bei Sami wirkte er; er musste lachen, und mit jedem Ton, der seinen Körper in Schwingung versetzte, gab der Stuhl ein dumpfes, rhythmisches Quietschen von sich, das tatsächlich an ein atemloses Kichern erinnerte. Darüber musste Sami noch mehr lachen, sodass Nora schon befürchtete, der Stuhl würde am Ende doch unter ihm zusammenbrechen.

Seltsam, dachte sie verwundert. Es war erstaunlich schön, ihn fröhlich zu sehen.

»Also, das Wasser ist schon heiß, wie versprochen«, sagte sie, als er sich ein wenig beruhigt hatte, und deutete vage in Richtung des Wasserkochers. »Ich kann Tee machen oder Tütensuppe. Oder beides, je nachdem. Du kannst ja sicher was Warmes vertragen.«

Sami nickte und wischte sich mit dem Ärmel über die Augen. Er wirkte jetzt deutlich entspannter als noch vor ein paar Minuten. »Suppe, wenn es dir nichts ausmacht. Ich bin total durchgefroren.«

»Kein Problem.« Nora zog die Schublade ihres Nachtschränkchens auf. »Hochzeitssuppe, Tomatensuppe, Spargelcremesuppe, Broccolicreme?«

Sami musterte sie skeptisch. »Sag mal, ernährst du dich nur von diesem Zeug?«

Nora warf ihm einen amüsierten Blick zu und schüttete Suppenpulver in einen verbeulten Topf. »Nein, ich esse vor allem, was die Krähe mir erjagt«, erklärte sie. »Mäuse, Käserinden, altes Brot. Manchmal eine Ratte. Die sind wirklich ganz gut. Ich kann sie ja leider nicht braten, also koche ich sie im Wasserkocher ab. Nach dem Häuten, versteht sich. Aber keine Sorge, so was biete ich Gästen nicht an.«

Er musste wissen, dass das ein Scherz war. Trotzdem verzog Sami das Gesicht in einer Mischung aus Ekel und Faszination, als würde er den Geschmack der Ratte regelrecht auf der Zunge spüren.

Nora konnte nicht anders, sie musste lachen. »Du glaubst das wirklich, oder?«

Sami schnaufte. »Frag dich lieber, was es über dich aussagt, dass ich dir so was zutraue.«

Nora hob eine Braue. Und obwohl eine innere Stimme ihr zuflüsterte, die lockere Stimmung jetzt nicht kaputt zu machen, waren die Worte heraus, ehe sie sie aufhalten konnte. »Je mehr du mir zutraust, desto besser. Für dich.«

Der Anflug eines Stirnrunzelns huschte über Samis Gesicht. »Was auch immer das nun wieder heißen soll«, murmelte er.

Diesmal schaffte es Nora, den Mund zu halten. Stattdessen kippte sie das Wasser über das Suppenpulver und tat, als wäre sie davon völlig in Anspruch genommen. Und auch Sami fragte nicht weiter nach.

Glück gehabt.

Nora rührte noch einmal um, dann wickelte sie den Topf in ein altes Handtuch und reichte ihn an Sami. »Bitte sehr. Guten Appetit.« Sie hockte sich wieder aufs Bett und lehnte sich mit dem Rücken gegen die Wand.

»Danke«, sagte Sami, und dann löffelte er eine Weile schweigend, den Blick fest auf den Topf gerichtet, als sei nun er derjenige, der mit seiner inneren Stimme zu kämpfen hatte.

Nora beobachtete ihn nachdenklich. »Und?«, fragte sie schließlich. »Willst du mir verraten, warum du eigentlich hier bist?«

Sami schob sich einen Löffel Suppe in den Mund, und dann noch einen. »Na ja, ich …«, setzte er an und verstummte wieder. Da war diese Traurigkeit in seinem Blick. Die, die Nora schon am Telefon in seiner Stimme gehört hatte. »Also …«

Nora unterdrückte ein Seufzen. Was für ein Recht hatte sie schon, in seinen privaten Angelegenheiten zu wühlen? Was hätte sie ihm wohl geantwortet, wenn er ihr die Frage gestellt hätte?

Nichts. Gar nichts.

»Wolltest du vielleicht über Euphoria reden?«, schlug sie deshalb vor, obwohl sie sich ziemlich sicher denken konnte, dass es darum nicht ging. Nicht im Entferntesten.

Tut mir leid, dass ich gefragt habe, Sami.

»Über das Rennen vielleicht? Und wie wir jetzt weiter vorgehen wollen?«

Sami warf ihr einen überraschten Blick zu. »Ja«, murmelte er, und seine Wangen röteten sich.

Schlechter Lügner, dachte Nora und unterdrückte ein Lächeln. *Du Ärmster.*

Sami räusperte sich. »Ja, genau das wollte ich.«

Nora nickte. »Okay. Also, ich habe dir ja schon gesagt, dass wir es mit einem Vampir zu tun hatten, der bei Anfängerspielen eigentlich nichts zu suchen hat.« Sie zog die Knie an die Brust und nutzte die Gelegenheit, um Samis Blick für einen Moment auszuweichen. Sie wollte nicht, dass er die düsteren Gedanken, die sich bei dem Thema unwillkürlich hinter ihrer Stirn sammelten, in ihrer Miene sah. Sami musste weiter glauben, dass Euphoria im Grunde harmlos war, zumindest noch für eine Weile – oder er würde sich am Ende weigern, die Puppe zu erwecken, und das konnte Nora sich nicht leisten. Sie räusperte sich und strich sich die Haare aus der Stirn. »Genau wie ich, ehrlich gesagt. Also können wir vermuten, dass er auch einen Anfänger im Spiel hatte, den er beschützen und dem er zum Sieg verhelfen wollte. Es war einfach Pech. Am Ende aber mehr für ihn als für uns.« Sie zuckte die Schultern und versuchte ein schiefes Grinsen. »Na, wie auch immer. Jedenfalls sollten wir jetzt wirklich bald dein *Enigma* freischalten, damit du kein Anfänger und für solche User wie diesen Vampir nicht mehr so angreifbar bist.«

Sami schien darüber eine Weile nachzudenken. Aber an seinem Gesicht sah Nora, dass er ihre Erklärung geschluckt hatte oder sie zumindest schlucken wollte – und dass seine Gedanken schon wieder in ganz andere Richtungen abdrifteten. Jene todtraurigen. Er tat Nora allmählich wirklich leid.

»Aber bevor wir dazu kommen: Hast du noch andere Fragen?«, fragte sie, um ihn abzulenken.

Sami zuckte wie ertappt zusammen.

»Vielleicht über die *Guardians*? *BLAsT*? Die Stadt? Irgendwas? Jetzt wäre die Gelegenheit, sie mir zu stellen. So ganz in Ruhe und ohne Zeitdruck, meine ich.«

Wieder sah sie, wie er nachdachte, allerdings nicht, ohne ihr einen dankbaren Blick zuzuwerfen. Ziemlich sicher hatte er inzwischen begriffen, dass sie ihn aufzumuntern versuchte. Dass sie sich gleichzeitig bemühte, Euphoria als Zufluchtsort für ihn noch attraktiver zu machen, ahnte er hingegen hoffentlich nicht.

»Okay«, sagte Sami schließlich. »Ich hab eine Frage. Wer ist der Prinz von Euphoria?«

Seine Worte trafen Nora wie aus heiterem Himmel. Nun war sie diejenige, die zusammenzuckte. »Wie kommst du denn auf den?« Das klang schroffer, als gut war, aber sie konnte es nicht ändern. Sie hatte mit allen möglichen Fragen gerechnet. Aber nicht mit dieser.

Sami runzelte die Stirn. »In der Stadt läuft ständig Werbung von ihm. Ist er ein Statist?«

Die Werbung. Verdammt, die hatte sie völlig verdrängt! Dabei hielt sie sich doch genau deswegen seit Jahren von den Hauptstraßen fern! Fahrlässig. Nora schüttelte wütend auf sich selbst den Kopf. »Ein User, wenn auch ein ziemlich spezieller. Halt dich besser fern von ihm.«

Samis Stirnrunzeln wurde tiefer. »Du sagst das, als wäre er gefährlich.«

Nora schnalzte ärgerlich mit der Zunge. »Er ist ein Fanatiker. Fanatiker sind immer gefährlich.«

»Wie meinst du das? Ist er ein schlechter Mensch oder so was? So sieht er gar nicht aus.« Sami hielt kurz inne. »Na gut, das heißt nichts.«

Nora ballte die Fäuste und öffnete sie wieder. Sie bemühte sich wirklich, locker zu bleiben, aber es war so gut wie unmöglich. »Nein. Ich glaube nicht, dass er ein schlechter Mensch ist. Ich glaube, er steckt einfach so tief drin in Euphoria, dass er nicht mehr so genau weiß, was es überhaupt heißt, ein Mensch zu sein.«

Sami starrte sie perplex an. Nora sah es hinter seiner

Stirn arbeiten. Aber sie wollte nicht, dass er sich zu viele Gedanken über den Prinzen machte. Das konnte alles verderben, auf so viele Arten.

»Lass uns lieber weiter über dein *Enigma* reden«, versuchte sie hastig das Thema zu wechseln. »Du willst es so schnell wie möglich freischalten, hast du doch gesagt.«

Das Stirnrunzeln auf Samis Miene blieb, und Nora sah ihm an, dass er nun erst recht Fragen zum Prinzen hatte. Aber er ging auf den Themenwechsel ein. Vielleicht war das seine Art, sich dankbar zu zeigen, weil sie ihn nicht gedrängt hatte, über seine eigenen Sorgen zu reden.

»Okay«, sagte er bloß, wenn auch ein wenig gedehnt. »Was also machen wir? Ich muss wohl nicht noch ein Rennen reiten, oder?«

Nora schüttelte erleichtert den Kopf. »Nein. Es gibt genug andere Anfängerspiele. Obwohl ich es für sehr unwahrscheinlich halte, dass so was wie mit dem Vampir noch mal passiert. Wie viele Punkte hast du jetzt?«

»Moment.« Sami kramte sein Handy aus der Tasche. »1337.«

»Hmm.« Nora nickte nachdenklich. »Schade, ich hatte gehofft, dass das Rennen mehr abwirft.« Sie legte den Kopf leicht schräg. »Find ich ziemlich stark von dir, übrigens.« Sie lächelte. »Dass du schon wieder reisen willst.«

Sami zuckte etwas verkrampft mit den Schultern. »So schlimm war's nun auch wieder nicht.«

»Hmm«, machte Nora und musterte ihn prüfend.

Doch, das war es. Aber viel wichtiger ist, dass du jetzt der Scheißrealität entkommst.

Sie schloss kurz die Augen, und für einen seltsamen Moment hatte sie das Gefühl, sich selbst zu sehen. Das Mädchen, das sich vor Jahren mit so viel Entschlossenheit in die fremde Welt gestürzt hatte, die die goldenen Pillen aus Mikas Zimmer ihr eröffnet hatten. Das sich bereitwillig vom Dämmerlicht hatte blenden lassen, als es sie immer tiefer hineinlockte und ihr ein Wiedersehen mit ihrem Bruder versprach, den sie in ihrer eigenen *Scheißrealität* nicht vor dem Sturz hatte bewahren können.

So leichtgläubig und naiv war sie gewesen.

Genau wie Sami jetzt.

Aber mit ihm zusammen konnte sie es trotzdem noch schaffen. Oder wenigstens sich selbst retten.

Nora schob das Bild energisch beiseite.

»Okay, gut.« Sie räusperte sich. »Dann schlage ich vor, wir versuchen es als Nächstes beim Drachenschatz.«

»Drachenschatz?« Sami warf ihr einen skeptischen Blick zu. »Was ist das denn?«

»Noch ein Minigame. Ein Sammelspiel, um genau zu sein. Ganz entspannt.« Nora stand auf und wühlte in ihrer Manteltasche nach dem Pillendöschen und dem Handy. »Pass auf, ich schicke dir jetzt eine Einladung. Das können wir so machen, weil wir inzwischen befreundet und deshalb über die App verbunden sind. Du nimmst sie an und schluckst dann deine Pillen. So können wir sicher sein, dass wir zur gleichen Zeit starten.«

»Okay.« Sami nickte und tastete in seiner Tasche nach dem Döschen. Nora sah seine Finger leise zittern, als er es öffnete.

Draußen vor dem Fenster ertönte der Schrei der Krähe, als Nora auf den Einladungs-Button tippte. Sie lächelte ein letztes ermutigendes Lächeln, ehe sie die Pillen schluckte. »Also dann. Bis gleich, Sami.«

Das Licht gefror. Die Zeit stand still. Sie reisten nach Euphoria.

17
Enigma

Der *Drachenschatz* war, wie der Name schon vermuten ließ, nichts anderes als eine riesige Höhle mit einem fast ebenso gigantischen Haufen Gold, Schmuck und Edelsteinen darin. Ganz oben auf dem Haufen schlief ein Drache, vermutlich, um den Schatz zu bewachen. Allerdings hatte Nora schon immer gedacht, dass er eher niedlich als furchterregend aussah, obwohl Rauch aus seinen Nüstern stieg und seine halb geschlossenen Augen düster glommen – ganz abgesehen davon, dass sie ihn noch nicht ein einziges Mal hatte erwachen sehen. Mindestens zwanzig Gesichtslose kletterten unter ihm und um ihn herum und wühlten mit beiden Händen im Gold.

Sami war noch nicht da, als Nora eintraf, was wohl daran lag, dass er erst noch von der Rennstrecke herkommen musste. Aber Nora traute ihm inzwischen ohne Weiteres zu, den Weg allein zu finden. Darum wartete sie bloß. Das Glühen der Drachenaugen flackerte an den Wänden der Höhle wie der Schein eines Lagerfeuers und verbreitete eine gewisse, wenn auch absurde Behaglichkeit.

Sie hatte kaum anderthalb Minuten gewartet, als hinter ihr die Krähe leise rief. Nora drehte sich um. »Da bist du ja.«

Sami nickte. »Wie abgemacht. Also, was ist das für ein Spiel?«

»Oh, das ist einfach.« Nora zeigte auf den Goldhaufen. »Du kletterst da rauf und suchst nach Sets, also immer nach drei Teilen, die gleich aussehen. Wenn du ein Set zusammen hast, steckst du es in den Sammelbeutel, die liegen da vorn in der Truhe. Jedes Set ist fünfzig Punkte wert. Und dann gibt es noch Verdopplersteine. Die verdoppeln, wie der Name schon sagt, den Wert deines gesamten Beutelinhalts. Jede Runde dauert fünf Minuten, dann werden dir die Punkte gutgeschrieben und dein Konto wieder auf null gesetzt. Ist ein bisschen stumpf, aber effizient. Du spielst einfach so lange, bis wir die 2000 Punkte haben, ich denke, das dürfte in dieser Sitzung noch hinhauen. Alles klar?«

Sami nickte erneut. »Klingt simpel.«

Nora grinste. »Ist es auch.« Sie warf einen schnellen Blick auf ihre Armbanduhr, dann schob sie Sami in die Höhle hinein. »Also los. Wollen wir doch mal sehen, ob du nicht doch ein Glückskind bist.«

Sami hob eine Braue. »Und spielst du auch wieder mit?«

Nora machte eine wegwerfende Handbewegung. »Lohnt sich nicht.« Das tat es wirklich nicht. Nora unterdrückte den Drang, nach ihrem Pillendöschen zu tasten. Sie wusste ja, dass es so gut wie leer war, und Anfängerspiele brachten ihr keine Pillen mehr. Wenn sie nicht bald wieder in die Tiefe ging, Ebene Drei oder besser Vier …

Hoffentlich warten Gorm und Yash auf mich.

Sie schüttelte den Gedanken ab. Jetzt musste sie sich auf Sami konzentrieren. »Aber wenn ich einen Verdopplerstein finde, schieb ich ihn dir gern rüber.«

Es sollte sich herausstellen, dass Sami beim *Drachenschatz* wirklich eine Glückssträhne hatte und vielleicht sogar ein natürliches Gespür für Taktik. Er hielt sich so weit wie möglich von den anderen Spielern fern, sodass er halbwegs in Ruhe seine Juwelen sammeln konnte. Auf diese Weise fand er gleich in der ersten Runde vier Sets und einen Verdopplerstein, und mit einem weiteren Verdoppler von Nora rückte ihr Ziel schneller in greifbare Nähe, als Nora zu hoffen gewagt hatte. Sami dabei zuzusehen, wie er Runde um Runde mit großer Ernsthaftigkeit in dem Schatzhaufen wühlte, hatte beinahe etwas Meditatives.

Nach der fünften Runde kletterte Nora schließlich wieder zum Eingang hinunter und pfiff kurz auf den Fingern.

Sami wandte sich augenblicklich zu ihr um, und Nora winkte ihn zu sich.

»Ich glaube, du kannst aufhören«, erklärte sie zufrieden, als er sie erreicht hatte.

Sami sah überrascht aus. »Jetzt schon? Meinst du echt?«

»Ruf dein Menü auf.«

Das tat er, und tatsächlich: 2013 Punkte zeigte sein Zähler und der Menüpunkt mit der Aufschrift *Enigma* blinkte golden.

Sami starrte Nora an. Sie konnte die Nervosität in seinen Augen flackern sehen.

Nora warf einen Blick in die Runde. Niemand da, wegen dem sie sich hätte sorgen müssen. Auch die Krähe war ruhig. Aber die allgegenwärtigen Drohnen zeichneten auch hier die Spiele auf, synchronisierten sich mit den *PlugIns* und übertrugen alles auf die Bildschirme in Euphoria City. Bei der Erweckung von Samis *Enigma* allerdings konnte Nora keine Zuschauer gebrauchen – auch wenn ihm das sicher in den Streams viele Fans, begeisterte Reaktionen und Dutzende Freundschaftsanfragen beschert hätte. Früher, zu Beginn ihrer Zeit in Euphoria, hatte Nora so was geliebt. Es hatte sie gepusht und ihr regelrechte Kicks gegeben, die sie zu immer krasseren Highscores in allen möglichen Minigames getrieben hatten. Als sie die Krähe erweckt hatte, hatte sie danach tagelang nur vor den Streams gehangen und sich von den Glückshormonen, die die Millionen von Herzchen in ihrem Stream hervorriefen, das Hirn fluten lassen. Aber dieses High wollte sie Sami ersparen. Es hätte die Dinge nur verkompliziert. Und vor allem wollte Nora unter keinen Umständen, dass der Prinz auf ihn aufmerksam wurde, wie es bei ihr der Fall gewesen war.

Also weg hier.

»Komm.« Sie grinste Sami schief an und spürte, wie

die Aufregung jetzt auch sie überschwemmte. Gleich würde sie es wissen. Gleich würde sich zeigen, ob all die Anstrengungen nicht doch umsonst gewesen waren. »Ich würde sagen, wir haben jetzt was Besseres zu tun.«

Sie griff nach Samis Handgelenk und zog ihn hinter sich her zur *BLAsT*-Station. Das schien ihn zu überraschen, denn er stolperte und gab einen seltsamen Laut von sich.

»Wo gehen wir denn hin?«

Nora warf ihm über die Schulter einen vielsagenden Blick zu. »Dahin, wo wir ungestört sind.« Sie legte die Hand auf das Terminal, ohne Sami loszulassen.

»Reisen!«, befahl sie. »Der Winterwald.«

Innerhalb von Sekunden wanderte die Welt weiter und wurde still. Als das blaue Licht verlosch, standen Nora und Sami in einem dichten Nadelwald. Schneeflocken schmolzen auf ihrer Haut, und vor ihren Gesichtern bildete der Atem weiße Wolken in der Luft. In der Ferne knirschten Zweige unter ihrer schweren Last. Die Krähe krächzte, laut und wie befreit, und schwang sich hoch in den verhangenen Winterhimmel, bis sie nur noch ein schwarzer Punkt im Schneegestöber war. Vom goldenen Dämmerlicht war hier nichts zu sehen.

»Perfekt«, sagte Nora.

Sami verschränkte fröstelnd die Arme vor der Brust. »Perfekt? Ging's nicht ein bisschen weniger kalt?«

Nora lachte trocken. »Dein Körper ist nicht hier, Sami. Du entscheidest, ob du frierst.«

Darauf antwortete Sami nicht. Aber er entspannte sich ein bisschen.

»Also dann.« Nora musterte ihn aufmerksam. »Bist du so weit?«

Der Blick, den er ihr jetzt zuwarf, brannte. Oh ja. Er war so weit, und mehr als das. Er wollte es. In all seiner Traurigkeit und Wut und Verbitterung wollte er es endlich wissen. Spüren. Erleben. Was seine wahre Stärke war, was ihm die Welt da draußen nicht geben konnte.

Was sie ihm versprochen und womit sie ihn hergelockt hatte.

Dieses gefährliche, zerstörerische Feuer.

Bitte lass dich nicht verbrennen.

Oh Gott, Sami, es tut mir leid.

Aber es war zu spät, um umzukehren.

Als das Menü-Hologramm vor seinem Gesicht aufflimmerte, konnte Nora kaum atmen. Fast glaubte sie, den schwachen Umriss auf der zuvor leeren Fläche des *Enigma*-Feldes zu sehen und die Stimme des *PlugIns* in seinem Kopf zu hören.

Dein Enigma *ist jetzt bereit. Willst du es aufwecken?*

Sie sah sein Gesicht hart werden vor Entschlossenheit.

Und dann tat er es.

Er erweckte es.

Die Silhouette in Samis Menü leuchtete auf und erhellte sein Gesicht für Sekundenbruchteile wie ein Blitz. Dann begann sie, aus dem Menü herauszuwachsen und sich bis zu den Spitzen der Bäume zu dehnen, bis sie in einen Regen glitzernden Staubes zersprang, der die Lichtung mit goldenem Flimmern erhellte. Die Luft flirrte wie ein Netz aus tausenden Fäden aus Licht, das sich dichter und dichter um Sami wob, bis es sich wie eine zweite Haut an ihn schmiegte, ein feinmaschiges Gewebe aus sanft strahlendem Weiß. Fasziniert starrte Nora auf Samis Gestalt, so zart und ganz von Licht umhüllt, das im nächsten Moment noch einmal grell aufleuchtete und sich dann verdunkelte.

Das Netz verlosch. Das Glimmen erstarb. Zurück blieb ein matter Porzellanschimmer auf Samis Haut, ein rotes Seidenband, das sich weich um seine Taille schmiegte – und silberne Haarsträhnen, an denen leicht der Wind zupfte.

»*Enigma* erwacht.« Die Stimme des *PlugIns* floss als heiseres, benommenes Flüstern aus Samis Mund. »Die Porzellanpuppe mit dem Silberhaar.«

Nora konnte nicht aufhören, ihn anzustarren.

So schön. So wunderschön.

Langsam klärte sich Samis Blick. Er war sehr blass, und das lag nicht nur am Porzellanteint. Sekundenlang starrte er auf seine Hände, ehe er Nora wieder ansah. Das Feuer in seinen Augen war Fassungslosigkeit gewichen.

»Nora«, fragte er, und sie hörte deutlich die Irritation in seiner Stimme. »Was ist das?«

Nora zwang ein Lächeln auf ihr Gesicht und gab sich alle Mühe, nicht zu erleichtert zu klingen. »Das ist dein *Enigma*. Herzlichen Glückwunsch.«

Sami starrte sie an, sein Gesicht war seltsam leer. »Nein. Das kann nicht sein.«

Vorsichtig machte Nora einen Schritt auf ihn zu. »Doch, Sami«, sagte sie sehr behutsam. »Das bist du.«

Die Porzellanpuppe mit dem Silberhaar. Du hattest recht, Kitty. Er ist es.

»Nein«, wiederholte Sami. Seine Stimme zitterte, als sei sie kurz davor zu brechen. »Das bin ich nicht. Ich will das nicht.«

»Aber es ist nicht zu ändern.«

»Ich bin keine Puppe!« Sein Schrei zerriss die winterliche Stille. Die verschneiten Zweige raschelten und wisperten aufgeregt. Sami ballte die Faust und schmetterte sie mit voller Wucht gegen den nächsten Baumstamm. Ein scharfes Knacken ertönte, und ein silbriger Riss lief seinen Arm hinauf. »Keine! Puppe! Hörst du mich?!«

Nora sog scharf Luft ein. »Sami!«

»Nein, verdammt! Nein!«

Noch ein Schlag. Noch einer. Das Porzellan klirrte und nadelfeine Splitter fielen zu Boden.

»Sami!« Nora stürzte zu ihm und packte ihn, zerrte ihn weg von dem Baum und umklammerte den schmalen Körper mit aller Kraft. Sami wand sich und kämpfte. Noch ein Knacken, und ein weiterer Riss zog sich seinen Hals hinauf bis über seine Wange.

»Sami, hör auf!«

Ein letztes Aufbäumen. Dann gab er auf. Er sackte einfach in sich zusammen, taumelte schwer gegen Nora. Sie spürte seine Knie zittern und er sank zu Boden. Ganz in sich zusammengekauert hockte die Puppe mit dem Silberhaar im Schnee und weinte.

Vorsichtig ging Nora neben ihm in die Hocke und legte eine Hand auf seine bebende Schulter. Sami wehrte sich nicht.

»Die Krähe hat dich gesucht und gefunden«, sagte Nora sehr sanft. »Du bist etwas Besonderes. Vertrau ihr.«

Langsam, als kostete es ihn unendlich viel Kraft, hob Sami den Kopf und sah zu den schneegrauen Wolken hinauf. Dort oben kreiste der schwarze Vogel noch immer, undeutlich wie ein verschwommener Tintenklecks. »Das wird ja immer besser«, murmelte er tränenerstickt.

Nora seufzte leise und warf einen Blick auf Kittys pinke Uhr. »Unsere Zeit läuft gleich ab. Lass uns zu Hause darüber reden.«

In diesem Moment stieß die Krähe mit einem gellenden Schrei aus dem Himmel, klammerte sich an Noras Rücken und verschmolz dort mit ihrem Schatten.

»Sie kommt immer zurück, wenn die Zeit um ist. Wir sehen uns drüben.«

Sami, die Wangen noch immer tränennass, öffnete den Mund, um etwas zu sagen – doch da erstarrte bereits der Wald um sie herum und zersplitterte in den leeren Raum.

Die Realität griff nach Nora, überschwemmte sie mit der allzu vertrauten Welle dumpfen Schwindels. Übelkeit traf sie hart in den Magen. Sie schwankte, stützte sich mit beiden Händen an der Wand neben dem Bett ab und kniff die tränenden Augen gegen das grelle Licht der Neonleuchte zusammen. Ihr Körper bebte unter dem Zittern, das ihre Glieder überfiel.

Atmen. Atmen.

Über das Rauschen in ihren Ohren hörte sie hinter sich ein trockenes, röchelndes Husten. Sami. Sie hatte vergessen, ihm zu sagen, dass man kurz vor dem Übergang besser keine Sätze mehr anfing. Nora zwang sich, die Wand loszulassen und sich zu ihm umzudrehen. Und da saß er, vornübergebeugt, und krümmte sich unter den Zuckungen, die seine Brust und sein Zwerchfell verkrampften, auf dem lachenden Stuhl, der jetzt mit ihm weinte.

Nora wankte zur Küchenzeile und ließ Wasser in ein Glas laufen. Wortlos hielt sie es Sami hin, der es gerade eben schaffte, sich so weit zu beruhigen, dass er einen Schluck trinken konnte. Schwer atmend blieb er sitzen.

Nora hockte sich ihm gegenüber auf die Bettkante, zündete sich mit zitternden Fingern eine Zigarette an und musterte ihn aufmerksam. »Alles in Ordnung?«

Sami antwortete nicht. Er starrte nur wortlos auf seine Hände, die nun wieder ihre normale hellbraune Hautfarbe hatten. Keine Risse zu sehen. Und kein Porzellanglanz.

Nora räusperte sich vorsichtig. »Eine Puppe ist ein seltenes und deshalb sehr wertvolles *Enigma*«, sagte sie behutsam und drückte die Zigarette wieder aus.

Sami schoss ihr einen Blick zu, so wütend und bitter,

dass Nora innerlich zusammenzuckte. Aber er sagte nichts, und sie entschied, dass eine wütende Reaktion immer noch besser war als gar keine.

»Ich meine, jedes *Enigma* ist auf seine Weise einzigartig, das stimmt schon«, fuhr sie fort, noch immer vorsichtig. Jedes Wort konnte eines zu viel sein. »Aber Schattentiere, wie die Krähe zum Beispiel, gibt es Dutzende. Genau wie Androiden oder elementarmagische Wesen. Puppen hingegen habe ich in all der Zeit, die ich schon in Euphoria bin, bisher noch nicht eine gesehen. Nicht eine einzige. Und …« Sie seufzte. »Ich weiß, dass du dir etwas anderes gewünscht hast. Aber du sahst wirklich sehr beeindruckend aus.«

Mit einem Ruck stand Sami auf, was der Stuhl mit einem gequälten Stöhnen quittierte. »Ich muss los.«

Nora seufzte.

Dieses Weglaufen. Das müssen wir dir noch abgewöhnen.

»Sieh in der App nach, wenn du mir nicht glaubst.« Sie beobachtete, wie Sami seine noch immer feuchte Jacke vom Haken über der Heizung nahm und die Kapuze über den Kopf zog. Wie er zur Tür ging, die Sicherheitskette entfernte und aufschloss.

Nora schüttelte resigniert den Kopf. »Komm doch morgen wieder her, wenn dir danach ist. Dann gehen wir noch mal rein, sammeln dir ein paar Punkte und kaufen bei deiner *Guardian* ein Tutorial für dein *Enigma*. Es ist cooler, als du glaubst. Jede Wette.« Sie versuchte ein Lächeln, das nicht besonders gut gelang.

Aber Sami schien es erstaunlicherweise doch zu erreichen, denn er sah noch einmal zu ihr zurück, die Klinke schon in der Hand.

»Mal sehen«, sagte er, ehe er in den Regen hinaustrat.

Und mehr, dachte Nora, konnte sie nach so einem Tag vermutlich nicht von ihm verlangen.

18

Ein Gespräch unter Freunden

Draußen auf der Straße hatte sich die Welt überhaupt nicht verändert. Es regnete immer noch, und Samis Jacke war kaum trockener als zu dem Zeitpunkt, als er Noras Apartment betreten hatte. Kein Wunder, unterm Strich hatte er in der echten Welt wahrscheinlich kaum mehr als zwanzig Minuten bei ihr verbracht.

Sami vergrub die Hände tief in den Jackentaschen und machte sich mit gesenktem Kopf auf den Heimweg. Selbst im Bus vermied er es krampfhaft, auf seine Finger zu sehen, holte nicht mal das Handy aus der Tasche, um zu checken, ob irgendwer ihm eine Nachricht geschickt hatte. Er wollte seine Haut nicht sehen. Wollte nicht an den matten Schimmer erinnert werden, nicht daran, was in Euphoria passiert war, nicht an das Gefühl, beinahe zu *zerbrechen …*

So stark, wie du es dir immer gewünscht hast. Am Arsch!

Sami starrte aus dem Busfenster auf die neblig-feuchten Straßen. Sinnlos. Es war unmöglich, nicht daran zu denken. Unmöglich, es nicht zu *fühlen*. Sein ganzer Körper war mit einer eigentümlichen Leichtigkeit gefüllt, als sei er an der Stelle, wo seine Organe zu sein hatten, plötzlich hohl. Hohl und fragil. In den Jackentaschen ballte Sami die Fäuste.

Du hast wirklich beeindruckend ausgesehen, sagte Nora in seinem Kopf. Fast hätte Sami gelacht, damit er nicht schon wieder heulen musste.

Sieh in der App nach, wenn du mir nicht glaubst.

Sami stöhnte und verdrehte die Augen. Wenn diese Frau sich bloß einmal aus seinem Kopf heraushalten würde. Trotzdem zog er jetzt doch das Handy aus der Jackentasche und öffnete die App, um in das Untermenü mit dem Titel *Enigma* zu tippen.

Die Puppe war noch da. Und Sami musste Nora zumindest in einem recht geben: Es war nicht ganz so schlimm, wie er befürchtet hatte. Die kräftig-sehnige Statur, die sich unter dem dunkelvioletten Overall seines Euphoria-Avatars abzeichnete, war noch da – vielleicht wurde sie durch die rote Schärpe um seine Hüfte sogar noch etwas betont. Das wehende silbrige Haar ließ seine Augen noch dunkler wirken, und der Porzellanschimmer auf seinen Wangen zeichnete seine Züge zugleich fein, aber doch scharf. Ein Lächeln umspielte die geschwungenen Lippen, verhalten und ein wenig düster, als wüsste das *Enigma* etwas, das Sami bisher verborgen blieb. Sami konnte den Blick kaum vom Display lösen. Das war er, und zugleich war es ein völlig fremdes Wesen, faszinierend und geheimnisvoll.

Das bist du, Sami.

Ja, vielleicht … vielleicht stimmte das wirklich.

Er war so damit beschäftigt, sein *Enigma* anzustarren und den Gefühlen nachzulauschen, die sein Anblick in ihm auslöste, dass er fast seine Haltestelle verpasst hätte. Erst im letzten Moment sprang er auf und stürzte aus dem Bus. Selbst das Laufen fühlte sich jetzt irgendwie komisch an, leicht und ein bisschen steif. Ob er sich daran gewöhnen konnte?

Sami blieb kurz stehen, um sich zu sammeln. Dann machte er sich auf den Weg durch den kleinen Park.

Er war kaum zehn Schritte gegangen, als sein Handy vibrierte. Ungewohnt laut. Nachdrücklich geradezu. Oder war er auch sensibler geworden?

Er zerrte das Handy wieder hervor, und tatsächlich: Die Euphoria-App blinkte.

Ein unbekannter User versucht dich zu erreichen. Annehmen?

Schon wieder. Sami runzelte die Stirn. Und obwohl er selbst nicht genau wusste, was ihn eigentlich dazu trieb, nahm er den Anruf an.

»Hallo?«

»Spreche ich mit Sami?« Die Stimme am anderen Ende der Leitung war tief und ein bisschen rau, mit einem leicht gerollten R. Sie ging Sami durch Mark und Bein.

»Wer ist da?«, fragte er misstrauisch.

Doch schon im nächsten Moment interessierte ihn die Antwort nicht mehr. Die Stimme sagte etwas, aber Sami hörte nicht zu.

»Ruf später noch mal an«, unterbrach er den Mann am anderen Ende und legte einfach auf.

Er war gerade um die letzte Kurve gebogen, wo sein Elternhaus in Sicht kam. Und dort, auf den Stufen vor der Haustür, saß Tatu und wartete.

Allein.

Mit einem Schlag war alles wieder da. Die Verzweiflung. Die Wut. Aber vor allem die Traurigkeit.

Als Tatu Sami sah, stand er auf und warf den Stock weg, mit dem er in den Ritzen zwischen den Pflastersteinen gestochert hatte. Beobachtete, wie Sami herankam und schließlich, etwa zwei Schritte von ihm entfernt, ebenfalls stehen blieb.

Eine halbe Ewigkeit, so kam es Sami vor, standen sie schweigend voreinander.

»Hey«, sagte er schließlich und hörte seine eigene Stimme ein wenig dumpf klingen. »Komm rein.« Damit ging er an Tatu vorbei und schloss die Tür auf. Tatu folgte ihm in den Flur und die Treppe hinauf wie schon Tausende Male, und trotzdem ganz anders. Das Haus war immer noch leer, still und dunkel.

Kurz darauf hockten sie in Samis Zimmer. Sami auf dem Schreibtischstuhl. Tatu auf dem Bett. Das waren ihre Stammplätze. Aber sie konnten sich nicht in die Augen sehen.

Irgendwann gab Tatu ein gequältes Ächzen von sich. »Musstest du unbedingt abhauen?«, fragte er, und es war ihm anzuhören, dass er nun schon einige Zeit damit verbracht hatte, sich darüber zu ärgern. »Das war nicht cool.«

Sami zuckte die Schultern und schwieg.

Tatu seufzte. »Und wenn du schon abhauen musstest, hättest du dann nicht wenigstens direkt nach Hause fahren können?«

Jetzt sah Sami ihn doch an. »Hast du schon lange da gesessen?«

»Hab gleich den nächsten Bus genommen.«

Damit hatte Sami tatsächlich nicht gerechnet. »Sorry«, murmelte er. »Hättest du nicht müssen.«

»Na, und ob!« Tatu schüttelte ärgerlich den Kopf. »Mann, Piezke, ich hab ja damit gerechnet, dass du es schlecht aufnehmen würdest. Aber so schlecht? Kannst du mir mal erklären, was das soll?«

Sami presste die Lippen zusammen. Tatu starrte ihn an, unbeirrt und erwartungsvoll. »Also?«

»Wenn man nichts Nettes zu sagen hat«, brachte Sami heraus, »hält man manchmal einfach besser die Fresse.«

Tatu riss die Augen auf. »Wow, Piet. Warum bist du bloß so ein Arsch?«

Sami biss sich auf die Unterlippe. Jetzt hätte er es ihm sagen können. Vielleicht sagen müssen. Tatu war hergekommen, um sich mit ihm auszusprechen. Das war seine Chance, vielleicht die einzige, um endlich reinen Tisch zu machen. Die Worte wollten aus ihm heraus, drängten sich aus seinem Bauch nach oben auf seine Zunge. Aber er konnte es nicht. Er konnte es einfach nicht aussprechen.

»Oh Mann. Dir ist echt nicht zu helfen.« Tatu stand auf, sichtlich frustriert. Kein Wunder, er hatte die Schule geschwänzt, war Sami nachgerannt und hatte ewig im Regen auf ihn gewartet, um dann … angeschwiegen zu werden. Sami hasste sich selbst dafür, dass er so ein Feigling war. Aber er konnte nicht anders. Er konnte seinen besten Freund nicht mal richtig *ansehen*.

Tatu wartete noch zehn Sekunden. Zwanzig. Dann gab er mit einem genervten Stöhnen endgültig auf.

»Schön, dann halt nicht. Meld dich, wenn du dich eingekriegt hast. Vielleicht rede ich dann wieder mit dir. Danke für nichts, Buddy.«

Er machte sich auf den Weg zur Tür.

In diesem Moment platzte es aus Sami heraus. Die Worte ließen sich nicht mehr halten, brachen sich ihren Weg mit Macht, ohne sich um zusammengebissene Zähne und krampfhaft verschlossene Lippen zu scheren.

»Weil ich dich verdammt noch mal mag! Schon viel länger als diese olle Ziege!«

Tatu erstarrte mitten in der Bewegung. Langsam, ganz langsam drehte er sich um, starrte ihm ins Gesicht, als müsse er sich versichern, dass er gerade richtig gehört hatte. Und richtig verstanden.

Sami saß jetzt bloß noch da, zitternd unter der Wucht, mit der die Worte aus ihm herausgebrochen waren, die er jetzt nicht mehr, *nie mehr* zurücknehmen konnte.

»Oh. Scheiße. Scheiße, Piet … ich hatte doch keine Ahnung.«

Sami zuckte verkrampft die Schultern. Tränen stiegen ihm in die Augen. »Solltest du auch nicht.« Seine Stimme war heiser und gehorchte ihm kaum. »Ich wollte, dass du mein bester Freund bist. Aber jetzt bist du nicht mal mehr das.«

Für endlose Sekunden stand Tatu nur da, mit hängenden Schultern und fassungslosem Gesicht. Aber dann war er mit zwei Schritten bei Sami und ging vor seinem Stuhl auf die Knie.

»Doch.« Er packte Sami an den Oberarmen und sah ihm fest in die Augen. Auch seine Stimme schwankte jetzt. »Doch, du Holzkopf. Das werde ich immer sein. Wag es nie, was anderes zu denken. Und jetzt hör endlich auf zu heulen, okay?«

»Okay«, flüsterte Sami.

Da nahm Tatu ihn in den Arm und drückte ihn einmal fest, und Sami kniff die Augen zusammen und presste die letzten Tränen heraus.

»Okay«, sagte auch Tatu und klopfte ihm vorsichtig auf den Rücken.

Dann hockten sie sich nebeneinander aufs Bett, den Rücken an die Wand gelehnt. Und Sami fand es einerseits unfassbar erleichternd, dass es zwischen ihnen endlich nicht mehr dieses riesige, ätzende Geheimnis gab, während es sich zugleich so weltenerschütternd anders anfühlte, dass er nicht wusste, wie er sich verhalten sollte.

»Tut mir leid, dass ich ein Arsch war«, sagte er irgendwann. »Ich glaub, ich war … hmm … beleidigt, weil du mir nichts gesagt hast. Ich dachte, unter Freunden erzählt man sich so was.«

Tatu antwortete nicht gleich. Er warf ihm nur aus dem Augenwinkel einen Blick zu und hob eine Braue. »Merkste selber, oder?«, sagte er dann.

Und Sami musste zugeben, beim Streit darum, wer vor wem länger und mehr verheimlicht hatte, würde er definitiv den Kürzeren ziehen. »Auch wahr.«

Tatu verpasste ihm eine freundliche Kopfnuss. »Wenn du mir das mal eher gesteckt hättest, hätte ich es hundert Pro anders gemacht, das kannst du aber wissen.«

Sami nickte nur. Es war wirklich ein komisches Gefühl, nun alle Karten auf den Tisch gelegt zu haben. Nackt und zugleich irgendwie befreit. Es änderte bloß leider überhaupt nichts daran, dass er Tatu in diesem Moment zu gern geküsst hätte. Oder wenigstens seine Hand gehalten.

Er tat es natürlich nicht. Nichts davon.

»Willst du runtergehen und 'ne Runde zocken?«, fragte er stattdessen. »Ich könnte ganz gut mal eine Weile einfach nicht denken.«

Tatu schnalzte nachdenklich mit der Zunge. »Also, ehrlich gesagt«, sagte er dann, »dachte ich, ich fahre wieder in die Schule … wenn das für dich okay ist?« Er kratzte sich am Kopf. »Na gut, wenn's für dich nicht okay ist, auch.« Er grinste schief.

Zu ihr.

Sami stieß langsam die Luft aus. Daran würde er sich

wirklich gewöhnen müssen. »Schon klar. Versteh ich.« Er stand auf. »Ich bring dich noch runter.«

Tatu nickte bloß. Schweigend gingen sie die Treppe hinunter in den Flur.

»Eins noch«, sagte Sami, als Tatu in seine Schuhe gestiegen war und seine Jacke übergezogen hatte. »Wie hat sie dich rumgekriegt? Aus reiner Neugier, ich meine, es ging so schnell und so …«

Er wusste selbst nicht genau, warum er das fragte, außer weil er irgendeine makabere Freude daran hatte, sich selbst noch ein bisschen mehr zu quälen, damit er sich weiter leidtun konnte. Fast hätte er darüber gelacht.

Tatu hob die Brauen. »Rumgekriegt? Gar nicht. Wir haben uns in der Schule getroffen, dann im Bus und beim Training, uns verquatscht, sie hat gefragt, ob ich mal zu ihr kommen will und dann … tja.« Er hob die Schultern, und in seinen Augen sah Sami ein Leuchten, das er von Tatu noch nicht kannte. Ein warmes, sanftes Leuchten, das ihm in der Brust ziepte.

»Ich hab mich eben verliebt«, sagte Tatu, leise und irgendwie vorsichtig. »In ihre Art zu reden, in ihr Lachen, wie sie manchmal vor sich hin singt, wenn sie denkt, es hört keiner zu … Manchmal passiert so was. Du weißt schon.«

Sami biss sich auf die Unterlippe und nickte. »Ja«, murmelte er. »Weiß ich.«

Tatu legte ihm kurz die Hand auf die Schulter. »Wir sehn uns. Holzkopf.«

In diesem Moment pingte in seiner Jackentasche sein Handy. Tatu zog es heraus, las die Nachricht, und da war wieder dieses Lächeln. Dieses Leuchten, das nicht Sami galt und niemals gelten würde.

»Marla fragt, ob alles okay ist. Was soll ich ihr sagen?«

Sami seufzte tonlos. »Sag ihr …« *Reiß dich zusammen.* »Sag ihr, es tut mir leid.« Er lächelte, und es geriet nur ein kleines bisschen schräg.

Tatu nickte. Und allein die Erleichterung auf seinem Gesicht zu sehen, die Dankbarkeit, weil Sami ihn nicht zwang, sich zwischen ihm und seiner ersten großen Liebe zu entscheiden, machte so einiges wieder gut.

Nicht alles. Längst nicht alles.

Aber einiges.

19

Der unbekannte Anrufer

Als Tatu gegangen war, stand Sami noch lange in der offenen Tür und starrte in den feinen Nieselregen hinaus. Er fühlte sich, als würde es nicht nur da draußen, sondern direkt in ihn hineinregnen. Dorthin, wo es immer noch so eigentümlich hohl war, und jetzt auch kalt, nass und unbehaglich. Sami schloss die Augen. Etwas flackerte in der Leere in seinem Inneren. Eine Sehnsucht nach warmem Dämmergold in der Luft. Nach Wind in seinem Haar. Ein tiefes Flüstern, das sanft an ihm zupfte.

Sami schluckte trocken. Er hatte Tatu immer noch nichts davon erzählt. Seit er ihm Noras erste Nachricht gezeigt hatte, hatte er kein Wort mehr über sie verloren. Das fiel Sami erst jetzt so richtig auf, aber je mehr er darüber nachdachte, desto seltsamer und unangenehmer fühlte es sich an. Das wäre normalerweise ein Thema gewesen, über das er stundenlang mit Tatu gesprochen, gelacht und spekuliert hätte. Vielleicht hätte er ihm sogar … Samis Hand tastete wie von selbst nach dem Pillendöschen in seiner Hosentasche.

Nein. Vielleicht doch nicht. Der Gedanke, von den

wenigen Pillen, die ihm blieben, auch noch welche abzugeben, widerstrebte ihm so sehr, dass ihm fast ein bisschen schwindelig wurde. Nicht mal an Tatu. Nicht mal jetzt, wo er über sein verdammtes Puppen-*Enigma* Bescheid wusste. Eher hatte es sogar den gegenteiligen Effekt, begriff er verwundert. Es war, als ob es ihn rief. Ihn lockte, es zu erforschen. Herauszufinden, wie mächtig es in Wahrheit war … Sami schüttelte sich, um das Gefühl loszuwerden. Die Macht einer Puppe. Das war doch lächerlich.

Trotzdem ließ er den Deckel des Pillendöschens aufspringen. Nur mal sehen, ob sie noch da waren. Ob die Tür sich noch öffnen ließ, wenn ihm irgendwann wieder danach war …

Sami stutzte. In der Dose lagen immer noch zehn schwarze Pillen. Und vierzehn goldene.

Vierzehn?

Das war nicht möglich. Heute Morgen waren es noch sechs gewesen. Zwei hatte er verbraucht, um mit Nora zu reisen. Mehr als zehn hatte er nie gehabt. Wo kamen die alle her? Konnte es sein …?

Sami knallte die Haustür zu und rannte wieder hinauf in sein Zimmer, um das Handy vom Schreibtisch zu holen. Mit fliegendem Finger wischte er durch die Euphoria-App, bis er den Menüpunkt *Achievements* erreicht hatte. Und tatsächlich war dort eine neue Zeile erschienen.

Enigma freigeschaltet.

Belohnung: Basisfähigkeit »Puppenspiel«; 10x Gold.

Er hatte Pillen bekommen für die Freischaltung? Aber wie? Wenn sich das alles nur in seinem Kopf abspielte, wie Nora gesagt hatte, wie konnte dann etwas aus dem Spiel in die Realität kommen und umgekehrt? Und war, in dem Zusammenhang betrachtet, nicht auch das bloße Vorhandensein der App unfassbar unwahrscheinlich?

In diesem Moment vibrierte das Handy in seiner Hand, so nachdrücklich, als wolle es ihn anschreien. Sami erschreckte sich so, dass er es fast hätte fallen lassen.

Schon wieder dieser unbekannte Anrufer.

Aber er war ja selbst schuld. Er hatte dem Typen schließlich gesagt, er solle später wieder anrufen. Mit etwas zittrigem Finger nahm Sami den Anruf an.

»Hey.«

»Hallo, Sami.« Wieder diese Stimme. Sie war trotz des rauen Timbres sehr weich, auf eine warme und zugleich dunkle Art.

»Woher hast du meine Nummer?« Die Nervosität machte Samis eigene Worte schroff, aber das war auch ganz gut so. So klang er wenigstens nicht ängstlich.

Der Fremde lachte leise. »Wir sind uns schon begegnet. Gestern auf der Rennstrecke. Ich konnte nicht riskieren, dich wieder zu verlieren. Also habe ich dich markiert.«

Ein Kribbeln schoss durch Samis Körper, so intensiv, dass er sich sekundenlang wie gelähmt fühlte. An der Seite seines Halses schienen zwei winzige Punkte plötzlich wie heiße Nadelstiche zu glühen.

Auf der Rennstrecke. Dann ist er es. Der Vampir.

»Was willst du?«, flüsterte er heiser.

Er hätte einfach auflegen sollen. So, wie er es auch bei Nora schon so oft getan hatte. Aber seine Hand gehorchte ihm nicht.

Einen Augenblick war es auf der anderen Seite still. »Keine Angst«, sagte der Fremde dann, und Sami hörte, dass er seine Worte mit viel Bedacht wählte. »Ich will nur mit dir reden. Allein.«

Sami fuhr sich mit der Zunge über seine plötzlich wie ausgetrockneten Lippen, ohne dass es viel geholfen hätte. »Warum?« Auch seine Stimme tat nicht mehr, was er wollte. Er konnte ja kaum noch klar denken. Es blieb einfach nicht viel Raum in seinem Kopf neben diesem Glühen an seinem Hals.

»Ich will dich warnen«, sagte der Fremde leise. »Vor dem Krähenmädchen.«

Sami konnte nicht antworten. Warnen? Vor Nora? Was zur Hölle …?

»Komm nach Euphoria«, fuhr der Vampir fort. »Dann erkläre ich dir alles.«

Wie von selbst tastete Samis Hand nach den Pillen. Irgendwo in seinem Hinterkopf meinte er Nora zu hören, die ihn warnte. Nicht zu oft. Nicht zu schnell.

Oder willst du dein Hirn weich kochen?

Aber …

»Keine Eile. Ich habe dir eine Einladung geschickt. Nimm sie an, wenn du so weit bist. In Euphoria City gibt es eine Bar, sie heißt *Blue Lagoon*. Du findest sie auf der Karte. Ich warte dort auf dich.«

Es klickte in der Leitung.

Der Vampir war fort.

Nur langsam wich die Starre aus Samis Körper. Das Glühen der feinen Nadelstiche verging.

Ich warte dort auf dich.

Ein Schauer rieselte über seinen Rücken, warm und kalt zugleich. Was sollte das alles? Wer zum Teufel war dieser Typ, und was wusste er von Nora? Er sollte sie besser gleich anrufen. Sie warnen, dass er vor ihr gewarnt werden sollte. Vielleicht hatte sie ja selbst auch was dazu zu sagen.

Er hatte den Gedanken noch nicht einmal ganz zu Ende gedacht, als ihm auffiel, dass seine Finger bereits die Dose geöffnet und zwei Pillen herausgenommen hatten. Im selben Moment wurde ihm klar, dass das Glühen des Vampirbisses gar nicht wirklich verschwunden war. Vielmehr schien es direkt in seine Hand gewandert zu sein, die sich nun wie von selbst bewegte, und vielleicht auch in sein Gehirn, denn außer einer gewissen Verwunderung über diesen Umstand spürte Sami keinerlei Widerstand in sich, als er die Pillen in den Mund nahm und hinunterschluckte.

Eine Welle kribbelnder Hitze brandete durch seinen Körper, als die Puppe in ihm zum Leben erwachte, nach ihm griff und ihn durch das zerspringende Licht hinüber in die andere Welt zerrte.

Was auch immer er gedacht hatte, es war zu spät. Jetzt musste er reisen.

Und den Vampir treffen, dessen Berührung immer noch auf der Haut seines Halses brannte.

Die Bar *Blue Lagoon* lag nicht weit von den Zentralterminals entfernt in einer Seitenstraße, die von dem großen Platz abzweigte. Es war eine etwas angeschmuddelte Cocktailbar mit pseudokaribischem Piratencharme, Fangnetzen, Steuerrädern und Ankern an den Wänden und der namensgebenden Minilagune in einer Ecke, in der eine Nixenstatistin planschte und die Gäste, die sich ihr näherten, kichernd mit warmem Wasser bespritzte.

Hinter der Theke, die wie ein Korallenriff aussah, stand eine silberäugige Piratin mit Holzbein und Augenklappe, die mit routinierten Handgriffen ein Bier nach dem anderen zapfte, um ihre überwiegend bärtige Tresenkundschaft bei Laune zu halten. Es waren allesamt Statisten an der Bar, keine Gesichtslosen. Die saßen an den Tischen, allein, zu zweit oder in kleinen Gruppen. Sanft plätschernde Reggaemusik schwebte durch den Raum.

Sami blieb an der Tür stehen und sah sich um. Es war ein wenig merkwürdig, plötzlich alles wie durch fremde Augen zu sehen. Sami konnte es noch nicht recht einordnen, aber die Sinne der Puppe waren … anders. Feiner. Oder vielleicht auch detaillierter, als hätte alles eine ungewohnte Schärfe und zugleich Zerbrechlichkeit. Als läge selbst über dem narbigen Holz der Tische ein kühler Porzellanschimmer, der die abgegriffenen Kanten scharf wie Scherben wirken ließ. Alles sah aus wie immer und zugleich fremd, hier in Euphoria noch viel mehr als zu Hause in der realen Welt.

Den Vampir entdeckte Sami trotzdem sofort. Er saß ganz hinten in der Ecke neben dem Tresen, dem einzigen Ort in der ganzen Bar, der halbwegs im Schatten lag. Oder hatte er seine eigenen Schatten mitgebracht? Die urige, tiefenentspannte Atmosphäre der Bar schien für den Spieler im pechschwarzen Anzug jedenfalls fast genauso unpassend wie die knallbunte Fröhlichkeit der Rennstrecke. Auch er hatte Sami längst entdeckt. Die konturlose Fläche, an deren Stelle sein Gesicht sich hätte befinden sollen, war Sami zugewandt, und mehr denn je fühlte Sami sich unbehaglich dabei, nicht zu wissen, ob sein Gegenüber gerade lächelte, die Stirn runzelte oder ihm vielleicht einfach unbemerkt alberne Grimassen schnitt.

Aber das hier war nicht Tatu. Da schied die letzte Möglichkeit wahrscheinlich aus. Denn Tatu stand wahrscheinlich sowieso gerade mit Marla in der Schule in einer Ecke und knutschte. Blut schoss Sami ins Gesicht.

Scheiße.

Mit aller Kraft schob er den Gedanken beiseite. Er hätte wirklich viel dafür gegeben, wenn sein Overall jetzt eine Kapuze gehabt hätte, die er sich über den Kopf hätte ziehen können. Oder wenigstens Taschen für seine Hände. Aber da war nur dieses rote Band um die Hüfte seines blöden *Enigmas.* Oh, und die sehnigen Muskeln an seinen Oberschenkeln und Armen. *Na gut. Schon okay.*

Verdammt, warum musste er so verwirrt sein?!

»Sami«, sagte der Vampir, als er schließlich neben dem Tisch stand. »Du bist gekommen.« Sami spürte seinen Blick seltsam intensiv auf sich ruhen. »Und dein *Enigma* hast du erweckt. Gratuliere. Es scheint selten zu sein. So eines habe ich noch nie gesehen.«

Es war irgendwie witzig, dachte Sami, dass er fast die gleichen Worte wählte wie Nora, um die Puppe zu kommentieren. Aber er kam nicht dazu, darüber zu lachen, weil ihn im nächsten Moment das absurde und irgendwie verstörende Gefühl überkam, dass das Puppen-*Enigma* selbst sie auch gehört hatte. Sie hallten in Samis neuerdings so eigenartig hohlem Inneren wieder, und er spürte eine Reaktion darauf, die er nicht richtig zu fassen bekam. Zufriedenheit? Zustimmung? Stolz sogar? Sami wusste nur, es war nicht seine. Und irgendwie doch. Er zuckte unbehaglich die Schultern, setzte sich dem Vampir gegenüber auf einen grob gezimmerten Holzschemel und griff nach der Getränkekarte, um seine Unsicherheit zumindest halbwegs zu überspielen. Aber noch bevor er dazu kam, einen Blick auf das Angebot zu werfen, legte der Vampir seine Hand auf die Karte.

»Das würde ich nicht tun.«

Sami sah auf. Selbst durch die Schatten spürte er jetzt, wie eindringlich der Blick war. Sami musste sich zwingen, nicht zu blinzeln.

»Wieso?«

»Zu teuer.« Der Vampir schüttelte den Kopf und zog die Hand wieder zurück. Diese Stimme … Vergeblich versuchte Sami die Schatten mit seinen Blicken zu durchdringen. Es gelang ihm nicht, und mit jeder Sekunde fühlte er sich unbehaglicher dabei, daher sah er schließlich doch lieber wieder auf die Karte.

Strawberry-Lemon-Kick, stand da zum Beispiel neben einem Bild eines grellbunten Getränks mit einem kleinen Schirmchen und exotischen Früchten als Dekoration. *Fruchtig-spritzige Mischung, die auf der Zunge prickelt und dich fit und kräftig macht!*

Und direkt darunter:

Hot Spice – Kaffee, Chili und Zimt halten dich von innen warm. Ideal für Expeditionen ins Eis oder die Tiefsee! Auch zum Mitnehmen.

So und ähnlich ging das anscheinend über etliche Seiten. Was die Karte allerdings nicht verriet, waren die Preise der Drinks.

Sami schüttelte den Kopf. »Hier steht nichts davon. Was kosten sie denn?«

Eine Weile blieb es still in den Schatten. »Zeit«, sagte der Vampir dann.

Sami runzelte die Stirn. »Wenn ich hier etwas trinke, wird mir Zeit abgezogen?«

»Exakt.«

Sami verengte die Augen. Ein unangenehmes Ziehen verdrehte seinen Magen, als er an das Ende seiner vorletzten Euphoria-Reise dachte. »So wie du mir Zeit abgezogen hast.«

»Ein Nebeneffekt der Markierung. Es tut mir leid.« Der Vampir verschränkte die Hände auf dem Tisch. Er hatte große Hände, mit langen schlanken Fingern.

»Na ja, was soll's. Ist doch großartig.« Sami konnte sich den Zynismus nicht verkneifen. »Falls ich irgendwann keine Lust mehr habe, kann ich mich einfach nach Hause saufen.«

Spätestens jetzt lächelte der Vampir nicht mehr. Sami brauchte sein Gesicht nicht zu sehen, um das sicher zu wissen. Er hatte sich ein Stück vorgebeugt, wie um Sami eindringlich anzustarren. »Deine Mentorin hat dich nicht besonders gut informiert, oder?«

Sami runzelte die Stirn. Nein, das hatte Nora tatsächlich nicht. Das konnte er nicht abstreiten, ohne zu lügen. Aber er musste auch zugeben, dass das nicht ausschließlich an Nora gelegen hatte. Es erstaunte Sami selbst ein wenig, aber vor dem Vampir hatte er plötzlich das Bedürfnis, sie in Schutz zu nehmen. Und wenn es nur war, um sich in seiner scheinbar ganz enormen Unwissenheit ein bisschen zu rechtfertigen.

»Man muss ja nicht immer alles totquatschen«, erklärte er deshalb. »Ich kann durchaus ein paar Dinge selbst rausfinden. Bin ja nicht blöd, weißt du.«

Der Vampir lachte leise, ohne dass es im Geringsten fröhlich geklungen hätte. »Schon gut. Du brauchst sie nicht zu verteidigen. Ich kenne die Krähe.«

Was wenig überraschend war, dachte Sami, nachdem er behauptet hatte, ihn vor ihr warnen zu wollen. »So, so.«

»Ich weiß, was du sagen willst. Wer kennt sie nicht?«

Sami schwieg und wünschte sich mehr denn je, sein Gesicht sehen zu können.

»Du hast natürlich recht«, fuhr der Vampir fort. »Vieles, was hier in Euphoria wichtig ist, findet man selbst heraus. Aber es gibt auch Dinge, die erfährt man nur, wenn sie einem jemand erklärt. Oder anders gesagt: Wenn man die Konsequenzen selbst erlebt, ist es zu spät. Dafür sind Mentoren da.« Seine Stimme hatte einen eigenartig intensiven Ton angenommen. Etwas, das so ähnlich klang wie Traurigkeit. Oder Wut. Es war schwierig zu sagen, wenn man das Mienenspiel dazu nicht sehen konnte. »Ich will dir keine Angst machen. Aber sei vorsichtig mit Nora. Glaub nicht, dass sie dich nach Euphoria eingeladen hat, weil sie dir etwas Gutes tun wollte. Ein Trickster wie die Krähe ... hat immer nur sich selbst im Sinn.«

Sami starrte den Vampir an. Er kannte Noras Namen. Ihren *richtigen* Namen. Samis Verwirrung wuchs, proportional zu dem unguten Gefühl, dass Nora ihm vielleicht tatsächlich etwas Wichtiges verschwiegen hatte. Etwas *wirklich* Wichtiges. »Was willst du damit sagen?«

Wieder schwieg der Vampir eine Weile.

»Wenn du darüber wirklich weiterreden willst«, sagte er endlich, »müssen wir zuerst Freunde werden.«

Sami starrte auf seine ausgestreckte Hand. Es ging eine seltsame Verlockung von dem Gedanken aus, sie einfach zu nehmen. Aber war das klug? Sollte er nicht trotz allem erst mit Nora darüber sprechen? Mit Nora, vor der er gerade wiederum ziemlich eindringlich gewarnt worden war … Die Frage war nur, wie viel konnte man auf eine Warnung geben, wenn sie von einem Vampir kam, der ihn noch vor Kurzem einfach in den Hals gebissen hatte?

Wie als Reaktion auf seine Gedanken begann das Mal an seinem Hals erneut zu brennen, und zu spät bemerkte Sami, dass seine Hand sich einmal mehr seinem Willen entzog und sich bereits dem Vampir entgegenstreckte, als wäre es seinem Körper völlig egal, was sein Hirn für Überlegungen anstellte.

Zu spät, um die Finger mit Gewalt zurückzuziehen.

Der Stromschlag ihrer Berührung durchfuhr ihn vom Kopf bis in die Zehenspitzen. Sami schnappte nach Luft. Fest schloss sich die Hand des Vampirs um seine, mit einer Kraft, die Sami völlig überrumpelte, und wieder war da dieses Prickeln auf seiner Stirn. Die Blase aus Zeit, die sie beide sekundenlang vom Rest der Welt abschottete, während sich endlich, endlich das Gesicht des Vampirs aus den Schatten löste. Eindringliche, eisblaue Augen musterten Sami, ohne zu blinzeln. Seine Haut war geradezu unnatürlich glatt und sehr bleich, richtig kalkweiß, was ihn auf den ersten Blick älter wirken ließ, als er vermutlich war, denn auf den zweiten Blick konnte er nicht viel älter als Sami selbst sein, achtzehn oder neunzehn vielleicht. Seine platinblonden Haare boten kaum einen Kontrast zu seiner Haut, und mit der langen, geraden Nase und dem kantigen Kinn wirkte er streng. Unnachgiebig und auf eine äußerst unangenehme Art entschlossen.

Ausgetrickst, dachte Sami fassungslos. *Er hat mich einfach ausgetrickst.*

Ein leises Klingeln ertönte in Samis Kopf, als der Fortschrittsbalken, der seine *TwilightPoints* zählte, sich um satte fünfhundert zusätzliche Punkte füllte.

Fünfhundert? Wow. Kein Wunder, dass die Deppen tun, was sie tun, Nora.

»Entschuldige«, sagte der Vampir. »Ich wollte dich nicht überrumpeln. Aber wir haben nicht mehr viel Zeit.«

Sami atmete einmal tief durch. Immerhin, es war auch irgendwie gut, nicht mehr in eine gesichtslose Leere starren zu müssen.

»Also, noch mal von vorn«, sagte er. »Was soll das alles? Woher kennst du Nora, und was willst du von mir?«

Der Vampir sah ihn aus seinen hellen Augen eindringlich an, als wolle er Samis Gestalt, sein Gesicht und selbst seinen Blick in sich aufsaugen.

»Ich werde dich jetzt noch mal anfassen«, erklärte er dann mit sehr ruhiger Stimme. »So kann mein *Enigma* dafür sorgen, dass uns niemand belauscht. Ist das okay für dich?«

Sami stellte fest, dass ihm das Atmen schwerer fiel als

sonst. Hastig löste er seinen Blick von dem des Vampirs und sah sich im Raum um. War das vielleicht eine Falle? Es machte nicht den Eindruck, als hätte sich irgendjemand für ihr Gespräch hier in der hintersten Ecke interessiert. Aber was wusste er schon? Er konnte ja ihre Gesichter nicht sehen. Andererseits – war es jetzt nicht sowieso viel zu spät? Zögernd nickte er. »Okay.«

»Gut.« Der Vampir griff über den Tisch hinweg und legte seine Hand auf Samis. Dann flüsterte er ein einziges Wort.

Im nächsten Augenblick schienen sich die Schatten im Winkel hinter der Theke zu bewegen, kamen näher und flossen um sie herum, bis Sami den Schankraum und alles, was darin war, nur noch durch einen grauen Schleier sehen konnte. Selbst die Musik und die Stimmen waren gedämpft. Dafür spürte Sami überdeutlich glatt und kühl die Haut des Vampirs an seiner.

»Besser«, sagte der Vampir und nickte.

Sami war sich nicht sicher, ob er dem zustimmte. Aber das behielt er lieber für sich.

»Also, wie ich schon sagte.« Der Vampir hatte seinen eishellen Blick immer noch unbeirrt auf sein Gesicht gerichtet. »Ich glaube, dass Nora dir etwas verschweigt.«

Sami runzelte die Stirn. Es drängte ihn von Sekunde zu Sekunde mehr, seine Hand wegzuziehen und der unnatürlich intensiven Berührung auszuweichen. Aber das hätte vermutlich den Schattenkreis zerstört – und nun wollte Sami *wirklich* gern wissen, was der Vampir meinte.

»Und was?«

»Alles. Alles, was von Bedeutung ist.«

»Geht's vielleicht etwas konkreter?«

Der Vampir hob eine Braue. Eine bittere Belustigung zeichnete sich auf seinen Zügen ab. »Ihr versteht euch sicher blendend, oder?«

Sami atmete langsam ein und wieder aus. Allmählich bekam er das Gefühl, dass er hier in eine Art persönliche Fehde geraten war. Wenn es so war, hatte er jedenfalls keine große Lust, sich zum Spielball machen zu lassen.

»Weißt du, wenn du Nora Verschwiegenheit vorwerfen willst, wäre es echt cool, wenn ich dir dafür nicht jedes Wort einzeln aus der Nase ziehen müsste.«

Der Vampir lachte sein unfröhliches Lachen. »Du hast recht. Ich komme zur Sache. Was hat Nora dir über die Pillen erzählt?« Er wartete Samis Antwort gar nicht ab. »Die goldenen öffnen eine Tür. Die schwarzen schließen sie wieder. Ich weiß. Aber hast du bisher die schwarzen je auch nur ein einziges Mal mit ihr *benutzt*? Hat sie dir die tieferen Ebenen erklärt?«

Sami runzelte die Stirn. »Nicht so richtig, nein. Ich dachte, das kommt später noch.«

Der Vampir nickte, als hätte er genau damit gerechnet. »Aber später kann in Euphoria schon zu spät sein, Sami. Das habe ich dir doch gerade gesagt.« Er beugte sich erneut ein Stück vor und schüttelte leicht den Kopf, ohne Samis Blick loszulassen. »Also hör zu. Im Grunde ist es simpel. Bist du draußen und nimmst eine goldene Pille, kommst du auf Ebene Eins – die Eintrittsebene, sehr nah an der Realität. Du müsstest sie bei der Registrierung gesehen haben.«

Sami nickte nur. Die Erinnerung an die verzerrte Version seiner Schule stand ihm noch sehr genau vor Augen. Er hatte kein Bedürfnis, dort so bald wieder herumzuirren.

»Ebene Eins kann sehr praktisch sein, wenn man sich in der Welt drüben unbemerkt aus dem Staub machen will oder in Schwierigkeiten gerät. Aber sie ist nicht das echte, große Ding. Das fängt hier erst an. Mit zwei Goldenen kommst du nämlich direkt von draußen auf Ebene Zwei – da sind wir gerade. Euphoria City, die Anfängerareale und Minigames liegen hier. Aber Euphoria ist noch mehr. Viel mehr. Mit jeder Ebene kommst du ein Stück tiefer hinein. Insgesamt gibt es fünf davon. Jede Ebene kostet entsprechend viele Pillen, wenn du sie betreten willst, aber anders als Ebene Eins und Ebene Zwei ist alles, was tiefer liegt, nur von hier aus zu erreichen. Nicht von draußen. Und genauso kommst du von dort aus auch nicht einfach so nach draußen zurück. Genau dafür brauchst du die schwarzen Pillen. Eine für jeden Ebenenwechsel aufwärts. Wenn du Euphoria verlassen willst, musst du dich mindestens auf Ebene Zwei befinden, wenn die Wirkung der goldenen Pillen aufhört.«

»Ach.« Etwas fügte sich in Samis Kopf zusammen. Jetzt ergab so einiges deutlich mehr Sinn als vorher.

Der Vampir neigte eine Winzigkeit den Kopf. Sein

Blick war unverändert eindringlich. »Also verstehst du, das ist gut. Dann kannst du dir jetzt vielleicht auch denken, dass die goldenen Pillen nicht das Problem an der ganzen Sache sind.«

Sami dachte an das Gefühl der Nervosität, das ihn bei dem Gedanken überkommen hatte, vielleicht irgendwann die Tür nicht mehr öffnen zu können. Oder die Pillen mit jemandem zu teilen, selbst wenn es Tatu war. »Nicht?«

»Nein.« Der Vampir neigte sich noch ein Stück vor und Sami spürte, wie die Hand über seiner sich anspannte. »Es sind die schwarzen. Mehr goldene sind leicht zu bekommen, sie werden dir gewissermaßen nachgeworfen. Du kannst also problemlos unendlich tief reingehen. Theoretisch zumindest. Mit den schwarzen Pillen ... ist das nicht so einfach.«

Sami runzelte die Stirn. »Und wenn ich, sagen wir, auf Ebene Drei bin und keine schwarze Pille mehr habe?«

Zwei, drei Atemzüge lang schwieg der Vampir. Ein Schweigen, das so angespannt war, dass es jeden Moment zu zerreißen drohte.

»Du bleibst für immer hier.«

Seine Worte waren wie ein Kübel mit Eiswasser, der über Samis Kopf ausgeleert wurde. Er öffnete den Mund und schloss ihn wieder.

»Natürlich kann dir nichts passieren, wenn du nicht tiefer reingehst als bis hierher auf die zweite Ebene«, fuhr der Vampir fort. »Aber das wirst du. Euphoria ist so.

Ebene Zwei wird dir nicht reichen. Du wirst mehr wollen. Dein *Enigma* wird mehr *brauchen*, damit es wirklich ein Teil von dir werden kann. Und das bald.«

Er hat recht. Es hat schon angefangen.

Samis Herz begann zu rasen und in seinem Nacken brach kalter Schweiß aus. Dieses Gefühl … ja, es war da, und es war mächtig. Das Gefühl, sein *Enigma* erforschen zu müssen, es zu hegen und zu nähren und es stärker zu machen – nein, herauszukitzeln, wie stark es eigentlich sein konnte, und dann wirklich und endgültig mit ihm zu verschmelzen – bisher war es nur eine Ahnung. Aber schon jetzt fühlte Sami den Drang in sich wachsen. Allein die Erwähnung der anderen Ebenen kitzelte seine Nerven, ließ die Puppe in ihm flüstern und wispern und locken, *obwohl* er doch gerade erst erfahren hatte, wie gefährlich das war.

Scheiße, das ist übel. Warum hast du mir das nicht gesagt, Nora?!

»Die Krähe wollte unbedingt, dass du nach Euphoria kommst«, sagte der Vampir, als hätte er Samis Gedanken gelesen. »Weil sie dich braucht. Oder vielmehr: Dein *Enigma*.«

»Mein *Enigma*?« Samis Stimme schwankte bedenklich. »Wofür?«

Hatte Nora denn nicht behauptet, sie hätte gar nicht gewusst, was Samis *Enigma* überhaupt war?

Die Krähe hat dich gesucht und gefunden. Vertrau ihr.

Etwas zuckte im Gesicht des Vampirs. Seine Miene

wurde hart. »Weil sie Euphoria zerstören will. Sie hasst es und würde alles dafür tun, es zu vernichten. Sie hat sogar ihre beste Freundin geopfert, um an die Information zu kommen, dass der Schlüssel zu Euphorias Zerstörung eine Puppe ist. Seitdem war sie auf der Suche nach dir. Und jetzt bist du dran.«

Sami sprang auf. Ihm war heiß und kalt zugleich, er kochte vor Wut und zitterte vor Angst – einer tiefen, durchdringenden Angst, wie er sie noch nie empfunden hatte. Hätte der Vampir ihn nicht festgehalten, er hätte seine Hand an sich gerissen und wäre davongerannt. So aber kam er nicht weit.

»Und warum sollte ich dir glauben?«, schnappte er. »Einem Vampir, der mich ungefragt markiert, meinen Körper fremdsteuert und es nicht mal für nötig hält, mir seinen Namen zu verraten?«

Der Vampir musterte ihn unverwandt aus seinen hellen Augen. »Ja«, sagte er. »Du hast recht. Warum solltest du? Das ist allein deine Entscheidung.« Er machte eine lange Pause, als wolle er warten, bis seine Worte sicher zu Sami durchgedrungen waren. »Aber wenn du dich dazu entschließen solltest, es doch zu tun, ruf mich an. Ich kann dich zum Prinzen bringen. Er ist der Einzige in ganz Euphoria, der dich wirklich vor ihr schützen kann.«

Halt dich fern von dem Prinzen. Er ist ein Fanatiker. Und Fanatiker sind immer gefährlich.

Sami starrte den Vampir an. Seine Gedanken waren immer noch wie gelähmt. Irgendwann, endlich, schaffte er es, den Kopf zu schütteln. »Ich muss los.« Seine Stimme war nur noch ein heiseres Flüstern.

Der Vampir nickte. »Ich halte dich nicht auf. Aber wenn du Nora sprichst, richte ihr bitte Grüße aus.« Ein bitteres Lächeln streifte seine Lippen. »Von Sergej.«

Damit ließ er Samis Hand los. Die Schatten zogen sich zurück, und als der Raum wieder seine normale Gestalt angenommen hatte, war der Vampir verschwunden.

Sami sah wie betäubt auf den plötzlich leeren Stuhl und den Tisch mit der grellbunten und offenbar so gefährlichen Getränkekarte. Die Musik und die Gespräche rauschten undeutlich an ihm vorbei. Er starrte und starrte und konnte sich nicht rühren, während die Angst und das Begreifen noch immer eisig in seinem Körper kribbelten. Selbst als die Puppe in seinem Inneren sich nervös regte und ihm zuflüsterte, dass die Wirkung seiner Pillen bald ablaufen würde, rührte er sich nicht.

Aber als das Licht zerbrach und ihn zurück in die Wirklichkeit seines düsteren Zimmers brachte, wusste Sami genau, was er zu tun hatte.

Er rannte.

20

Das Ende einer Freundschaft

Wasser und Schlamm spritzten unter Samis Reifen, als er, wie ein Verrückter in die Pedale tretend, auf seinem Fahrrad zurück in die Stadt fuhr. Es regnete noch immer, und er war nass bis auf die Knochen, lange bevor er auch nur in die Nähe von Noras Apartment kam. Es hätte ihm nichts egaler sein können.

Sami ließ sein Rad auf den Beton des Hinterhofs scheppern und rannte die klapprigen Treppen zur Nummer 42 hinauf, ohne auch nur eine Sekunde auf Vorsicht zu verschwenden. Mit aller Kraft hämmerte er an Noras Tür, bis sie öffnete.

»Ich steige aus.« Er warf es ihr an den Kopf, ehe Nora auch nur dazu kam, ein einziges Wort zu sagen.

Wenn er Nora jemals überrascht gesehen hatte, dann war es ganz sicher in diesem Augenblick. Völlig überrumpelt starrte sie ihn an, das Gesicht bleich im Licht der flackernden Neonröhre hinter ihr. »Was?«

»Du hast mich schon verstanden. Ich mache nicht mehr mit. Und du sagst mir jetzt besser, wie ich unsere Freundschaft lösche, und zwar schnell.«

Noras Gesicht verfinsterte sich. »Sami. Mit wem hast du gesprochen?«

Sami schnaubte. »Was geht dich das an? Warum sollte ich dir überhaupt noch irgendwas erzählen? Du hast mich ins offene Messer laufen lassen!«

Noras Körper versteinerte. »Das stimmt nicht.« Selbst ihre Stimme klang steif. »Ich habe dir nur noch nicht alles erklärt. Eins nach dem anderen.«

Das Lachen, das aus Samis Kehle stolperte, war so hässlich und höhnisch, dass er sich selbst davor erschreckte. »Und wann hattest du vor, es mir zu sagen? Dass du vorhast, mich zu opfern, um Euphoria zu zerstören? Hast du auch nur daran *gedacht*, mich zu fragen, was ich davon halte?«

Nora starrte ihn finster an. »Das ist nicht wahr. Ich opfere dich nicht. Dir wird nichts passieren. Nicht, wenn ich es verhindern kann.« Sie atmete mühsam durch, und Sami konnte sehen, dass es auch ihr schwerfiel, ruhig zu bleiben. »Hör zu. Ja, ich brauche dich. Ja, ich will Euphoria verdammt noch mal abschalten. Damit es ein für alle Mal niemanden mehr verschlingen kann, damit es niemanden mehr zu einem *verdammten Roboter machen* kann! Das ist es, was passiert, wenn dir die Pillen ausgehen. Das ist es, was die *Guardians* sind: User, die nicht mehr rauskommen, weil Euphoria sie gefressen hat! Verstehst du mich, Sami? Ich brauche deine Hilfe, um uns alle zu *retten*. Das haben dir deine Informanten nicht gesagt, oder? Natürlich nicht, denn wenn *sie* gewinnen, dann wird Euphoria irgendwann unsere einzige Realität sein, und es ist ihnen scheißegal, ob dafür Menschen sterben!«

Endlose Sekunden, Minuten vielleicht sogar, konnte Sami nichts sagen, nicht mal den kleinen Finger regen, so sehr lähmte ihn die Endgültigkeit in Noras Worten.

»Du lügst!«, flüsterte er endlich.

»Es tut mir leid.« Noras Stimme klang dunkel und belegt. »Ich wollte dich nicht blind in diese Sache reinziehen. Aber ich hatte keine andere Wahl. Ich konnte nicht zulassen, dass du deine *Kein-Interesse!*-Nummer durchziehst, nachdem die Krähe so lange nach dir gesucht hat.« Sie atmete tief durch, aber es war ein zittriges Atmen, genau wie ihre Stimme. »Ich hatte eine Freundin. Meine beste Freundin. Sie hieß Kitty und trug ein Cyborg-*Enigma.* Sie hat sehr viel riskiert, um herauszufinden, wie man Euphoria endgültig schließen kann. Von ihr hab ich erfahren, dass es einen Weg gibt und dass man dafür eine Puppe braucht. Deshalb habe ich dich gesucht, aber nun weiß ich nicht, was ich mit dir tun soll. Ich hatte gehofft, wenn dein *Enigma* erst erweckt ist, würde es sich von allein ergeben, aber ich bin völlig ratlos. So, jetzt weißt du es. Also bitte, Sami. *Hilf mir.*«

In den Jackentaschen ballte Sami die Hände zu Fäusten, dass es schmerzte. Also hatte der Vampir recht gehabt. Es war Nora nie um ihn gegangen, nur um die Puppe und ihre eigenen Ziele. Sie hatte es von Anfang an gewusst. Und was er dachte, fühlte und wünschte, interessierte sie einen feuchten Dreck. Sami war plötzlich sehr kalt. Er fühlte sich leer, wie ausgehöhlt, und das hatte diesmal nichts mit seinem *Enigma* zu tun.

»Aber vielleicht will ich ja gar nicht, dass du Euphoria schließt.« Selbst seine Stimme klang jetzt wie erfroren. »Vielleicht will ich ja sogar für immer dort drinbleiben.«

Nora zuckte zusammen, als hätte Sami sie geohrfeigt. »Sag das nicht.« Die Worte klangen rau. »Bitte.«

In ihren Augen konnte Sami sehen, dass sie längst wusste, was er als Nächstes sagen würde. Trotzdem sprach er es aus, weil es ihm wenigstens eine kleine Genugtuung gab.

»Ich soll dich grüßen«, sagte er, ohne ihrem Blick auszuweichen. »Von Sergej. Er stellt mich dem Prinzen vor.«

»Sergej«, wiederholte sie, die Stimme nicht mehr als ein heiseres Wispern. »Und der Prinz.«

Sami schob das Kinn vor. »Er sagt, du hast diese Freundin von dir sterben lassen, um ...«

»Ich habe Kitty geliebt!«

Es brach aus Nora hervor, noch bevor Sami ganz ausgesprochen hatte. Sie war kreidebleich im Gesicht, die Lippen farblos. Nur ihre Augen blitzten, als wolle sie im nächsten Moment auf Sami losgehen. Aber sie tat es nicht.

»Sie war wie meine Schwester«, flüsterte sie, und nun sah Sami Tränen in ihren Augen glitzern.

Eine kleine Ewigkeit standen sie stumm voreinander. Nur der Regen rauschte. Dann zog Nora ihr Handy aus der Tasche und tippte ein paarmal auf das Display. Wortlos und ohne Sami noch einmal in die Augen zu sehen. Kurz darauf vibrierte es in seiner Tasche.

Er sah nicht nach. Er wusste auch so, was passiert war. Die Puppe spürte es auch, wie ein leeres, dumpfes Echo in seiner Brust. Nora war ihm zuvorgekommen. Sie hatte ihre Freundschaft gelöscht.

Dann machte sie die Tür vor seiner Nase zu.

* * *

Als Sami fort war, fiel alle Spannung von Nora ab und sie klappte zusammen wie ein Kartenhaus, nachdem jemand auf den Tisch gehauen hatte. Das Zimmer drehte sich und schwankte, und sie lehnte sich mit dem Rücken gegen die Tür, um nicht das Gleichgewicht zu verlieren. Die Tränen, zuvor noch mühsam zurückgehalten, rannen ihr jetzt über die Wangen, ohne dass sie es richtig bemerkte.

Verloren. Ich hab ihn verloren.

Sie konnte nicht einmal genau sagen, was sie empfand. Wut? Enttäuschung, Trauer vielleicht sogar? Angst. Verdammt große Angst. So viel war sicher.

Was jetzt?

Wenn Sami nicht zurückkam – oder noch schlimmer, wenn er sich wirklich dem Prinzen und seinem Gefolge anschloss –, was blieb dann noch? Allein, das wusste Nora, würde sie ihr Ziel niemals erreichen. Die Krähe auf eine neue Suche zu schicken, dauerte zu lange. Nora vergrub verzweifelt das Gesicht in den Händen. Wer wusste denn, ob es neben Sami derzeit überhaupt andere Puppen-*Enigmen* gab?

Sollte sie also vielleicht einfach alle goldenen Pillen auf einmal nehmen und sehen, wo es sie hintrug? Sie lachte hohl bei dem Gedanken.

Vielleicht kriege ich dich ja so, Mika. Ich muss nur den gleichen hirnrissigen Fehler machen.

Aber natürlich gab es noch eine Möglichkeit. Natürlich konnte sie sich ebenfalls dem Prinzen anschließen und sich seiner Vorstellung einer besseren Welt überlassen, im Tausch gegen ein garantiert endloses Leben in Euphoria, während es ungehindert weiter seine User verschlang. Was er dazu wohl sagen würde?

Jetzt klang ihr Lachen hinter den Händen etwas schrill, und sie hörte schnell wieder damit auf.

Nein. Das werde ich nicht. Und Sami auch nicht. Er darf einfach nicht.

Aber tief in sich wusste Nora es besser. Der Prinz, sollte Sami ihm tatsächlich begegnen, würde ihn überzeugen. Wie er auch Sergej überzeugt hatte. Wie er offenbar *jeden* außer Nora überzeugen konnte. Der Gedanke war überwältigend und rief das Zittern zurück, das ihren Körper von oben bis unten durchschüttelte. Dass Sergej nicht einfach nur vor ihr weglief, sondern jetzt mit dem Prinzen spielte, hatte Nora wie eine Faust in den Magen getroffen, obwohl sie es im Grunde schon geahnt hatte, seit er auf der *Rennstrecke Pink* aufgetaucht war. Aber es aus

Samis Mund zu hören, in diesem vor Verachtung triefenden Ton, war etwas ganz anderes. In diesem Moment war bei ihr irgendetwas durchgebrannt, und sie hatte keine andere Möglichkeit gesehen, als aus reinem Selbstschutz die Verbindung zu Sami abzubrechen. In Gedanken war sie sogar schon fort aus dem Hinterhofzimmer, fort aus der Stadt. Wenn Sami ihr Versteck verriet, durfte sie nicht mehr hier sein.

Wie dumm von mir. Wie unfassbar dumm.

Und doch reichte allein der Gedanke an ihn, um zu wissen, dass sie, was Sergej betraf, zu rationalem Handeln einfach nicht fähig war. Genauso wenig wie er. Nachdem Ekaterina verschwunden war, hatte er eine Wand aus Trauer und Schuld um sich herum aufgebaut, die Nora nicht hatte durchdringen können. Vielleicht auch nicht hatte durchdringen *wollen*, weil sie sich sonst der Erinnerung daran hätte stellen müssen, was zwischen ihr und dem Geliebten ihrer besten Freundin auf der Mission im Feuerbaumtal geschehen war. Als hätte Ekaterinas Verlust irgendetwas mit diesem Kuss zu tun, oder die Tatsache, dass sie es geheim gehalten hatten. Es war völliger Unsinn, das wusste Nora – und doch empfand auch sie es so. Immer noch.

Doch Sergej hatte ohnehin nicht mit ihr reden wollen. Er wollte auch nicht suchen, nicht nach der Puppe und erst recht nicht nach Kitty, ganz egal ob die mit ihren letzten Atemzügen darum gefleht hatte, von ihnen gefunden zu werden.

»Lass es, Nora!«, hatte er sie angefahren. *»Lass sie einfach in Frieden – und mich auch!«*

Das war das Letzte, was sie von ihm gehört hatte. Sergej hatte ihre Freundschaft gelöscht und war verschwunden, als hätte es ihn nie gegeben. Niemand konnte so spurlos verschwinden wie der Vampir. Ihn ausgerechnet auf diese Art und Weise wiederzufinden, damit hatte Nora nicht gerechnet. Und auch nicht damit, dass es sie dermaßen aus der Bahn werfen würde.

Mit einem Ruck zog sie die Vorhänge zur Seite und riss das Fenster auf, um nach der Krähe zu rufen. Sie brauchte jetzt Gesellschaft. Gesellschaft, die sie davon abhalten würde, sofort nach Euphoria zu reisen und etwas noch viel Unüberlegteres zu tun, als die Freundschaft mit dem Puppenjungen zu beenden. Denn was auch immer sie gerade dort an der Tür im rauschenden Regen verloren hatte: Ihren Verstand besaß sie noch, und in der kommenden Zeit würden klare Gedanken so wichtig sein wie nie zuvor. Sie musste Sami zurückholen.

Nur wie, das wusste Nora beim besten Willen nicht.

21

Prinz Dante von Euphoria

Der Palast des Prinzen stand am Rand des Platzes mit den Zentralterminals, nahtlos eingefügt in den perfekten Kreis der Hochhäuser. Ein futuristisches Gebilde mit unzähligen Türmen und Erkern aus Glas und Stahl, das wie ein Pfeil in den Dämmerhimmel ragte, höher als selbst die höchsten Hochhäuser der Stadt, vielleicht sogar höher als die zischende Fontäne aus blauem Licht, die von der Terminalkuppel aufwärtsschoss und ihren funkelnden Schnee über den Platz wehen ließ. Das Glas der Außenfassaden schimmerte silberhell und rubinrot, und schlanke Bäume mit schimmernden weißen Stämmen schmiegten sich an die Stahlträger, als wären sie mit ihnen verwachsen. Sami stand mit offenem Mund davor und fragte sich, wie er es bei seinem letzten Besuch auf dem Platz einfach hatte übersehen können.

Vor den Toren des Palastes hatte er sich mit dem Vampir getroffen; Sergej, der auf der Karte als blaues Dreieck mit der Beschriftung *DarkOne* angezeigt wurde. Anscheinend war Sami wirklich der einzige Kohlkopf, der bei der Registrierung seinen echten Namen angegeben hatte, und dann auch noch in Großbuchstaben. Nun stiegen sie gemeinsam eine schmale gläserne Wendeltreppe hinauf, höher und immer höher, bis sie schließlich vor einer ebenfalls gläsernen Schiebetür standen, die geräuschlos vor ihnen zur Seite glitt.

»Mein Prinz«, sagte Sergej. »Ich habe Sami mitgebracht. Die Puppe mit dem Silberhaar.«

Hinter ihnen schloss sich die Tür genauso geräuschlos, wie sie sich geöffnet hatte.

Das Dämmerlicht, das durch die roten und silbrigen Scheiben fiel, tauchte das Zimmer in sanfte Sonnenuntergangsfarben. Es schimmerte auf den Bezügen der Sessel vor dem Kamin und glänzte auf dem dunklen Parkett. Staub flimmerte im Gegenlicht und warf die Illusion über den Raum, alles sei mit einer Art Feenstaub bedeckt. In all dem Geglitzer hätte Sami den Prinzen beinahe übersehen, der reglos wie eine Statue vor der großen Fensterfront stand und ihnen den Rücken zukehrte.

Aber dann drehte er sich um, und Sami sah in die blauesten Augen, denen er je begegnet war. Obwohl ein ganzer Raum zwischen ihnen lag, erkannte er ein Spiel unzähliger Schattierungen in den großen, ausdrucksvollen Iriden, von Meeresblau über Himmelsfarben bis hin zu bläulichem Sturmgrau. Als der Prinz lächelte, blitzte ein Funke in ihnen auf, der eine Sekunde später direkt in Samis Herz fiel und dort sanft weiterglühte.

Wow. Er ist noch viel schöner als in diesen übertriebenen Werbespots.

Und obwohl es einfach unvorstellbar absurd war, so etwas zu denken und zu fühlen, wünschte Sami sich plötzlich mit unerwarteter Heftigkeit, dieser junge Mann dort am Fenster würde auf ihn zukommen und ihn in den Arm nehmen. Dann würde ganz sicher alles gut werden.

Lüg dir ruhig in die Tasche. Eigentlich willst du ihn küssen. Und das ist noch viel absurder.

»Dark«, sagte der Prinz mit freundlichem Tadel. »Wie oft muss ich dir noch sagen, dass du mich Dante nennen sollst?«

Auch auf Sergejs Gesicht erschien ein kleines Lächeln, das seine kantigen Züge weicher zeichnete. »Verzeih, mein Prinz. Also, das ist Sami.«

Der Prinz lachte leise, als fände er den Ungehorsam des Vampirs eher lustig als ärgerlich. »Ich verstehe. Also dann, willkommen, Sami. Ich bin Dante.«

Er trat auf Sami zu und streckte die Hand aus. Doch obwohl Sami augenblicklich der Drang überspülte, die Hand zu ergreifen und den Kontakt herzustellen, der ohne Frage dazu gedacht war, eine Euphoria-Freundschaft zwischen ihnen zu knüpfen, zögerte er. Irgendetwas stimmte nicht. Im nächsten Augenblick wusste er auch, was es war.

Dante hob fragend eine Braue. »Alles in Ordnung?«

Sami runzelte die Stirn. »Ich kann dein Gesicht sehen. Ich konnte es sogar schon auf den Bildschirmen in der Stadt sehen, und da war ich noch nicht mal registriert. Aber wir sind nicht befreundet.«

»Ach. Das meinst du.« Dante nickte und verzog die Lippen zu einem schiefen Grinsen. »Kluger Einwand. Aber die Erklärung ist einfach.« Er hob die Schultern. »Der Prinz hat kein Recht auf Anonymität. Selbst die besten Positionen haben ihre Schattenseiten.« Erneut streckte er Sami die Hand entgegen. »Keine Angst. Du bist hergekommen, weil du meine Hilfe brauchst. Und ich gebe sie dir gern.«

Sami starrte auf Dantes Hand und konnte sich immer noch nicht überwinden, sie zu ergreifen. Was genau machte er hier eigentlich? War er wirklich hergekommen, um Nora ihren Verrat heimzuzahlen? Hätte er dafür nicht auch einfach alle Pillen das Klo runterspülen und nie nach Euphoria zurückkehren können? Sami verspürte einen Stich im Magen bei dem Gedanken, und einen zweiten hinter seiner Stirn, und er musste sich eingestehen, dass er es nicht gekonnt hätte. Er hatte nicht gelogen, dort im Regen an der Tür, obwohl er sie in dem Moment doch nur hatte schocken wollen. Er wollte gar nicht aufhören mit Euphoria.

Oder war es nur die Puppe, die so dachte?

Noras Gesicht kam ihm in den Sinn, blass und entsetzt und zerrissen vor Verzweiflung.

Ja. Weil sie ohne mich ihren Plan nicht durchziehen kann. Auf die Masche falle ich bestimmt nicht weiter rein.

Aber war es wirklich eine nennenswert klügere Idee, sich stattdessen dem Prinzen anzuvertrauen, nur weil ausgerechnet ein Vampir es sagte?

Und weil er so verdammt schön ist?

Hinter sich hörte er Sergej leise flüstern, ein Wort, das Sami nicht verstand, aber noch bevor er diesen Gedanken zu Ende gedacht hatte, wurde ihm bewusst, dass er bereits seine Finger nach Dantes ausstreckte, während das Vampirmal an seinem Hals leicht zu prickeln begann.

Nicht dein Ernst.

Die Hand des Prinzen war warm, der Druck, mit dem sich die Finger schlossen, sanft, aber fest, und er lächelte dabei, als wolle er sagen, dass Sami sich wirklich keine Sorgen zu machen brauchte. Inzwischen war ihm das Gefühl, die Welt würde sich von ihm entfernen, regelrecht vertraut. Der Fortschrittsbalken klingelte, und Sami wusste, wenn er seine Freundesliste aufrief, würde dort von nun an auch Dantes Name stehen. Sie hatten ihn völlig überrumpelt, der Prinz und sein Vampir, und Sami ahnte, dass ihn das hätte beunruhigen müssen. Aber das tat es nicht. Wenn er ganz ehrlich zu sich selbst war, fühlte es sich sogar ziemlich gut an. Genau wie das Prickeln an seinem Hals.

Ganz schön gefährlich, dachte er noch vage – und dann ließ er den Gedanken einfach fallen. Was machte das schon noch für einen Unterschied?

Dante lächelte erneut. »Dark«, sagte er, »würdest du uns jetzt bitte allein lassen, damit Sami mir in Ruhe alles erzählen kann, was ihn belastet?«

Der Vampir nickte nur. »Ich sage Melody, sie soll sich bereithalten.«

Die Tür öffnete und schloss sich. Dann war Sergej fort und Sami mit dem Prinzen allein.

»Also«, sagte Dante und wies mit der Hand auf die samtbezogenen Sessel vor dem Kamin. »Setz dich doch erst mal. Das war sicher ein schwerer Weg bis hierher.«

Tatsächlich bemerkte Sami, dass seine Knie weich waren wie nach hundert Kniebeugen. Es hatte wohl wenig Sinn, dachte er selbstironisch, sich einreden zu wollen, dass das bloß die Nachwirkungen der langen Treppe in den Turm hinauf waren. Dankbar ließ er sich in die weichen Polster sinken. Das Kaminfeuer legte knisternde Wärme auf seine Wangen.

Dante setzte sich ihm gegenüber in den zweiten Sessel, schlug die Beine übereinander und stützte über der Armlehne das Kinn in die Handfläche, um ihn aufmerksam zu mustern.

»Na dann, schieß los. Was bedrückt dich?«

Sami verschränkte die Arme vor der Brust. »Wie kommst du darauf, dass mich etwas bedrückt?«, fragte er zurück.

Dante hob ein wenig verwundert die Brauen. Eine goldene Locke fiel in seine Stirn, und er schob sie beiläufig zur Seite. »Dark sagte, du bräuchtest meine Hilfe. Ist das denn nicht so?«

Sami seufzte tonlos. Diese taktischen Spielchen waren einfach nicht sein Ding. Er hätte Dante auch einfach die ganze Zeit anstarren und damit zufrieden sein können. »Doch«, gab er zu. »Vermutlich schon.«

Halb erwartete er, dass der Prinz nun weiter nachbohren würde. Aber das tat er nicht. Er blieb einfach sitzen und sah ihn mit diesen unfassbar blauen Augen aufmerksam an.

»Und …?«, fragte er nur behutsam, als etliche Sekunden schweigend verstrichen waren. Und unter seinem Blick flossen die Worte mit einem Mal wie von selbst aus Sami heraus.

»Es ist … Die Krähe hat mich benutzt«, hörte er sich sagen und bemerkte erschrocken, wie dünn sich seine Stimme anhörte. Jede einzelne Empfindung, wie sehr er sie auch unter Kontrolle zu halten versuchte, lag plötzlich auf seiner Zunge und mischte sich in den Klang seiner Worte. »Sie hat mich hier reingelockt und mir verheimlicht, dass ich mich damit in Lebensgefahr bringe, und ich hasse sie dafür. Sie sagt, sie will in Wahrheit alle retten, aber ich weiß nicht, ob ich ihr das jetzt noch glauben soll, nachdem sie mich so eiskalt angelogen hat. Ach scheiße, ehrlich gesagt weiß ich nicht, was ich überhaupt noch glauben soll, weil dein Vampirfreund ständig meinen Körper steuert, also die Vertrauenswürdigsten seid ihr Typen auch nicht gerade. Ich weiß nicht, warum ich nicht einfach sterbe oder mir wenigstens in die Hose mache vor Angst. Oder ob ich überhaupt … gerettet werden will.«

Sami verstummte. Sein Herzschlag echote dumpf in seiner Brust, so laut, dass er fest überzeugt war, dass der Prinz es hören musste.

Dante betrachtete ihn lange. Sehr lange, wie ihm

schien. Dann lächelte er. Ein sanftes, unendlich tröstliches Lächeln. »Ich verstehe«, sagte er leise. »Sogar sehr gut. Ich habe das alles selbst schon gefühlt. Wir alle hier in Euphoria haben das, früher oder später. Aber ich hoffe, ich kann dir zumindest etwas von deiner Angst nehmen. Sieh mal, du bist hier, und dir ist bisher nichts Schlimmes geschehen. Was Dark dir erzählt hat, war nicht gelogen. Und auch was die Krähe sagt, stimmt: Euphoria kann gefährlich sein, wenn man unvorsichtig ist. Aber weißt du, Sami, im Gegensatz zu der Krähe sehe ich die Kraft Euphorias viel stärker als eine heilende Macht und nicht als eine zerstörerische. Es kommt immer darauf an, wie man etwas benutzt, ist es nicht so? Du hast den Weg zu mir gefunden, und als Prinz ist es meine Aufgabe, dich zu beschützen. Damit du unbesorgt genießen kannst, was Euphoria dir gibt, statt zu fürchten, was es dir nehmen könnte. Deshalb bist du doch hergekommen, oder nicht? Weil es dir hier in Wahrheit gefällt und du bleiben möchtest. Nur ohne die Angst.«

Was es … ihm gab …? Sami ließ die Worte in sich nachklingen. Dann sah er in Dantes Gesicht, und im Spiegel seiner Augen sah Sami sich selbst. Mit Muskeln. Schultern. Und dem silbrigen Haar, in dem das Geheimnis der Puppe spielte wie ein leichter Wind.

Ein seltenes und mächtiges Enigma. Es ist etwas ganz Besonderes.

Verdammt. Alles war hier nun wirklich nicht schlecht.

Ganz und gar nicht schlecht.

Dante lächelte immer noch. »Nicht wahr?«

Sami nickte langsam. »Ja«, murmelte er. »Ja, das stimmt.«

Dantes Augen leuchteten auf. »Dann bleib doch bei mir, wenn du willst. Willst du?«

Ja. Für immer, bitte. Wenn ich dich küssen darf.

Sami schüttelte sich innerlich.

Bleib wach! Das hier könnte genau so sehr eine Falle sein wie Noras Tricks.

»Was ist der Preis?«, zwang er sich zu fragen.

Dante musterte ihn erstaunt. »Der Preis?«

»In Euphoria ist nichts umsonst. So viel hab ich schon begriffen.«

Wieder dieses schiefe Lächeln. »Du gefällst mir wirklich, Sami. Du stellst die richtigen Fragen.« Er schüttelte langsam den Kopf. »Nein, es gibt keinen Preis. Nur einen Bund, den wir beide eingehen – wie gesagt, nur wenn du es willst.«

Ich will. Oh, ich will.

»Was für einen Bund?«

Dante musterte ihn aufmerksam, als wüsste er, dass nun jedes Wort für oder gegen Samis Entscheidung wiegen konnte. »Solange du bei mir bleibst, stehst du unter meinem Schutz. Das bedeutet, wann immer du in Bedrängnis gerätst, kann ich dir nahezu unbegrenzt zusätzliche Zeit und sogar Pillen auf dein Konto überschreiben. Goldene. Schwarze. Was immer du brauchst. Das ist die Macht meines *Enigmas.*«

Sami schloss kurz die Augen. Unter dem Blick dieser unendlich blauen Iriden fiel es ihm schwer, einen klaren Gedanken zu fassen. Sturmblau. Himmelblau. Meeresblau. Selbst hinter seinen geschlossenen Lidern.

»Wo ist der Haken?«

Dante schwieg einen Augenblick. »Ob du es als Haken betrachtest oder nicht, liegt allein an dir«, sagte er dann, und seine Stimme klang so klar und ehrlich, dass Sami ihn wieder ansehen musste. »Meine Kraft erlaubt mir, Ressourcen in meinem Gefolge umzuverteilen, nicht aber, sie aus dem Nichts zu erschaffen. Das bedeutet im Umkehrschluss: Deine Zeit und alle Pillen, die du erspielst, gehören nicht länger dir. Sie gehören mir. Und ich könnte irgendwann entscheiden, dass ein anderer Spieler meines Gefolges sie gerade nötiger braucht als du.«

Sami wusste nicht, was er darauf antworten sollte. War das wirklich ein fairer Deal? Seine Eigenverantwortung aufzugeben für eine scheinbare Sicherheit? Von dieser absurden Sehnsucht, den Prinzen noch einmal zu berühren, einmal ganz zu schweigen. Ging das etwa jedem so, der mit ihm sprach? Der Gedanke ließ ihn schaudern und zugleich einen unangenehm heißen Funken in seinem Magen aufglühen, den Sami erst Augenblicke später als das erkannte, was er war: Eifersucht. Ihm wurde schwindelig. Was machte er hier eigentlich? Sollte man so etwas wirklich denken, wenn man gerade seinem besten Freund seine unglückliche Liebe gestanden hatte?

»Darüber muss ich nachdenken«, murmelte er. Dabei

wusste er schon jetzt, dass Denken in seinem Zustand kaum möglich sein würde. Verdammt, er musste hier weg.

Tatu. Bestimmt würde es helfen, Tatu zu sehen. Draußen. In der *echten Welt.*

So weit weg.

Und plötzlich wollte Sami wirklich raus hier. *Nach Hause. Zu ihm. Er ist mein Zuhause, immer gewesen. Ob er nun so fühlt wie ich oder nicht. Hätte ich das wirklich fast vergessen?*

Dante aber nickte nur. »Sicher. Lass dir so viel Zeit, wie du möchtest. Ich warte auf dich.« Er lächelte. »Gibt es bis dahin noch etwas, das ich für dich tun kann? Hast du vielleicht irgendwelche Fragen? Wünsche?«

Sami war drauf und dran, den Kopf zu schütteln. Aber noch bevor er dazu kam, formte sich eine Frage auf seiner Zunge, die er kaum auszusprechen wagte, es aber doch tat, als hätte sein Körper beschlossen, sich nicht länger um das zu scheren, was sein Verstand für richtig hielt.

»Nein«, sagte er leise. »Aber ich wüsste gern, was deine Wünsche sind.«

Dante hob eine Braue. Er sah ehrlich überrascht aus. »Das interessiert dich?«

Sami nickte.

Das Lächeln, das jetzt auf Dantes Gesicht erschien, war anders als alle anderen zuvor. »Du gefällst mir, Sami«, flüsterte er. »Du gefällst mir wirklich sehr.« Er zog eine silberne Taschenuhr hervor und warf einen Blick darauf. Dann seufzte er bedauernd und stand auf. »Ich wünschte, wir könnten uns jetzt gleich darüber unterhalten. Aber ich muss dich leider rauswerfen. Deine Dämmerstunde ist bald vorbei, und du darfst nicht hier sein, wenn du zurückreist, weil ich dir nicht erlauben kann, deine nächste Session hier in meinen Räumen zu beginnen. Aber du kannst jederzeit wiederkommen. Hörst du, Sami? Jederzeit. Wann immer du willst, bist du mir herzlich willkommen. Und dann erzähle ich es dir. Versprochen.«

Sami nickte. Tatsächlich spürte auch er in diesem Moment tief in sich ein Ziehen, ein Drängen in der leichten Leere, mit der die Puppe ihn füllte, das ihm sagte, dass er sich beeilen musste. So wie Noras Krähe kurz vor Ablauf der Zeit zu ihr zurückkehrte. Der Porzellanschimmer auf seinen Händen flimmerte. Er stand auf.

»Ich freue mich auf dich.« Dante griff zum Abschied nach seiner Hand und drückte sie leicht. »Bis dahin pass auf dich auf, versprichst du mir das?«

Sami hob die Schultern. »Ich gebe mein Bestes.«

Dante grinste, aber sein Gesicht blieb seltsam ernst dabei. »Das will ich doch für dich hoffen. Also, ich rufe dir jemanden, der dich nach draußen bringt.« Er schloss kurz die Augen, seine Lippen bewegten sich in einem tonlosen Flüstern. Nur Sekunden später öffnete sich die Tür, und eine Gesichtslose in einem elfenbeinfarbenen Overall erschien auf der Schwelle.

»Dante. Mein Prinz«, flüsterte sie.

Dante lächelte. »Ich glaube, du kennst Melody bereits.«

Sami runzelte die Stirn. Melody? »Nein, nie gehört.«

»Nicht?« Dante hob überrascht die Brauen. Dann aber zuckte er die Schultern. »Da muss ich mich wohl getäuscht haben. Sie ist die Sirene. Eine meiner engsten Vertrauten. Sie bringt dich sicher auf den Platz. Vielleicht solltet ihr Freundschaft miteinander schließen. Was meinst du, Melody?«

Die Sirene antwortete nicht, sondern wandte Dante nur wortlos ihr Gesicht zu, das sich für Sami in den Schatten verbarg. Dante aber lachte leise.

Sami zog irritiert die Brauen zusammen und warf Dante einen fragenden Blick zu. Doch der Prinz winkte bloß ab, als wäre es doch gar nicht so wichtig. Sein Lächeln, als er sich wieder an Sami wandte, war warm und fachte den Funken in Samis Herzen von Neuem an wie ein sanfter Windhauch. »Also bis bald, Sami. Wir treffen uns hier. Wann immer du es für richtig hältst.«

»Bis bald«, murmelte Sami, immer noch verwirrt.

Dann folgte er der Gesichtslosen hinaus. Hinter ihnen schloss sich geräuschlos die Tür.

»Komm«, sagte die Gesichtslose und winkte ihm knapp. Ihre Stimme klang durch die Schatten rauschend verzerrt. »Ich zeige dir den Weg.«

Nun hätte Sami den Weg durchaus ganz gut allein gefunden. Zum einen war sein Orientierungssinn nicht der schlechteste, und zum anderen war es wirklich nicht so schwer, einer Wendeltreppe abwärts zu folgen. Aber er vermutete, dass Dante trotz allem sichergehen wollte, dass er das Schloss auch wirklich verließ. Was auch immer der Grund war, diese Sirene war ihm nicht besonders sympathisch, auch wenn er nicht den Finger darauf legen konnte, warum eigentlich. Vielleicht, weil sie so steif und schweigsam voranstolzierte und ihn kaum mit dem Hintern ansah.

In der Eingangshalle des Schlosses blieben sie stehen. Durch das große Glasportal konnte Sami den belebten Platz um die Zentralterminals sehen. Fast zu viel Leben nach der gedämpften, sicher abgeschirmten Ruhe in Dantes Zimmer.

»Bitte sehr«, sagte die Sirene. »Da geht's raus.«

Sami schnaufte. »Was du nicht sagst.«

Die Sirene reagierte nicht darauf. Sie wirkte ziemlich angespannt, dachte Sami, und irgendwie nervte ihn das.

»Du machst ja nicht gerade den Eindruck, als wolltest du mit mir Freundschaft schließen, wie es dein Prinz befohlen hat«, bemerkte er spöttisch.

»Er ist auch dein Prinz«, schoss sie zurück.

»Ist er nicht.«

»Noch nicht.«

Sami starrte sie an. Mehr denn je machte es ihn ganz kribbelig, nicht durch die Schatten sehen zu können. »Das ist immer noch meine Entscheidung.«

»Bilde dir bloß nicht zu viel ein«, murmelte sie, und sie klang ziemlich giftig dabei. »Nur weil er dich mag. Weiß der Teufel warum.«

Darauf wusste Sami nichts zu sagen. War sie etwa

eifersüchtig? In den Schatten hörte er sie einmal tief ein- und ausatmen.

»Na los«, sagte sie und streckte die Hand aus. »Geh schon.«

Sami wusste nicht, warum er tat, was er dann tat. Vielleicht war es die Puppe, die ihn zum Handeln drängte, weil ihm auf dieser Reise nur noch wenige Sekunden blieben. Vielleicht auch eine unbestimmte Ahnung, die ihn überfiel. Jedenfalls machte er einen raschen Schritt nach vorn und packte die noch immer ausgestreckte Hand der Sirene.

Als der Stromschlag ihrer ersten Berührung sie traf, zuckte sie zurück, und Sami glaubte Entsetzen auf den verschwommenen Zügen zu erkennen, sah, wie sie die freie Hand vor den Mund schlug, als wolle sie hastig noch irgendwie ihr Gesicht vor ihm verbergen.

Und da wusste er es.

Zu spät versuchte er seine eigene Hand zurückzuziehen. Die Blase umhüllte sie bereits, die Schatten flossen von ihren Gesichtern, im selben Augenblick, in dem das Licht der sterbenden Dämmerstunde erstarrte. Im Hintergrund hörte Sami den Fortschrittsbalken klingeln, als das Licht zersprang. Eins aber sah er noch deutlich.

Dante hatte sich keineswegs getäuscht.

Sami kannte die Sirene.

Es war Marla.

DER PRINZ

22

Ninja und Berserker

Nora schwang sich auf einen Felsvorsprung im oberen Teil der Höhle und rang keuchend nach Luft. Ein rascher Blick auf die Uhr sagte ihr, dass es bald an der Zeit war, vier weitere goldene Pillen zu nehmen. Ihre letzten. Sie war tief in Euphoria, viel tiefer, als sie es für sehr lange Zeit gewesen war. Aber sie hatte keine Wahl. Die Pillen wurden knapp. Vor allem die schwarzen. Und die gab es nur hier unten.

Unter ihr erklang ein heiseres Brüllen, das die Höhlenwände zum Erzittern brachte. Gorm holte zum Schlag gegen den Cyberwurm aus, der sich blitzend und zischend durch die Grotte wand, mit dem Schwanz schlug und den riesigen Berserker, der so winzig neben ihm wirkte, zu zerquetschen drohte. Gorm brüllte erneut, seine Augen glühten feurig rot auf und er wuchs auf das Doppelte seiner Größe an. Dann sprang er. Sein Sprung katapultierte ihn fast bis unter die Höhlendecke, er landete im Nacken des Monsters und schmetterte seinen gewaltigen Kriegshammer auf den breiten Schädel. Der Wurm kreischte auf und krümmte sich, Blitze zuckten über seinen wulstigen Körper, und er blinkte rot auf. Hastig warf Nora sich ihre verbliebenen Pillen in den Mund. Der finale Schlag. Es war so weit.

Durch die rot leuchtenden Schatten der Höhle tauschte sie einen Blick mit der sehnigen Gestalt, die ihr gegenüber auf einem weiteren Vorsprung kauerte, ein unverhältnismäßig langes japanisches Schwert in beiden Händen. Die Klinge war aus zuckend blauem Licht geformt, das sich auf den schwarz metallisch schimmernden Gliedern der Finger spiegelte, die es hielten. Yash, Cyber-Ninja. Sie und Gorm waren ein eingespieltes Team, und gemeinsam mit der Krähe waren sie nahezu unbesiegbar. Seit fast drei Stunden trieben sie sich hier im Dungeon auf Ebene Vier herum – der Ebene der Krieger-*Enigmen*. Und jetzt würde der Endgegner fallen.

Nora schloss die Augen. »Krähenschwarm«, flüsterte sie und spürte, wie ihr Schatten sich in Tausende geflügelter Gestalten auflöste, die über den Wurm herfielen wie eine düstere Wolke und ihn mit Klauen und Schnäbeln attackierten.

Yash stieß einen gellenden Kampfschrei aus und sprang. Das Schwert drang bis zum Heft in den Körper des Wurms. Das Monster quiekte, laut und schrill.

Der Todesschrei.

Dann war alles still.

Auf weit gespreizten Schattenschwingen glitt Nora zu Boden. Der Wurm löste sich in winzige Lichtpartikel auf. Zurück blieb nur eine Schatzkiste.

Krähe, Berserker und Ninja tauschten vielsagende Blicke.

»Gute Arbeit, Krähe«, sagte Yash, die Stimme ebenso rauchgrau wie ihr Euphoria-Overall. Hinter der Cyber-Maske aus dunkel getöntem Glas glühten schwarze Augen. Nora lächelte. Sie war eine der wenigen User Euphorias, die wussten, dass sich hinter dieser Maske eine Frau verbarg. Sie war sich nicht mal sicher, ob es außer Gorm sonst überhaupt noch jemand wusste. Yash war ihre Anonymität sehr wichtig.

»Hoffentlich hat er ordentlich was gedropped«, knurrte Gorm.

Nora nickte. »Nach euch.«

Sie teilten den Inhalt der Kiste schweigend auf. Gerecht, Gold für Gold, Schwarz für Schwarz. Die Ausbeute war nicht schlecht. Selbst nach ihrer Rückkehr würde sehr viel mehr übrig bleiben als das, mit dem sie eingestiegen waren.

»So«, sagte Yash schließlich, als auch ihr Schwert in düster glühende Partikel zerfiel und in ihrem Inventar verschwand, und schob endlich ihre Maske zurück, um tief durchzuatmen. »Und jetzt sag uns doch mal, warum du uns wirklich geantwortet hast. Nach so langer Zeit.«

Gorm verschränkte die Arme und nickte, während er Nora unter finster gesenkten Brauen anstarrte.

Nora atmete tief durch. Das fiel ihr wirklich nicht leicht. Seit Ekaterinas Verschwinden regelte sie ihre Angelegenheiten lieber allein – genau wie diese beiden. »Ich bin auf der Suche nach einem Jungen«, sagte sie. »Er ist weggelaufen, und ich brauche eure Hilfe, um ihn zu finden.«

Während ich versuche herauszufinden, was die Puppe kann.

Yash hob eine fein gezeichnete Braue. »Seit wann spielst du Babysitter?«

Ein weiterer, tiefer Atemzug. »Wir alle werden ihn schon bald brauchen. Er hat ein Puppen-*Enigma*. Die Porzellanpuppe mit dem Silberhaar. Kitty hat gesagt, dass er wichtig ist.«

Eine ganze Weile war es in der Höhle still. Ninja und Berserker wechselten einen langen, vielsagenden Blick. Kitty. Sie war immer das Herz ihrer Gruppe gewesen. Nur durch sie waren sie einander begegnet und hatten gemeinsam zu kämpfen gelernt. Seit sie fort war, war ihre Gemeinschaft bis auf die wenigen gemeinsamen Raids vollständig zerfallen. Aber die Erinnerung an sie war geblieben.

»In Ordnung«, sagte Yash schließlich. »Weil du es bist, Krähe. Wir halten die Augen offen, wenn du uns sagst, worauf wir achten sollen.«

Auch Gorm nickte mit grimmiger Miene. »Aber denk an uns, wenn die Zeit gekommen ist.«

Nora stieß erleichtert die Luft aus, die sie, ohne es zu merken, schon seit einiger Zeit angehalten hatte.

»Versprochen. Krähenehrenwort.«

23

Der Ruf der Sirene

Wie benommen starrte Sami auf das Handy in seiner Hand. Er stand an der Bushaltestelle, von der aus er Sergej angerufen hatte, nachdem er aus Noras Apartment davongelaufen war. Das Licht hatte sich beruhigt und der Boden schwankte nicht mehr. In der echten Welt regnete es noch immer und nicht weit von seinen Schuhspitzen entfernt dröhnten spritzend die Autos vorbei. Gleich würde der Bus kommen und ihn nach Hause bringen. Aber er fühlte sich noch immer halb in Euphoria gefangen und darüber hinaus, als wäre eine Kuh vom Himmel direkt auf seinen Kopf gefallen.

Marla.

Ihr überrumpeltes, geschocktes Gesicht, das zwischen den Schattenschleiern sichtbar wurde, hatte sich geradezu in Samis Netzhaut eingebrannt.

Marla ist die Sirene! Sie reist regelmäßig nach Euphoria und arbeitet für Dante!

Das war einfach nicht möglich. Zumindest wollte Sami sich nur zu gern zwingen, das zu denken. Aber seine Gedanken waren wie versteinert durch die Erkenntnis, wie logisch alles zusammenpasste, was ihm bisher ein Rätsel gewesen war: Marla, die beim Taekwondo auftauchte, kurz nachdem Sami zum ersten Mal nach Euphoria gereist war. Marla, die einen Typen wie Tatu innerhalb weniger Tage völlig um den Finger wickeln konnte. Und die … *eifersüchtig* war, weil Sami sich gut mit dem Prinzen verstand …?

Sein Handy vibrierte. Die Euphoria-App zeigte einen Anruf an. Melody. Marla. Am liebsten hätte Sami das Handy in diesem Moment weit von sich geschleudert, unter die Räder des Busses, der sich gerade näherte. Er wollte nicht mit ihr reden, *ganz bestimmt* wollte er nichts von dem wissen, was sie ihm zu sagen hatte.

Er stopfte das Handy so tief wie möglich in seinen Rucksack. Was jetzt? Was verdammt noch mal jetzt?

Nach Hause, dachte Sami und spürte plötzlich, wie völlig erledigt er war. *Ich will einfach nur nach Hause. Keine Krähen mehr, keine Prinzen und schon gar keine gottverdammten Sirenen.* Und tatsächlich schien das in diesem Moment das einzig Vernünftige zu sein. Also stieg er in den Bus und fuhr nach Hause.

Doch so ganz wurde daraus erst mal nichts, denn Marla wartete bereits an der Bushaltestelle auf ihn.

Sami sah sie zu spät; erst als die Türen des Busses sich schon hinter ihm schlossen, entdeckte er ihre schmale Gestalt unter einem großen Regenschirm ganz in der Nähe des Wartehäuschens.

Scheiße.

Sami drehte sich um und hämmerte an die Scheiben der Bustüren, damit der Fahrer ihn wieder einsteigen ließ und er weiterfahren konnte, auf die andere Seite des Parks vielleicht, von wo aus er sich irgendwie nach Hause schleichen konnte. Aber der Busfahrer scherte sich nicht um ihn, oder vielleicht bemerkte er ihn auch nicht. Er fuhr einfach wieder los. Für einen Moment lang blieb Sami einfach stehen und starrte Marla an. Dann drehte er sich um und ging durch den nassen Park schnurstracks in Richtung seines Elternhauses.

»Warte! Sami!«

Hinter ihm erklangen rasche Schritte auf hohen Absätzen, und Sami beschleunigte seinen Gang.

»Bleib stehen!«

Jetzt rannte sie. Aber die Blöße, wirklich vor ihr davonzulaufen, gab Sami sich nicht. Also drehte er sich um und starrte ihr entgegen. »Was willst du, *Melody*?« Er spuckte den Namen aus wie einen Klumpen Rotz, der ihm in der Kehle gesteckt hatte.

»Nur mit dir reden.« Marla klang jetzt ebenfalls ärgerlich.

»Es gibt nichts zu reden. Es sei denn, du willst mir bei der Gelegenheit erklären, wie ich eine versehentlich geschlossene Freundschaft wieder löse.«

Marla starrte ihn wortlos an.

Sami verengte die Augen. »Weiß Tatu eigentlich, dass du schon einen anderen Freund hast?«

Marla versteifte sich. »Das hat nichts mit Tatu zu tun!«

»Es hat *alles* mit Tatu zu tun«, schnappte Sami. »Meinst du, ich habe nicht gemerkt, wie es dir gegen den Strich geht, dass Dante und ich uns gut verstehen?«

Was irgendwie … untertrieben war, wenn man das Ziehen in Samis Innerem bedachte – dort wo die Puppe flüsterte –, das sich allein bei dem Gedanken an Dantes Namen bemerkbar machte. Wie schäbig er sich in diesem Moment fühlte, als würde er Tatu betrügen. Er! Aber das spielte in diesem Moment keine Rolle.

»Du bist eifersüchtig. Gib's zu.«

»Nein«, sagte Marla, leise, aber sehr deutlich. »Ich bin meinem Prinzen gegenüber loyal, aber ich mag Tatu. Ich mag ihn sehr. Dass wir uns gefunden haben, war ein wunderschöner Zufall. Du bist derjenige, den ich nicht ausstehen kann. Darum gebe ich ihn dir auch nicht zurück.«

Das machte Sami für einen Moment sprachlos. »Wovon redest du da?«

»Du hast mich schon verstanden. Tatu gehört jetzt zu mir. Hör auf, ihn dazu zu bringen, dir nachzulaufen.«

Sami spürte, wie es in ihm zu kochen begann. »Ach ja? Und was, glaubst du, wird er sagen, wenn ich ihm von dir und Dante erzähle?«

Marla zuckte mit den Schultern. Ihr Lächeln war entspannt. Viel zu entspannt. »Völlig egal«, sagte sie, und ihre Stimme klang plötzlich sehr weich. Sehr *lockend.*

»Sirenenmagie, weißt du.« Sie lachte leise. »Mein

Enigma. Da kannst du ihm meinetwegen erzählen, was du willst. Er wird dir sowieso nicht glauben. Wenn du Pech hast, wird er sogar wütend auf dich.« Sie sah ihn unter langen Wimpern hervor an. »Aber was ist mit dir, Sami? Du kannst auch gern mal zu mir kommen. So wie Tatu es gemacht hat. Danach verstehen wir uns sicher viel besser, was meinst du?«

Sami starrte sie mit offenem Mund an. Er hörte ihre Worte, aber noch viel mehr hörte er, was in ihrer Stimme schwang. Dieses Locken, Streicheln, Singen …

Sami blinzelte. »Nie im Leben.«

Marla sah ihn überrascht an. »Nicht? Aber …« Erkenntnis malte sich auf ihren Zügen. »Ach so«, flüsterte sie, als wäre ihr gerade alles klar geworden. »Du stehst gar nicht auf Mädchen. Oh. Was für ein großes Pech für dich, dass Tatu es tut. Na, mal sehen.« Sie lachte. Ein falsches, nur scheinbar unbekümmertes Lachen. »Vielleicht nehme ich ihn demnächst mal mit zu Dante.«

Das Brodeln in Samis Magen wurde stärker. »Lass. Tatu. Da. Raus!« Er betonte jedes Wort einzeln, um sicher zu gehen, dass Marla ihn auch wirklich verstand. Tatu und Euphoria, das durfte nicht sein. Tatu und Dante … erst recht nicht. Das war falsch. Einfach falsch.

Zuhause. Mein Zuhause hier draußen. Oh Gott, sie nimmt es mir weg. Woran soll ich mich dann noch festhalten?

Ein bedauerndes Lächeln spielte um Marlas Lippen. Ein Lächeln, das Sami das Blut in den Adern gefrieren ließ. Und schon bevor sie antwortete, wusste er, was sie sagen würde.

»Aber er ist doch schon längst drin.«

Sami stand da wie versteinert. »Du lügst!«

Marla schüttelte den Kopf. Das Lächeln war verschwunden. »Glaub es ruhig.«

»Wie?«, flüsterte Sami.

Ein triumphierender Funke blitzte in Marlas Augen auf. »Jetzt willst du also doch zuhören?«

In diesem Moment hätte Sami heulen können. Er war klatschnass, er fror bis ins Mark, und er hatte absolut keine Ahnung, was er tun sollte. Er wusste nur noch, dass er wütend war. Furchtbar wütend. Rot glühend wütend sogar, bis in die äußersten Fingerspitzen.

»JETZT SAG ES MIR EINFACH!«, brüllte er, und es war ihm in diesem Moment völlig egal, dass ihn jemand hören und alarmiert sein könnte, weil er ein zierliches Mädchen angriff. »Was hast du mit ihm gemacht?!«

Aber Marla schüttelte nur erneut den Kopf. »Nichts, Sami, jetzt beruhig dich mal. Nichts Schlimmeres, als ihn einzuladen. Dante hat mich darum gebeten, und ich habe ihm diesen Gefallen gern getan.« Sie zuckte die Schultern. »Dante hat dich in der Hand, Sami. Darum lass dir bloß nicht einfallen, zurück zu deiner Krähenfreundin zu laufen und dich gegen ihn zu stellen. Das ist es, was ich dir die ganze Zeit versuche zu sagen.«

Um Sami drehte sich alles. Er sehnte sich danach, aufzuwachen und festzustellen, dass alles nur ein Albtraum gewesen war. Aber das würde heute wohl genauso wenig passieren wie gestern oder vorgestern. Jetzt hätte er wirklich fast geheult, vor Hilflosigkeit und Wut und plötzlicher, völlig irrational heftiger Angst um Tatu, und weil er sich in diesem Moment einfach selbst so unglaublich verabscheute.

Marla musterte ihn mitleidig. »Überleg es dir gut«, sagte sie. »Denk immer daran: Ich würde es dir sehr übel nehmen, wenn Tatu deinetwegen etwas zustoßen würde. Du dir wohl auch, oder?«

Sami sagte nichts. Er konnte nicht, weil er immer noch genug damit zu tun hatte, nicht vor Marla loszuheulen wie ein Baby. Aber Marla schien das genug zu sein. Sie lächelte ihm ein letztes Mal zu – so überlegen und vielsagend, dass es Sami den Magen umdrehte. Dann drehte sie sich um und ging davon. Ließ ihn stehen, einfach so. Allein mit seiner Wut, den mühsam zurückgehaltenen Tränen und der schrecklichen Schuld, seinen besten Freund in Gefahr gebracht zu haben.

Eine ganze Weile noch blieb er stehen. Regen lief ihm über das Gesicht, aus den Haaren und in den Kragen, aber Sami wusste einfach nicht, wohin er jetzt gehen sollte. Nach Hause zu seiner Familie, die gerade vermutlich fröhlich ins Wochenende startete, um dort so zu tun, als wäre nichts? Zu Tatu, auf die Gefahr hin, dass Marla gerade ebenfalls dorthin unterwegs war? Es drängte ihn, herauszufinden, ob es Tatu wirklich gut ging, ihn nach Euphoria zu fragen und ihm endlich alles zu erzählen.

Aber wenn Marla ihn wirklich irgendwie mit ihrem *Enigma* verzaubert hatte? Sami stöhnte und raufte sich die Haare. Er konnte nicht denken. Und es half überhaupt nicht, dass völlig zusammenhanglos immer wieder Dante vor seinem inneren Auge auftauchte. Dante, der lächelte. Dante mit seinen absurd blauen Augen, der seine Hand nahm …

Dante, der Marla gebeten hatte, Tatu einzuladen, um Sami besser kontrollieren zu können.

Sami konnte nicht mehr stehen. Mitten auf dem Weg hockte er sich hin, schlang die Arme um die Knie und vergrub das Gesicht im nassen Stoff seiner Jacke.

Und dann fiel ihm ein, dass er in all der Aufregung sein Fahrrad bei Nora hatte liegen lassen.

Nora.

In all dem Chaos war der Gedanke an ihre schmale, düstere Gestalt plötzlich seltsam beruhigend. Er war nicht fair zu ihr gewesen, das war Sami jetzt klar. Vielleicht spielte sie nicht sauber. Aber tat das der Prinz? Sergej? Marla? Oder irgendwer?

Nein. Einer schlimmer als der andere. Gut möglich, dass Nora sogar das kleinste Übel von allen war. Er hätte wenigstens vernünftig mit ihr reden müssen. Vielleicht konnte sie ihm irgendetwas raten, damit er sich nicht mehr ganz so hilflos fühlte.

Zum dritten Mal an diesem Tag machte Sami sich auf den Weg in die Stadt. Zu Fuß diesmal, und mit einer Schwere in den Gliedern, die sich bei jedem einzelnen Schritt anfühlte, als hätte er Bleigewichte an den Füßen.

Doch als er endlich den Hinterhof und das Apartment mit der Nummer 42 erreichte, war niemand da. Die Tür stand offen, und nichts deutete darauf hin, dass in den letzten Wochen dort irgendjemand gelebt hätte.

Nora war fort.

Die Krähe war weitergezogen und Sami nun wirklich ganz allein.

24

Von Puppe zu Puppe

Es war schon ziemlich spät, als Sami endlich wieder unter seiner Bettdecke hervorkroch, weil es an der Tür zu seinem Zimmer klopfte. Es klopfte lange und ziemlich hartnäckig, und Sami war klar, dass das nur eine einzige Person aus diesem Haushalt sein konnte. Und dass es definitiv keinen Zweck hatte, so zu tun, als hätte er es nicht gehört. Also schlug er gereizt die Decke zurück. »Was willst du?«

Er hatte kaum ausgesprochen, da steckte seine Schwester Sila schon ihren wild gelockten Kopf durch die Tür.

»Hey, Kurzer. Es gibt Abendessen«, sagte sie und grinste dieses überlegene Große-Schwester-Grinsen, das Sami gerade so gar nicht gebrauchen konnte. »Mama schickt mich, um dir zu sagen, dass …«

Sie stockte, offenbar weil sie es jetzt endlich geschafft hatte, auch mal in Samis Gesicht zu sehen. »Ojemine, was ist denn mit dir los? Du siehst ja furchtbar aus. Hast du etwa Liebeskummer?«

Sami zog die Nase hoch. »Hau ab. Ich bin krank.« Und großschwesterliche Fürsorge konnte er jetzt tatsächlich noch weniger brauchen als ihr Grinsen. »Sag Mama, ich habe keinen Hunger.«

Sila musterte ihn mitleidig. »Mama meinte, ich soll dich trotzdem holen, auch wenn du so was sagst. Du musst was essen und deinen hübschen kleinen Hintern wenigstens einmal am Nachmittag aus dem Bett schwingen. Sonst wirst du nie gesund.«

Das war garantiert eine sehr freie Übersetzung dessen, was ihre Mutter wirklich gesagt hatte. Es regte Sami trotzdem auf. »Ich hab aber keine Lust auf Essen«, wiederholte er. »Oder darauf, am Tisch zu sitzen mit Leuten, die mich unbedingt quälen wollen.«

Sila seufzte übertrieben verständnisvoll. »Na schön, wie du meinst. Aber beschwer dich hinterher nicht, wenn du in deiner Miefbude verschimmelst.« Damit zog sie die Tür hinter sich ins Schloss und Sami die Decke wieder über den Kopf.

Es war dunkel darunter und warm, und wenn ihm irgendetwas einfallen würde, was er tun konnte, dann hoffentlich hier, denn er hatte definitiv keine Kraft mehr, so bald wieder in die Kälte und den Regen hinauszugehen.

Sami streckte einen Arm unter der Decke hervor und tastete auf dem Nachttisch nach seinem Handy. Aber er rief die Euphoria-App nicht auf, obwohl er es zumindest für einen Moment lang vorgehabt hatte. Und auch Tatu rief er nicht an, obwohl er in der letzten Stunde sicher mindestens zweimal pro Minute daran gedacht hatte. Die

Frage, ob Tatu wirklich schon nach Euphoria gereist war, was er dort tat und mit wem, machte Sami völlig fertig. Aber er konnte es nicht ändern. Er konnte nur warten, bis Tatu sich bei ihm meldete. Irgendwann würde er das garantiert, spätestens Montag in der Schule würden sie sich schließlich sehen.

Mit Nora war das schon schwieriger …

Allmählich wurde die Luft unter der Decke doch ein bisschen knapp. Sami schlug das Oberbett zurück und starrte an die Zimmerdecke. Aber auch da stand kein Ausweg aus der vertrackten Situation, in die er sich gebracht hatte.

Schließlich öffnete er doch die App und scrollte ziellos durch die Kategorien.

Im nächsten Moment traf es ihn wie ein Blitz.

Mit brennenden Augen starrte Sami auf seine Kontaktliste. Dante. Melody. Sergej. Und Rosalia. *Rosalia!*

Sami schlug sich die Hand vor den Kopf. Warum war er nicht eher darauf gekommen? Nora hatte es doch am Nachmittag erst vorgeschlagen: Er konnte für seine *TwilightPoints* ein Tutorial bei seiner *Guardian* kaufen! Sie konnte ihm sicher helfen, Kontakt mit Nora aufzunehmen, wie sie es schon zu Anfang getan hatte. Dafür würden die Punkte, die er durch die drei neuen »Freundschaften« gesammelt hatte, ja wohl reichen. Mit etwas zittrigen Fingern tippte Sami Rosalias Namen an und lauschte auf den Verbindungston. Es knackte leise, dann ertönte aus dem Lautsprecher die blecherne Stimme, die

Sami von seinem *PlugIn* kannte: »*Hallo, SAMI. Du hast ein Tutorial bei deiner Guardian angefordert. Sie wird dich bei deiner nächsten Reise nach Euphoria erwarten.*«

Wieder knackte es. Als Sami wieder auf das Display sah, blinkte Rosalias Name in einladendem Gold.

Sami atmete tief durch. Gut. Das war gut, oder zumindest halbwegs nah dran. Hastig setzte er sich auf und wühlte in seiner Nachttischschublade nach dem Pillendöschen.

Pass auf, dass du dir nicht das Hirn weich kochst, sagte Nora in seinem Kopf. *Warte besser bis morgen.*

Aber Sami wollte nicht warten. Er konnte nicht warten. Hier ging es um Tatu. Um ihn. Und vielleicht sogar noch um viel mehr. Er musste endlich wissen, was sein *Enigma*, die Puppe mit dem Silberhaar, für eine Bedeutung hatte, dass alle ihretwegen so am Rad drehten. Und genau das konnte Nora ihm sagen – wenn er es nur schaffte, sie aufzustöbern.

Er fand sich im Foyer des Palastes wieder, genau dort, wo er mit Marlas Gesicht vor Augen die letzte Reise beendet hatte. Die Sirene war nirgends zu sehen, was Sami unglaublich erleichterte, und auch Sergej ließ sich nicht blicken, was bei dem Vampir natürlich nichts heißen musste. Er hatte schließlich zugegeben, dass er Sami markiert hatte, und auch wenn Sami nicht genau wusste, was das bedeutete, war ihm klar, dass Sergej seitdem irgendeine Möglichkeit besaß, seine Schritte in Euphoria zu verfolgen. Zu reisen, wenn auch Sami reiste, und zu wissen, welche Spiele er gerade spielte. Er musste also wachsam bleiben.

Samis Schritte hallten von den Glaswänden wider, als er langsam auf den Ausgang zuging. Vor den Glastüren war der Platz um die Zentralterminals überfüllt wie immer. Sami seufzte. Dort draußen würde Rosalia vermutlich irgendwo sein. Sami warf einen letzten Blick über die Schulter auf die Treppe, die in den Turm hinaufführte. Ob Dante wusste, dass er da war? Ein warmes Kribbeln zog durch Samis Magen. Ob er wirklich auf ihn wartete, wie er es versprochen hatte? Sollte er …?

Sami schüttelte sich. Nein. Nicht jetzt. Jetzt musste er Nora finden. Damit er wusste, ob Tatu nun auch gerettet werden musste. Und dann würde er auch wissen, ob er Dante noch einmal besuchen konnte.

Zumindest nach Rosalia musste er an diesem Tag nicht lange suchen. Kaum hatte Sami einen Schritt auf den Platz hinaus gemacht, entdeckte er an der Wand eines Hochhauses ganz in der Nähe ein rundes Gesicht unter dunkelbraunen Stirnfransen, das ihm sehr bekannt vorkam. Mit aufmerksamem Blick beobachtete die *Guardian* den Platz.

Sami hob den Arm. »Hey! Rosalia!«

Rosalia drehte sich zu ihm um. Das altbekannt ausdruckslose Lächeln erschien auf ihrem Gesicht, und auch heute hatte Sami nicht im Geringsten das Gefühl, dass sie sich freute, ihn zu sehen. Aber das war von einem Robotermädchen wohl auch zu viel verlangt.

Aber war sie das eigentlich wirklich? Ein Robotermädchen? Noras Worte kamen ihm in den Sinn, und Sami fröstelte.

Das ist es, was die Guardians sind: User, die nicht mehr rauskommen, weil Dämmerland sie gefressen hat! Verstehst du mich, Sami?!

Konnte das wahr sein? War Rosalia in Wahrheit …?

»Hallo, SAMI«, sagte sie, als sie schließlich vor ihm stand. »Du hast dein *Enigma* erweckt und mich trotzdem gerufen. Was kann ich für dich tun?«

Sami räusperte sich. Später. Er konnte später über Rosalias wahre Natur nachdenken und Nora noch mal danach fragen. Hoffentlich.

Mit einem Mal war Sami doch ziemlich nervös. Wenn Rosalia ihn wirklich mit Nora verbinden konnte, musste er sich auf eine bestenfalls schwierige Konfrontation mit dem Krähenmädchen gefasst machen. Und nach all der Aufregung in den letzten Stunden war Sami sich gar nicht so sicher, ob er sich dazu überhaupt imstande fühlte. Aber zum Kneifen war es jetzt zu spät.

»Ich habe eine Frage«, sagte er deshalb. »Was kostet es, dir eine zu stellen?«

Das Lächeln wich nicht eine Sekunde von Rosalias Gesicht. »Du kannst so viele Fragen stellen, wie du willst, aber ich bin nicht verpflichtet, dir zu antworten, wenn sie mir nicht gefallen.«

Sami runzelte die Stirn. »Unverändert zickig, was?«, murmelte er mehr zu sich selbst. Aber Rosalia hatte es natürlich gehört.

»Das war eine Beleidigung«, erklärte sie freundlich. »Das habe ich verstanden. Ich bin mir nun sicher, dass mir deine Fragen nicht gefallen werden. Egal, welche du stellst.«

Sami biss sich auf die Lippe. Das fing ja gut an. Warum konnte er nicht ein einziges Mal im richtigen Moment die Klappe halten? »Das war nicht so gemeint«, beeilte er sich zu sagen. »Hör mal, ich muss dringend mit dem Krähenmädchen sprechen. Aber sie hat unsere Freundschaft gelöscht. Kannst du mir helfen, sie zu finden?«

Rosalia legte den Kopf schief, und Sami hätte schwören können, dass ihre pupillenlosen Augen ihn spöttisch musterten. *Hast es verkackt, wie?*, sagte der Blick. *Überrascht mich gar nicht.*

»Die Datenschutzbestimmungen in Euphoria sind sehr streng zugunsten der User«, sagte sie und klang ganz sicher ein bisschen schadenfroh dabei. »Eine direkte Verbindung ist daher nicht möglich. Ich werde eine Kontaktanfrage senden. Lass mich einen Blick auf dein Menü werfen.«

Immerhin. Das war besser als nichts, auch wenn Sami befürchtete, dass Nora die Nachricht möglicherweise eiskalt *übersehen* würde.

Der spöttische Blick verschwand aus Rosalias Gesicht, genau wie jeder andere Ausdruck, den Sami kurz zuvor noch hineinzuinterpretieren versucht hatte. Für etliche Sekunden erstarrten ihre Züge zu einer reglosen Maske, und hinter den silbergrauen Spiegeln ihrer Augen flimmerte es, als würde dort gerade etwas berechnet.

Und dann, ohne Vorwarnung, leuchteten Rosalias Iriden auf. Ein Balken aus grellem Licht glitt über Sami hinweg und tastete ihn von oben bis unten mit kribbelnden Fingern ab, wie er es bisher nur von den Terminals kannte.

Rosalia starrte ihn aus großen Augen an.

»Du bist eine Puppe«, sagte sie mit erstaunter Miene – und mit einem Mal klang ihre Stimme hell und unverstellt freundlich. »Hallo, lieber Bruder. Wie kann ich dir helfen?«

Sami blieb der Mund offen stehen. Was war denn jetzt wieder los? Doch noch während er das dachte, spürte er tief in sich plötzlich einen Widerhall, einen Gesang mit gewisperter Stimme, der in einer Sprache auf Rosalias Worte reagierte, die Sami fremd und vertraut in einem war. Ein Schauer lief über seinen Rücken. Die Puppe. Sein *Enigma*. Es regte sich.

Samis Kehle fühlte sich mit einem Mal sehr trocken an. »Ich muss mit dem Krähenmädchen sprechen«, wiederholte er heiser, für den Fall, dass Rosalia ihr vorangegangenes Gespräch über dem plötzlichen Stimmungsumschwung vielleicht vergessen hatte. »Aber ich kann sie nicht erreichen. Du wolltest mir dabei helfen.«

Ein Lächeln, das überhaupt nicht mehr roboterhaft

wirkte, erschien auf Rosalias Gesicht. »Du bist meine Rettung!«, flüsterte sie. »Bitte, nimm meine Hand!«

Etliche Sekunden lang starrte Sami auf ihre blassen Finger und konnte sich nicht dazu entschließen, sie in seine zu nehmen. Er hatte in den letzten Stunden einfach zu viele Hände geschüttelt, und jedes Mal war alles nur noch schlimmer geworden. Aber Rosalia hatte so sehnsüchtig geklungen. So verzweifelt. Ihre ausgestreckte Hand war wie ein lautloser Hilfeschrei. Tief in Sami flüsterte und drängte die Porzellanpuppe mit dem Silberhaar, und Sami spürte, er war einem großen und zugleich furchtbaren Geheimnis ganz nah – so nah, dass er zum allerersten Mal Worte in dem Wispern der Puppenstimme erkannte.

Ich kann sie retten! Nimm ihre Hand!

Retten?

Nora hat nicht gelogen! Sie können nicht mehr raus, weil Euphoria sie verschlungen hat. Aber ich kann sie befreien!

Er sollte … die Puppe konnte …?

Das ist meine Kraft. Deine. Also mach schon, Sami!

Samis Herz schlug jetzt so heftig, dass er es bis unter die Schädeldecke spürte. Noch immer zögernd streckte er den Arm aus, bis seine und Rosalias Fingerspitzen nur noch um Haaresbreite voneinander entfernt waren. Je näher sie einander kamen, desto stärker spürte Sami ein Kribbeln, als ob elektrische Ladungen zwischen ihnen hin und her sprangen, knisterten und Funken schlugen. Die Spannung wurde größer und größer – bis sie sich im

Augenblick ihrer Berührung mit einem Knall entlud. Im gleichen Moment explodierte ein Feuerwerk in Samis Kopf, ein grelles Gestöber unendlich vieler Farben in den bizarrsten Formen. Er hörte sich selbst aufstöhnen, und für einen Augenblick dachte er, er würde stürzen. Doch was wirklich geschah, war das genaue Gegenteil: Stocksteif blieb er stehen, unfähig, auch nur den kleinen Finger zu rühren, während der Taumel aus Farben und Eindrücken sich allmählich beruhigte und Sami sich wieder Rosalia gegenübersah.

Nur, dass es eine andere Rosalia war als noch Sekunden zuvor. Das Puppenhafte war aus ihren Zügen verschwunden, und in der Tiefe der silbergrauen Augen leuchteten goldene Funken wie die Pupillen, die ihr fehlten. Lebendig und warm.

»Ich kann sehen!«, flüsterte Rosalia, und ihr Lächeln bekam etwas Leichtes, das Lächeln eines Menschen, der endlose Tage in einen fensterlosen Bunker gesperrt gewesen war und nun wieder unter den freien Himmel hinaustrat. Zum ersten Mal, seit Sami sie kannte, sah sie ihm direkt in die Augen.

»Porzellanpuppe mit dem Silberhaar.« Sie lachte. »Ich danke dir.«

Sami konnte sie nur überwältigt anstarren, während Rosalias Erleichterung durch ihn hindurchzog wie ein lauer Sommerwind. »Ich versteh's nicht«, murmelte er. »Was hab ich denn gerade gemacht?«

Noch einmal lachte Rosalia, und diesmal schwang der

Spott darin mit, den Sami von ihr kannte – nur sehr viel freundlicher und voll ehrlicher Fröhlichkeit. »Aber weißt du denn gar nicht, was die Fähigkeiten deines *Enigmas* sind?«

Sami schüttelte den Kopf. »Ehrlich gesagt, nein.«

Rosalia drückte seine Hand noch fester. »Ganz einfach: Du, Porzellanpuppenjunge, besitzt die Fähigkeit *Puppenspiel.* Das heißt, du kannst mit uns *Guardians* sprechen, denn seit wir verschlungen wurden, sind wir auch Puppen, genau wie du. Deshalb kannst du hinter unsere Neuprogrammierung sehen und uns verstehen – und du kannst uns erlösen, indem du uns um einen Gefallen bittest und uns deine Hand reichst. Dafür werden wir alles tun, um dir zu helfen.«

Sami starrte sie ungläubig an. Das sollte er tun können? *Er?*

»Euch erlösen?«, wiederholte er. »Was … Wie …« Er brach ab, unfähig, seine Gedanken auf die Reihe zu bekommen.

Aber Rosalia schüttelte nur den Kopf. »Du wirst es sehen, sobald du meine Hand loslässt. Hab keine Angst. Und vor allem sei nicht traurig. Die Schlüsselmacherin hat das Puppen-*Enigma* erschaffen, um uns Hoffnung zu geben.« Sie lächelte. »Der Gefallen, um den du mich gebeten hast, ist erfüllt. Das Krähenmädchen wartet auf dich. Leb wohl, SAMI.«

Rosalia lockerte den Griff ihrer Finger. Aber so sehr Sami anfangs gezögert hatte, ihre Hand zu nehmen, so sehr fürchtete er sich jetzt davor, sie wieder loszulassen. Er wusste nicht mal genau warum, es war mehr eine sehr bestimmte Ahnung, dass dann etwas wirklich Schreckliches geschehen würde.

»Hoffnung worauf?« Er klammerte sich an Rosalias Finger. »Ich kapier's nicht, erklär's mir doch!«

Ein paar winzige Falten kräuselten Rosalias glatte Stirn. Und obwohl sie Sami doch eben noch gebeten hatte, nicht traurig zu sein, schimmerten ihre Augen jetzt selbst vor Tränen.

»Du wirst es sehen«, wiederholte sie nur. »Bitte, Sami. Lass mich los.«

In seinem ganzen Leben war Sami noch nie von jemandem angefleht worden. Er kam nicht dagegen an, er wusste – oder vielleicht wusste es auch nur die Puppe in ihm –, dass er sich Rosalias Wunsch nicht länger widersetzen durfte. Aber er hatte in seinem Leben noch nie einen härteren Kampf ausgetragen. Er wollte, wollte, *wollte* nicht die Finger öffnen und die Verbindung unterbrechen, die er zwischen seinem *Enigma* und Rosalia geknüpft hatte. Weil es furchtbar sein würde. Er spürte es.

Aber er musste.

Ganz langsam, Finger für Finger, löste Sami seinen Griff um Rosalias Hand.

Das Bild des Mädchens, das sich für die Dauer ihrer Verbindung wie eine transparente Maske über Rosalias Robotergesicht gelegt hatte, verblasste und zerfaserte. Leuchtende Fetzen aus Licht und Schatten malten bizarre

Muster auf ihre Züge, bis es zerstört und völlig entstellt wirkte. Selbst ihr Lächeln war nur noch eine verzerrte Erinnerung. Allein ihre Augen leuchteten sanft und traurig und hielten Samis Blick fest. Die silbernen Iriden schwammen in Tränen.

»Danke«, flüsterte Rosalia. »Ich danke dir so sehr. Jetzt kann ich endlich gehen.«

Ihre Stimme war so traurig und schnitt Sami so tief ins Herz, dass es sich anfühlte, als hätte sie ein Messer in seine Brust gestoßen. Sami keuchte und krümmte sich unter dem plötzlichen Schmerz.

»Warte!«, stieß er hervor. »Geh noch nicht, ich …« Er rang nach Luft. »Wer ist die Schlüsselmacherin? Warum hat sie die Puppe gemacht? Und wohin gehst du jetzt?«

Rosalia schüttelte nur den Kopf. »Meine Zeit in Euphoria ist vorüber. Es tut mir leid.« Sie lächelte ihr verzerrtes Lächeln. »Aber es gibt noch so viele *Guardians*. So viele Gefallen, die du erbitten kannst. Wir brauchen dich, Sami. Erlöse uns. Ich wünsche dir von Herzen Glück!«

Das Licht in ihren Augen leuchtete auf, so grell, dass Sami die Hände vors Gesicht riss. Rosalia verschwand in weißem Leuchten – und mit ihr die Verbindung zu Samis *Enigma*. Es fühlte sich an, als würde jemand ein Stück aus seinem Herzen herausreißen und eine winzige, frische Wunde dort hinterlassen, die bei jedem Atemzug brannte. Noch nie hatte er solche Schmerzen gehabt. Hilflos schluchzte Sami auf und kauerte sich zusammen, verbarg das Gesicht in den Armen und machte sich so klein, wie er konnte.

Das Licht verblasste. Das Rauschen in seinen Ohren verebbte. Nur der Schmerz blieb zurück, ein feines Stechen und Ziehen, so schwach, dass es kaum noch mehr als eine Einbildung zu sein schien. Und trotzdem so real. So unglaublich quälend.

Als Sami es endlich schaffte, den Kopf zu heben, stand Rosalia immer noch vor ihm. Doch ihre Augen waren geschlossen, ihre Glieder schlaff, und ihr Kopf war nach vorn gesunken, bis das Kinn auf ihrer Brust ruhte. Was auch immer Rosalia zu einer denkenden, sprechenden Puppe gemacht hatte – es war fort.

Sami fühlte sich, als könnte er nie wieder aufstehen. Verschwommen kam ihm in den Sinn, dass er noch immer auf dem Platz bei den Zentralterminals hockte und dass das Licht, mit dem Rosalia sich verabschiedet hatte, vermutlich grell genug gewesen war, um selbst Dante oben in seinem Turm zu blenden. Aber niemand, selbst nicht die vielen User, die sich kaum auf Armeslänge entfernt an ihnen vorbeidrängelten, schienen irgendetwas bemerkt zu haben. Niemand warf auch nur einen gesichtslosen Blick auf Sami oder wenigstens auf die plötzlich so reglose Rosalia. Niemand sah sie.

Niemand?

Nein. Das war nicht ganz richtig.

Eine blieb tatsächlich stehen, trat an Sami vorbei auf Rosalia zu und ging um sie herum, begutachtete sie von allen Seiten, ohne sie zu berühren. Das Gesicht der Person konnte Sami nicht erkennen, weil es wie das aller anderen hinter einem Schleier verborgen war, aber das musste er auch nicht. Er kannte diesen schiefergrauen Anzug mit der schwarzen 02 auf dem Arm. Und die Krähenflügel, die sich hinter ihr aufspannten wie schwarze Engelsschwingen.

Nora.

Sie war gekommen.

Rosalia hatte ihr Versprechen erfüllt.

Nun rappelte Sami sich doch mühsam auf, schwankte ein wenig, weil die Wunde in seinem Herzen ihm erneut einen ekelhaften Stich in die Brust versetzte. Aber er stand, und seine Knie machten keine Anstalten, unter ihm nachzugeben. Nora. Nie hätte Sami erwartet, über ihren Anblick so froh zu sein.

Nora gab derweil nicht zu erkennen, ob sie Sami bereits bemerkt oder erkannt hatte. Sami war sich ungefähr zweihundertprozentig sicher, dass sie das hatte, aber es wunderte ihn auch nicht besonders, dass sie ihm die kalte Schulter zeigte. Gerade ging sie in die Hocke und sammelte etwas auf, das am Boden neben Rosalias Füßen gelegen haben musste.

»Was ist das?«, wollte Sami fragen. Aber seine Stimme hatte sich nicht so schnell erholt wie seine Beine, und es kam nur ein tonloses Wispern heraus.

Nora hatte ihn trotzdem gehört. Ganz kurz glaubte Sami, durch die Schatten vor ihrem Gesicht ihren Blick zu spüren, ehe sie wieder auf ihre Handfläche sah.

»Ein *PlugIn*«, murmelte sie. »Das ist ja dann wohl eindeutig.«

Ein *PlugIn*? Sami horchte auf. Gepfiffen auf die Zweifel und die Unsicherheit, wie er sich Nora gegenüber verhalten sollte. Er konnte nicht riskieren, dass sie sich vielleicht entschied, ihn doch einfach zu ignorieren und zu verschwinden. Er konnte ja nicht noch zehn *Guardians* in Licht auflösen, ehe er sich überwand, sie noch mal anzusprechen. Es überraschte Sami, wie sehr der Gedanke schmerzte.

Ehrlich gesagt möchte ich das nie wieder tun.

Entschlossen machte er zwei wackelige Schritte auf Nora zu und stellte sich neben sie, um selbst einen Blick auf das kleine Knöpfchen zu werfen, das in ihrer Hand lag.

»Es ist ganz kalt«, sagte Nora. Sie hatte Sami das Gesicht zugewandt, und wieder fühlte er durch die Schatten ihren Blick. Ihre Worte klangen selbst durch das verzerrte Rauschen der Gesichtslosigkeit nachdenklich und, wenn Sami sich nicht täuschte, auch ein bisschen besorgt. Keine Wut. Kein Vorwurf. Zumindest nicht jetzt.

»Kalt?«, fragte Sami.

Nora nickte. »Erinnerst du dich? Als du dein *PlugIn* bekommen hast, war es warm und weich, wie ein kleines Tier.«

Und wie ich mich erinnere. Ein Schauer lief über Samis Rücken. Er hatte schon seit einer gefühlten Ewigkeit nicht mehr an das *PlugIn* gedacht, weil es sich nur noch so selten meldete, seit sein *Enigma* freigeschaltet war. Aber jetzt …

»Und nun fass das hier mal an.« Nora hielt ihm das *PlugIn* auf der flachen Hand entgegen.

Im ersten Moment sträubte sich alles in Sami dagegen. Er traute dem kleinen Ding einfach nicht, egal wie unschuldig es aussah.

»Keine Angst.« Er konnte Nora lächeln hören. Der Spott, der ihn immer so aufgeregt hatte. In diesem absonderlichen Moment war er irgendwie tröstlich. »Es ist tot.«

Sami atmete tief durch. »Okay.« Vorsichtig streckte er die Hand nach dem *PlugIn* aus.

Doch er sollte es nie berühren. Als seine Fingerspitzen sich dem *PlugIn* schon bis auf wenige Millimeter genähert hatten, gab es plötzlich einen Knall – und das *PlugIn* löste sich in ein schwarzes Rauchwölkchen auf.

Nora zischte überrascht und riss ihre Hand zurück, um glühende Asche von ihrer Haut zu pusten. Dabei fluchte sie so derb, wie Sami es selbst von ihr noch nie gehört hatte, und er musste lachen, ob er wollte oder nicht. Nora warf ihm einen wenig amüsierten Blick zu, den Sami sah, auch ohne ihr Gesicht zu erkennen.

Er atmete einmal tief durch und schluckte das Glucksen herunter, das immer wieder seine Kehle hinaufsteigen wollte. Es war ja wirklich nicht lustig. Sein Körper wusste einfach nicht, wie er anders auf den Schreck reagieren sollte. »Was war das denn?«

»Selbstzerstörung vermutlich. So eine Scheiße«, knurrte

Nora und bewegte ihre Finger, als wolle sie testen, ob die Hand noch ordnungsgemäß funktionierte. »Na, jedenfalls können wir davon ausgehen, dass diese *Guardian* sich endgültig verabschiedet hat.«

Ihre Worte brachten Sami sofort zurück auf den Boden der Tatsachen. Er sah zu Rosalia hinüber, die noch immer reglos und mit hängenden Gliedern an ihrem Platz stand.

Nora hat recht. Sie wird sich nie wieder rühren.

Der Gedanke ließ Samis Kehle unvermittelt eng werden, und die winzige Wunde in seinem Herzen begann zu brennen und zu ziepen. Das hatte er getan, er und seine Porzellanpuppe, daran gab es keinen Zweifel. Hatte Rosalia das wirklich gewollt? War sie jetzt glücklich, irgendwo, irgendwie? *Erlöst?* Was um alles in der Welt war mit ihr passiert?

Bitte. Lass sie nicht tot sein.

Eine Hand legte sich auf seine Schulter. Unerwartet schwer und seltsam tröstlich.

»Mach dir keine Vorwürfe«, sagte Nora. »Das hat niemand ahnen können. Am allerwenigsten du.«

Sami biss sich auf die Unterlippe. Natürlich hatte Nora auch damit recht, und vermutlich ebenso – oder vor allem – mit dem, was sie nicht aussprach: dass er es auf Dauer nicht hätte verhindern können. Dass es geschehen wäre, früher oder später, ob mit Rosalia oder mit einem anderen *Guardian*. Dies war Samis Bestimmung. Sein *Enigma*.

Er drehte sich zu Nora um und öffnete den Mund, um etwas zu sagen.

Aber sie ließ ihn nicht. Sie nahm ihn einfach in den Arm und hielt ihn fest. Wortlos, als hätte es den Streit zwischen ihnen niemals gegeben. Als wüsste sie genau, dass er jetzt Halt brauchte. Es fühlte sich etwas steif und unbeholfen an, wie Nora erst ihre Arme um ihn legte und dann auch noch ihre Schattenflügel, als sei sie freundliche Gesten wie diese nicht gewöhnt. Doch ihre Umarmung schirmte Sami zumindest für eine Weile von dem Anblick dessen ab, was er angerichtet hatte. Er lehnte das Gesicht an Noras Schulter, roch den kühlen Geruch von Regen und Wind, der ihr anhaftete, und ließ sich von dem Gefühl einer warmen Hand trösten, die über seinen Hinterkopf und seinen Rücken strich und sich in silbernem Puppenhaar verfing.

Irgendwann hörte er Nora leise seufzen. Dann wich die Welt ein Stück von ihnen zurück. Ein kalter Finger legte sich auf Samis Stirn, und er spürte das Band, das sich sanft zwischen ihnen knüpfte. Sie waren wieder Freunde. Und Sami wusste, wenn er jetzt den Kopf hob, würde er Noras Gesicht sehen können.

»Ich frage mich wirklich«, sagte Nora irgendwann leise, »was mit dem Mädchen auf der anderen Seite geschehen ist.«

Sami trat einen Schritt zurück und musterte sie, verwirrt und hoffnungsvoll zugleich. »Was meinst du damit?«

Nora seufzte und warf einen Blick zum Himmel, der

immer noch dämmergolden leuchtete. Der blaue Schnee der Zentralterminals fiel glitzernd auf ihre Wangen. »Vielleicht hat sie es geschafft«, murmelte sie, und eine seltsame Spannung schwang in ihren Worten mit. »Vielleicht hast du sie wirklich rausgeholt. Zumindest ist es das, was ich hoffe.«

Sami runzelte die Stirn. »Langsam wär's wohl mal Zeit für ein paar ehrliche Antworten. Meinst du nicht?«

Nora antwortete nicht gleich. Ihr Blick war undeutbar, wie so oft, aber es lag eine Unruhe darin, die Sami noch nie an ihr gesehen hatte. Schließlich nickte sie und warf einen Blick auf ihre pinke Armbanduhr.

»Wir haben nicht mehr viel Zeit«, sagte sie und musterte Sami prüfend. »Wenn du Antworten willst, werden wir allerdings noch eine Weile hierbleiben müssen. Willst du?«

Sami erwiderte ihren Blick, ohne zu blinzeln. »Und ob.«

In diesem Moment gellte der Schrei der Krähe über den Platz, und sie segelte herab, um mit Noras Schatten zu verschmelzen. Fast gleichzeitig spürte Sami das Wispern der Puppe in seinem Inneren, das ihn vor dem Ende der Pillenwirkung warnte. Hastig ließ Sami zwei goldene Pillen aus dem Inventar in seine Hand wandern.

»Dann sehen wir uns gleich«, sagte Nora, und auch in ihrer Hand leuchtete es golden auf. »Komm zum Schrottplatz. Ich warte dort auf dich.«

25

Ekaterinas größtes Geheimnis

Nora wusste nicht, ob es eine gute Idee war, Sami mit auf den Schrottplatz zu nehmen. Auch ohne ihn war es halsbrecherisch genug, außerhalb der Sperrstunden das Versteck zu öffnen. Es war eine wilde, eine verzweifelte Hoffnung, die sie trieb, und wenn sie Pech hatte, war es schon zu spät. Vielleicht war alles umsonst gewesen. Aber sie musste es versuchen. Und sie musste Sami beweisen, dass er mit ihr auf der richtigen Seite spielte. Etwas Besseres wollte ihr dafür nicht einfallen. Wie erleichtert sie gewesen war, als Rosalia sie zu ihm nach Euphoria geholt hatte, hatte sie selbst verblüfft. Und die Erkenntnis, was Samis *Enigma* tun konnte, noch viel mehr. Plötzlich erschienen ihr Ekaterinas letzte Worte in einem ganz anderen Licht. Möglicherweise war die Puppe gar nicht notwendig, um Euphoria zu zerstören. Oder zumindest nicht nur, da war Nora sich nicht sicher. Aber was viel wichtiger war: Nora konnte die Fähigkeit des Puppen-*Enigmas* nutzen, um ein letztes Mal mit Ekaterina zu sprechen. Zu erfahren, was sie gefunden hatte, in den Tiefen der Server, die Euphorias Herz und Hirn bildeten.

Und vor allem … um sie noch einmal zu sehen. Nur ein einziges Mal. Bevor sie erlöst wurde, was immer das bedeutete. Es konnte nicht schlimmer sein als das, was sie schon war. Der Gedanke drückte Nora den Atem aus der Brust und trieb ihr Tränen in die Augen.

Als sie die rostige Falltür aufstemmte und vor Sami hinab in den finsteren Tunnel kletterte, trieb ihr der vertraute Geruch nach Moder und feuchter Erde entgegen, nach altem Staub, Rost und Kühle.

Sami hatte nicht gefragt, wohin sie gingen. Der Puppenjunge war in sich gekehrt und still, auf eine ganz andere Art als sonst, als würde er permanent in sich hineinlauschen. Manchmal verzog er schmerzhaft das Gesicht. Er tat Nora leid, sogar über ihren eigenen Kummer hinweg war dieses Gefühl sehr gegenwärtig. Aber auch sie fragte nicht.

Als sie die Leiter gerade zur Hälfte hinuntergestiegen waren, hielt Sami plötzlich inne.

»Ist da unten jemand?«

Nora warf einen überraschten Blick zu ihm hinauf. Im Halbdunkel konnte sie seine Augen nicht gut erkennen. »Wie kommst du darauf?«

Sami schien einen Moment zu lauschen. »Ich höre jemanden atmen.«

Noras Herz setzte einen Schlag aus.

Atmen?

Sie hielt ihren eigenen Atem an und lauschte ebenfalls angespannt. Aber außer ihrem eigenen wild pochenden Herzen hörte sie nichts. Wie immer.

Kitty ...?

»Nora?«, fragte Sami, und nun war wieder ein wenig der altbekannten Ungeduld in seiner Stimme zu hören. »Ist da unten jemand?«

Nora antwortete nicht. Sie fühlte ihre Beine zittern, als sie die letzten Sprossen hinunterkletterte und mit fliegenden Fingern nach der Öllampe tastete. Der flackernde gelbe Schein erhellte die kleine Erdkammer.

Und dort lag sie. So still und leblos wie immer.

Nora starrte Sami an, der wie versteinert im Eingang stehen geblieben war, das Gesicht so blass und reglos, als sei er wirklich eine Porzellanpuppe.

»Wer ist das?«, flüsterte er endlich. Aber Nora sah in seinem Blick, dass er es schon ahnte.

»Kitty«, sagte sie ebenso leise. »Oder in Wahrheit: Ekaterina. Meine beste Freundin.«

Etliche Sekunden blieb Sami stehen, wo er war. Still und ohne sich zu rühren. Dann sah er Nora wieder an.

»Warum hast du mich hergebracht?«

Nora hob die Schultern und ging neben dem Lager aus alten Decken auf die Knie. »Das war ihr letzter Wunsch. Ich sollte sie finden. Und eine Puppe. Genau das hat sie gesagt, bevor sie ...« Sie brach ab. Unmöglich, es auszusprechen. Eine der Tränen löste sich von ihren Wimpern, als sie eine Hand an Ekaterinas Wange legte, und tropfte auf die silbrig helle Haut. So glatt. So kalt. »Also hab ich es getan. Weil ich immer an sie geglaubt habe.«

Langsam trat Sami näher und kniete sich an Ekaterinas

andere Seite. »Und jetzt willst du, dass ich …« Er sprach den Satz nicht zu Ende. Aber Nora hörte die Qual darin.

»Es muss vielleicht nicht jetzt gleich sein«, sagte sie.

Ich will mich auch noch nicht verabschieden müssen.

Sami starrte auf Ekaterina hinunter. Lange. Sehr lange. Dann schüttelte er langsam den Kopf. »Macht keinen Unterschied«, sagte er leise. »Wenn du dir sicher bist, dass ich das tun soll. Aber du …« Er hob den Blick, und in seinen Augen sah Nora unbeugsame Entschlossenheit. Er würde sich nicht mit Ausflüchten abspeisen lassen. Diesmal nicht. »Du musst mir erklären, warum du Euphoria so sehr hasst, dass du denkst, du müsstest es um jeden Preis zerstören.« Er atmete einmal tief durch. »Klar ist Euphoria gefährlich, das hab ich schon verstanden, aber das ist die echte Welt da draußen auch, und trotzdem willst du sie nicht gleich sprengen oder so was. Warum denkst du, dass es bei Euphoria keinen anderen Weg gibt? Wo du doch nicht mal weißt, was in dem Fall mit den Usern passiert, die zu dem Zeitpunkt gerade hier drin sind, oder?« Sein Blick zuckte kurz zu Ekaterinas reglosem Gesicht. »Es geht dir nicht nur um die *Guardians*, richtig? Oder um Kitty hier. Du hast Euphoria schon zerstören wollen, bevor das mit ihr passiert ist. Sergej hat es gesagt. Also was hat es dir getan?«

»Sergej … Das hat er gesagt?« Nora konnte nicht verhindern, dass sich ein bitteres Lächeln auf ihrem Gesicht ausbreitete. »Das sieht ihm ähnlich.« Sie schloss die Augen und schüttelte den Kopf. »Nein, du hast recht. Es geht mir nicht um irgendwelche User, die Euphoria einfach auffrisst, wenn es ihm passt. Zumindest nicht nur, auch wenn das schlimm ist, keine Frage. Es geht nicht mal wirklich um mich oder Kitty und Sergej. Die Wahrheit ist, ich versuche … meinen Bruder zu retten.«

Sami runzelte die Stirn. »Deinen Bruder?«

»Ja.« Noras Stimme war nur noch ein heiseres Flüstern. Wie von selbst materialisierte sich das Pillendöschen in ihrer Hand, und Nora ließ den Deckel aufschnappen und hielt Sami das Döschen hin, sodass er das Foto, das Lächeln im Deckel sehen konnte. »Du kennst ihn bestimmt.«

Mit eigenartig bitterer Genugtuung sah sie zu, wie Samis Gesichtszüge entgleisten.

Oh ja. Natürlich kannte er ihn.

Weil Noras Bruder der Prinz von Euphoria war.

26

Aus und vorbei

Zwei Jahre zuvor.

Nora steht vor der Glastür im höchsten Turm des Palastes und wartet darauf, dass sie sich öffnet. Ihr ganzer Körper scheint unter dem dröhnenden Schlag ihres Herzens zu vibrieren. So weit ist sie gekommen. So viel hat sie geopfert und gekämpft, um Mika endlich zu finden. Vier lange Jahre hat sie auf die Chance gewartet, ihm endlich zu begegnen, eine Audienz zu erhalten in diesem riesigen, wunderschönen, unbezwinglichen Glaspalast. Beim Prinzen, der ihr Bruder ist.

Und hier ist sie nun. Dafür hat sie fast all ihre Pillen verspielt, in einer geradezu halsbrecherischen Mission, für die sie selbst nach all der Zeit in Euphoria eigentlich noch nicht weit genug ist. Knapp ist es ausgegangen. Sehr knapp. Wären ihre Freunde nicht gewesen …

In diesem Moment gleitet die Tür mit leisem Zischen zur Seite und Nora ringt unwillkürlich nach Luft.

»Nur nicht so schüchtern. Komm rein, Krähenmädchen.«

Vier Jahre. Vier Jahre hat sie diese Stimme nicht gehört. Ihn nicht gesehen, nicht wirklich, nur diese andere Version von ihm in den Werbeeinspielern. Und die dort draußen natürlich. Die mit den Schläuchen und dem Beatmungsgerät im Krankenhausbett, die nicht mal mehr wie Mika aussieht.

Aber jetzt ist er da, er steht dort und lächelt und wartet auf sie, bis sie über die Schwelle tritt und …

… sein Lächeln erstarrt.

Nora?

Sie sieht seinen Mund ihren Namen formen, doch es kommt kein Ton heraus. Dann rennt sie schon auf ihn zu, stürzt sich in seine Arme, und es ist ihr egal, dass sie nach vier Jahren Euphoria zu alt und zu düster für solche kindlichen Gefühlsausbrüche ist. Auch ihn scheint das nicht zu kümmern, denn im nächsten Moment spürt sie, wie er sie an sich drückt, als wolle er sie nie mehr loslassen.

»Was machst du hier?«, hört sie ihn immer wieder flüstern. »Was machst du bloß hier?«

Nora kann nicht antworten. Sie will ihn nur weitersprechen hören, sich noch einmal und noch einmal versichern, dass er wirklich da ist, dass sie es wirklich geschafft hat, nach all den verzweifelten Jahren, nach all der verlorenen Zeit.

Bis er sich in ihrer Umarmung versteift.

»Wieso machst du alles kaputt?«

Nora zuckt zurück. Von einem Augenblick zum nächsten ist Mikas Stimme eisig geworden, hart und fremd und zugleich voll bitterer Enttäuschung. Mit einer seltsam abgehackten Bewegung lässt er sie los und wendet sich ab, und Nora kann nur etliche weitere Sekunden stumm dastehen und seinen Rücken anstarren, eine schmale Silhouette vor dem leuchtenden Panorama, die von nichts als bebendem Zorn spricht.

»Mika«, bringt sie endlich hervor. »Was …«

Sie sieht, wie seine Hände sich zu Fäusten ballen, und dann fährt er herum und sie sieht die ganze schreckliche Wut ungefiltert auf seinem Gesicht.

»Du – ausgerechnet du bist die Krähe!« Er spuckt ihr die Worte geradezu vor die Füße. »Du bist diejenige, die meine Guardians *stiehlt, die ganze Areale in Trümmer legt und die wertvollsten Quests sprengt. Denkst du, ich weiß das nicht? Denkst du, ich sehe nicht, dass du mein Land zerstörst? Wieso, Nora? Wieso?!«*

Nora starrt ihn an. Fassungslos. Überwältigt. Ihre Fingerspitzen zittern, und sie spürt, wie das Mädchen, das sich so sehr nach ihrem Bruder gesehnt hat, sie mit jeder Sekunde mehr verlässt. Wie es Platz macht für die Nora, die in den letzten Jahren ebenfalls wütend, bitter und verzweifelt geworden ist. Die Euphoria abgrundtief zu hassen gelernt hat – und den Prinzen, der oben im Turm sitzt und nichts gegen die Grausamkeiten tut, die direkt vor seinen Augen geschehen. Bis zuletzt hat sie gehofft, dass auch er nur benutzt wird. Dass er ein Gefangener ist, genau wie sie alle. Erst jetzt, wo kein Irrtum mehr möglich ist, wo sie endgültig begreifen muss, dass das nicht stimmt, dass er nach wie vor freiwillig hier ist und das alles nicht nur billigt, sondern vielleicht sogar für richtig hält, wird Nora klar, dass ihre Verachtung für den Prinzen nicht ein bisschen geringer geworden ist.

»Weil dieses Land ein Monster ist«, sagt sie hart. »Es hat nichts anderes verdient, als zerstört zu werden.«

Nun ist er es, der fassungslos ist. Sein Gesicht verzieht sich, als hätte er schlimme Schmerzen. Sind das Tränen in seinen Augen?

»Weißt du, wofür diese Mission gedacht war, die du gerade bestanden hast?«, fragt er mit heiserer Stimme. »Sie war dazu gedacht, dem Krähenmädchen eine Falle zu stellen. Sie herzulocken und für das zu bestrafen, was sie getan hat, weil sie die Menschen in meinem Reich in Lebensgefahr bringt.« Er lacht leise, aber es klingt nicht fröhlich. »Wer hätte gedacht, dass mein kleiner Vogel so hart werden könnte?«

»Lebensgefahr«, wiederholt Nora. Es ist mehr ein verächtliches Schnauben. »Da draußen werden User gefressen und du tust nichts dagegen! Das *ist Lebensgefahr.« Sie lässt seinen Blick nicht los. »Mika, ich bin nicht hier, um gegen dich zu kämpfen. Das alles ist furchtbar falsch! Euphoria ist kein guter Ort. Es ist völlig außer Kontrolle! Meine Freunde und ich suchen einen Weg, unsere Accounts zu löschen. Komm mit uns. Wir könnten Euphoria verlassen, für immer. Wir …«*

»Nein. Niemals«, fährt er ihr grob über den Mund. »Wie kommst du darauf, ich könnte das wollen? Ich bin glücklich hier – glücklicher, als ich es draußen je sein könnte. Weil ich Euphoria gemeistert habe, für mich und alle, die mir folgen. Ich schütze mein Volk, Nora! Solange ich hier bin, wird niemandem etwas geschehen, der mir Gefolgschaft schwört.«

»Und was ist mit den anderen?« Nora ballt die Fäuste. »Was ist mit denen, die nichts von deinem Plan wissen? Mit

denen, die ungebunden bleiben wollen? Oder mit denen, für die es schon zu spät ist? Was ist mit den Familien draußen, die jeden Tag leiden, weil ein geliebter Mensch einfach nie wieder aufwacht? So wie Jackos Eltern? Wie unsere? So wie … verdammt, so wie ich?«

»Was schert es mich, was draußen geschieht?!« Jetzt schreit er beinahe, obwohl er eigentlich gar nicht die Stimme hebt. Sein Blick lodert vor Zorn. »Ich lebe hier mein Leben und ich lebe es gut. Dafür wurde Euphoria gemacht: damit diejenigen hier glücklich sein können, denen es draußen schlecht geht. Es ist nicht mein Fehler, dass dir weder das eine noch das andere gelingt.«

Etwas in Nora bricht. Es kann nicht sein. Es kann hier nicht zu Ende sein, nicht nach allem, was sie durchlitten und auf sich genommen hat. »Das glaubst du doch selbst nicht. Mika, bitte …«

»Mika gibt es nicht mehr. Mein Name ist Dante.«

»Mika!« Sie macht einen hilflosen Schritt auf ihn zu, ihre Krähenschwingen spreizen sich weit. »Das kannst du nicht machen! Wir … wir vermissen dich da draußen. Wir brauchen dich. Ich brauche dich.«

Mika ist jetzt ganz ruhig, unheimlich ruhig geradezu. Aus seinen oh so blauen Augen sieht er sie an, die Miene völlig reglos. »Interessiert mich nicht«, sagt er endlich, und Nora spürt wie eine Gänsehaut am ganzen Körper die Gewissheit: Er meint es ernst. Fast beiläufig schnipst er mit den Fingern und hinter Nora geht die Tür auf.

»Du bist kein Kind mehr«, sagt er, und jetzt ist er wirk-

lich nicht mehr Mika, sondern ein Fremder. Ein Mensch, dem Nora in ihrem Leben noch nie begegnet ist. Mika hätte sie niemals so angesehen. »Du musst selbst Verantwortung übernehmen für das, was du tust. Ich lasse dich jetzt laufen, der Vergangenheit wegen. Aber wenn du noch einmal in meinen Palast eindringst oder ich sehe, dass du weiter mein Land zerstörst … werde ich dir die Flügel ausreißen.«

Seine Worte lähmen Nora vom Kopf bis zu den Zehen. Sie kann nichts sagen, nicht einmal mehr denken.

»Geh«, sagt der Prinz kalt, und nun drängt seine Stimme sie mit der Macht seines Enigmas *zurück, lässt sie rückwärts stolpern, ohne dass sie etwas dagegen tun kann. »Geh und komm nie wieder.«*

Und noch während die Glastür zwischen ihnen sich wieder schließt, tritt Noras Fuß hinter ihr ins Leere und sie stürzt. Rücklings die Treppe in den Turm hinab.

27

Die Letzte Mission

»Seitdem sind wir Feinde, sozusagen.« Noras Stimme klang brüchig. Ihr Gesicht im flackernden Schein der Öllampe war voller harter Schatten. »Denn natürlich habe ich nicht aufgehört. Ich kann und werde nicht zulassen, dass er weiter ahnungslose User hinter sich herlaufen lässt und sie glauben macht, Euphoria wäre das gelobte Land für sie – nur damit ihr gelobtes Land sie irgendwann einfach auffrisst, weil sie nicht rechtzeitig sehen, worauf sie sich einlassen. Denn wenn ich eins begriffen habe in all der Zeit hier drin, dann …« Sie schüttelte den Kopf und starrte auf Ekaterinas reglose Gestalt hinunter. »Dieses Monstrum wird immer hungriger. Irgendwann wird es auch vor ihm nicht mehr haltmachen, Prinz oder nicht. Selbst wenn er noch so vielen seiner Untertanen ihre Pillen wegnimmt, um seine Zeit hier zu verlängern. Denn so grausam ist er. Auch wenn ich es nie wahrhaben wollte. Deshalb werde ich Euphoria zerstören, was auch immer ich dafür tun muss.« Ihre Stimme erstarb.

Sami starrte sie durch die Schatten hindurch an. »Auch wenn es bedeutet, dass du wie er sein und mir Euphoria als tolle Sache verkaufen musst, obwohl ich nicht wusste, worauf ich mich einlasse.« Seltsamerweise fühlte er bei der Erkenntnis gar nichts. Oder vielleicht fühlte er auch zu viel und konnte deshalb kein Gefühl mehr vom anderen unterscheiden.

Ein bitteres Lachen rüttelte an Noras schmaler Gestalt und sie sah zur Seite. »Ja«, flüsterte sie. »Nur das eine Mal. Es tut mir leid.«

Sami sagte nichts mehr. Was sollte er auch sagen? Ändern ließ es sich nicht mehr, und es fiel ihm schwer genug, die Geschichte zu verarbeiten, die Nora ihm gerade erzählt hatte. Von ihrem Bruder, der seinem besten Freund und Idol so unbedingt nach Euphoria folgen wollte, dass er viel zu viele Pillen auf einmal schluckte. Davon, wie sie ihm selbst nachgejagt war und wie ihr Wiedersehen so katastrophal geendet hatte. Dass sie und Dante verwandt sein sollten, war für Sami ähnlich unvorstellbar, als hätte ihm jemand eröffnet, Christinas lang verschollener Zwilling zu sein. Es fiel ihm allerdings nicht besonders schwer, sich vorzustellen, wie Dante freiwillig die Überdosis Pillen geschluckt hatte. Diese Leidenschaft, diese Sehnsucht nach Euphoria, *immer mehr* Euphoria, es zu spüren und mit ihm eins zu werden, das passte so gut zu ihm, dass es fast erschreckend war, obwohl Sami ihm doch erst ein einziges Mal begegnet war. Was ihn aber noch mehr erschreckte, war die Tatsache, dass er es irgendwo ganz tief drin ebenfalls spürte. Dieses Verlangen. Eins mit dem goldenen Licht zu sein, und mit dem

Puppen-*Enigma*, das unter seiner Haut flüsterte. Sami schauderte unwillkürlich.

Als er erneut Noras Blick begegnete, wusste er, dass sie ihn ebenfalls verstand. Nur dass ihre Angst und Abscheu gegenüber Euphoria sehr viel stärker waren. Sami spürte auch das so intensiv, dass die Gefühle förmlich auf seiner Haut kribbelten. Wahrscheinlich würde er sich nie an diese übermäßig heftigen körperlichen Reaktionen auf die Gefühle anderer gewöhnen, die er spürte, seit er die Puppe erweckt hatte.

Aber wenn es nach Nora ging, würde er das ja auch nicht müssen. Und Sami war sich in diesem Moment tatsächlich recht sicher, wer von den beiden Geschwistern in dieser Sache die vernünftigere Position vertrat. Dante war es jedenfalls nicht.

Dante, der gerade in diesem Moment vielleicht bereits Tatu in seiner Gewalt hatte. Der Gedanke fuhr wie ein Blitz durch Sami hindurch. Seine Brust wurde eng und er hatte das Gefühl, keine Luft zu bekommen.

So grausam ist er. Auch wenn ich das nie wahrhaben wollte.

Sami schüttelte sich. Tatu! Wie hatte er den vergessen können! Er musste etwas tun, und zwar schnell. »Also, du meinst … Wenn ich deine Freundin aufwecken kann, kann sie uns verraten, wie wir alle hier rauskommen und Euphoria loswerden?«

Was das einzig Richtige ist. Ob ich es will oder nicht.

Noras Blick verdunkelte sich. Sie zuckte die Schultern.

»Ich hoffe es zumindest«, murmelte sie. Dann räusperte sie sich und warf einen schnellen Blick auf die reglose Statistin zwischen ihnen. »Sie hatte sich in die Server gehackt. Ich weiß, dass sie dort *irgendetwas* gefunden hat, und zwar etwas so Gefährliches, dass Euphoria sie dafür assimiliert hat, obwohl sie mit mehr als genug Pillen auf die Reise gegangen ist. Sie war sehr deutlich darin, dass sie es für unglaublich wichtig hält, dass wir … dass ich davon erfahre. Sie hat ihre letzte Kraft dazu benutzt, um nah genug an die Oberfläche zu kommen und mir zu sagen, wie wir noch einmal miteinander sprechen können. Sie … Ich habe es erst heute verstanden, als ich dich mit Rosalia gesehen habe. Aber ich denke, sie wollte, dass ich dich finde, damit ich dich zu ihr bringe. Also, eine Puppe. Entschuldige, wenn das unpersönlich klingt. Sie hat gewusst, was du tun kannst. Und jetzt bist du hier …« Sie verstummte.

Sami starrte auf Ekaterina herunter, die so bleich und still vor ihm lag. Er dachte an Rosalia, und an das Lächeln, mit dem sie gegangen war. Er verstand immer noch nicht, was er da eigentlich getan hatte. Sie war erlöst, das hatte sie zumindest gesagt, aber das konnte so vieles bedeuten. Sami schloss kurz die Augen und fühlte es hinter seinen Lidern brennen, wie ein Echo des Schmerzes in seiner Brust, wo die Verbindung zu Rosalia herausgerissen worden war. Sie durfte nicht gestorben sein. Sie durfte einfach nicht. Aber würde er das jemals erfahren? Und was viel wichtiger war: Konnte er es noch einmal tun, ohne zu wissen, ob er damit eigenhändig jemanden tötete? Sami wurde übel bei dem Gedanken. Konnte er es *überhaupt* jemals wieder tun?

»Bitte, Sami.« Noras Stimme riss ihn zurück ins kühle, erdig-feuchte Zwielicht der geheimen Höhle. »Es tut mir leid, alles. Ich hätte von Anfang an ehrlich zu dir sein müssen. Dass ich dich hier reingelockt habe ... ich war damit nicht besser als Mika, das weiß ich. Es tut mir wirklich leid. Und ich würde dich um gar nichts mehr bitten, wenn es nicht lebenswichtig wäre. Aber du bist jetzt meine ... unsere letzte Hoffnung. Deshalb, bitte. Lass Kitty ... lass nicht alles, was wir versucht haben, umsonst gewesen sein.«

Sami schluckte mühsam, aber das beklemmende Gefühl, nicht richtig atmen zu können, blieb. Nora hatte recht. Sie mussten alles versuchen. Und wenn es nur für Tatu war. Vielleicht konnte Sami sogar noch verhindern, dass er Euphoria überhaupt jemals zu Gesicht bekam.

»Na gut«, sagte er leise und hörte Nora tief und erleichtert aufatmen. »Ich versuch's.«

Der Blick, den sie ihm zuwarf, war wie eine stürmische, verzweifelte Umarmung. Aber sie rührte sich nicht, als hätte das schiere Gewicht dessen, was nun auf sie zukam, sie gelähmt.

»Danke«, sagte sie nur, und ihre Stimme bebte.

Sami nickte. Dann atmete er noch einmal tief durch und griff nach Ekaterinas Hand.

»Ekaterina!«, flüsterte er, ganz vorsichtig nur, als wolle

er eine Schlafende wecken, ohne sie zugleich zu Tode zu erschrecken. »Ekaterina, hörst du mich?«

Eine Sekunde verstrich. Noch eine und noch eine, eine nach der anderen. Aber nichts rührte sich. Da war nichts, kein Feuer, nicht einmal ein kleiner Funke. Sami rang nach Atem, aber vergeblich. Seine Brust war wie zugeschnürt. Es war nicht nur, dass er Nora enttäuschen musste. Nein, es war furchtbar, diese Leere zu spüren, als wäre sie auch in ihm selbst, eine Leere, die er nicht mit Leben füllen konnte.

Er war drauf und dran, seine warmen Finger wieder von Ekaterinas kalten zu lösen, weil er es nicht länger aushielt, und Nora zu gestehen, dass er ihr nicht helfen konnte, so schrecklich sich das für ihn selbst auch anfühlte.

Da spürte er es.

Ein winziges Zucken, kaum wahrnehmbar, wie etwas, das er nur aus dem Augenwinkel sah und das jedes Mal verschwand, sobald er versuchte, es mit dem Blick zu fangen. Es pulsierte in Ekaterinas Fingerspitzen, ein einzelner Herzschlag, der träges, eisiges Blut durch starre Adern pumpte.

Angespannt starrte Sami in Ekaterinas bleiches Gesicht, das sich immer noch nicht regte, und für einen Moment dachte er, er hätte sich das Gefühl nur eingebildet. Doch dann spürte er es wieder, dieses Zucken, und diesmal erreichte es auch ihre Lippen, ihre Augenlider, eine Bewegung, die so fein war, dass Sami nicht wusste, ob er sie wirklich gesehen oder doch nur gespürt hatte.

Aber auch Nora hatte es gesehen. Wie elektrisiert hatte sie sich aufgerichtet und Ekaterinas freie Hand gepackt.

»Kitty!«, flüsterte sie.

Und nun spürte Sami es ganz deutlich. Ekaterina erwachte. Langsam und steif, als müssten ihre Glieder sich nach der langen Ruhezeit erst wieder daran erinnern, was Bewegung war, begannen einzelne Körperteile sich zu rühren. Erst die Finger, dann die Füße unter der klammen Decke, ihr Kopf wackelte hin und her, und schließlich richtete sie sich sogar auf und ruckte ihre Arme, Beine und Schultern in eine Position, die halbwegs nach einem im Bett sitzenden Menschen aussah.

Sami hörte Nora scharf einatmen. Aber er sah jetzt nicht mehr zu ihr hin. Er starrte nur noch auf das, was mit Ekaterina geschah, die in diesem Moment wirklich ganz und gar puppenhaft wirkte und die nun langsam, wie in Zeitlupe, die Augen öffnete. Silberne Spiegel, pupillenlos, wie bei allen Statisten Euphorias. Doch weit hinter den spiegelnden Iriden glomm ein Licht, unstet wie die Lampe eines Leuchtturms in weiter Ferne. Und als Ekaterina ihren Kopf wandte und Nora ansah, rann eine einzelne Träne über ihre Wange.

»Nora ...«, wisperte sie und ein Lächeln erhellte ihr Gesicht, das von einer Sekunde zur nächsten überhaupt nichts Puppenhaftes mehr hatte. »Du hast mich gefunden.«

Noras Gesicht war verzerrt vor Schmerz und Kummer. Und doch leuchtete jetzt auch in ihren Augen ein

Lächeln, so glücklich und liebevoll, wie Sami es noch nie an ihr gesehen hatte. »Kitty ...?«, flüsterte sie.

Minuten, so kam es Sami vor, sahen die beiden sich nur an, mit einer Intensität und Vertrautheit, die ihm mitten ins Herz schnitt. Er fühlte sich fehl am Platz, wie ein Eindringling in einem privaten Raum, in dem er nichts zu suchen hatte. Aber er wagte auch nicht, Ekaterinas Hand loszulassen, aus Angst, sie könnte ebenso schnell wieder ins starre Vergessen versinken, wie sie daraus erwacht war. Also machte er sich innerlich ganz klein und sah angestrengt zur Seite.

Eine kleine Ewigkeit verging, ohne dass jemand etwas sagte. Aber es lag so viel in der Art, in der Nora und Ekaterina sich ansahen, wie selbst die Melodie ihres Atems miteinander harmonierte, so viele stumme Worte, die Sami nur erahnen konnte, dass er sich am liebsten auch noch die Ohren zugehalten hätte. Nur, dass das natürlich nicht ging, ohne Ekaterinas Hand loszulassen.

»Lieber Bruder«, sagte Ekaterina in diesem Moment, ohne Sami dabei anzusehen. Doch auf ihrem Gesicht lag nun ein Lächeln, das er kannte – viel zu gut sogar. Rosalia hatte genauso gelächelt. »Du bist hier, um mich zu erlösen, nicht wahr? Um welchen Gefallen bittest du mich?«

Sami sah hilflos zu Nora. Aber die verzog nur gequält das Gesicht. »Muss es schon jetzt sein?«

»Er kann mich nicht lange halten«, sagte Ekaterina leise. »Es ist, wie es ist, Nora. Du hast es geschafft, das macht mich glücklich. Und ich bin so froh, dass wir uns noch einmal sehen. Dass ich dir endlich alles sagen kann.«

Nora presste die Lippen zusammen, und Sami sah Tränen in ihren Augen glitzern. Dann nickte sie und ihr Blick flog kurz zu Sami. »Frag sie, was wir tun müssen«, sagte sie mit belegter Stimme. »Frag sie, wie Euphoria für immer geschlossen werden kann.«

Sami atmete tief durch. »Bitte hilf uns«, sagte er dann und kam sich ein bisschen albern vor, Nora nachzuplappern. Aber er ahnte, dass er sich an die Spielregeln halten musste. »Was müssen wir tun, um Euphoria zu schließen? Kannst du uns sagen, was du herausgefunden hast?«

Jetzt endlich wandte Ekaterina ihm das Gesicht zu und sah ihn an. Der Blick der pupillenlosen Silberaugen war so intensiv, dass Sami sich wie hypnotisiert fühlte.

»Als ich im Core Prozessor war, habe ich etwas gefunden. Einen Eintrag über eine besondere Quest. Die Letzte Mission. Die Einzigartige. Ihr Preis ist der Schlüssel von Euphoria. Es gibt ihn nur ein einziges Mal, und der Verlauf der Quest ist endgültig. Aber, und das ist sehr wichtig: Es ist unmöglich, den Weg allein zu gehen.«

Sami runzelte verwirrt die Stirn. »Das versteh ich nicht. Was meinst du damit?«, fragte er, obwohl er sich nicht sicher war, dass er es mit einer weiteren kryptischen Erklärung tatsächlich besser verstehen würde.

»Eigentlich ist es ganz simpel. Wenn die Mission erst aktiviert ist, geht es darum, nach vier Portalfragmenten zu suchen und mit ihnen die Portale zu aktivieren, die euch ins Herz Euphorias führen – und damit auch zum Versteck des Schlüssels«, erklärte Ekaterina und ihr Blick huschte zu Nora. »Es gibt ein Portal auf jeder Ebene. Die kennst du ja inzwischen sehr gut, stimmt's?«

Nora nickte stumm.

»Und du weißt auch, dass jede Ebene mit einer der *Enigma*-Familien Euphorias verbunden ist.«

»Ebene Eins: die Ebene der Schatten«, sagte Nora wie aus der Pistole geschossen. Es klang, als würde sie aus einem Lehrbuch ablesen. Gleichzeitig sah Sami, wie es hinter ihrer Stirn arbeitete. »Ebene Zwei: die Ebene der Magischen. Ebene Drei: die Ebene der Technomancer. Ebene Vier: die Ebene der Krieger. Ebene Fünf …« Sie runzelte die Stirn. »… das Herz.« Sie schüttelte den Kopf. »Das kann nicht sein. Niemand kommt nach Ebene Fünf. Ich habe es versucht. Du auch. Wir alle. Es geht nicht.« Sie stockte. »Oder? Hast du es geschafft, Kitty? Warst du wirklich dort? Bevor du …«

Ekaterina schüttelte den Kopf. »Nein. Nein, du hast recht. Das Herz Euphorias ist unter normalen Bedingungen für uns alle versperrt. Ich habe den Datenpfad des Archivservers dorthin verfolgen und einige Daten auslesen können. Aber als ich es selbst zu betreten versucht habe …« Ein Beben erschütterte kurz ihre bisher so ruhige Stimme. »Es hat mir meine Pillen genommen. Schwarze, goldene. Wahllos, eine nach der anderen. Aber ich konnte ja nicht einfach gehen, nicht ohne die Informationen, die wir brauchten. Es war ein Wettlauf – den ich verloren habe, wie du weißt. Aber ich habe etwas gesehen. Ich habe gesehen, dass die Letzte Mission anders ist. Sie erlaubt es, ins Herz zu reisen, sobald die anderen vier Portale aktiviert sind, und zwar gleichzeitig. Es gibt ... bloß einen Haken. Oder vielleicht auch mehrere.« Ekaterina lachte abgehackt. Sie atmete schwer, als müsse sie selbst jetzt noch die Worte gegen einen schweren Widerstand herauspressen. Sami fühlte sich selbst völlig atemlos, allein vom Zuhören. Oder vielleicht war das auch wieder nur die Puppe in ihm, die mit ihrer silberäugigen Schwester mitfühlte.

»Damit die Portale sich öffnen und auch offen bleiben, muss ein Mitglied der jeweiligen Familie sie vor Ort geöffnet halten. Deshalb kann es niemals ein User allein schaffen.« Ekaterina machte eine bedeutungsschwere Pause. Dann richtete sich ihr Blick wieder auf Sami. »Das letzte Portal schließlich lässt sich nur von einer Puppe öffnen. Und zwar von einer echten Puppe. Nicht von einer *Guardian* wie mir. Es muss ein *Enigma* sein.«

Nora sagte jetzt nichts mehr. Sami auch nicht. Er spürte, wie die Bedeutung dessen, was Ekaterina gesagt hatte, schwer in ihn hineinsackte und wie ein Klumpen Blei in seinem Magen liegen blieb. Eine Puppe? Bedeutete das, *er* würde in dieses Herz gehen müssen, was auch immer das war? Vielleicht, wahrscheinlich, auch noch er ganz allein? Um den Schlüssel zu holen, und dann?

»Die Mission beginnt auf Ebene Eins«, fuhr Ekaterina fort. »Der Log-Point ist im Registrierungsterminal versteckt. Jeder registrierte User kann ihn theoretisch aktivieren, aber ihr braucht gleich danach ein Schatten-*Enigma*, um das Portalfragment der Schatten zu bergen und das Portal zu öffnen, sonst wird die Aktivierung zurückgesetzt. In welcher Reihenfolge die Portale zwei, drei und vier geöffnet werden, spielt dann keine Rolle, wenn ich es richtig verstanden habe. Aber erst wenn alle aktiviert und die *Enigmen* mit den Fragmenten darin postiert sind, kann die Puppe das Portal zum Herzen Euphorias öffnen.« Ihre Stimme war leiser geworden. Sami spürte die Verbindung zu ihr leicht flackern, dünner werden, als ob einer Batterie langsam der Saft ausging. Er konnte sie nicht lange halten, hatte Ekaterina gesagt, und Sami spürte, dass das stimmte.

»Ich habe in den Datenarchiven zur Letzten Mission eine Karte der Orte gefunden, an denen die Fragmente verborgen sind.« Auch ihre Worte wackelten nun ein wenig, als würden sie durch eine Frequenzstörung verzerrt, und ihr Griff um Samis Finger fühlte sich unstet an, als würden elektrische Entladungen unkontrolliert über ihre glatte Roboterhaut zucken. Doch der Blick, mit dem sie ihn ansah, war fest und klar. »Ich lade sie jetzt in dein Interface, Puppenbruder. Das ist die einzige Hilfe, die ich euch noch geben kann, da ich ja leider nicht selbst an der Mission teilnehmen werde. Meine Zeit in Euphoria ist … gleich endgültig vorbei, fürchte ich.« Sie wandte sich zu Nora. »Nora … Kannst du … mich noch einmal festhalten?«

Sie hatte es kaum ausgesprochen, da hatte Nora sie bereits an sich gezogen, so innig, dass Sami vor Überraschung beinahe Ekaterinas Hand losgelassen hätte.

»Ich muss dir noch etwas sagen.« Noras Flüstern war so leise, dass Sami sie kaum verstand, und die Worte sprudelten schnell aus ihr heraus, als fürchte sie, die Gelegenheit, sie auszusprechen, für immer zu verpassen, wenn sie sich nicht beeilte. »Sergej und ich, wir … wir haben … Es gab diesen Moment, wo wir …«

Ekaterina rückte ein kleines Stück von ihr ab. Ihr Lächeln war ernst. »Ich weiß. Ich weiß.« Sie legte Nora ihre freie Hand an die Wange. »Er hat es mir doch längst erzählt. Wie ihr euch im Feuerbaumtal geküsst habt.«

Nora schnappte nach Luft. »Du wusstest es?«

»Mach dir keine Sorgen.« Die Anstrengung war in Ekaterinas Stimme angekommen, ihre Worte klangen schwerfällig, als würde der Strom, der ihre Zunge beweglich hielt, von Sekunde zu Sekunde schwächer werden. »Das zwischen Serj und mir, das … Natürlich hat es mir weh getan. Sehr. Aber du bist meine Schwester. Und ich könnte meine kleine Schwester niemals hassen. Genauso wenig wie ihn.«

Ihre Stimme verklang, als Nora sie erneut an sich zog und ihr einen verzweifelten, innigen Kuss auf die Stirn drückte. »Oh Gott, Kitty, es tut mir so leid …«

»Rette euch beide«, flüsterte Ekaterina und lächelte matt. »Dich und ihn. Für mich. Du kannst es, das weiß ich.«

Ihre Hand an Noras Wange sank herab.

»Nein. Geh nicht!« Noras Worte waren ein heiseres Flehen. »Bitte ... bitte geh noch nicht, Kitty. Geh nicht ...«

»Seid vorsichtig«, wisperte Ekaterina. »Euphoria weiß, dass ich die Mission entdeckt habe. Es will nicht sterben. Es wird versuchen, euch aufzuhalten. Deshalb ... bereitet euch gut vor.«

Ein raues Schluchzen verschluckte Noras Worte, und Sami sah, wie sie sich fester an Ekaterinas Hand klammerte. »Kitty ... Kitty, *bitte*!«

Aber Ekaterina antwortete jetzt nicht mehr. Ihr Gesicht flackerte. Ihre Augen wurden still, ihre Glieder schlaff.

Und dann war sie fort.

Als ihre Hand leblos aus seiner glitt, hatte Sami wie schon bei Rosalia das Gefühl, als würde mit der Verbindung ein winziges Stück aus seinem Herzen gerissen. Ein Wimmern stolperte über seine Lippen und er krümmte sich. Tränen schossen ihm in die Augen und er presste die Hand an die Brust.

Und doch war das alles nichts dagegen, zu sehen, wie Noras Maske zerbrach. Wie ein wilder, unartikulierter Schmerzenslaut aus ihrer Kehle drang und sie über Ekaterina fiel und so sehr weinte, dass es sie am ganzen Körper schüttelte.

Sami konnte nichts sagen, nichts tun, als sie hilflos anzustarren, während er Ekaterinas kalte Finger noch immer dicht neben seinen ruhen fühlte. Er saß da und sah zu, wie Nora um ihre Freundin weinte, und hatte sich in seinem ganzen Leben noch nie so klein und nutzlos gefühlt. Endlich schaffte er es, seine Hand zu heben und sie vorsichtig auf Noras Rücken zwischen ihre bebenden Schulterblätter zu legen. Er hatte keine Ahnung, ob es half oder ob sie es auch nur bemerkte. Aber er nahm die Hand nicht weg. Und so saßen sie da im flackernden Öllampenlicht, das Krähenmädchen und der Puppenjunge, bis Noras Schluchzen endlich verebbte und es still um sie wurde.

28

Eins nach dem anderen

Nach einer Weile, die sich gut und gern wie eine ganze Ewigkeit anfühlte, konnte Nora endlich aufhören zu weinen. Mühsam setzte sie sich auf und fühlte eine warme Hand von ihrem Rücken gleiten. Nora wischte sich mit dem Handrücken über die Augen und sah zu Sami, der sie besorgt beobachtete. Sie versuchte ein tapferes Lächeln, das ihr völlig missriet, weil sie noch viel zu überrumpelt war von ihrem eigenen Gefühlsausbruch, als dass sie irgendetwas in ihrer Mimik unter Kontrolle hätte halten können. Trotzdem fühlte sie sich erstaunlich klar und ruhig, als hätte dieser Dammbruch der Tränen ein Gift aus ihrem Körper gespült, das dort schon lange geschwärt und ihr die Sinne vernebelt hatte, ohne dass sie es wirklich gemerkt hätte. Sie konnte jetzt weitermachen. Wenn es in ihr noch irgendeine Gewissheit gab, dann diese: Sie konnte und sie musste weitermachen. So nah war sie ihrem – und Kittys – Ziel noch nie gewesen. Was Kitty vor so vielen Monaten für ihr großes Ziel geopfert hatte, hatte sich endlich ausgezahlt. Auch wenn, und auch das musste sie sich eingestehen, dadurch im Grunde nur noch mehr unlösbar scheinende Aufgaben aufgetaucht waren.

Aber eins nach dem anderen. Sie musste das in Ruhe sortieren. Und sich vor allem über eines Gewissheit verschaffen.

Nora warf einen raschen Blick auf Ekaterinas Uhr. Von der zweiten Dämmerstunde, die sie mit Sami begonnen hatte, blieben noch knapp zweiundzwanzig Minuten. Gerade genug, um eine schnelle Besprechung abzuhalten und möglichst unbemerkt das Versteck zu verlassen. Obwohl das vermutlich nicht mehr so besonders wichtig war. Nora ahnte, dass sie diese Höhle nie wiedersehen würde.

»Also, das war ziemlich viel auf einmal, was?« Diesmal gelang ihr das Lächeln schon besser, auch wenn es mehr ein klägliches Grinsen war. »Du hast bestimmt eine Menge Fragen.«

Sami nickte. »Ich weiß gar nicht, wo ich anfangen soll«, murmelte er. »Ist bei dir alles okay?«

Nora zuckte die Schultern. »Wird sich zeigen, vermute ich.« Sie räusperte sich, aber ihre Stimme blieb heiser. Vermutlich würde das noch eine ganze Weile so sein. »Aber wir sollten jetzt dringend besprechen, wie wir weiter vorgehen, ehe die Pillen zu wirken aufhören.«

Sami nickte wieder. Doch Nora sah deutlich die Ratlosigkeit in seinen Augen. Das alles war wirklich viel für jemanden, der erst so kurz in Euphoria war wie er. Aber sie konnte ihn nicht schonen. Schon wieder nicht.

»Ich hab so gut wie nichts von dem verstanden, was sie gesagt hat«, gab er schließlich zu. »Was hat das mit diesen Ebenen und Familien zu bedeuten? Ich meine, das mit den Ebenen hat Sergej mir schon mehr oder weniger erklärt.«

Nora zuckte beim Klang des Namens unwillkürlich zusammen. Sergej. Richtig. Sami hatte ihn getroffen – und erfahren, dass er jetzt mit dem Prinzen spielte. Was er wohl sagen würde, wenn er von Kittys Erlösung erfuhr? Gab es noch eine Chance, dass sie wieder zusammenfanden? Oder hatte er vielleicht von Anfang an besser zu Mika gepasst? Nora presste den Handballen gegen die Nasenwurzel und zwang sich, sich zu konzentrieren. Für solche Überlegungen war später noch Zeit. Vorerst war es sicher das Vernünftigste, Sami endlich alle Fragen zu beantworten, die ihm einfielen.

»Es gibt in Euphoria mehrere Ebenen und verschiedene Arten von *Enigmen* – das sind die Familien«, erklärte sie. »Es gibt Schatten, Magische, Technomancer und Krieger ... und jede dieser Familien ist einer der Ebenen zugeordnet. Die Häufigkeit, mit der die *Enigmen* anzutreffen sind, hängt von der Ebene ab, mit der sie verbunden sind. Ebene Eins – die Eingangsebene, die du bei deinem ersten Besuch gesehen hast – ist die der Schatten. Dazu gehören zum Beispiel meine Krähe und andere Schattentiere, aber auch der Vampir ist ein Schatten-*Enigma,* genau wie Crawler, Nachtmahre oder sogar Engel. Es gibt einfach unglaublich viele davon, in den unterschiedlichsten Formen. Ebene Zwei, auf der wir uns gerade befinden, ist die Ebene der Magischen, also aller *Enigmen*, die ihren Usern auf irgendeine Art magische Fähigkeiten verleihen. Die sind schon etwas weniger häufig, aber immer noch ziemlich gewöhnlich. Dazu gehören Feen, Nymphen, Dryaden, hin und wieder auch Drachenartige oder stinknormale Hexen und Zauberer. Die meisten Sagen- und Mythenwesen eben.«

Sie bemerkte, dass Sami aufgehorcht hatte. »So was wie eine Sirene auch?«

Nora runzelte verwundert die Stirn. »Ja, genau. Wie kommst du darauf? Bist du einer begegnet?«

Samis Gesicht verfinsterte sich. »Allerdings. Genau genommen habe ich dich deshalb überhaupt erst von Rosalia suchen lassen. Sie gehört zu Dante, aber sie geht auch in meine Schule. Er hat sie hinter mir hergeschickt, um mich auszuspionieren. Und sie ...« Er stockte, und sein Gesicht verzerrte sich vor Wut und etwas, das Angst sein konnte, auch wenn Nora nicht genau wusste, wovor. Aber er ließ sie nicht lange auf die Antwort warten. »Sie hat meinen besten Freund nach Euphoria eingeladen, und jetzt versucht sie mich damit zu erpressen, damit ich alles tue, was Dante sagt. Wir müssen ihn da irgendwie rausholen, Nora!«

Etliche Sekunden lang konnte Nora nichts tun, als ihn verblüfft und fassungslos anzustarren. Auch sie spürte, wie Wut in ihrem Magen zu glühen begann. Verdammt, warum hatte sie Sami auch nur eine Sekunde aus den

Augen gelassen? Das machte alles noch so viel schwieriger! Am liebsten wäre sie sofort ins Schloss gestürmt und hätte Mika ins Gesicht gespuckt für so viel Hinterhältigkeit. Aber wenngleich sie wirklich gar keine Angst vor seinen Drohungen hatte – er hatte sie sehr wirkungsvoll ausgesperrt. Und selbst wenn sie es irgendwie geschafft hätte, bis zu ihm vorzudringen, wäre es ihm vermutlich genauso egal gewesen wie beim letzten Mal.

»Kriegen wir hin«, sagte sie daher nur und knirschte mit den Zähnen. »Du hast Kitty gehört. Vergiss nicht, dass *du* der Schlüssel zur Letzten Mission bist und dass sogar der feine Prinz dich braucht, sollte er irgendwie davon Wind bekommen und sie selbst zu lösen versuchen. Du bist derjenige – der *Einzige* von uns –, der das Herz öffnen kann. Ohne dich kann er genauso wenig ausrichten wie wir alle. Und wir sind ihm einige Schritte voraus. Du darfst dich jetzt also auf keinen Fall von ihm einwickeln lassen, egal was er für schmutzige Tricks versucht. Wenn wir Euphoria schließen, retten wir auch deinen Freund. Dafür brauchen wir den Prinzen nicht.«

Sami nickte, doch seine Miene blieb skeptisch.

»Lass uns später über ihn sprechen«, sagte Nora. »Hast du das mit den *Enigma*-Familien jetzt verstanden? Das System ist logisch, oder?«

Sami nickte erneut. »So einigermaßen zumindest. Also, je tiefer die Ebene, desto seltener das *Enigma*? Und die Reihenfolge ist Schatten, Magische … Technomancer und Krieger? Das sind aber nur vier. Ekaterina und du habt vorhin von einer fünften Ebene gesprochen. Du hast sie das Herz genannt. Wessen Ebene ist das?«

Nora zuckte unruhig die Schultern. »Da bin ich überfragt, wenn ich ehrlich bin. Wie gesagt, normalerweise kann niemand dorthin reisen.« Sie musterte Sami aufmerksam. Das glatte Gesicht mit den großen, dunklen Augen, die silbernen Haare und seine Gestalt, die zugleich so fragil und so stark wirkte. So außergewöhnlich, selbst für Euphoria. »Aber wenn ich raten soll? Die der Puppen, vermute ich.«

Sie sah Sami tief und angestrengt ein- und wieder ausatmen. Es war kein Wunder, dass das Thema ihn nervös machte. Endlich fand er – vielleicht – etwas über die Natur seines *Enigmas* heraus, darauf musste er sehnsüchtig gewartet haben. Nora war sich allerdings nicht sicher, ob ihm gefiel, was er hörte.

»Aber wieso das Herz?«, fragte er, nachdem er etliche Sekunden auf ihren letzten Worten herumgekaut hatte. »Warum sollen ausgerechnet Puppen so wichtig sein?«

Nora dachte einen Moment darüber nach. »Keine Ahnung«, gab sie schließlich zu. »Vielleicht versteht man es, wenn man einmal dort war. Aber ich kann mir keine andere logische Erklärung vorstellen, warum Puppen sonst so selten sein sollen. Zumindest die echten *Enigmen*. Offenbar sind *Guardians* ja auch irgendwie als Puppen klassifiziert, aber ich vermute, das zählt nicht.«

Sami antwortete nicht sofort. Er schien tief in Gedanken versunken. Nora seufzte tonlos. Es war zu viel für ihn. Sami brauchte dringend eine Pause, das war offensichtlich.

Sie sah noch einmal auf die Uhr. Noch neun Minuten. Die Zeit lief ihnen ohnehin davon.

»Wir müssen langsam los«, sagte sie deshalb. »Unsere Zeit ist fast um, und wir sollten uns heute wirklich nicht noch mehr goldene Pillen zumuten. Ich fürchte, dein Körper wird allmählich auf den Stoff reagieren. Also ruh dich unbedingt eine Weile aus, ehe du dich entschließt, *irgendwas* zu tun, okay?«

Sami grinste, ein schiefes, fast zynisches Grinsen. »Ich bin für die Mission zu wichtig, als dass ich jetzt noch abkratzen dürfte. Schon klar.«

Nora runzelte die Stirn. Doch sie konnte nicht verhindern, dass sich auch auf ihr Gesicht ein winziges Lächeln schlich. »Ja. Das stimmt. Aber weißt du, Sami. Ich mag dich auch.«

Das schien ihn zu überraschen. Aber das kleine Licht, das in den Augen des Puppenjungen aufleuchtete, zeigte ihr auch, dass er sich freute.

»Können wir uns draußen treffen?«, fragte er. »Ich meine … wo bist du eigentlich?«

Nora schüttelte nur den Kopf. »Unterwegs«, sagte sie ausweichend. »Weit weg. Zu weit für ein schnelles Treffen. Aber ich komme wieder, keine Sorge. Ich muss mir nur erst über etwas klar werden. Ich melde mich, sobald ich wieder in der Stadt bin, so in ein oder zwei Tagen. Dann überlegen wir uns genau, wie wir weiter vorgehen.

Aber bis dahin kannst du mich über die App jederzeit erreichen. Jederzeit, hörst du? Und jetzt komm, wir müssen allmählich wirklich hier raus.«

Sami nickte. Es war nicht zu sagen, ob er sich ärgerte, weil sie ihm nicht verriet, wo sie sich herumtrieb. Aber er fragte auch nicht weiter. Nora löschte die Öllampe, und hintereinander kletterten sie die Leiter hinauf zurück auf den Schrottplatz.

»Also, halt mich auf dem Laufenden, ja?«, sagte Nora noch, als sie den Eingang zur geheimen Höhle wieder unter rostigem Schutt versteckt hatten – kurz bevor die letzte Minute der Dämmerzeit anbrach. »Und sei vorsichtig mit Mika … also mit Dante, meine ich. Er lässt dich bestimmt nicht einfach in Ruhe, vor allem weil er ganz sicher davon erfahren wird, dass du die Fähigkeit deines *Enigmas* entdeckt hast, wenn er es nicht schon längst weiß. Aber was auch immer er versucht – in den nächsten Tagen tust du bitte erst mal gar nichts, außer dich zu erholen. Warte auf mich, versprichst du mir das?«

Sami nickte. »Klar. Und was machst du – außer dir über Dinge klar zu werden?«

»Mal sehen. Vielleicht suche ich schon mal nach dem Schattenfragment beim Registrierungsterminal, von dem Kitty gesprochen hat; das diese Mission aktivieren kann. Nur um zu sehen, ob es wirklich dort ist. Und ich versuche Verbündete zu finden, die uns mit den anderen Fragmenten helfen können.«

»Okay«, sagte Sami. »Klingt halbwegs fair.«

»Halbwegs.« Nora grinste. Und dann, sie wusste selbst nicht recht, warum sie es tat, umarmte sie ihn. Vielleicht aus Dankbarkeit, vielleicht aus Verbundenheit, weil er nun ihr größtes Geheimnis kannte und einen der intensivsten Momente ihres gesamten Lebens mit ihr geteilt hatte, aber vielleicht auch einfach nur, weil sie erst jetzt, in diesem Augenblick begriff, wie sehr sie ihn wirklich mochte – und deshalb nicht anders konnte, als mit einem Mal grässliche Angst um ihn zu haben.

Sami versteifte sich im ersten Moment überrascht. Dann aber fühlte Nora, wie er ihre Umarmung erwiderte, und ohne dass sie etwas dagegen tun konnte, stiegen ihr erneut Tränen in die Augen. Sie wollte nicht, dass Sami sie schon wieder weinen sah. Darum hielt sie ihn einfach fest, während die letzten Sekunden verstrichen und Euphoria in goldenem Scherbenregen zersprang.

29

Loyalität

Prinz Dante von Euphoria wanderte durch seine Stadt, die in der Sperrstunde geisterhaft leer und still dalag. Die Monitore an den spiegelnden Fassaden der Hochhäuser waren dunkel – bis auf wenige Ausnahmen, denen Dante auf seiner Wanderung besondere Aufmerksamkeit schenkte. Viele seiner direkten Untergebenen waren inzwischen recht fortgeschrittene User, und je weiter man nach Euphoria vordrang, desto mehr Möglichkeiten gab es, den *ObServer*-Drohnen zu entwischen und seine Aktivitäten abseits der Augen anderer User durchzuführen. Nur in der Sicherheit der Sperrstunde wagten sie sich noch in die öffentlich einsehbaren Areale, wenn es kaum jemanden gab, der sie hätte beobachten können. Sie waren scheu, die fortgeschrittenen User. Dante konnte das verstehen. Neid war eine gefährliche Sache, und nicht wenige Euphorianer machten sich geradezu einen Sport daraus, anderen ihre Artefakte abzunehmen, ihnen Zeit oder gleich ganze Pillen zu stehlen. In den Ballungszentren wie Euphoria City hatten sich regelrechte Clans gebildet, die in den dunkleren Vierteln der Stadt ihre Bandenkriege führten. Dante erlaubte dergleichen unter seinen Anhängern nicht und bestrafte Verstöße gegen diese Regel hart, wenn er davon erfuhr. Aber das bedeutete natürlich nicht, dass sie vor Übergriffen durch andere Raid-Gruppen geschützt waren. Deshalb bewegten sich viele seiner Gefolgsleute bevorzugt im Verborgenen, wo nicht einmal Dante sie zu Gesicht bekam. Nur in der Sperrstunde erwischte er sie eben manchmal doch. Dann konnte er sie beobachten. Von ihnen lernen. Ihre Fortschritte begleiten. Und selbst immer weiter an ihnen wachsen.

Es waren diese Momente, in denen er sich Euphoria am nächsten fühlte. Denn im Gegensatz zu ihm, da war Dante sich sicher, wusste das System jederzeit, was wann und wo mit seinen Usern geschah. Beobachtete, lernte und wuchs mit jeder Sekunde, genau wie er es versuchte. Selbst für Dante war es noch immer ein ungelüftetes Geheimnis, wie das riesige Netzwerk dieser Welt Dinge wahrnahm; wie es dachte oder fühlte. Nur *dass* es wahrnahm, dachte und fühlte, das wusste er. Er spürte es mit jeder Faser seines Körpers. Euphoria lebte. Immer noch, nach all den Jahren. Vielleicht war es sogar lebendiger als je zuvor.

Und es war genau wie er.

Dante ließ die Hand in einen Beutel gleiten, der an seiner rechten Hüfte hing. Die glatten Rundungen tausender winziger Pillen flossen an seiner Haut entlang wie perlendes Wasser. Nur goldene. Keine einzige schwarze. Dante verachtete die schwarzen Pillen. Sie waren für

Feiglinge, die es nicht wagten, Euphoria alles zu geben, was sie waren und was sie hatten. Die nicht mutig genug waren, sich dem Dämmerlicht vollständig anzuvertrauen. Dante hatte dafür kein Verständnis. User, die nur auf Nummer sicher spielten, hatten in seinem Gefolge keinen Platz, deshalb traf er die Entscheidung für sie. Er nahm ihre schwarzen Pillen, ließ ihnen nur den nötigsten Vorrat, um problemlos zwischen den Ebenen zu wechseln, und zerstörte den Rest. Natürlich kam es so immer wieder einmal vor, dass einige seiner Gefolgsleute zu permanenten Teilen Euphorias wurden. Aber Dante kümmerte das wenig. Waren sie nicht sogar eher zu beneiden?

Aber von alldem wussten die meisten User im Gefolge des Prinzen nichts, und Dante hatte nicht vor, es ihnen jemals zu verraten.

Der Vampir allerdings, den Dante in diesem Augenblick auf einem der wenigen aktiven Monitore entdeckte, war einer der Wissenden. Manchmal fragte sich Dante, ob er nicht sogar zu viel wusste.

Er blieb stehen und betrachtete den Monitor genauer. Das Bild zeigte eine Straße. Nein. Nicht irgendeine.

Ganz in der Nähe.

…

Genau hinter ihm.

Der Vampir war längst da.

»Dark«, sagte Dante und lächelte unverbindlich, ohne sich dabei umzudrehen. Er konnte das Gesicht des Vampirs auf dem Monitor sehen, auch ohne seine Anwesenheit zu sehr zu würdigen, indem er sich ihm zuwandte. »Ich nehme an, ich bin der, den du suchst. Was gibt's?«

»Neuigkeiten von der Krähe und der Puppe, mein Prinz.«

Dante hob die Brauen. Der Vampir wählte seine Worte immer mit Bedacht, und die überaus alarmierende Formulierung war mit großer Wahrscheinlichkeit kein Zufall. »Die Krähe *und* die Puppe?«

Der Vampir nickte. Das blutleere Gesicht war ausdruckslos. »Sie haben sich wieder zusammengetan. Sie ...«

Dante hob die Hand und der Vampir verstummte. »Warte.« Er wies auf einen Monitor ein Stück weiter oben. »Siehst du das? Melody ist auf dem Weg hierher. Ein interessanter Zufall, meinst du nicht? Vielleicht hat sie auch Neuigkeiten.«

Der Vampir runzelte die Stirn. »Mir wäre es lieber, ich könnte dir allein erzählen, was ich gesehen habe.«

Ein schiefes Lächeln stahl sich auf Dantes Lippen. Nun endlich drehte er sich um, um dem Vampir in die Augen zu sehen. »Aber wieso, Dark? Vertraust du ihr etwa nicht? Oder zweifelst du vielleicht, weil du weißt, dass *du selbst* nicht vollkommen vertrauenswürdig bist?«

Der Vampir zuckte zurück. Verwirrung und Ärger machten sich auf seinem Gesicht breit. »Mein Prinz ...«

»Dante«, sagte Dante sanft. »Ich möchte, dass du mich *Dante* nennst.«

Einige lange Augenblicke sah er widerstreitende Gefühle in der Miene des Dunklen um die Vorherrschaft kämpfen. Dann sackten seine Schultern ein Stück herab und er wandte den Blick zur Seite. Ein Muskel in seinem breiten Kiefer zuckte. »Entschuldige. Dante.«

Sieh an. Dante lächelte. *Habe ich dich jetzt endlich, Dark?*

Der Vampir biss sichtbar die Zähne aufeinander. »Ich wusste nicht, dass ich dir je Grund gegeben hätte, an mir zu zweifeln.«

»Oh, der ganze Umstand unserer Bekanntschaft ist ein Grund, an dir zu zweifeln. Oder vielmehr die Beziehung, die du zu der Krähe hattest – und vielleicht irgendwo in deinem weichen Herzen immer noch hast.« Dante lächelte weiter. Er mochte es, zu sehen, wie der Vampir sich wand, und eigentlich war es ihm gleichgültig, wie vertrauenswürdig er war. Sie waren keine Freunde. Am Ende zählte nur, ob er tat, was Dante von ihm wollte, und Dante hatte seine Mittel, ihn dazu zu bringen, wenn das nicht mehr der Fall war. Aber es konnte nicht schaden, ihn von Zeit zu Zeit daran zu erinnern.

Der Vampir kam nicht mehr dazu, etwas zu erwidern, denn in diesem Moment erschien an der Straßenecke gegenüber die Sirene – ätherisch schön und mit dem gleichen unbewegt überheblichen Gesichtsausdruck, den sie ausnahmslos jedem anderen User gegenüber zur Schau stellte. Allein wenn sie vor Dante stand, konnte man förmlich dabei zusehen, wie ihr Widerstand schmolz und alle Härte aus ihrer Miene wich.

»Dante. Mein Prinz.« Sie sank geschmeidig auf ein

Knie und ließ ihren schönsten Gesang in die drei Worte fließen. In dem Beutel unter Dantes Fingern materialisierte sich ein kleines Häuflein Pillen. Ihr Geschenk an ihn. Wie jedes Mal.

»Du kommst gerade passend. Dark hat Neuigkeiten für uns.« Dante berührte sie an der Schulter, damit sie aufstand. Er hatte nicht viel übrig für devote Menschen, aber die Sirene mochte er dennoch recht gern. Etwas an der Hingabe, mit der sie ihm alles recht zu machen versuchte, rührte ihn. Vielleicht, weil sie dabei so starrsinnig bemüht war, den Schein der Unabhängigkeit zu wahren. Vielleicht aber auch, weil es ihn an ihn selbst erinnerte. Als Jacko noch an seiner Stelle gewesen war und er an ihrer.

Unsinn.

Dante schob den Gedanken brüsk beiseite. Doch er konnte nicht verhindern, dass vor seinem geistigen Auge ein ganz bestimmtes Bild auftauchte. Das Bild einer steinernen Tür, die sich für immer schloss.

Es war immer noch genau so schmerzhaft wie damals.

Er schloss kurz die Augen, um sich zu sammeln, ehe er sich wieder an den Vampir wandte. »Also. Du sagst, der Puppenjunge ist zur Krähe zurückgekehrt?«, sagte er wie beiläufig. »Hast du davon gewusst, Melody?«

Das Gesicht der Sirene verschloss sich augenblicklich. Doch in den Sekundenbruchteilen, die es brauchte, bis sie ihre teilnahmslose Maske wieder aufgesetzt hatte, sah Dante deutlich die Schuld, vermischt mit etwas Trotz.

»Ich habe ihm gesagt, dass ich seinen Freund eingeladen habe«, erklärte sie betont gleichgültig. »Das hat er wohl schlechter aufgenommen, als ich dachte.«

Dante schob die Hände in die Hosentaschen, damit sie nicht sah, wie er die Fäuste ballte. Ein leichtes Stirnrunzeln war das Einzige, was er sich erlaubte. »Und was für einen Grund könntest du wohl gehabt haben, ihm jetzt schon davon zu erzählen? Bevor sein Freund sich sicher in meiner Obhut befindet?«

Auch Melody ballte jetzt die Fäuste – ganz unverhohlen – und rang sichtlich um Beherrschung. »Er hat gedroht, dich zu verraten«, stieß sie hervor. »Ich brauchte ein Druckmittel.«

»Mit dem du nun allerdings dafür gesorgt hast, dass er sich erst recht von mir abwendet«, erinnerte sie Dante, die Stimme noch immer sanft, doch in seinem Inneren begann es zu kochen. »Sami ist nicht in meinem Gefolge und kann mich daher nicht verraten. Er muss den Bund aus freien Stücken eingehen, und du hast es mir gerade sehr viel schwerer gemacht, ihn davon zu überzeugen. Ich hatte dich für klüger gehalten, Melody.«

Er sagte das, weil er wusste, dass sie es verabscheute, für dumm gehalten zu werden – nicht weil er sie wirklich für dumm hielt, oder er Klugheit auch nur für eine Eigenschaft hielt, an dem der Wert eines Menschen gemessen werden sollte. Aber so viel emotionale Unbedachtheit hatte Strafe verdient. Er kannte das so gar nicht von ihr. Dieser Sami … Bei aller Wut brachte der Gedanke Dante zum Lächeln. Der Junge hatte einfach keine Ahnung, wie sehr er sie alle aus dem Konzept brachte, obwohl sie dieses Spiel doch schon so lange spielten. Sogar die Krähe, wenn sie sich von ihm dermaßen aus der Deckung locken ließ. Und ihn … ja, ihn selbst auch.

»Mein … Dante, wenn ich mich einmischen darf.« Der Vampir räusperte sich. Seine Miene war finster, und er ließ sich von Melodys verblüfftem Blick nicht aus der Ruhe bringen. Es war noch nie vorgekommen, dass der Vampir die Sirene in irgendeiner Form unterstützte, ohne dass Dante es explizit befohlen hätte. Jetzt aber stellte er sich an ihre Seite und maß sie mit einem kurzen Seitenblick, ehe er sich wieder Dante zuwandte.

»Vielleicht war Melodys Fehltritt doch zu etwas gut. Nach ihrem Streit mit Sami wollte der Puppenjunge die Krähe so dringend finden, dass er auf der Suche nach ihr zum ersten Mal die Fähigkeiten seines *Enigmas* eingesetzt hat. Ich habe ihn dabei beobachtet. Offenbar kann die Puppe die Statisten dazu bringen, ihm die Geheimnisse Euphorias zu verraten. Wenn wir ihn überzeugen können, die Krähe zu verlassen und zu dir zurückzukommen … Dante?«

Dante fühlte sich, als wäre ein Blitz durch ihn hindurchgefahren. Wie gelähmt vor Unglauben starrte er den Vampir an. Die Geheimnisse Euphorias? Weil Sami eine *Puppe* war?

Jetzt hätte er sogar fast gelacht.

Wie bitter. Wie unglaublich bitter.

»Sprich weiter«, flüsterte er heiser.

Der Vampir räusperte sich unbehaglich. »Die Berührung zwischen ihm und der Statistin hat die *Guardian* offenbar abgeschaltet – wenn ich es richtig verstanden habe, im Austausch für einen Gefallen oder die Antwort auf eine Frage. Unmittelbar darauf ist die Krähe in Samis Nähe erschienen. Danach sind sie …« Seine Augen verdunkelten sich kurz und er senkte den Blick. »Sie sind auf den Schrottplatz gegangen. Dort habe ich sie verloren. Die Krähe weiß sich zu verstecken.«

Dante zwang sich zur Ruhe. Er musste die Dinge jetzt nehmen, wie sie waren. Was blieb ihm auch anderes übrig? Aus verengten Augen musterte er den Vampir und versuchte zu beurteilen, ob das, was er sagte, die Wahrheit war – oder vielmehr, die ganze Wahrheit. Was hatte Dark wirklich gesehen? Und noch viel wichtiger: Was verschwieg er?

»Hast du irgendeine Idee, was sie dort getan haben könnten?«

Er sah den Vampir kurz zucken. »Nein.«

»Aber du kannst es herausfinden.« Hätte Dante nicht mit aller Macht leise gesprochen, er hätte geschrien. Dieser Hundskerl log! Er log ihm einfach ins Gesicht!

»Ja.« Die Stimme des Vampirs klang seltsam flach, doch er begegnete Dantes Blick mit harten Augen. Der Vorwurf, den Dante noch kurz zuvor so beiläufig hatte fallen lassen, hing nun fast greifbar zwischen ihnen in der Luft. Dark würde genau eine Chance bekommen, sich zu beweisen. Und er wusste es.

Dante nickte knapp. »Dann kümmere dich um die Krähe. Finde heraus, was sie weiß.« Er wandte sich zu der Sirene. »Und du, Melody.« Nun endlich gelang ihm wieder ein Lächeln, auch wenn es sich noch immer viel zu wütend anfühlte. Immerhin, sie zumindest war ihm ergeben genug, dass sie einen Fehltritt wie den jüngsten hoffentlich nicht so bald wiederholen würde. »Du holst mir so schnell wie möglich Sami in meinen Palast. Ich muss mit ihm sprechen.« Rasch wählte er ein bestimmtes Artefakt aus seinem Inventar und schob es in Melodys hinüber. »Das ist für ihn. Überzeug ihn damit, wenn du es aus eigener Kraft nicht schaffst.«

Melody zuckte sichtlich zusammen. Die Kritik hatte getroffen, und das tief – und natürlich hatte sie auch die Wut in seinem Lächeln bemerkt. »Ich werde nicht noch einmal versagen, mein Prinz.«

Dante hob bloß die Schultern, auch wenn das Lächeln langsam wehtat. »Das werden wir sehen, nehme ich an.«

Und wenn doch, verstoße ich dich eben. Du bist mir gleichgültig.

Die letzten Gedanken musste er nicht aussprechen. Sie wusste es auch so, und das traf sie besonders. Weil die Gleichgültigkeit nicht auf Gegenseitigkeit beruhte. Er sah es in ihren Augen, ehe sie gleichzeitig mit dem Vampir vor ihm auf ein Knie sank.

Dante entließ die zwei mit einem Fingerschnippen. Blaues Licht zuckte über den Dämmerhimmel. Dann war der Prinz wieder allein auf der stillen Straße.

Er legte den Kopf in den Nacken und starrte mit brennendem Blick in den dunklen Dämmerhimmel. Die Worte des Vampirs ließen ihn einfach nicht los. Mit einem leisen Knurren schloss er die Hand fest um den Beutel mit den goldenen Pillen, dass die winzigen Kugeln unter dem weichen Stoff gegeneinanderknirschten. Konnte es wahr sein? Hatte Samis *Enigma* wirklich so große Macht? Natürlich wusste Dante, dass Puppen selten waren. Etwas Besonderes. *Niemand* wusste das besser als er. Aber damit hatte er nicht gerechnet. War jener Tausch, den er damals eingegangen war – und den er immer als eine Belohnung für seine Mühen betrachtet hatte, so bitter dieser Trost auch schmeckte –, also vielleicht in Wahrheit ein großer Fehler gewesen?

Es gab nur einen Weg, es herauszufinden und den Fehler vielleicht wiedergutzumachen. Wenn es stimmte, was der Vampir über die Macht der Puppen behauptete – und Dantes Intuition sagte, dass die Worte zumindest einen wahren Kern hatten –, dann waren die Krähe und ihre Ziele mit einem Mal beinahe zweitrangig geworden.

Sami war es, den Dante wollte.

Die Puppe mit dem Silberhaar würde ihm gehören.

Und die Geheimnisse Euphorias ebenso.

30

Sirenenmagie

Dämmerlicht. Überall. An der Decke über ihm, auf seiner Haut, selbst in den schattigsten Ecken seines herbstabendlich dunklen Zimmers.

Sami blinzelte. Sein Kopf fühlte sich an, als müsste er jeden Moment explodieren, und einige skurrile Momente lang hatte er das Gefühl, immer noch in Euphoria zu sein. Nur Sekunden später allerdings hing er seitlich über seiner Bettkante und glaubte sich die Seele aus dem Leib kotzen zu müssen. Nur, dass nichts in seinem Magen war außer ein paar Tropfen bitter-scharfer Säure. Sami keuchte und schnappte nach Luft. Sein Zimmer drehte sich um ihn, und kalter Schweiß stand auf seiner Stirn.

Nora hatte nicht zu viel versprochen. Sein Körper reagierte auf *den Stoff*, und das unerwartet heftig. Und sollte Sami zuvor noch darüber nachgedacht haben, trotz ihrer Warnung vielleicht doch gleich sofort zurückzureisen und Dante wegen Tatu zur Rede zu stellen, löste sich diese Idee spätestens jetzt in Galle und Schwindel auf.

Er hing immer noch dort und versuchte, die Teile seiner Realität wieder zu einem sinnvollen Ganzen zusammenzusetzen, als er zwischen den Federn seiner Bettdecke dumpf sein Handy vibrieren hörte.

Nora?

Ächzend richtete Sami sich auf und wühlte fahrig zwischen den Falten des Oberbetts, bis er endlich die kühle, glatte Oberfläche des Displays an den Fingerspitzen fühlte. Sami schauderte unwillkürlich. Die gesteigerte Intensität aller körperlichen Empfindungen, die er seit der Aktivierung der Puppe spürte, schien ständig stärker zu werden. Als verursache jede Berührung, jeder Ton und selbst jeder Windhauch ein Echo, das ihn schwingen und zittern ließ. Als hätte er seinen hohlen Puppenkörper sogar nach hier draußen mitgenommen.

Sami kniff die Augen zusammen, um seine Sicht wenigstens halbwegs zu klären, und wollte schon ohne zweiten Blick das Handy ans Ohr nehmen und Nora antworten – da erkannte er den Namen auf dem Display.

Es war gar nicht Nora.

Es war Tatu.

Samis Herz schlug einen zirkusreifen Salto.

Tatu!

Im nächsten Moment hätte er beinahe gelacht – nicht aus Fröhlichkeit, sondern weil er sich so jämmerlich fühlte. Beim letzten Mal, als er Tatu gesehen hatte, hatte er eine unfassbar peinliche Show abgezogen und die erste und vermutlich schlimmste und zugleich für alle Zeiten schönste Abfuhr seines Lebens eingesteckt. Dann hatte er erfahren, dass Tatu in größter Gefahr schwebte, und bei dem Versuch, ihm zu helfen, hatte Samis Psyche gerade die Achterbahnfahrt seines Lebens durchgestanden, von seiner Reaktion auf *den Stoff* mal ganz zu schweigen. Und nun saß er hier, körperlich völlig am Ende und so voller Fragen und Angst, dass er das Gefühl hatte, nicht einmal »Hallo« zu seinem besten Freund sagen zu können, ohne in Tränen auszubrechen.

Wie sollte er so ans Telefon gehen?

Aber Tatu war hartnäckig. Tatu gab nicht auf, er ließ einfach immer weiter klingeln. Und irgendwann gab Sami nach.

»Hey.«

Er heulte nicht. Noch nicht. Zum Glück.

»Piet? Hey … ich wollte mal hören, ob alles okay ist?« Tatu klang so zögerlich, wie Sami es vielleicht in all den Jahren ihrer Freundschaft noch nie von ihm gehört hatte.

Sami krampfte die Finger seiner freien Hand in die Bettdecke. »Blöde Frage«, brachte er heiser heraus.

Tatu schwieg einen Moment. »Hast recht«, sagte er endlich, aber Sami war sich nicht sicher, ob sie wirklich das Gleiche meinten. Tatu klang so fremd. Nach so vielen Gedanken, die Sami nicht kannte. Wäre ihm nicht sowieso schon schlecht gewesen, spätestens jetzt wäre es ihm sauer die Kehle hochgestiegen.

»Hör mal, ich wollte dich was fragen.« Tatu räusperte sich. »Okay?«

Sami schloss die Augen. Die Welt schwankte trotzdem

weiter, und er presste sich das Handy fester ans Ohr, um wenigstens einen Fixpunkt zu haben.

Warum, dachte er bitter, *musst du überhaupt fragen, ob es okay ist, mich was zu fragen? Seit wann ist das so zwischen uns?*

Er kannte die Antwort. Und es war wirklich bitter zu erkennen, dass er all die Monate recht gehabt hatte mit seiner Befürchtung, ihre Freundschaft würde sich völlig verändern, falls Tatu jemals von seinen Gefühlen erfuhr. Aber Sami war in diesem Moment einfach so erschöpft, dass von der Bitterkeit nur eine matte Resignation übrig blieb.

»Klar«, sagte er daher nur.

Tatu schwieg erneut. Sami hörte ihn etwas unregelmäßig atmen, als würden seine Gedanken ihm die Worte, die er sagen wollte, immer wieder durcheinanderbringen. Wenigstens dieses Gefühl konnte Sami sehr gut nachempfinden.

»Weißt du noch, wie du mir letzte Woche von der Stalkerin im Fahrstuhl erzählt hast?«, fragte Tatu endlich.

Sami konnte nicht antworten, weil eine Flut aus Bildern über ihn hinwegrauschte. Das *CityCenter*, die Krähe, der kaputte Laptop. Nora. Er und Tatu im Bus. Wie weit das alles schon zurückzuliegen schien.

»Piet?«

»Klar«, sagte Sami wieder, genauso heiser wie zuvor. »Wieso?«

Er hörte Tatu leise schnaufen, halb gereizt, halb …

unruhig? Nervös? Sicher wusste er ganz genau, dass Sami sich nur aus Hilflosigkeit blöd stellte. Sie kannten sich einfach zu gut. Aber warum fragte er dann auch so verquer, ob Sami sich erinnerte? Als ob er das hätte vergessen können.

Aber Tatu interessierten solche Kleinlichkeiten gerade offenbar ziemlich wenig. Wieder blieb es etliche Sekunden ruhig, und Sami konnte förmlich hören, wie er mit sich rang. »Sie hat dich doch zu diesem Spiel eingeladen«, sagte er dann. »Oder zu diesem Netzwerk, Plattform, was auch immer. Euphoria. Du hast gar nichts mehr davon erzählt.«

»Mmh«, machte Sami nur. Mehr konnte er nicht sagen. Zu der Bitterkeit gesellte sich jetzt auch noch ein schlechtes Gewissen. Nein, er hatte nichts erzählt. Und *das* hatte tatsächlich nur am Rande etwas damit zu tun, dass er in Tatu verknallt war wie ein liebeskranker Kater.

Vielleicht war er das Problem und nicht Tatu.

Vielleicht wollte er aber auch einfach nur nicht hören, was Tatu als Nächstes sagen würde.

Er sagte es natürlich trotzdem.

»Hast du auch ... solche Pillen bekommen?«

Obwohl Sami es gewusst hatte, obwohl ihm seit der Begegnung mit Marla absolut klar gewesen war, dass Tatu nach Euphoria eingeladen worden war und demnach Pillen bekommen haben musste, riss ihn das Begreifen einmal mehr in ein gähnendes schwarzes Loch – als wäre der ganze Irrsinn, mit dem er Euphoria, Nora und das Intermezzo mit Dante und seinem Vampir zuvor noch hätte erklären können, dadurch nun endgültig in einer Realität angekommen, die über seinen eigenen Kopf weit hinausging. Es sprengte ihm den Schädel und trieb ihm Tränen in die Augen.

Aber, und an dem Gedanken klammerte er sich fest wie ein Ertrinkender, wenn Tatu ihn jetzt fragte, dann hieß das vielleicht, dass er sich – anders als Sami – entschieden hatte, die Pillen nicht zu nehmen, ehe er mit seinem besten Freund darüber gesprochen hatte. Tae-Jun Fabian Peters war nun mal ein Held und nicht so leicht zu kriegen wie Sami.

»Ich kann darüber nicht am Telefon reden«, flüsterte Sami und wusste, dass er sich mindestens so paranoid anhörte, wie er Nora am Anfang wahrgenommen hatte.

»Gut«, sagte Tatu nur, kaum dass Sami ausgesprochen hatte, als hätte er genau mit dieser Antwort gerechnet. »Ich bin gleich da.«

Und damit legte er auf.

* * *

Nora presste die Hände gegen die raue Wand und starrte mit tief gesenktem Kopf zu Boden, damit die Menschen, die geschäftig an ihr vorbei über den grünlich grauen PVC-Belag des Krankenhausflures liefen, nicht bemerkten, mit was für einer Keule der Entzug sie erwischte. Die Welt um sie schwankte und flimmerte. Der Geruch nach Desinfektionsmittel stieg scharf in ihre Nase, brannte in ihrem Rachen und machte nichts besser. Nora blinzelte gegen das weiße Licht an, das durch den dürftigen Vorhang kurzer dunkler Haarsträhnen hindurchdrang und ihr in die empfindlichen Augen stach. Rosalias Anfrage hatte sie unerwartet erreicht, und wäre es nicht um Sami gegangen, hätte sie vermutlich einen kühlen Kopf bewahren und an irgendeinen abgelegeneren Ort gehen können, ehe sie nach Euphoria reiste. Irgendwohin, wo sie sich unbeobachtet davon erholen konnte, dass sie schon wieder zwei Dämmerstunden hintereinander gespielt hatte, ohne eine schwarze Pille dazwischen zu nehmen. Aber sie war noch zu geplättet gewesen von ihrer spontanen Flucht gen Osten – weit gen Osten –, nachdem Sami ihr von seinem fatalen Treffen mit Sergej erzählt hatte; und noch dazu so aufgewühlt von zwei Nächten ohne Schlaf und ständig um den Verlust des Puppenjungen kreisenden Gedanken, dass ihr einfach jede Vernunft abhandengekommen war. Deshalb hatte sie die zwei goldenen Pillen genommen, die sie zu ihm brachten, ohne einen weiteren Gedanken zu verschwenden, selbst ohne einen zweiten Blick für ihre Umgebung.

Und hier hing sie nun.

Nora hatte das Gefühl, dass alle sie anstarrten, wie sie wie ein Schluck Wasser gegen die Wand neben dem Fahrstuhl im Eingangsbereich gesackt war, noch bevor sie auch nur zur Rezeption gegangen war, um ihr Anliegen vorzutragen.

Reiß dich zusammen. Sonst behalten sie dich gleich hier.

Nora schloss kurz die Augen, um sich zu sammeln. Sie war aus einem Impuls hergekommen, wie sie es schon früher getan hatte, wenn sie Trost brauchte. Sie gab sich nicht zum ersten Mal als Kittys Schwester aus, um eine Weile neben ihrer reglosen Gestalt am Bett zu sitzen und auf den Monitor zu starren, der ihre Herztöne aufzeichnete. Jetzt aber, nach allem, was heute in Euphoria geschehen war, kam ihr ihre Entscheidung beinahe wie eine Fügung vor.

Wenn sie an so etwas geglaubt hätte.

So oder so war nicht zu leugnen, dass sie an keinem Ort jetzt lieber gewesen wäre als hier. Nora richtete sich entschlossen auf und hielt sich kurz an der Wand fest, bis sie sich sicher war, dass ihre Knie nicht einfach nachgeben würden, ehe sie zur Rezeption hinüberwankte. Die ältere Dame, die dahinter saß, musterte sie halb skeptisch, halb mitleidig durch eine randlose Brille und fragte etwas auf Russisch.

Nora schüttelte den Kopf und zog ihr Handy hervor, um die Euphoria-App aufzurufen. Vor einigen Monaten hatte sie ein Offline-Sprachübersetzungstool erspielt, das sich außerhalb des Netzwerks und des Zugriffs der Echtzeit-Übersetzungsfunktion der *PlugIns* bereits als sehr nützlich erwiesen hatte.

»Ich möchte Ekaterina Romanova besuchen«, sagte sie jetzt ins Mikrofon und hielt der Rezeptionistin das Handy entgegen, aus dem nun die freundlich-blecherne Stimme der Euphoria-KI ertönte und ihre Worte auf Russisch wiederholte.

Die Frau hinter dem Tresen hob verblüfft die Brauen, dann lächelte sie, noch immer ein wenig distanziert, nickte rasch und klickte recht umständlich etwas an ihrem Computer. Nora wartete und hatte das Gefühl, die Ungeduld müsste sie gleich umbringen. Sie war ohne bestimmten Plan hierhergekommen, weil sie nicht gewusst hatte, wohin sie sonst hätte gehen und sich sicher fühlen können – und vielleicht auch in der Hoffnung, an Ekaterinas Bett zu sitzen, würde ihr irgendeinen Hinweis liefern, wie es nach dem Zerwürfnis mit Sami aus diesem Loch ohne Hoffnung weitergehen sollte. Aber jetzt war alles anders. Jetzt gab es Hoffnung. Eine Hoffnung, die Nora innerlich fast zerriss.

Endlich schien die Dame gefunden zu haben, was sie suchte, denn ihr Lächeln wurde etwas breiter und sie öffnete den Mund – nur um ihn etwas ratlos wieder zu schließen. »Do you speak English?«, fragte sie mit starkem Akzent.

Nora bedeutete ihr mit einer Handbewegung, in ihr Handy zu sprechen. Erleichterung breitete sich auf den Zügen der Rezeptionistin aus, als sie begriff, dass der Übersetzer auch andersherum funktionierte, und sie lehnte sich nach vorn.

»Zimmer M-326. Nehmen Sie den dritten Fahrstuhl, hinten neben dem Eingang zur Ambulanz.«

»Danke«, sagte Nora und zwang sich, noch einmal zu lächeln. Die alte Dame sagte noch etwas, aber Nora hatte das Handy schon wieder eingesteckt, und es schien dem

Gesichtsausdruck der Rezeptionistin nach zu urteilen auch nicht so wichtig zu sein. Davon abgesehen hatte Nora genug damit zu tun, sich auf ihren wackeligen Beinen halbwegs aufrecht zu halten. Wenn es nach ihr gegangen wäre, wäre sie am liebsten gerannt, ob das nun in einem Krankenhaus gern gesehen wurde oder nicht. Aber davon konnte sie ohnehin nur träumen. Ihre Gelenke schmerzten höllisch, vom Schwindel ganz zu schweigen. Sie hatte das Gefühl, kaum vom Fleck zu kommen. Wie automatisch tastete Nora nach der Pillendose. Nur eine, nur noch einmal schnell nach Ebene Eins, es wäre so einfach, alle Schmerzen für eine Weile weg, und sie könnte in Sekunden bei Kitty sein …

Nein. Nein, verdammt! Nora biss die Zähne zusammen und hieb wütend auf den Fahrstuhlknopf. *Es muss auch ohne gehen. Gewöhn dich dran. Oder willst du nie wieder ein normales Leben leben?*

Im dritten Stock angekommen hatte sich wenigstens das Zittern in ihren Knien ein wenig gelegt. Langsam ging Nora über den Flur, der hell war vom Tageslicht, das durch die Fenster am Ende des Ganges hereinströmte. Die Fenster waren leicht geöffnet, sodass frische, kühle Luft hereinströmte und den Kopfschmerz etwas linderte. Leise war es hier oben auch, als würden alle nur leichtfüßig und auf Zehenspitzen über den Flur huschen.

Die Tür von Zimmer M-326 war geschlossen. Auch dahinter war es still.

Noch während sie im Fahrstuhl nach oben gefahren

war, hatte Nora gedacht, sie würde ohne Zögern ins Zimmer stürmen. Sie musste einfach mit eigenen Augen sehen, wie es Kitty ging, nachdem Sami … getan hatte, was er getan hatte, was auch immer das genau war. Ob es etwas bewirkt hatte. Und wenn ja, was. Aber jetzt, wo sie so dicht davorstand, waren ihre Füße wie festgewachsen. Die Hand schon erhoben, um die Tür aufzustoßen, verharrte Nora jenseits der Schwelle, als stünde sie vor einer unsichtbaren Barriere. Und ihr kamen die Tränen.

Was würde sie dort drin sehen? Es fiel ihr schwer zu sagen, wie lange sie gebraucht hatte, um nach ihrem Trip wieder halbwegs klarzukommen. Zwei, drei Minuten? Höchstens fünf. Hier draußen konnte jedenfalls definitiv nicht viel Zeit vergangen sein, seit sie Sami wiedergetroffen und ihn mit in die Höhle unter dem Schrottplatz genommen hatte. Zwei Stunden dort drin. Zwei Sekunden hier draußen. Vielleicht hatte also überhaupt noch niemand mitbekommen, dass sich etwas verändert hatte. Aber etwas *musste* sich verändert haben. Oder?

Reiß dich zusammen. Sieh nach, bevor jemand dich hier erwischt, der weiß, dass du nicht ihre Schwester bist.

Ihr Klopfen geriet zaghaft, und sie schlich beinahe in den Raum hinein.

Und dort im Bett lag sie. Bleich war sie und abgemagert, mit einem Schlauch in der Nase, Kanülen in den Ellbeugen und Elektroden am kahl rasierten Schädel. Aber ihre Augen waren offen. Offen und wach.

Alles Blut schien aus Noras Kopf in ihre Brust zu

sacken und nur Leere in ihrem Gehirn zurückzulassen. So übermächtig die Hoffnung gewesen war, so überwältigend war das Gefühl, das jetzt durch sie hindurchrauschte, als die Hoffnung zu einer Wirklichkeit wurde. Was sie kaum noch zu denken gewagt hatte, war passiert. Nach all den Monaten des Haderns, des Suchens, und nach diesem Abschied in der Höhle, der vielleicht schmerzhafter war als alles, was Nora je erlebt hatte … war Kitty wieder wach. Wach und frei. So viel freier als Nora selbst.

»Kitty!« Es hatte ein Ruf werden sollen, doch es geriet zu einem Flüstern. Als sie auf unsicheren Beinen näher stolperte, wandten sich Ekaterinas Augen ihr zu. Blaue Augen. Keine silbernen Spiegel mehr. Ein wenig verhangen noch, als müssten sie erst wieder lernen, die Welt zu sehen, und doch so klar. So lebendig.

Und ohne jedes Erkennen.

Nora blieb stehen.

Kitty … Hey, ich bin's, Nora.

Die Worte blieben ihr in der Kehle stecken. Stumm wie ein Fisch stand sie da, öffnete mehrmals den Mund und brachte doch keinen Ton heraus.

Ekaterina ließ ein fragendes Lächeln sehen, dicht gefolgt von einem skeptischen Stirnrunzeln, und sagte etwas auf Russisch. Oder versuchte es zumindest, denn es kam kaum mehr als ein heiseres Krächzen aus ihrem Hals, in dem immer noch ein Schlauch steckte. Noras Herz begann heftig gegen ihre Rippen zu hämmern.

Erkennst du mich wirklich nicht?

Sie versuchte, sich vorzustellen, was Ekaterina sehen musste. Die dürre Gestalt eines jungen Mädchens mit verschlissenen, löchrigen Jeans und abgetragenem Mantel über einem labbrigen Wollpullover. Haare wie ein Vogelnest, eingefallene Wangen und tiefe Ringe unter den Augen. Tränen auf den Wangen. Nicht unbedingt die Vertrauenswürdigkeit in Person. Nora dachte an die Rezeptionistin im Erdgeschoss und an das Übersetzungstool, das zu benutzen ihr hier und jetzt ebenso verboten vorkam, wie kurz vor ihrem Aufeinandertreffen mit Ekaterina eine Pille zu nehmen. Sie wich einen Schritt zurück und hob entschuldigend die Hände. »Sorry«, murmelte sie und spürte schon wieder neue Tränen ihr Gesicht hinabstürzen. »Wrong door.«

Noch immer kein Erkennen. Kein Zeichen, kein noch so kleiner Hinweis. Nichts als ein winziges, verwirrtes Nicken, wie man einer Fremden eben zunickt, wenn man gerade erst aus monatelangem Koma erwacht und sich in einem unbekannten Zimmer einer unbekannten Person gegenübersieht.

Kann es sein … erinnerst du dich an gar nichts mehr?

Nicht an Euphoria, nicht an Sergej? Den Dämmerhimmel? … Mich?

Nein. An nichts davon.

In diesem Moment hörte Nora ein Stück entfernt auf dem Gang das Klappern von Schritten, und ein Gewirr von Stimmen, die auf Russisch miteinander sprachen. Viele Stimmen, geschäftig und schwer in Aufruhr, und sie näherten sich rasch. Natürlich. Die Monitore und Überwachungsgeräte, an die Ekaterina angeschlossen war, mussten einen Alarm ausgelöst haben. In wenigen Augenblicken würde der Raum voller Ärzte, Ärztinnen und Pflegekräfte sein.

Nora drehte sich um und floh. Sie rannte aus dem Krankenhaus, so schnell sie konnte – jetzt rannte sie wirklich, verdammt sollten ihre zittrigen Knie sein. Sie floh vor den Blicken, vor den Gedanken, die sich in ihrem Kopf überschlagen wollten, und vor dem Lächeln einer Fremden. Sie stürmte durch die Eingangstür, über die breite Straße vor dem Hospital, obwohl sie dabei beinahe überfahren wurde, und in den Park hinein, der jenseits der Straße lag. Abseits der Wege, zwischen einigen dicht stehenden jungen Birken, blieb sie stehen, legte den Kopf in den Nacken und starrte mit brennenden Augen in den schweren, bleigrauen Himmel über Moskau. Irgendwo in der Nähe schrie eine Krähe. Bei dem Klang breitete sich ein verzweifeltes Lächeln auf ihrem Gesicht aus.

Sie hatte nicht damit gerechnet, wurde ihr klar. Nicht mit Ekaterinas Zustand und noch viel weniger mit ihrer eigenen Reaktion darauf. Würde das auch mit ihr geschehen? Mit Sami, mit Sergej und auch, oder vor allem, mit Mika? Würden sie Euphoria und alles, was damit zu tun hatte, all das Leid, all die Angst, aber auch die Freude und die Nähe, die sie zueinander empfunden hatten, einfach *vergessen*?

Sogar die Krähe? Die Flügel?

Noras Brust wurde seltsam eng bei dem Gedanken, als lastete plötzlich ein schweres Gewicht darauf. Etwas in ihr bäumte sich mit aller Macht dagegen auf, wehrte sich gegen die Vorstellung, all das, was in den letzten Jahren ein so bedeutender Teil von ihr gewesen war, im Guten wie im Schlechten, nicht nur aufzugeben, sondern völlig … zu löschen.

Und trotzdem. Als sie an Kittys Blick dachte, so leer und klar und ohne jeden aus Dämmerlicht geborenen Schatten, da spürte Nora neben der Angst noch etwas anderes: Die Sehnsucht nach Freiheit.

Vielleicht ist es das Beste. Für uns alle.

Nora wischte sich über die Augen. Ja, Freiheit. Dafür hatten sie immer gekämpft. Sie, Kitty, Sergej. Yash und Gorm, und zuletzt auch Sami. Kitty war jetzt als Erste von ihnen so frei, wie sie es immer hatten sein wollen, und Nora würde ihr so bald wie möglich folgen. Zusammen mit den anderen. Sie mussten es einfach schaffen.

Nora atmete noch einmal tief durch, blinzelte die letzten ungeweinten Tränen fort und machte sich auf den Weg zum Flughafen. Sie musste so schnell wie möglich zu Sami zurückkehren. Sie mussten diese Letzte Mission aktivieren, von der Ekaterina gesprochen hatte. Den Schlüssel Euphorias finden und dieses verfluchte Monstrum abschalten. Dann würden sie alle für immer frei sein. Das war das Einzige, was wirklich zählte.

Auch wenn sie dafür vielleicht einen Teil von sich aufgeben musste.

* * *

Als Tatu endlich kam, hatte Sami bereits eine gefühlte halbe Stunde im Flur gewartet, trotz der besorgten Nachfragen seiner Familie und dem wiederholten Drängen, doch endlich etwas zu essen oder sich wieder hinzulegen, wenn er sich dafür zu schlecht fühlte. Aber Sami konnte stur sein, wenn er wollte, und das wollte er definitiv. In Wahrheit waren es vermutlich sowieso höchstens zehn oder fünfzehn Minuten, weil Tatu, als er Sami angerufen hatte, längst auf dem Weg zu ihm gewesen war. Sami lehnte sich zwischen die Mäntel, Jacken und Schals an der Garderobe neben der Haustür und drückte seinen Hintern gegen die Heizung, die darunter angebracht war. So ließ es sich halbwegs aushalten – bis es endlich klingelte. Sami riss ohne Umschweife die Tür auf, und da stand er. Tatu, wie er Sami seit so vielen Jahren ein so vertrauter Anblick war, die Kapuze seines Hoodies gegen den Regen über den Kopf gezogen, trotzdem klatschnass und trotzdem grinsend. »Yo. Da bin ich.«

Aber als das Grinsen verblasste, sah Sami auch etwas anderes in seinen Augen. Etwas, das er von Tatu noch nicht kannte. Sorge.

Um mich?

Zugegeben, er musste wirklich übel aussehen. So viel war sicher. Wenn er nur halb so übel aussah, wie er sich fühlte, musste er einen geradezu sterbenskranken Eindruck machen. Aber vielleicht – wahrscheinlich sogar –

ging es hier um etwas ganz anderes. Weil Marla die Finger im Spiel hatte. Und Dante. Dante nicht zu vergessen. Verdammt.

»Yo. Komm rein«, murmelte Sami und trat zur Seite.

Tatu schob sich an ihm vorbei, streifte die durchweichten Chucks von den Füßen und stiefelte geradewegs hinauf in Samis Zimmer. Schon unterwegs begann er sich aus seinem Hoodie zu schälen, bloß um das klatschnasse Teil direkt hinter Samis Zimmertür in die Ecke zu pfeffern, dicht gefolgt vom T-Shirt, das er darunter getragen hatte, ehe er seinen ebenfalls nassen Rucksack aufs Bett stellte und darin nach trockenen Klamotten wühlte. »Mann, ist das ätzend draußen. Da frierst du dir alles ab, ehrlich.«

Sami blieb auf der Türschwelle stehen und konnte nicht anders, als ihn mit brennenden Wangen anzustarren; wie sich die kräftigen Rückenmuskeln unter der glatten Haut bewegten und die schwarzen Haare feucht in seinem Nacken klebten. Dieser Arsch. Fiel ihm nichts Besseres ein, als halb nackt in Samis Zimmer herumzuspringen, als hätte er einfach komplett vergessen, worüber sie beim letzten Mal gesprochen hatten?

Gerade in diesem Moment schien es allerdings auch Tatu wieder einzufallen, denn er hielt mitten in der Bewegung inne, gerade als er ein frisches Shirt aus dem Rucksack zerrte. Dann drehte er sich langsam um, fast wie in Zeitlupe, und sah Sami mit einem sehr seltsamen Blick an. Sami hätte es beschämt genannt, wenn das in irgendeiner Art und Weise zu Tatu gepasst hätte. Aber das tat es nicht.

»Oh scheiße. Sorry, Piet, ich … Ist das okay? Ich meine …«

»Halt einfach die Klappe, Mann.« Sami winkte heftig ab und drehte sich um, weil sein Gesicht noch heißer wurde, wenn das überhaupt möglich war, von anderen Körperstellen ganz zu schweigen. »Ich hol dir ein Handtuch.«

Im Badezimmer gönnte er sich ein paar Sekunden, um wenigstens halbwegs runterzukommen und die Wange gegen die kalten Fliesen zu drücken. Sami stöhnte leise und presste als Nächstes die Stirn gegen die Wand. Falls er sich jemals eingeredet hatte, dieser ungerechte Crush würde besser werden, wenn er erst mal eine echte Abfuhr kassiert hatte, dann musste er jetzt einsehen, dass genau das Gegenteil der Fall war. Jetzt, wo die Karten auf dem Tisch lagen, schien sein Körper entschieden zu haben, dass weitere Zurückhaltung völlig sinnlos war.

Sami biss die Zähne zusammen und klatschte sich selbst mit beiden Händen zweimal kräftig auf die Wangen. Tatu war hier, um über Euphoria zu sprechen! Und Samis Aufgabe war es jetzt, ihm klarzumachen, dass er auf gar keinen Fall diese Pillen nehmen durfte, ganz egal was Marla ihm einflüsterte. Seine eigene Heulerei hatte damit nichts zu tun. Entschlossen griff Sami nach einem Handtuch und kehrte in sein Zimmer zurück, wo Tatu sich inzwischen wieder angezogen hatte und sichtlich betreten auf Samis Bett hockte.

Sami zwang sich zu einem Grinsen und warf ihn mit dem Handtuch ab. »Da. Bedeck dich, du Exhibitionist.«

Darüber musste Tatu lachen, und das immerhin war gut, die Luft schien gleich viel weniger angespannt. Folgsam nahm er das Handtuch und rubbelte sich die Haare trocken, um es danach in seinem Schoß liegen zu lassen. Kurz machte es den Eindruck, als wollte er noch etwas sagen, aber er entschied sich offenbar doch dagegen, und Sami war froh darüber. Er war einfach noch nicht so weit, die Grenzen ihrer Freundschaft neu festzustecken. Er hatte keine Antworten auf Fragen wie »Muss ich jetzt immer aufpassen, wie ich mich in deiner Gegenwart verhalte?« Deshalb war er froh über jeden Moment, in dem sie so tun konnten, als wäre alles noch wie immer. Vielleicht – hoffentlich – ging es Tatu ebenso.

»Also.« Er drehte seinen Schreibtischstuhl um, setzte sich rittlings darauf und legte die gekreuzten Oberarme auf die Lehne. »Du wolltest mich was fragen, richtig?«

Die Überreste des Lachens verschwanden von Tatus Gesicht. Er nickte.

»Wegen Euphoria.«

Noch ein Nicken.

Sami seufzte tonlos und griff in die Tasche seiner Hoodiejacke. Wie zielsicher er das Döschen inzwischen fand. Wo er doch alle zwei Minuten danach tastete, nur um sich zu vergewissern, dass es noch da war. Sein Plan war gewesen, es Tatu zuzuwerfen, damit er es mit eigenen Augen sehen konnte. Aber seine Finger waren da anderer

Ansicht. Sie hielten es für gar keine gute Idee, das Döschen und seinen kostbaren Inhalt in andere Hände zu geben. Sami spürte überdeutlich, wie sich das Metall gegen seine Haut drückte, und ein Wispern in seinem Inneren mahnte ihn zur Vorsicht. Sami wusste inzwischen, dass es die Puppe war, die da mit ihm sprach. Er hörte sie hier draußen nicht oft. Nur, wenn es wichtig war.

Gib sie nicht her. Wir brauchen sie noch. Alle.

Sami zwang seine Finger, sich zu öffnen. Langsam streckte er Tatu das Pillendöschen hin. Der Deckel schnappte auf und gab den golden und düster leuchtenden Schatz darin frei.

Tatus Augen weiteten sich. Sekundenlang starrte er wie gebannt auf die Pillen.

»Die wolltest du sehen, oder?« Sami hörte seine eigene Stimme seltsam gepresst klingen. Viel schneller als nötig klappte er das Döschen wieder zu und ließ es in seiner Tasche verschwinden. Tatu, wie erwartet, machte keine Anstalten, es ihm wegzunehmen. Warum sollte er auch? Er hatte ja noch keine Ahnung …

Sami kniff kurz die Augen zusammen. Aber er spürte trotzdem, dass Tatu ihn genau beobachtete.

»Kannst du mir jetzt was über dieses Euphoria sagen?«, fragte Tatu endlich, und wieder hörte Sami dieses seltsame Zögern in seiner Stimme.

Sami zuckte halbherzig die Schultern und versuchte, möglichst locker zu klingen. »Wo soll ich anfangen? Was willst du denn wissen?«

Tatu seufzte schwer. »Eigentlich vor allem, warum du mir nichts davon erzählt hast, verdammt.« Er runzelte die Stirn und starrte auf das Handtuch in seinem Schoß. Seine Hand ballte sich zur Faust. »Und was da zwischen dir und Marla läuft.«

Sami zuckte zusammen. Was sollte das nun wieder heißen? Was hatte diese Ziege ihm erzählt? »Marla?« Es rutschte ihm wesentlich heftiger heraus als beabsichtigt. »Gar nichts! Wie kommst du darauf, ausgerechnet zwischen *uns* würde irgendetwas laufen?«

Noch ein Seufzen, eher schon ein Stöhnen, tief und resigniert aus dem Bauch heraus. »Mann, Piet, hältst du mich für blöd? Erst erzählst du mir von dieser gruseligen Stalkerin und diesem Social Network oder was auch immer es ist, das du danach nie wieder erwähnst. Dann fängst du an, dich irgendwie schräg zu verhalten und ständig krank zu sein, und dann taucht *ganz plötzlich* Marla von der anderen Seite des Universums in unserem Leben auf und macht sich an mich ran, nur um mich kurze Zeit später zu *genau diesem Spiel von der Gruselstalkerin* einzuladen? Du willst doch nicht allen Ernstes, dass ich da noch an einen Zufall glaube!«

Sami starrte ihn an wie überfahren. »Hast du gerade *macht sich an mich ran* gesagt?« Er konnte nicht verhindern, dass wilde, irrationale Hoffnung in seiner Brust zu toben begann. Vielleicht hatten sie … vielleicht konnte er … vielleicht …

»Oh Mann. Dir ist echt nicht zu helfen.« Tatu ließ den

Kopf schwer gegen die Wand hinter ihm sinken. Dann seufzte er ein letztes Mal und schüttelte den Kopf. »Hör auf damit, Piezke, okay? Ich weiß, das ist schwer für dich, und das tut mir leid, ehrlich. Aber bei mir und Marla ist alles in Ordnung. Glaube ich. Ich meine, ich bin mir schon sicher, dass ich schwer auf sie stehe. Es ist nur so, weißt du … wenn wir uns ein paar Stunden nicht sehen, dann bin ich mir manchmal gar nicht mehr so sicher, ob … wie soll ich das erklären, manchmal macht der Gedanke an sie mir Kopfschmerzen. Klingt richtig schräg, ich weiß. Vielleicht sollte ich dir das gar nicht erzählen, sie würde mich hassen. Aber dass sie mit diesem Euphoria-Ding ankam, das ist auch schräg, findest du nicht? Ach scheiße, Piet, ich musste dich einfach fragen. Hast du da mitgemacht? Hast du diese Pillen genommen?«

Er starrte Sami jetzt sehr eindringlich an, als hinge alles davon ab, wie seine Antwort ausfallen würde.

Langsam, sehr langsam, nickte Sami. »Ist aber nicht zu empfehlen, wie du siehst.« Er lachte trocken. Sein Hals war so rau, dass er sich wunderte, überhaupt einen Ton herauszubekommen.

Tatu schüttelte fassungslos den Kopf. »Oh scheiße. Warum hast du nichts gesagt, Piet? Warum?«

»Schwer zu erklären«, murmelte Sami. Jetzt musste er es sagen. Jetzt, oder er würde sich vielleicht nie mehr trauen. Tatu war in sie verschossen, verdammt, oder zumindest glaubte er das. Sollte Sami ihn etwa einfach ins Messer laufen lassen? Er holte tief Luft. »Tut mir leid. Ich wollte wirklich mit dir darüber reden, aber es ist … na ja, kompliziert. Ich erzähl dir alles, okay? Das hätte ich schon längst tun sollen. Nur eins noch vorher. Wegen Marla. Ich sag das echt nicht gern, aber du kannst ihr nicht vertrauen. Sie … ach verdammt, das hört sich total bescheuert an, aber sie benutzt dich nur, um an mich ranzukommen. Eigentlich liebt sie den Prinzen von Euphoria, deshalb tut sie alles, was er sagt. Und der Prinz will … der will mich.«

Für einige schier endlose Augenblicke schien die Zeit wie erstarrt. Beinahe erwartete Sami schon, dass sie gleich in einen Splitterregen zerspringen und sie beide nach Euphoria katapultieren würde. Aber das geschah nicht. Stattdessen konnte er beobachten, wie Tatu bei seinen Worten alles aus dem Gesicht fiel, wie sie ihn wie Faustschläge in den Magen trafen und nur ein entgeisterter Ausdruck auf seinem Gesicht zurückblieb.

In diesem Augenblick klingelte es im Erdgeschoss erneut an der Tür. Weder Sami noch Tatu rührten sich.

»Das … sagst du nicht nur, weil du eifersüchtig bist, oder?« Tatus Stimme klang heiser, als müsste er im nächsten Moment anfangen zu heulen.

Sami schüttelte stumm den Kopf. Es tat ihm leid, Tatu so getroffen zu haben – dabei hatte er ihm ja immer noch nur ein winziges Bruchstück der Wahrheit erzählt.

Er hörte seine Mutter unten durch den Flur gehen und öffnen. Kurz darauf rief sie die Treppe hinauf.

»Sami! Tatu! Eure Freundin ist da!«

Sami und Tatu wechselten einen überraschten Blick. Schritte erklangen auf den Stufen. Leichte Schritte, kaum hörbar, wie auf Federn, und einen hoffnungsvollen Augenblick dachte Sami, es müsse Nora sein, die kam und ihn bei dieser unmöglich zu bewältigenden Aufgabe unterstützte. Sie konnte Tatu von Dante erzählen und warum Marla so gefährlich war.

Aber nur ein einziger Blick in Tatus Gesicht machte alle Hoffnung wieder zunichte. Er hatte sich aufgerichtet, den Kopf zur Tür gewandt, die Erschütterung war aus seiner Miene verschwunden und einem warmen, aber auch irgendwie entrückten Lächeln gewichen. Selbst von Weitem hatte er – anders als Sami – die Stimme der Sirene erkannt. Und nur Sekunden später erschien Marla auf der Schwelle zu Samis Zimmer. Elegant und perfekt gestylt wie eh und je, obwohl man ihr lassen musste, dass ihr Stil dezenter und natürlicher war, seit sie nicht mehr mit dem Prollclub abhing. Sie war wirklich hübsch. Bloß eben leider nicht von innen.

»Hallo, Jungs!« Sie lächelte strahlend. »Ich wollte euch abholen. Also, eigentlich dich, Sami.«

Sami stand auf. Sein Blick flog zu Tatu. Hatte es irgendetwas bewirkt, dass er ihn vor ein paar Sekunden noch vor ihr gewarnt hatte? Immerhin sah er ziemlich verwirrt aus, das war wohl besser als nichts. Sami machte einen Schritt auf Marla zu. »Auf gar keinen Fall. Verpiss dich. Das ist mein Zimmer, und du hast hier nichts verloren.«

Marla schnalzte vorwurfsvoll mit der Zunge und verdrehte die Augen. »Du bist immer so grob! Ich tu doch auch nur, was mir gesagt wird.« Sie zuckte die Schultern. »Dante will dich sehen. Sofort. Also sei nicht zickig und komm.«

Sami schnaufte höhnisch und schüttelte den Kopf. »Das kannst du aber mal schön vergessen.«

»Hey.« Tatu schien seine Gedanken endlich wieder halbwegs beisammen zu haben. Die Verwirrung auf seinem Gesicht mischte sich mit Ungeduld und Ärger. Tatu konnte es nicht ausstehen, wenn er eine Situation nicht überblicken konnte. Und so wenig wie heute hatte er das vermutlich noch nie gekonnt. »Kann mir vielleicht mal einer von euch erklären, was hier eigentlich abgeht? Wer ist Dante? Und du …«

»Oh, hi!« Marlas Stimme veränderte sich, wurde samtig weich und strahlend wie ihr Lächeln. »Entschuldige, Liebling. Ich wollte dich nicht ignorieren. Sami versteht einfach nicht, wie wichtig es ist, dass er mit einem Freund von mir spricht. Hilfst du mir, ihn zu überzeugen, dass er besser gleich mitkommt?«

»Oh nein. Vergiss es.« Sami fuhr ihr über den Mund, noch ehe sie ganz ausgesprochen hatte. Er musste sie irgendwie am Reden hindern. Es war einfach zu gruselig zu beobachten, wie sich Tatus Miene beim Klang ihrer Stimme erneut veränderte, wie sie ganz weich und fremd zu werden drohte.

»Tatu!« Mit leicht verhangenem Blick wandte Tatu den

Kopf in seine Richtung. Sami starrte ihn eindringlich an. »Denk dran, was du eben noch über sie gesagt hast!« Er tippte sich vielsagend an die Schläfe und formte mit den Lippen das Wort *»Kopfschmerzen!«*.

Zumindest für den Moment schien das zu wirken, denn Tatu blinzelte und schüttelte sich, als müsse er sich von einem Sekundenschlaf erholen. »Was zur Hölle …«, murmelte er und rieb sich über das Gesicht.

Sami nutzte die Gelegenheit, in Marlas Richtung nachzusetzen. »Und du verziehst dich jetzt *sofort* aus meinem Zimmer! Sag Dante, ich entscheide immer noch selbst, wann und ob ich zu ihm komme. Und lasst verdammt noch mal endlich die Finger von meinem besten Freund!«

Aber auch Marla war nun wütend. Auf eine kalte, unheimliche Art. »Ach, Sami. Dante hat vorhergesagt, dass du das tun würdest.« Sie schnaubte. »Ich sage dir, du hast keine Chance. Hier. Ein Geschenk von ihm.« Sie kramte kurz in ihrer übergroßen Handtasche und warf Sami etwas zu. Noch ehe er selbst wusste, was er tat, hatte er es reflexartig gefangen. Er sah gerade noch, dass es ein breites Lederband war, mit einer Schnalle wie ein Hundehalsband – und Marlas triumphierendes Lächeln. Da wurde es auch schon in seinen Händen lebendig; es schlüpfte ihm wie eine Schlange durch die Finger und schlang sich um seinen Hals. Mit einem feinen Klicken rastete der Verschluss in seinem Nacken ein. Sami griff danach, aber es war zu spät. Er würgte und keuchte.

Marla musterte ihn bloß mit verständnislosem Kopfschütteln. »Weißt du, Sami, ich konnte dich eigentlich immer ganz gut leiden. Aber dass du so ein selbstgerechter, sturer Blödmann bist, wird langsam echt ein bisschen anstrengend. Na los, mach Sitz!«

Sami spürte, wie sich seine Muskeln gegen seinen Willen entspannten und er einfach zurück auf den Stuhl fiel.

»Na geht doch.« Marla lächelte zufrieden und zog ihr Handy hervor. »Dann sage ich mal Dante Bescheid, dass du bald bei ihm sein wirst.«

Sami wollte sie anspringen, ihr das Teil aus der Hand schlagen und auf dem Boden zertreten, aber seine Muskeln ließen ihn jämmerlich im Stich. Eine erdrückende Wärme floss von dem Halsband durch seinen ganzen Körper, bis er ihn kaum noch spüren konnte.

Dafür war Tatu jetzt vom Bett aufgesprungen. Mit fassungslos geweiteten Augen starrte er Sami an. »Verdammte Scheiße, was …?!«

Marla wandte sich rasch zu ihm um. Ihr Lächeln wurde wieder liebevoll und sehr sanft. »Hey, schschsch, alles gut! Keine Sorge. Sami überlegt sich das jetzt noch mal, und dann kommt das böse Ding wieder ab. Ihm passiert nichts, versprochen. Vertraust du mir nicht?« Sie legte Tatu eine Hand an die Wange, vor der er nur kurz zurückzuckte, ehe ein leiser Seufzer über seine Lippen schlüpfte und er sich gegen ihre streichelnde Handfläche schmiegte.

»Doch …«, murmelte er mit schwerer Zunge. Sami wurde schlecht bei dem Anblick.

»Komm, setz dich auch wieder hin«, flüsterte Marla, zärtlich und lockend. Sie drückte Tatu zurück aufs Bett und glitt mit einer geschmeidigen Bewegung rittlings auf seinen Schoß, was wie von selbst dieses gruselige Lächeln auf sein Gesicht zurückrief.

»Ich versteh das alles nicht«, murmelte er heiser und blinzelte heftig, offenbar krampfhaft bemüht, trotz allem wach und bei sich zu bleiben. Sami wand sich und kämpfte, aber es kam immer noch kein Ton aus seinem Mund.

»Das musst du auch nicht.« Marlas Stimme war jetzt glockenhell. Dabei wiegte sie sich sanft auf Tatus Schoß vor und zurück. »Komm einfach mit mir, ja? Dann kommt er uns bestimmt hinterhergelaufen, was meinst du?« Und als sie ihm kurz darauf einen federleichten Kuss auf den Mund hauchte, war jeder Rest des Widerstandes aus Tatus Gesicht verschwunden.

Ein ersticktes Keuchen drang aus Samis Kehle. Aber keiner der beiden beachtete ihn noch.

Mit einer fließenden Bewegung ließ Marla die Hand in die Tasche ihrer Strickjacke gleiten und zog ein Döschen hervor, dessen Anblick Sami mittlerweile nur zu vertraut war.

»Jetzt mach schön den Mund auf, Liebling.«

Tatu nickte und lächelte, noch immer so leer und verloren und unheimlich glücklich.

Sami bäumte sich auf, kämpfte mit aller Kraft – doch mehr als ein müdes Zucken kam nicht in seinen Gliedern an. Er konnte nichts tun, außer zuzusehen, wie Marla eine Pille nach der anderen in Tatus Mund legte, die er folgsam schluckte. Eins. Zwei. Vier. Zehn.

Nein! Tatu, nein! Wie viele verdammte Pillen will sie ihm noch geben?!

»Braver Liebling. Jetzt küss mich. Ich bin gleich bei dir.«

Ein eigentümlicher Laut drang aus Tatus Kehle. Und noch während er und Marla in einen tiefen, leidenschaftlichen Kuss versanken, sah Sami Tatus Lider flattern, seine Augen verdrehten sich nach innen, bis nur noch das Weiße zu sehen war – und dann fiel er einfach um und blieb reglos zwischen Samis Decken liegen.

Langsam, geradezu gemächlich, stieg Marla von seinem Schoß und wandte sich wieder zu Sami um, der sich immer noch nicht rühren konnte. Geradezu aufreizend langsam kam sie auf ihn zu und löste das Band von seinem Hals, um es ihm mit einer fast zärtlichen Geste in den Schoß zu legen.

»Überleg dir gut, was du jetzt tust, Sami«, sagte sie leise.

Dann huschte sie so lautlos zur Tür hinaus, wie sie gekommen war.

31

GenZero

Nachdem Marla verschwunden war, blieb Sami noch eine ganze Weile wie erschlagen auf seinem Stuhl sitzen. Das Gefühl kehrte nur langsam in seine Glieder zurück, und bis er glaubte, wieder Herr seines Körpers zu sein, verging eine quälende Ewigkeit. Irgendwann schaffte er es immerhin, das grässliche Halsband von seinem Schoß zu stoßen. Dann rutschte er vom Stuhl und krabbelte auf allen Vieren mühsam zum Bett hinüber. Ächzend zog er sich an der Kante hoch und blieb schwer atmend neben dem immer noch reglosen Tatu liegen. Als er in das Gesicht seines besten Freundes sah, das so ruhig wirkte, als würde er bloß schlafen, stiegen Sami Tränen in die Augen. Tränen der Wut und der Hilflosigkeit und der Schuld.

»Tut mir leid«, flüsterte er. »Es tut mir so leid.«

Endlose Sekunden starrte er Tatu an, versuchte sich zu beruhigen und irgendwie halbwegs klar zu denken, aber es gelang ihm nicht. Was sollte er tun? Er *musste* doch etwas tun können, irgendwas! Blieb ihm überhaupt noch eine andere Wahl, als nach Marlas und Dantes Pfeife zu tanzen? Er wusste es nicht. Er wusste überhaupt nichts mehr, außer dass er das nicht gewollt hatte. Dass er Tatu verloren hatte, dass er ihn hätte retten müssen.

Er konnte das nicht allein.

Ächzend richtete Sami sich auf und tastete fahrig in seiner Hosentasche nach seinem Handy. Nora. Nora musste ihm sagen, was er tun sollte. Mit bebenden Fingern aktivierte er die Euphoria-App und tippte im Voice-Chat auf ihren Namen.

Sie ging nicht ran. Auch nicht beim zweiten oder dritten Versuch. Sami fluchte aus tiefstem Herzen. Noras Worte kamen ihm in den Sinn, als sie sich zum letzten Mal in Euphoria gesehen hatten.

»Wo bist du eigentlich?«

»Weit weg.«

Wie weit wohl? Und wann würde sie verdammt noch mal wiederkommen?! Sie hatte ihm versprochen, erreichbar zu sein! Jederzeit!

Er konnte nicht auf sie warten. Nicht, nachdem Tatu gerade etwa fünfzehn goldene Pillen auf einmal in den Hals gedrückt bekommen hatte. Das war wie in Noras Geschichte über ihren Bruder! Und Sami wusste nichts, rein gar nichts darüber, was das mit ihm anstellen würde.

Es gab nur einen, den er danach fragen konnte. Einen, der vermutlich genau auf diese Karte gesetzt hatte.

Noras Bruder selbst.

Sami atmete tief durch. Ein letztes Mal starrte er auf Noras rotgolden blinkenden Namen in seiner Kontaktliste.

Warte auf Antwort, stand in kleiner grauer Schrift darüber. Sami fluchte leise. Dann tippte er auf den Namen, der genau darunter stand.

Er rief Dante an.

Anders als Nora schien der Prinz von Euphoria sehnsüchtig auf seinen Anruf gewartet zu haben, denn er antwortete sofort.

»Sami! Wie schön, von dir zu hören.«

»Ich komme zu dir.« Sami spürte, wie es allein beim Klang von Dantes Stimme in ihm vor Wut zu kochen begann. »Jetzt gleich.«

»Oh, aber sehr gern.« Er hörte Dante lächeln. Ein feines, wissendes Lächeln ohne jede Bosheit. Ganz anders als Marla. Aber Sami würde sich nicht davon täuschen lassen. Nicht mehr.

Er hörte Dante kurz mit etwas rascheln. »Ich habe dir eine direkte Einladung in den Palast geschickt«, sagte er dann. »Komm, wann immer du willst. Dann reden wir.«

Damit unterbrach er die Verbindung.

Sami verlor keine Zeit. Fast schon grob zerrte er das Pillendöschen aus der Tasche, obwohl ein stechender Kopfschmerz direkt hinter seinen Augen ihn nachdrücklich an Noras Warnung erinnerte. Er richtete sich selbst zugrunde, wenn er sich keine Pausen gönnte. Aber er hatte keine Wahl und Nora war nicht da, um ihn aufzuhalten. Er war auf sich allein gestellt. Sami sah ein letztes Mal auf Tatu hinunter, der tief und gleichmäßig atmete.

Dann beugte er sich entschlossen vor und drückte seine Lippen auf Tatus Stirn, vorsichtig und weich, ehe er mit glühenden Wangen wieder zurückzuckte.

»Sorry«, murmelte er, obwohl ihm klar war, dass Tatu wohl weder von dem Kuss noch von seiner Entschuldigung etwas mitbekommen hatte. Aber das war auch nicht so wichtig. Wichtig war nur, dass er Tatu wieder rausholen musste aus Euphoria. Was auch immer ihn das kosten würde.

Nora, das wusste er, hätte ihn gewarnt, dass es so einfach nicht sein würde. Dass er seine Sinne und seine Kräfte beisammenhalten musste. Er brauchte einen Plan, an den er sich halten konnte, der ihn vor einer Manipulation durch Dante schützen würde – oder durch seinen Vampir, der ja auch noch irgendwo dort herumkriechen musste. Aber Sami war zu wütend für rationales Handeln, und auch zu verzweifelt. Wenigstens war er noch geistesgegenwärtig genug, Nora eine schnelle Nachricht zu schicken. Dann warf er sich zwei goldene Pillen in den Mund und stürzte sich ins Dämmerlicht.

Als die Welt wieder zur Ruhe kam, hatte er im ersten Moment das verwirrende Gefühl, an der Decke zu schweben und alles von oben zu betrachten. Das änderte sich allerdings schlagartig, als ein von goldenen Locken umrahmtes, fein geschnittenes Männergesicht über ihm auftauchte und er in ein im Dämmerlicht kornblumenblau schimmerndes Augenpaar blickte.

»Das ging ja noch schneller, als ich dachte«, sagte Dante und lächelte verschmitzt.

Sami rieb sich den Kopf und begriff allmählich, dass er rücklings auf dem Teppich in Dantes Turmzimmer lag.

Direkte Einladung. Ach so.

Leise stöhnend richtete er sich auf, nur um sich nahezu Nasenspitze an Nasenspitze mit dem Prinzen wiederzufinden. Ein Nachhall der lähmenden Wärme des Halsbandes rieselte über seine Haut, und Sami griff sich unwillkürlich an den Nacken, doch da war nichts. Er war frei. Oder so was Ähnliches. Denn wenn man es ganz genau nahm, war er Dante immerhin gerade sehenden Auges in die Falle getappt. Ein Gedanke, der ihm augenblicklich wieder ins Gedächtnis rief, weshalb er hergekommen war.

»Wo ist Tatu?«, fuhr Sami ihn an.

»Ho, langsam.« Dante wich nicht zurück, und er lächelte immer noch. »Ich habe ihn nicht. Siehst du?« Er richtete sich gemächlich aus der Hocke auf, in der er neben Sami gesessen hatte, und breitete die Arme in einer den ganzen Raum umfassenden Geste aus. »Es ist niemand hier außer uns, ich schwöre es dir. Und bevor du fragst: Ich hatte nichts damit zu tun. Ich habe Melody nur gebeten, *dich* zu mir zu bringen – wir waren verabredet, wenn du dich erinnerst. Ich dachte, allmählich würde es Zeit, findest du nicht? Was sie mit deinem Freund gemacht hat – was nicht sehr gut durchdacht war, ehrlich gesagt –, war ganz allein ihre Entscheidung.«

»Red dich nicht raus, Arschgesicht«, grollte Sami und

rappelte sich ebenfalls auf. Es tat gut, ausnahmsweise mal keine Schmerzen zu spüren, wenn er sich bewegte, auch wenn er natürlich wusste, dass das nur deshalb so war, weil er seinen Körper nicht nach Euphoria mitgenommen hatte. Dafür spürte er nun umso deutlicher wieder die Gegenwart der Puppe. Wie jede Berührung, jede Empfindung und selbst jedes Wort, das er hörte oder sprach, in ihrem hohlen Inneren widerhallte und vielfach verstärkt in ihm vibrierte. Manchmal war sich Sami nicht sicher, wie viel davon er eigentlich ertragen konnte, ohne einfach in Scherben zu zerbrechen. »Ohne dein *kleines Geschenk* hätte sie diese Nummer gar nicht erst durchziehen können!«

Dante seufzte. Es klang ein wenig gereizt. »Ja, das ist wahr, ich gebe es zu. Aber auch das war eigentlich nicht dafür gedacht, deinen Freund irgendwohin zu entführen. Ich habe wirklich keine Ahnung, was in diese liebestolle Sirene gefahren ist. Es sollte ein letztes Mittel sein, wenn sie es nicht schafft, *dich* mit Worten zu überzeugen. Und ja, damit habe ich tatsächlich irgendwie gerechnet.« Er lachte leise.

»Ich hasse euch«, murmelte Sami und sah zur Seite. Sein Gesicht war heiß wie eine Kochplatte.

»Hör mal … Es tut mir leid.« Dante wurde ernst. »Ehrlich, Sami. Ich wünschte, ich könnte dir sagen, wo dein Freund hingeraten ist. Aber ich will aufrichtig zu dir sein: Ich weiß es nicht. Noch nicht.«

»Aber wer weiß es dann? Was ist mit ihm passiert? Und wie kommt er wieder zurück, verdammt?« Sami spürte die Angst um Tatu eisig seine Wirbelsäule entlangrinnen. Wie zur Hölle sollte er da ruhig bleiben?

Dante zuckte mit den Schultern. »Melody. Vielleicht. Wir können sie fragen, sie muss bald wieder hier sein. Aber ehe es dazu kommt, hör mir gut zu: Ich verspreche dir, ich werde alles tun, was ich kann, um deinen Freund zu finden. Ich wollte nicht, dass das passiert, und ich hätte niemals den Befehl dazu gegeben. Bitte glaub mir das. Komm. Setzen wir uns erst mal hin. Du bist sicher noch erschöpft und möchtest wissen, warum ich dich eigentlich so unbedingt hier haben wollte, nicht wahr?«

Sami zwang sich, tief durchzuatmen und zu nicken. Er konnte jetzt nicht mehr tun, als Dante vorerst zu glauben. Und er hätte gelogen, wenn er sagte, dass er Dante nicht wirklich gern glauben *wollte*. Es war ohne Frage etwas an ihm, das Sami seltsam anrührte, und das lag nicht nur daran, dass er so absurd schön war. Jetzt, wo sie einander wieder gegenüberstanden, spürte Sami es beinahe noch intensiver als beim ersten Mal. Vielleicht, weil er die empfindsamen Sinne seines *Enigmas* inzwischen so sehr als Teil seiner eigenen akzeptiert hatte. Dante *war* ein schöner Mann, aber er war auch traurig und bitter und einsam und wütend. Und immer, wenn er Sami direkt ansah … so eigentümlich sanft, dass Sami ein Schauer über die Wirbelsäule rieselte, der nicht uneingeschränkt angenehm war. Jedes Mal. Nicht einmal die Erinnerung, wie Tatus Stirn sich an seinen Lippen angefühlt hatte, konnte daran etwas ändern.

Noras Bruder. Vielleicht sind sie einander ähnlicher, als sie wahrhaben wollen.

Langsam und sehr viel verwirrter, als ihm lieb war, wo er doch eigentlich wütend und entschlossen hätte sein sollen, folgte Sami dem Prinzen hinüber zu der Sitzgruppe vor dem Kamin, in dem auch heute ein sanftes Feuer prasselte.

Als er sich gegenüber von Dante in einen der Sessel sinken ließ, wurde ihm erst wirklich bewusst, wie erschöpft er war. Der samtige Bezug schmiegte sich weich an seine Arme, Beine und Schultern, und in diesem Moment wollte Sami am liebsten einfach die Augen zumachen und schlafen. Aber nur für eine Sekunde. Denn ein anderer, größerer Teil von ihm war und blieb selbst in diesem Augenblick der Schwäche hellwach. Der Teil, der alles tun wollte, um Tatu zu finden, und der sich dennoch überaus bewusst war, dass er sich dafür gerade einem sehr mächtigen und berechnenden Gegenspieler förmlich auslieferte.

Doch auch Dante schien zumindest für den Moment mit seinen Gedanken ganz woanders zu sein. Geistesabwesend sah er in die Flammen im Kamin, die einen zuckenden Schein auf sein Gesicht warfen und seine Augen dämmerblau funkeln ließen. Lichtpunkte spiegelten sich darin wie weit entfernte Sterne, und Sami war sich nicht sicher, ob das Gefühl, das er darin sah, Traurigkeit war – oder stille Wut.

Eine kleine Ewigkeit später erst seufzte der Prinz leise

und wandte sich Sami wieder zu. »Also. Dann lass uns unser Gespräch doch noch mal von vorn beginnen. Ich hätte mir wirklich gewünscht, dass wir uns unter anderen Umständen wiedersehen. Was Melody getan hat, war wirklich sehr kurzsichtig und hat niemandem geholfen. Aber vermutlich war es genau so kurzsichtig von mir, sie überhaupt zu dir zu schicken.« Er lächelte selbstironisch. »Wärst du gekommen, wenn ich dich einfach darum gebeten hätte, Sami?«

Sami antwortete nicht darauf. Was hätte er auch sagen sollen? Wäre er gekommen? Er wusste es nicht. Er wusste nur, er hatte genug davon, benutzt zu werden, er hatte es satt, Spielball und Mittel zum Zweck zu sein, und er wollte eigentlich gar nicht hören, wofür der Prinz von Euphoria meinte, ihn und sein ach so seltenes Puppen-*Enigma* zu brauchen.

»Weißt du wirklich nicht, wo Tatu ist?«, fragte er zurück.

Dante hob eine Braue. Aber statt auf einer Antwort zu beharren, schüttelte er schließlich bloß den Kopf. »Tut mir leid. Ich kann auch nur raten.«

»Dann rate. Das ist immer noch besser als nichts.« Sami ballte auf der Sessellehne die Hand zur Faust. »War es denn nicht bei dir genauso? Bist du nicht deshalb der Prinz, weil du absurd viele Pillen auf einmal geschluckt hast? Wo bist du damals gelandet?«

Dante richtete sich in seinem Sessel auf, um ihn verblüfft zu mustern. »Hat Nora dir das erzählt?«

Er nannte sie nicht *Krähe*. Es fiel Sami sofort auf, weil der Name aus Dantes Mund so ungewohnt klang. So *bitter*, noch bitterer, als der Rest von Dantes Wesen sich manchmal für seine Puppensinne anfühlte. Für einen Moment wusste Sami nicht, wie er darauf reagieren sollte.

»Warum hasst du sie so?«, fragte er schließlich, und erst als er es aussprach, wurde ihm klar, dass ihn diese Frage schon die ganze Zeit beschäftigte. Seit er erfahren hatte, dass Dante Noras Bruder war.

»Sie hassen?« Dante lachte auf, aber es klang verhalten und freudlos. »Aber ich hasse sie doch nicht.« Er schüttelte den Kopf, seine goldenen Locken leuchteten dabei im Feuerschein auf. »Ich bin nur frustriert, dass sie mich nicht versteht. Nun ja, und dass sie mich zu töten versucht, nehme ich ihr irgendwie auch übel.«

»Sie will dich *retten*!«, widersprach Sami heftig. »Alles, was sie tut, tut sie, weil sie dich hier rausholen will.«

»Darum habe ich sie aber nicht gebeten.« Zum ersten Mal sah Sami nun ungefilterten Ärger auf Dantes Gesicht. »Ich habe ihr schon vor Jahren gesagt, sie soll damit aufhören. Aber das interessiert sie einfach nicht, weil sie denkt, dass sie es besser weiß. Deshalb zerstört sie einfach alles, was mir wichtig ist. Würdest du es nicht übel nehmen, wenn jemand deine Wünsche und Bedürfnisse so ignoriert?«

»Das tut sie, weil du ihr fehlst. Draußen, in der echten Welt.« Sami starrte Dante an und hatte das Gefühl, die Brust müsste ihm zerspringen. Vor seinem inneren Auge lag Tatu reglos zwischen den Kissen auf seinem Bett. Unerreichbar und seltsam fremd. »Ich verstehe das ehrlich gesagt ganz gut.«

Dante erwiderte seinen Blick, unbewegt und finster. »Das freut mich für euch beide. Aber versteht ihr auch mich? Ich denke nein.«

Darauf wusste Sami im ersten Moment nichts zu sagen. Natürlich verstand er es nicht. Zugegeben, er konnte nachfühlen, wie es war, Euphoria und alles, was es hier zu erreichen und zu fühlen gab, nicht aufgeben zu wollen – viel zu gut sogar. Aber nach allem, was Nora erzählt hatte, musste ihr Bruder doch noch vor allen anderen am besten wissen, welche Opfer das forderte. Konnte irgendjemand auf der Welt das begreifen und trotzdem noch so sehr ersehnen?

»Warum denkst du, dass sie dich töten will?«, bohrte Sami weiter, als es nicht so schien, als wollte Dante von sich aus noch etwas zu dem Thema sagen. »Ich bin mir ziemlich sicher, dass das nicht stimmt.«

Dante stieß ein tonloses Seufzen aus und starrte wieder sekundenlang schweigend in die Flammen. »Ich denke ja gar nicht, dass sie es *will*«, sagte er endlich. »Aber sie tut es trotzdem.«

Jetzt war Sami endgültig verwirrt. »Wie meinst du das nun wieder?«

»Ach, Sami.« Nun sah Dante ihn wieder an, sein Blick war zugleich traurig und amüsiert. »Ist das nicht offensichtlich? Nora versucht, Euphoria zu zerstören. Sie will es abschalten, und zwar für immer, und weil sie so starrsinnig und hartnäckig ist, wird ihr das irgendwann auch gelingen. Aber da ich nun einmal nicht hier herauskommen werde … wird sie mich damit umbringen.«

Sami runzelte skeptisch die Stirn. »Ist das dein Ernst? Du willst Euphoria nicht verlassen, selbst wenn es dich tötet? Gibt es da draußen denn wirklich gar nichts, für das es sich lohnt, zurückzukehren?«

Dante seufzte erneut. Sein Blick glitt zum Fenster und kehrte dann zu den zuckenden Flammen zurück. »Doch«, sagte er endlich und sah Sami wieder an. »Sehr viel sogar.«

Sami schüttelte verwirrt den Kopf. *Und warum willst du dann so unbedingt bleiben?*, wollte er fragen. Doch er brauchte die Worte nicht auszusprechen.

»Ich kann Euphoria nicht verlassen«, sagte Dante mit sehr leiser, aber doch sehr klarer Stimme. »Es ist zu spät für mich. Ich habe zu viele von den goldenen Pillen genommen. Jetzt ist mein Schicksal untrennbar verknüpft mit dem von Euphoria. Ob Nora das gefällt oder nicht.«

Sami starrte ihn sprachlos an. Die Gedanken in seinem Kopf überschlugen sich. Wieder sah er Tatu vor sich, Tatu und Marla und die Pillen, und dann sein regloses, friedliches Gesicht.

»Oh, aber keine Sorge«, sagte Dante, als hätte er Samis Gedanken gelesen – und vielleicht hatte er das tatsächlich, denn sie mussten ihm ins Gesicht geschrieben stehen wie in einem offenen Buch. »Ich glaube nicht, dass meine Situation mit der deines Freundes irgendwie vergleichbar ist. Ich bin nicht hier, weil ich ein einziges Mal zu viele Pillen geschluckt habe, wie dein Freund heute. Ich bin hier, weil ich diese Dosis über viele Jahre jeden Tag genommen habe, ohne meine Hirnchemie ein einziges Mal mit einer schwarzen Pille auszugleichen. Hier drin bin ich jetzt vielleicht der ultimative User Euphorias. Aber da draußen bin ich einfach nur kaputt. Irreparabel vermutlich.« Sein Lächeln geriet schief, geradezu selbstironisch. »Genutzt hat es mir nichts, so viel ist sicher. Ich habe mein ursprüngliches *Enigma* eingetauscht gegen die Position des Prinzen, und das erschien mir lange Zeit wie ein guter Deal, eine angemessene Belohnung für meinen Einsatz. Immerhin konnte ich so daran arbeiten, Euphoria für die Menschen, die hierherkommen, zu einem guten Ort zu machen, an den sie sich vor der Realität da draußen flüchten können. Aber den Menschen, der ich mal war, habe ich dafür schon vor langer Zeit aufgegeben. Nora weiß das. Sie *weiß*, dass ich in Wahrheit nur noch das hier habe. Trotzdem will sie mir selbst das noch nehmen, weil sie Euphoria als Feind sieht, der ihr ihren Bruder gestohlen hat. Deshalb wird sie nicht mal davor zurückschrecken, mich zu töten, um diesen Feind zu vernichten.«

Sami rieb sich mit beiden Händen über das Gesicht. Ihm brummte der Schädel, ob der nun tatsächlich hier in Euphoria war oder nicht.

»Weiß sie das?«, brachte er endlich heraus. »Hast du ihr das mal genau so gesagt?«

Dante schnaubte belustigt. »Hast du in der Zeit, die du sie nun schon kennst, das Gefühl bekommen, dass sie eine gute Zuhörerin ist?«

Darauf wusste Sami nichts zu sagen. Vielleicht, weil er selbst vermutlich der schlechteste Zuhörer war, den die Welt und auch Euphoria je gesehen hatten.

»Am Ende liegt es an dir, Sami«, sagte Dante. »Keiner von uns beiden, weder Nora noch ich, kann sein Ziel ohne dich erreichen. Aber die Entscheidung, wem du beistehen willst, ist allein deine. Daher denke ich, ist es nur fair, wenn ich dir auch mein Ziel etwas genauer erkläre, nachdem du Noras ja nun schon zur Genüge kennst.« Er stand auf und sah auf Sami herunter. »Du hast mich doch beim letzten Mal nach meinen Wünschen gefragt.« Ein winziges Lächeln umspielte seine Mundwinkel und er streckte Sami die Hand entgegen. »Komm. Ich zeig dir was.«

Sami zögerte kurz. Aber Dantes Blick war so klar und offen, dass Misstrauen darin einfach keinen Raum hatte. Und heute gab es auch keinen Vampir, der seinen Körper kontrollierte. Nur ihn und Dante und seinen eigenen Willen.

Als Sami diesmal seine Hand um die des Prinzen schloss, gab es keinen Stromschlag, keine Blase und keine eisige Berührung auf seiner Stirn. Nur das warme Gefühl von Haut an Haut und den behutsamen Druck von Dantes Fingern. Dante führte ihn zum Fenster, dorthin, wo er gestanden hatte, als Sami zum ersten Mal mit Sergej das Turmzimmer betreten hatte.

»Sieh dir das an.«

Sami folgte Dantes Zeigefinger mit dem Blick. Zwischen den funkelnden Häuserwänden Euphoria Citys hindurch war in der Ferne eine weite Einöde zu sehen, an deren Horizont sich ein bizarres Gebilde in den dämmergoldenen Himmel reckte. Es sah aus wie eine Art Turm und zugleich, als hätte sich dort ein riesiges Wesen zum Schlafen eingerollt, ein Drache mit schwarzer, stacheliger Haut, die im Zwielicht funkelte und glänzte.

»Das«, sagte Dante leise, »ist das Herz Euphorias. Das einzige Areal, zu dem kein gewöhnlicher User Zutritt hat.«

Das Herz. Sami spürte, wie das Wort in seinem Inneren vibrierte – als hätte die Puppe, die sich in den vergangenen Minuten erstaunlich ruhig verhalten hatte, plötzlich aufgehorcht. Als hätte sie es sofort erkannt.

»Man kann es von hier aus *sehen*?«, fragte er verblüfft.

Aus dem Augenwinkel sah er, wie Dante ihm einen überraschten Blick zuwarf. Überrascht … aber auch seltsam prüfend, die blauen Augen leicht verengt. »Warum sollte man das nicht können? Ehrlich gesagt, Sami, erstaunt es mich, dass du überhaupt davon weißt.«

Sami hätte sich ohrfeigen können. Verdammt. Jetzt war er plötzlich ziemlich nah dran gewesen, zu verraten, was in der geheimen Höhle auf dem Schrottplatz geschehen war. Wie blöd war er eigentlich? Er hob die Schultern und hoffte, dass es nicht so verkrampft aussah, wie er sich fühlte. »Nora hat kürzlich davon gesprochen«, sagte er ausweichend. »Sie hat mir die Ebenen erklärt und meinte, das Herz sei auch eine. Vermutlich die der Puppen.«

Dante schwieg einen Augenblick. All seine Gedanken schienen nun nach innen gerichtet, auf einen Punkt, der offenbar ein düsterer war. Dann aber schüttelte er den Kopf. »Verstehe«, sagte er. »Tja, das ist schlau gedacht, aber nicht ganz richtig. Das Herz befindet sich *auf* Ebene Fünf – und das, da lag Nora richtig, ist tatsächlich die Ebene der Puppen. Dass man es von hier aus sehen kann, nun ja … Ich vermute, das liegt einfach in seiner Natur. Man kann es von überall sehen, wenn man weiß, wohin man schauen muss.«

Sami nickte und verkniff sich ein erleichtertes Aufatmen, weil Dante offenbar nicht vorhatte, weiter nachzuhaken. Und was er sagte, ergab auf eine seltsame Art und Weise Sinn, oder zumindest war es das, was Sami spürte, wenn er in sich hineinhorchte, dorthin, wo die Puppe flüsterte.

»Wahrscheinlich«, fuhr Dante nachdenklich fort und ließ den Blick wieder in die Ferne wandern, »soll es uns daran erinnern, dass auch die *GenZero* jederzeit alles sieht, was wir tun.«

Sami runzelte verwirrt die Stirn. »Die *GenZero*? Was ist das nun wieder?«

»Die Generation Null«, erwiderte Dante ernst. »Sie haben Euphoria erschaffen. Nun leben sie in seinem Herz. Nein. Sie *sind* das Herz.«

GenZero. Sami wiederholte das Wort ein paarmal in seinem Kopf. Unwillkürlich wanderte sein Blick hinunter zu Dantes Oberarm. Auf dem nachtblauen Stoff seines Overalls schimmerten in dunklem Silbergrau die Ziffern 01. Dort, wo bei Sami eine 03 stand und bei Nora eine 02. Noras Geschichte fiel ihm ein, über den Fall ihres Bruders nach Euphoria hinein.

GenZero. Sie haben Euphoria erschaffen.

Etwas war ganz nah, eine Erkenntnis, ein Begreifen, wie ein einzelnes Puzzlestück, das zwei halbfertige Teile eines Bildes endlich miteinander verband.

Noras Bruder Mika. Der Prinz. Die *GenZero*.

Mikas Freund Jacko.

Sami kniff die Augen zusammen und riss sie wieder auf. Natürlich! Das war es. Auch Dante war auf einer Suche, seit so vielen Jahren. Und Nora, vor allen anderen, hätte das verstehen müssen. Kein Wunder, dass er so frustriert war.

»Sie leben da drin?«, fragte Sami und hörte seine eigene Stimme seltsam heiser klingen. »Heißt das, sie verlassen Euphoria niemals mehr?«

Dante warf ihm einen langen Blick zu – amüsiert und auf eigentümliche Weise wehmütig zugleich. »Scharf kombiniert, Sherlock. Genau so ist es. Sie verlassen nicht mal das Herz. Sie dürfen für immer dort drin sein.«

»Du sagst das, als wäre es was Gutes.«

Dante antwortete nicht sofort. Sein Blick schweifte erneut in die Ferne, wo einsam und düster das schwarze

Herz lag, und erst jetzt, wo der Druck seiner Finger um Samis fester wurde, so fest, dass es beinahe schmerzte, wurde Sami bewusst, dass der Prinz noch immer seine Hand hielt. Es war ein seltsames Gefühl, sehr nah und zugleich fremd, als könne sich sein Körper nicht entscheiden, ob er gerade etwas festhielt oder festgehalten wurde.

»Ja«, flüsterte Dante endlich. »Es ist etwas Gutes. Es ist alles, was ich mir wünsche.« Er tat einen tiefen Atemzug. »So, jetzt weißt du es.«

Sami starrte ihn ungläubig an. »Aber wieso?«

Ein weiterer tiefer Atemzug. »Weil ich sein möchte wie sie. *Ich* will Euphoria *sein.*«

Sami schwieg. Unwillkürlich standen ihm Rosalia und Ekaterina vor Augen, die er auf so ungewöhnliche und verstörende Weise erlöst hatte. Euphoria *sein*? Das klang in seinen Ohren deutlich mehr furchterregend als wünschenswert.

Aber Dante schien gar nicht zu bemerken, dass er keine Antwort erhielt. Vielleicht erwartete er auch einfach keine. »Euphoria, weißt du«, sagte er leise, und seine Stimme klang ein wenig abwesend, als spräche er mehr zu sich selbst als zu Sami. »Es entsteht aus den Wünschen und Träumen seiner User – mit anderen Worten, uns. Es kennt uns, es liest uns, es deckt unsere geheimsten Sehnsüchte auf und formt sie in eine neue Wirklichkeit, solange wir uns innerhalb seiner Grenzen aufhalten. Aber die *GenZero* … Sie sind anders als wir, Sami. Sie waren vielleicht mal Menschen, aber jetzt sind sie die Götter von Euphoria, weit jenseits aller Freundschaften, *TwilightPoints* oder *Enigmas*. *Sie* haben es erschaffen und sind dann eins mit ihm geworden. Sie sind alles, was Euphoria ausmacht. Sein Herz. Sein Verstand. Seine Seele. Sie müssen nie mehr … nie mehr nur ein Mensch sein.« Dante seufzte noch einmal, tonlos. »Es ist schwer zu beschreiben, wenn man es nicht selbst gesehen hat. Aber es zu sehen, ist auch nicht leicht …« Er dachte kurz nach und nickte dann, als wolle er sich selbst in einem Entschluss bestätigen. »Was ist mit dir, Sami? Willst du es sehen? Willst du mich *verstehen*?«

Sami biss sich auf die Unterlippe. Unter der ruhigen Oberfläche seiner Worte klang Dante so aufgewühlt, so mitgerissen von seinen eigenen Gedanken, dass Sami selbst ein Flattern und Ziehen in der Brust spürte, wenn er ihm nur zuhörte. »Hast du nicht eben noch gesagt, gewöhnliche User könnten das Herz nicht betreten? Selbst du nicht?«

Dante lächelte ein feines Lächeln. »Das habe ich gesagt«, stimmte er zu, und seine Stimme klang etwas selbstironisch dabei. »Gewöhnliche User nicht. Aber du bist etwas Besonderes. Puppe mit dem Silberhaar.« Er streckte seine Hand aus und ließ eine von Samis Strähnen flüchtig durch seine Finger gleiten, ehe er sie wieder zurückzog, als hätte er gar nicht richtig bemerkt, was er da tat. »Ich war dort, Sami. Ich bin dort gelandet, nachdem ich … Na ja, nachdem ich mich nach Euphoria hineingezwungen hatte, durfte ich es ein erstes und letztes Mal sehen. Das möchte ich jetzt mit dir teilen.«

Sami rang nach Atem, während er immer noch versuchte, all die Gegensätzlichkeiten zu verarbeiten, die in Dantes Worten und Gesten steckten. In seinem Lächeln, das jetzt wieder gewohnt routiniert und einnehmend war.

»Du musst wissen, mein *Enigma* verleiht mir die Fähigkeit, meine Erinnerung an andere User weiterzugeben«, erklärte er, als sprächen sie über nichts Größeres als eine gemeinsame Sammelquest beim *Drachenschatz*. »Sie ist schon sechs Jahre alt, möglicherweise an manchen Stellen unvollständig, und es ist natürlich nicht ganz das gleiche, wie es mit eigenen Augen zu sehen, aber es ist … eindrücklich genug, denke ich. Also? Willst du?«

Sami starrte ihn an. In seinem Kopf überschlugen sich die Gedanken. Wollte er? *Sollte* er? Er war doch hier, weil er Tatu finden wollte, und doch …

Er wollte. Er konnte es nicht leugnen. Sein *Enigma* wollte es. Es drängte ihn regelrecht dazu, die Chance zu ergreifen. Endlich wirklich zu *verstehen*.

»Ja«, flüsterte er heiser und konnte den Blick nicht von dem Wechselspiel der Blautöne in Dantes Augen lösen.

Dantes Lächeln wurde breiter. »Großartig.« Er ließ Samis Hand los und wies auf das Bärenfell, das zwischen den Sesseln am Kamin lag. »Dann knie dich bitte dorthin«, sagte er in einem Ton, der in all seiner Freundlichkeit keinen Zweifel daran ließ, dass Sami gerade nichts Geringeres als einen Befehl erhalten hatte. Sami war ganz sicher nicht der Typ Mensch, der fraglos Befehle ausführte. Trotzdem tat er dieses eine Mal, was Dante sagte, auch wenn es sich wirklich seltsam anfühlte, vor einem leeren Sessel auf die Knie zu gehen.

Erst, als er längst saß und mit unbehaglich klopfendem Herzen darauf wartete, was der Prinz als Nächstes tun würde, kam Dante mit langsamen Schritten zu ihm herüber und ließ sich vor ihm auf der Sesselkante nieder. Federleicht legte sich seine Hand auf Samis Scheitel, und Samis Atem ging unwillkürlich schneller und flacher. Es kribbelte, als liefe von Dantes Fingern ein schwacher, aber stetiger Stromfluss durch seinen Körper.

»Ich stelle jetzt eine Verbindung zwischen deiner und meiner inneren Welt her«, erklärte Dante sanft. »Aber hab keine Angst. Die Verbindung lässt den Fluss nur in einer Richtung zu. Deine Gedanken und Erinnerungen sind vor mir sicher, falls du deswegen Sorge gehabt haben solltest.«

Sami räusperte sich, um das Kratzen aus seiner Kehle zu vertreiben. »Nein. Aber gut zu wissen.« Er hätte gern den Blick gehoben, um noch einmal Dantes Gesicht zu sehen statt nur seine Knie, aber das Gefühl der Hand auf seinem Kopf hielt ihn davon ab.

»Schließ deine Augen«, sagte Dante leise. »Und hör mir jetzt gut zu. Wenn du dort drin bist, darfst du die Augen auf keinen Fall öffnen. Deine eigenen Sinne werden während der Gedankenreise nicht betäubt sein, und es wird für deinen Verstand schwer genug, gleichzeitig zu knien und zu stehen, Wärme und Kälte zugleich zu empfinden oder meinen Atem von dem Wind zu unterscheiden, der in meinen Erinnerungen um eine Hausecke pfeift. Würdest du die Augen öffnen, müsste er darüber hinaus auch noch zwei völlig verschiedene visuelle Umgebungen gleichzeitig wahrnehmen, und das ist … nun ja. Schwer zu verkraften.«

Sami fuhr sich mit der Zunge über unwillkürlich staubtrockene Lippen. Das klang nicht angenehm, und für einen Moment wäre er am liebsten aufgestanden und gegangen. »Tut es weh?«, hörte er sich selbst fragen, die Stimme so matt und rau, dass er sie selbst kaum erkannte. Was tat er hier eigentlich? War es nicht ziemlich grenzwertig leichtsinnig, sich ausgerechnet Dante einfach so anzuvertrauen?

Und doch … sein *Enigma* bedeutete ihm sehr klar, dass er auf dem richtigen Weg war. Dass es, für den Moment, notwendig war, Dante zu folgen. Wohin auch immer der ihn gleich führen würde. Und der Puppe vertraute Sami. Auch wenn das vielleicht genauso leichtsinnig war.

Diesmal dauerte es einen Moment, bis Dante antwortete. »Ich muss ehrlich zu dir sein«, sagte er endlich. »Ich kann es dir nicht mit Sicherheit sagen, aber ja, es wäre möglich, dass es schmerzhaft für dich wird. Jeder empfindet die Verbindung anders, und auch wenn es meine Erinnerungen sind, die du sehen wirst, ist es immer noch dein Gehirn, das sie interpretiert. Du wirst mit deinen eigenen Sinnen sehen, hören und spüren, was ich erlebt habe, als ich damals dort aufgewacht bin. Was dein Körper daraus macht, kann ich dir beim besten Willen nicht sagen. Ich kann dir nur versprechen, dass nichts von dem, was gleich geschieht, dir wirklich schaden kann.«

Das klang nun wirklich nicht gerade beruhigend, dachte Sami. Aber vermutlich musste er froh sein, dass Dante es zumindest nicht schönzureden versuchte.

Der Druck von Dantes Fingerspitzen wurde ein wenig stärker, und mit ihm das Gefühl der Elektrizität, die durch Samis Körper floss. »Dann bist du also bereit?«

Nun sah Sami doch auf, um dem Blick seiner klaren Augen zu begegnen, in denen sich nichts spiegelte, keine Antworten, keine Versprechungen, sondern nur das Glimmen der verglühenden Kohlen in der Feuerstelle.

»Ich passe auf dich auf«, sagte Dante leise. »Wenn du zurückkommen willst, ruf mich. Ich hole dich sofort.«

Sami nickte stumm.

Dante lächelte leicht. »Dann schließ jetzt die Augen.«

Ein letztes Mal atmete Sami tief durch. Dann tat er, was der Prinz gesagt hatte.

Er schloss die Augen.

Und stürzte in einen silbergrauen Tunnel.

32

Der Anfang vom Ende

Wenn du das hier liest, aktivier die Mission. Dante hat Tatu. Ich hol ihn raus.

Nora wusste, sie hätte öfter auf ihr Handy schauen sollen. Sie wusste, sie hätte damit rechnen müssen, dass irgendetwas geschehen würde, selbst wenn Sami unvorhergesehenerweise tatsächlich auf ihren Rat hören und sich einfach ausruhen sollte. Ein dermaßen großes Desaster war ihr dabei allerdings nicht in den Sinn gekommen – oder vielleicht besser, nicht kommen wollen. Nora verfluchte sich selbst. Zum sicher hundertsten Mal las sie die Nachricht und konnte sich nur mit Mühe davon abhalten, ähnlich unbedacht zu handeln wie schon wenige Stunden zuvor im Krankenhaus. Aber ausgerechnet kurz vor der Handgepäckkontrolle am Flughafen Moskau-Sheremetjevo die Junkie-Nummer zu fahren und inmitten Tausender nervöser, drängelnder Menschen und bewaffneter Securitys im schlimmsten Fall zusammenzubrechen, wenn der Trip beendet war, war schon weitaus mehr als nur unbedacht. Also zwang Nora sich, zu warten, bis sie am Gate angekommen war und sich vor die große Panoramascheibe im Wartebereich gesetzt hatte. Dann schloss sie die Augen und versuchte sich zu konzentrieren. Was hatte Kitty gesagt?

*»Die Mission beginnt auf Ebene Eins. Der Log-Point ist im Registrierungsterminal versteckt. Jeder registrierte User kann ihn theoretisch aktivieren, aber ihr braucht gleich danach ein Schatten-*Enigma*, um das Fragment zu bergen und das Portal zu öffnen, sonst wird die Aktivierung zurückgesetzt.«*

Nora schlug die Augen wieder auf und sah mit leerem Blick auf das schier endlose Rollfeld jenseits der Scheibe.

So beginnt es also. Okay, Sami. Du lässt mir ja wirklich keine andere Wahl.

Draußen war es schon beinahe Nacht, die Lichter der Landebahnen leuchteten wie gefallene Sterne im letzten Rest der Dämmerung. Um Nora herum waren die Bänke voll besetzt mit Wartenden und Gestrandeten, alle mit sich beschäftigt, schlafend oder in gedämpfter Unterhaltung. Niemanden würde es interessieren, wenn sie für ein paar Sekunden nicht in ihrem Körper war. Die Entzugserscheinungen konnte sie hier notfalls auf einen Alptraum schieben. Und vielleicht, wenn sie die Augen wieder öffnete, würde sie das, was hinter ihren Lidern lag, nie wieder sehen müssen.

Allerdings: Sie musste sich vorbereiten. So dringend Samis Nachricht auch klang, allein hatten sie keine Chance, die Mission zu erfüllen. Auch das hatte Kitty sehr deutlich gesagt. Nora hatte noch nicht den Hauch einer Idee, wen sie fragen sollte, um an das magische Portalfragment von Ebene Zwei zu kommen. Aber was Ebene Drei und Vier betraf, hatte sie schon eine ziemlich genaue Vorstellung, wohin sie sich wenden konnte. Sie hatte das in Angriff nehmen wollen, sobald sie aus Moskau zurück war. Aber jetzt lagen die Dinge anders. Und vielleicht hatten Ninja und Berserker ja auch noch eine Idee.

Denk an uns, wenn es so weit ist.

Nora lächelte schief, als sie das Handy aus der Tasche zog und Yash und Gorm zu einer Gruppenreise einlud.

Trefft mich am Registrierungsterminal auf Ebene Eins.

Dass sie auf diese Weise an sie denken würde, damit hatten die beiden sicher nicht gerechnet. Aber es war irgendwie ein gutes Gefühl, dass sie zusammen auf ihren letzten Raid gehen würden.

Noch einmal atmete Nora tief durch. Mehr konnte sie jetzt nicht tun. Nicht ohne zu wissen, was in diesem Moment bei Sami geschah. Sie würde ihn später finden müssen, aber Nora ging davon aus, dass er ohnehin bemerken würde, wenn die Mission aktiviert wurde. *Alle* würden es bemerken, da war sich Nora ziemlich sicher.

Ihre Finger fanden die Pille im Döschen, ohne hinzusehen.

Ebene Eins. Zum Registrierungsterminal.

Die Zeit zersprang. Das Licht zerbrach und die Welt wurde zu Glas. Zu Noras Füßen leuchteten die grünen Pfeile. Ein letztes Mal atmete sie tief durch und machte sich auf den Weg – mit dem untrüglichen Gefühl, dass ihre Freunde bereits am Terminal auf sie warten würden.

33

Kein Weg zurück

Der Tunnel durch Dantes Erinnerung endete in einem dunklen Raum, durch den diffuses grünliches Licht waberte, das von überall und nirgends zu kommen schien; das nichts erhellte und nur noch tiefere Schatten zurückließ. Ein Stampfen und Dröhnen wie von einem riesigen Generator erfüllte die Luft und ließ den Boden unter Samis Füßen erbeben. Zuerst konnte er überhaupt nichts erkennen. Orientierungslos wandte er sich nach links und rechts und machte schließlich ein paar vorsichtige Schritte in die Richtung, in der er die Quelle des Lichts und der Geräusche vermutete.

Ihm wurde ziemlich schnell klar, was Dante gemeint hatte, als er sagte, Samis Verstand würde verwirrt sein von den widersprüchlichen Eindrücken, die seine Sinne ihm vermittelten. Noch während sich seine Füße über den vibrierenden Untergrund tasteten, spürte er unter seinen Knien das weiche Bärenfell in Dantes Palastzimmer. Auf seinen Wangen glomm die Restwärme der Kohlen im Kamin, aber seine Nase gefror in der Kälte des dunklen Raums zu einem Eiszapfen. Am verwirrendsten aber war es, mit geschlossenen Augen zu sehen und sich dabei zunehmend an die spärlichen Lichtverhältnisse zu gewöhnen. Sami machte noch ein paar Schritte und warf einen weiteren Blick in die Runde. Durch den wabernden grünlichen Schimmer konnte er eine Art Korridor erkennen, dessen Decke sich so hoch über ihm wölbte, dass er sie nur erahnen konnte. Dicke Säulen säumten ihn zu beiden Seiten, und nach und nach begriff Sami, dass das eigenartige Licht von ihnen ausging. Sie glühten dumpf in der Finsternis, so schwach, dass man es kaum Licht nennen konnte, und zugleich war es geradezu schmerzhaft, zu lange hinzusehen. Trotzdem wurde Samis Blick immer wieder davon angezogen, als würde er eine Bewegung aus dem Augenwinkel wahrnehmen, die verschwand, wenn er sich nach ihr umwandte. Langsam trat er näher an eine der Säulen heran, obwohl seine Füße nur zögernd über den Boden schlurften. Da bewegte sich wirklich etwas. Es war, als waberten dort verzerrte Schatten in diesem Glühen, als wäre …

Nein, warte.

Das waren gar keine Säulen. Es waren riesige Röhren aus Glas, gefüllt mit Flüssigkeit, und diese Flüssigkeit war es, die das Licht verströmte. Etwas schwamm darin …

Jemand.

Samis Herz setzte einen Schlag aus. Seine Hand, gerade noch vorgestreckt, um das Glas mit den Fingerspitzen zu berühren, zuckte zurück wie vor einer zuschnappenden Schlange.

Dort in den Röhren waren Menschen!

Oder zumindest das, was von ihnen noch übrig war. Die Flüssigkeit schien ihnen an Substanz genommen zu haben, bis sie kaum noch mehr als Geister ihrer Selbst waren, durch die das Licht der Flüssigkeit einfach hindurchschien. Wie in einem verzerrten Schwarzweißbild auf einem Ultraschall konnte Sami sogar ihre Organe sehen, allesamt leblos und still – bis auf das Herz und das Gehirn, die pumpten und flimmerten und arbeiteten. An ihren Köpfen, um ihre Hälse und Hüften und die Hand- und Fußgelenke waren Schläuche befestigt, die weit oben unter dem düsteren Gewölbe der Decke aus den Säulen herauswuchsen. Die Schläuche pulsierten unter den rhythmischen Stößen elektrischer Entladungen, die mit düsterem Flackern im Zwielicht verschwanden und zu einem riesigen dunklen Klotz am Ende des Säulenkorridors flossen. Sami starrte angestrengt ins Halbdunkel, bis er endlich erkannte, was es war: Eine Art Maschine, die dröhnte und vibrierte.

Das ist das Herz von Euphoria?!

Sami sah noch einmal zu den Gestalten in den Röhren. Er konnte nicht anders, es war, als würden sie ihn hypnotisieren. Ihn näher locken, immer näher …

Da öffnete der Mann in der Säule direkt vor ihm die Augen.

Sami fuhr keuchend zurück. Die Augen der Geistergestalt *sahen ihn an*, als wüssten sie ganz genau, wer er war und was er hier suchte.

Und ihre Lippen.

Sie lächelten.

Es kostete Sami alle Willensanstrengung, bei dem Anblick nicht selbst die Augen aufzureißen und zu schreien.

Augen zulassen. Augen zulassen!

Sami taumelte voran, an den Reihen der Glasröhren entlang. Sie alle hatten jetzt die Augen geöffnet. Sie alle lächelten ihr leeres Lächeln.

Ist das die GenZero?

Ist das, was Dante …

»DANTE!!!«

Der Schrei kam ohne sein Zutun über seine Lippen. Sami wollte rennen, weg, nur fort von hier. Aber seine Beine – Dantes Beine in dessen Erinnerung – gehorchten ihm nicht, trugen ihn nur unausweichlich weiter auf die riesige Maschine zu.

»Hol mich raus! Hol mich hier sofort raus!«

Im nächsten Moment spürte Sami, wie sich der Druck der Finger an seinem Kopf lockerte und zu sanftem Streicheln wurde.

»Alles gut …« Dantes leise Stimme drang durch die grünen Nebel und löste sie langsam auf. Es wurde wieder heller um Sami. »Schscht. Alles gut. Dir passiert nichts. Komm zurück zu mir.«

Der Säulenkorridor flackerte und ruckelte. Dann zerfloss er wie Blei in einem Schmelztiegel und wurde aufgesogen von dem silbergrauen Tunnel, der sich unter Samis Füßen öffnete. Mit unwiderstehlichem Sog zog es ihn zurück in die Wärme des verloschenen Kaminfeuers und das silberrote Dämmerlicht.

Doch das Letzte, was Sami sah, war ein Bild, das sich ihm unauslöschlich ins Gedächtnis brannte:

Eine der Röhren – nur eine einzige – war dunkel. Und leer.

Sein Kopf lag in Dantes Schoß, als er zurückkehrte. Die Finger des Prinzen fuhren sanft durch Samis Haare, als wolle er damit das Zittern fortstreichen, das seinen ganzen Körper schüttelte und in seinem Inneren um ein Vielfaches verstärkt widerhallte. Als Sami es endlich fertigbrachte, seine Lider zu heben und sich aufzurichten, sah er Dantes Augen ruhig und ernst auf sich gerichtet. Die großen, ausdrucksvollen Iriden leuchteten im matten Schein der verglimmenden Kohlen samtblau.

»Alles in Ordnung?«

Sami nickte benommen. In Ordnung, das war er, irgendwie, und trotzdem auch überhaupt nicht – wie sollte irgendetwas in Ordnung sein, nachdem er gerade etwas dermaßen Verstörendes gesehen hatte?

»Das Zittern ist eine ganz normale Reaktion auf verwobene Sinneseindrücke«, erklärte Dante behutsam. »Wenn man es öfter tut, gewöhnt man sich daran.«

Sami war sich in diesem Moment ganz und gar nicht sicher, ob er das beruhigend finden konnte. Für den Moment jedenfalls war sein Bedarf an *verwobenen Sinneseindrücken* mehr als gedeckt. »Scheiße …«, nuschelte er –

sehr undeutlich, weil seine Zunge sich noch nicht ganz wieder so anfühlte, als würde sie ihm gehören.

Dante lächelte matt. »Ich weiß. Es ist nicht … leicht zu verarbeiten.«

»Das ist die Untertreibung des Jahrhunderts«, murmelte Sami. Mühsam schob er sich ein Stück zurück, bis er ein wenig unsanft mit dem Hinterteil auf dem Bärenfell landete. Aber die Würdelosigkeit interessierte ihn jetzt nicht. Er hatte zu viel damit zu tun, mit dem klarzukommen, was er gerade gesehen hatte. Das war nicht, was er erwartet hatte. Definitiv nicht.

Weiß Nora davon? Und vor allem …

Wieder hob Sami den Kopf und sah Dante an. »Willst du wirklich so sein wie sie?«

Er bekam die Laute kaum heraus. Aber er musste es einfach fragen. Es war so unvorstellbar – noch mehr, da er nun selbst gesehen hatte, wer oder eher *was* die *GenZero* eigentlich waren.

Dante lächelte ein stilles Lächeln. Es wirkte resigniert, als hätte er mit dieser Frage gerechnet und zugleich doch gehofft, Sami würde sie nicht stellen. »Nora hat dir wohl doch noch nicht genug über mich erzählt.« Er seufzte und stand auf. »Irgendwann verstehst du es vielleicht.« Er strich sich eine Strähne verirrten Haares aus der Stirn und streckte Sami noch einmal die Hand entgegen. »Na komm. Es gibt Wichtigeres zu bereden als meine unerfüllbaren Wünsche. Melody wird sicher bald hier sein, und wir sollten allmählich überlegen, was wir wegen deines Freundes unternehmen wollen.« Er zog seine Uhr aus der Tasche, um einen Blick darauf zu werfen, und nickte dann, als hätte er sich das Ergebnis schon gedacht. »Die Wirkungsdauer deiner Pillen ist nämlich bald am Ende, und ich weiß nicht, ob du gerade jetzt noch mehr davon nehmen solltest.«

Tatu. Verdammt, ja. Mir bleibt nicht viel Zeit.

Entschlossen griff Sami nach Dantes Hand und ließ sich auf die Füße ziehen.

Dante lächelte schief, schob seine Hände in die Taschen und sah ihm dann lange und eindringlich in die Augen. »Hast du eigentlich«, fragte er – behutsam, als sei er nicht ganz sicher, ob es gut war, die Frage zu stellen –, »schon einmal darüber nachgedacht, die Fähigkeiten deines *Enigmas* einzusetzen, um ihn zu finden? Die *Guardians* werden vielleicht wissen, wo er ist.«

Die Fähigkeiten seiner ... Sami fühlte sich, als hätte Dante ihm ein Brett über den Kopf gezogen. Die Puppe! Natürlich! Wieso war er nicht selbst darauf gekommen?

Da hörte er es in sich plötzlich leise flüstern. Die Puppe wisperte aufgeregt.

Nein! Vorsicht! Gefahr!

Sami runzelte die Stirn. Gefahr? Was sollte das nun wieder heißen?

Etwas in seinen Gedanken stockte und setzte kurz aus. Und dann begriff er, was an Dantes Worten nicht stimmte: Sie hatten nie über die Fähigkeiten der Puppe gesprochen. Sami hatte sie ja selbst gerade erst entdeckt.

Mit neu erwachtem Misstrauen starrte er den Prinzen an. »Woher weißt du …?«, begann er.

Doch Dante schüttelte nur mit einem feinen Lächeln den Kopf. »Immer so misstrauisch. Aber wir sind uns vielleicht einfach ähnlicher, als du denkst, Sami.«

Sami zog irritiert die Brauen zusammen.

Aber er kam nicht mehr dazu, nachzufragen. Denn in diesem Moment erschütterte ein Donnern den dämmergoldenen Himmel bis in den letzten Winkel und ließ jeden einzelnen Stein, jede Glasscheibe und jeden Stahlträger in Dantes Palast erzittern.

Sami und Dante stürzten zum Fenster. Mit fassungslos aufgerissenen Augen starrte Sami auf das Schauspiel, das sich ihm bot. Von Ferne her, dort wo noch immer das bizarre Herz Euphorias emporragte, überzog sich der Dämmerhimmel mit einem dunklen Schleier, wie trüber Nebel, der sich rasend schnell ausbreitete und seine Arme nach Euphoria City ausstreckte.

Wieder ein Dröhnen, dann noch eines und noch eines, und mit jedem ohrenbetäubenden Donnern färbte sich der Himmel ein wenig dunkler.

»Die Ausgänge«, flüsterte Dante neben Sami mit tonloser Stimme. Sein Gesicht war bleich geworden, die Haut fast wächsern im fahlen Licht. Seine Augen waren starr auf den Himmel gerichtet, der sich immer schneller verdüsterte. »Sie schließen sich.«

Sami musste nicht fragen, was das bedeutete.

»Seid vorsichtig«, hatte Ekaterina gesagt. *»Euphoria*

weiß, dass ich die Mission entdeckt habe. Es will nicht sterben. Es wird versuchen, euch aufzuhalten. Deshalb … bereitet euch gut vor.«

»Sami«, sagte Dante neben ihm, und Sami spürte den Blick des Prinzen eindringlich auf sich ruhen. »Ich denke, es wird Zeit, dass du mir alles erzählst, was du über Noras Pläne weißt. Sonst wird das hier nicht nur für mich äußerst gefährlich, sondern auch für sie, für dich und deinen Freund und *alle anderen*, die gerade das Pech haben, hier drin zu sein. Also, was hat sie getan?«

Samis Kehle wurde trocken und in seinem Magen schien plötzlich ein dicker Klumpen aus Eis zu liegen. Ja, was hatte Nora getan? Genau wusste er es natürlich nicht. Aber es war zu spät, darüber nachzugrübeln. Er selbst hatte das hier veranlasst. Nora hatte seine Nachricht bekommen – und die Letzte Mission aktiviert.

Vielleicht, dachte Sami, war es doch keine so schlechte Idee, den Prinzen von Euphoria in ihre Pläne einzuweihen, wenn sie wenigstens eine kleine Chance haben wollten, nicht schon jetzt grandios zu scheitern. Denn auf das hier, da war er sich sicher, hätten sie sich trotz Ekaterinas Warnung niemals vorbereiten können. Was auch immer sie bisher über Euphoria gewusst zu haben glaubten: Diese Regeln galten nicht mehr.

Sie alle waren jetzt hier drin gefangen. Und wenn es zerstört wurde … würden sie womöglich mit ihm zerbrechen.

34

Sergejs Entscheidung

Noras Gefühl hatte sie nicht getäuscht. Gorm und Yash warteten tatsächlich bereits auf sie. Sie standen im Raum mit dem Registrierungsterminal – jenem Raum, in dem sie alle einmal ihre Reise nach Euphoria begonnen hatten – direkt vor der undurchsichtigen Glasscheibe, die den Blick hinunter nach Euphoria City versperrte und in der sich noch immer ihre geheimsten Wünsche spiegelten. Sie warteten mit verschränkten Armen, die Mienen gewohnt ausdruckslos und überladen mit Coolness. Doch in ihren Augen sah Nora tausend Fragen.

»Seltsamer Ort für einen Raid«, bemerkte Yash mit verhaltenem Spott. Ihr Blick hinter der Maske war skeptisch. »Was gibt's, Krähe? Geht es wieder um diesen Puppenjungen? Hast du ihn gefunden?«

Nora hob die Schultern und sah sich um. Sie wurde das Gefühl nicht los, dass jemand ihr gefolgt war. Dabei hatte sie sich sehr gut abgesichert, bevor sie die Pillen nahm. Es gab ein paar *Enigmen,* die sich spontan der Reise eines anderen Users anschließen konnten. Aber am Gate in Moskau waren keine anderen User in der Nähe gewesen. Der Krähenschatten hatte alles abgesucht. Nichts und niemand. Sie war allein gereist, da war Nora sich sicher. Das Gefühl ließ sich trotzdem nicht abschütteln.

»Er hat mich gefunden«, sagte sie daher nur ausweichend. »Kurz nach unserem letzten Raid. Um ihn braucht ihr euch keine Gedanken mehr zu machen.«

Gorm schnaubte. »Jetzt tu bloß nicht so unschuldig.«

»Die Geschichte ist noch nicht vorbei«, pflichtete Yash ihm bei und öffnete ihre Cybermaske, um Nora besser mit ihrem stechenden Blick anstarren zu können. »Das kannst du uns nicht ernsthaft weismachen wollen. Versuchst du, uns abzuwimmeln, damit wir die Sache fallen lassen? Das war nicht die Abmachung.«

Nora schüttelte rasch den Kopf. »Im Gegenteil.« Sie warf einen letzten Blick in die Runde. Niemand zu sehen, niemand zu spüren. »Ich brauche eure Hilfe. Diesmal wirklich.«

Yash und Gorm wechselten einen Blick unter hochgezogenen Augenbrauen. Sie waren schon so lange ein Team, dass sie einander ohne Worte verstanden. Auch diesmal dauerte es nur wenige Sekunden, bis sie einvernehmlich nickten.

»Dann solltest du *diesmal*«, Yash verengte die Augen und verschränkte die Arme vor der Brust, »ein paar Informationen mehr springen lassen als beim letzten Mal. Was ist das für ein Trick mit der Puppe? Was hatte Kitty mit ihm vor? Das solltest du uns besser erklären, sonst könnten wir am Ende denken, dass du uns zu verscheißern versuchst.«

Nora atmete tief durch. Was blieb ihr schon für eine Wahl? »Einverstanden. Was für eine Absicherung bietet ihr mir im Gegenzug, dass ihr meine Informationen nicht an den Prinzen verkauft?«

Yash zuckte die Schultern. »Unsere tiefe Überzeugung, dass er ein betrügerisches Arschloch ist?«

Nora seufzte. »Ist er nicht. Er meint das alles todernst, und das ist viel schlimmer. Woher soll ich wissen, dass er euch nicht schon längst eingewickelt hat mit seiner Ansicht, dass Euphoria eigentlich doch ein guter Ort ist, der bloß ein paar kleinen Macken hat? Offenbar weiß er schon, wie wichtig Sami für unsere Operation ist – und *ihr* seid rein zufällig die Einzigen, mit denen ich bisher über ihn gesprochen habe.«

»Moment mal«, fuhr Gorm ihr mit heiserem Bellen dazwischen. Seine massige Gestalt schien den kleinen Raum beinahe zu sprengen, zumal durch den Spiegel gleich zwei von ihm hier drin waren. »Beschuldigst du uns gerade?« Er machte einen drohenden Schritt auf Nora zu.

Auch Yash schnalzte ärgerlich mit der Zunge. Die elektrischen Kraftlinien auf ihrem Cyberanzug leuchteten auf – Nora wusste, wenn sie das tat, konnte sie in Sekundenbruchteilen ihr Schwert in ihre Hand rufen. »Nach allem, was wir zusammen durchgemacht haben, denkst du wirklich, ich würde dich verraten? Und Kitty?«

Es kostete Nora einiges an Überwindung, nicht zurückzuweichen. »Bist du Ninja oder Samurai?«, konterte sie.

Yash zischte. »Sprich nicht von Dingen, von denen du nichts verstehst, Krähe. Als ob du dich in deinem Leben je auch nur einen Fingerbreit damit beschäftigt hättest, was es heißt, Ninja oder Samurai zu sein. Damit hat das verdammt noch mal nichts zu tun. Es sollte *normal* sein, sich unter Freunden nicht zu bescheißen, okay? Besonders, wenn man so viel zusammen durchgemacht hat wie wir. Schade, dass du das offenbar nicht so siehst.«

Es lief schief. So was von schief. Nora spürte ihre Nerven nervös flattern und ihr Herzschlag beschleunigte sich. Dieses Treffen sollte ihr helfen, nicht ihre wahrscheinlich letzten Verbündeten gegen sie aufbringen! Nora hob die Hände. »Schon gut, schon gut. Es tut mir leid. Ehrlich, ich glaube nicht wirklich, dass ihr uns verraten habt. Es ist nur … Wenn ihr es Dante nicht erzählt habt, wer dann?«

»Das war ich.«

Beim Klang der dunklen, vollen Stimme fuhren sie alle drei herum. Zuerst sah Nora nur einen Schatten bei der Tür. Einen Schatten, der dort nicht hingehörte, sich aber dennoch dem Verstand und dem Auge immer wieder entzog. Doch schon bevor er die Tarnung fallen ließ und seine Gestalt sich langsam aus den Schatten schälte, verfluchte Nora sich selbst, weil sie es natürlich hätte wissen müssen. Nicht einen Moment hätte sie glauben dürfen, sie könnte auch nur einen Schritt tun, ohne dass er sie dabei beobachtete. Eine Erinnerung rauschte durch sie hindurch. Er und sie, im Feuerbaumtal. Seine Lippen, sanft und warm an ihrem Hals.

Er hatte sie damals nicht nur geküsst, er hatte sie gebissen. Nein, umgekehrt, denn durch diesen überraschend intimen Moment war es überhaupt erst zu ihrem Kuss gekommen, und zu allem anderen, was sie danach geteilt hatten. Er hatte sie *markiert*, weil es ihnen damals wie eine gute Idee vorgekommen war, damit sie einander auf dem fremden Terrain nicht verloren; genau wie er Kitty markiert hatte und später – sehr viel später – Sami. Und Nora hatte das gewusst, natürlich hatte sie es gewusst. Sie hatte es nur verdrängt, weil sie es nicht hatte wahrhaben wollen, dass er sie weiter beobachten konnte. Hatte sich immer wieder eingeredet, dass die Markierung, genau wie ihre Freundschaft, einfach gelöscht worden war. Sie hatte sich das so oft gesagt, bis sie es endlich geglaubt hatte. Und sich damit selbst ein Messer in den Rücken gerammt.

»Dark.« Sein Name aus ihrem Mund war nur ein heiseres Flüstern. Die Schattenschwingen der Krähe hatten sich hinter ihrem Rücken weit gespreizt, bereit zur Verteidigung. Auch Yash hatte ihr glühendes Schwert herbeigerufen, und Gorm hob mit einem bedrohlichen Grollen seinen riesigen Hammer. Mit einem Mal war es in dem kleinen Raum sehr eng.

Sergej trat langsam näher, die Hände erhoben, um zu

zeigen, dass er unbewaffnet war. Eine Farce bei einem Vampir, der mit Schatten und Psychotricks kämpfte, das wussten sie alle. »Berserker, Ninja und Krähe. Wie nostalgisch. Ich weiß nicht, ob ich es rührend oder traurig finden soll, dass ihr immer noch miteinander abhängt, obwohl ihr euch eigentlich nicht ausstehen könnt. Aber auf solche Details kam es dir ja noch nie an, solange dir jemand nützlich ist, Nora.«

Nora starrte ihn wütend an. Seine Worte taten weh, aber sie würde sich nicht die Blöße geben, ihm das zu zeigen. »Details wie Zusammenhalt und ein gemeinsames Ziel? Natürlich ist mir das wichtig. Wichtiger als dir offensichtlich.« Sie lachte ein freudloses Lachen. »Die beiden sind wenigstens keine Verräter, wie du gerade gehört hast. Sie spionieren mir auch nicht heimlich nach. Und sie laufen nicht einfach weg und werfen alles über Bord, wofür wir gekämpft haben, wenn die Situation unangenehm wird.«

Sergej zuckte zusammen, als hätte sie ihn geohrfeigt. Aber in seinen Augen sah Nora die gleiche Wut wie vor so vielen Monaten, als er ihr alle Schuld an Kittys Verlust gegeben und sie dann verlassen hatte. Seine nächsten Worte trafen sie daher nicht überraschend, aber nicht weniger hart als die davor.

»Dann hoffe ich für dich, dass du das immer noch sagen kannst, nachdem du den nächsten von ihnen für deinen irrsinnigen Hass auf Dante und Euphoria geopfert hast.«

Nora schloss für einen Moment die Augen. Hinter ihren Lidern brannte es. »Hör auf, Dark. Du weißt gar nichts.«

Sie dachte daran, wie Kitty sie umarmt hatte, dort unten in der Höhle unter dem Schrottplatz. An ihren Atem und ihre Worte dicht an ihrem Ohr. Und dann, an die Fremde im Krankenhausbett, mit dem kahl geschorenen Schädel und dem freien Lächeln. Eine Träne löste sich aus Noras Augen und rollte über ihre Wange.

»Ich weiß genug.« Die Wut flackerte jetzt auch in Sergejs Stimme. »Du hast sie damals für die Information geopfert, ohne mit der Wimper zu zucken. Ihre *Artefakte* waren dir wichtiger, als bis zuletzt zu versuchen, sie zu retten! Und du hast dich kein Stück geändert. Ich habe euch gesehen, dich und den Puppenjungen, wie ihr in die Höhle gegangen seid. Ich weiß verdammt noch mal genau, was ihr dort getan habt! Ich habe gesehen, was sein *Enigma* kann. Du hast sie *ein zweites Mal* geopfert!«

Nora starrte ihn fassungslos an. Er wusste so viel, und dann wieder gar nichts. Was für eine Grundlage für so viel Hass. Es machte sie selbst geradezu ohnmächtig vor Zorn. Aber das Schlimmste daran war … Das Schlimmste war, dass sie trotz allem immer noch wünschte, er würde sie einfach in seine Arme nehmen und ihr verzeihen. Sie wünschte es sich so sehr, dass ihre Brust in Flammen zu stehen schien.

»Welche Informationen hat sie euch gegeben?« Sergej brüllte jetzt regelrecht, sein sonst so glattes Gesicht war verzerrt vor Trauer und Schmerz. »Was war es dir wert, sie endgültig umzubringen? Ist dir die Zerstörung von Euphoria so viel wichtiger als ihr verdammtes Leben?! Ich fasse das nicht, Nora! Bist du überhaupt noch ein Mensch?«

»Sie lebt.« Eine zweite Träne folgte der ersten. »Sie ist frei, nicht tot. Warum weißt du das nicht? Bist du mir dorthin etwa nicht gefolgt?«

Das brachte ihn aus dem Takt. Und nicht nur ihn. Auch Gorm und Yash starrten Nora jetzt aus großen Augen an.

»Frei?«, flüsterte Yash ungläubig. »Ihr habt wirklich einen Ausgang gefunden?«

Nora atmete tief durch. Es schien, als müsse sie jetzt endgültig alle Karten auf den Tisch legen. »Bisher nur für Statisten. Die Puppe, ich meine Sami, kann sie erlösen und nach Hause schicken. Aber es scheint, als ...« Wieder stieg das Bild des Krankenhauszimmers in ihr auf, und ein Kloß bildete sich in ihrem Hals. Nora schluckte mühsam. »Es scheint, als würden auf diese Weise auch alle Erinnerungen an Euphoria gelöscht. Und an die Personen, die man dort gekannt hat.«

Sie ließ Sergej nicht aus den Augen, während sie sprach. Nun sah sie ihn unter dem Gewicht ihrer Worte taumeln.

»Sie erinnert sich nicht?« Seine Stimme war rau. Nun lief auch über seine Wange eine Träne.

Nora schüttelte den Kopf. »An nichts«, flüsterte sie.

Das machte ihn still. Sehr still. Seine Beine gaben nach und er sackte zu Boden, blieb einfach auf den Knien hocken und starrte auf seine zitternden Hände über dem nackten Betonboden, zwischen denen jetzt einzelne Tränen hindurchtropften und dunkle Flecken hinterließen.

Nora hätte ihn in diesem Moment wirklich gern an sich gezogen. Ihn getröstet, wie Kitty es für sie getan hatte, in der Höhle unter dem Schrottplatz. Aber sie tat es nicht. Er musste diesen Kampf gegen sich und seine Schuld allein durchstehen, wie sie es selbst auch gemusst hatte. Stattdessen trat sie einen Schritt zurück, um sich zwischen Gorm und Yash zu stellen. So war sie sicherer vor seinem Zugriff und kam zudem näher ans Registrierungsterminal in der Mitte des Raumes heran.

»Kitty hat in den Servern Hinweise auf eine Mission gefunden«, sagte sie, ohne Sergej aus den Augen zu lassen. »Die Letzte Mission, mit der Euphoria für immer geschlossen werden kann. Hier wird sie aktiviert, deshalb sind wir hier. Sie hat all das durchgemacht und uns den Hinweis mit der Puppe gegeben, nur um uns das zu sagen. Damit wir es erfahren und unser Ziel erreichen, auch wenn sie nicht mehr bei uns ist. Deshalb kann ich jetzt nicht aufhören, verstehst du das?« Langsam streckte sie den Arm nach hinten aus. »Ich verlange nicht von dir, Dante zu verraten und mir zu helfen, wenn du inzwischen aus voller Überzeugung auf seiner Seite bist. Aber ich bitte dich, mir nicht im Weg zu stehen. Ich werde Euphoria abschalten. Egal, was der Prinz dazu zu sagen hat. Richte ihm das aus, wenn du willst.«

Ihre Finger berührten den Touchscreen des Terminals.

»Willkommen, User. Bitte gib deinen Code ein, damit ich dir helfen kann.«

Drei Köpfe wandten sich ruckartig in ihre Richtung. Nora sah fest in Sergejs tränenüberströmtes Gesicht, während ihre Finger blind die richtigen Tasten fanden.

»Willkommen, Krähenmädchen. Wie kann ich dir helfen?«

»Suche *Log-Point*«, flüsterte Nora heiser.

Sergej starrte sie bloß stumm weiter an. Nach all den Informationen und Gefühlen, die gerade über ihn hereingebrochen waren, schien er nicht schnell genug verarbeiten zu können, was Nora da eigentlich tat.

»Name der Mission?«, fragte die freundliche Blechstimme.

Für wenige endlose Sekunden war es im Raum totenstill. Sie schienen nicht einmal zu atmen.

»Die Letzte Mission«, sagte Nora.

Im nächsten Moment erlosch das Licht im Raum – nur um im nächsten Moment vom düsteren Schein von Yashs Schwert ersetzt zu werden.

»Die Letzte Mission ist jetzt bereit zum Log-in. Lege deine Hand auf das Terminal.«

»Nein. Halt.«

Noras Hand, schon auf dem Weg zum Display, gefror mitten in der Bewegung. Aber nicht, weil sie zögerte. Die vergessene Stelle an ihrem Hals begann zu prickeln und zu brennen. Sie konnte sich nicht bewegen, weil Sergej sie nicht ließ. So viel Macht hatte er über sie. Immer noch.

»Dark. *Serj.*« Sogar ihre Blicke hingen aneinander fest.

»Bitte. Lass mich los. *Bitte.* Tu es für …« Sie schluckte und schmeckte ebenfalls salzige Tränen. »… für Kitty.«

Sergej schüttelte fast unmerklich den Kopf. »Ich kann nicht«, stieß er rau hervor. »Ich … ich will sie nicht vergessen. Und ich will *dich* nicht vergessen, Nora. Niemals, begreifst du das nicht? Ich … kann dich das nicht tun lassen.«

In diesem Moment nahm Nora aus dem Augenwinkel eine schattenhaft schnelle Bewegung wahr. Im gleichen Augenblick schob sich eine massige Riesengestalt zwischen sie und den Vampir, der sie gebannt hielt. Trotzdem sah sie noch, wie Yashs Schwert durch die Luft zischte. Winzige Betonsplitter flogen, als die Spitze der Klinge die Wände des viel zu engen Raumes kratzte. Nur Millimeter von Sergejs Hals entfernt hielt sie an. »Lass sie los.« Yashs rauchige Stimme war bedrohlich kalt. Es war kaum noch Mensch darin zu hören, übertönt von der knisternden Cyberenergie, die ihren Anzug einhüllte wie ein elektromagnetischer Schutzschild.

Auch Gorm machte einen bedrohlichen Schritt auf Sergej zu. »Uns kontrollierst du nicht, du schleimiger kleiner Schleicher«, grollte er.

Sergej ballte die Hände zu Fäusten. Die Starre in Noras Körper lockerte sich ein wenig, aber nicht so sehr, dass sie sich wieder hätte bewegen können. »Also tust du es wieder.« Seine Stimme war jetzt frei von Zorn. Nur noch enttäuscht und unendlich resigniert. »Du bringst sie dazu, sich für das zu opfern, was *du* für richtig hältst.«

Nora hätte gern energisch den Kopf geschüttelt. Aber sie konnte nicht. Sie spürte Sergejs Traurigkeit beinahe ebenso intensiv wie ihre eigene. »Das stimmt nicht, und du weißt es. Verdammt, Serj, du müsstest es sogar *besser* wissen als ich! Kitty hat immer aus freiem Willen gekämpft, schon lange bevor wir uns begegnet sind. Sie hätte das hier gewollt.«

Sergej presste die Lippen zusammen. Natürlich wusste er, dass es die Wahrheit war. Aber er konnte es nicht zugeben, ohne sich selbst einzugestehen, wie weit er inzwischen vom Weg abgekommen war.

»Jetzt, Krähe!«, zischte Yash.

Sergej zuckte zusammen, stieß einen leisen Schmerzenslaut aus und presste sich die Hand auf den Hals. Die glühende Klinge hatte seine Haut geritzt und zugleich verbrannt. Im selben Augenblick fiel die Starre, die Sergejs Bann ihr auferlegt hatte, endgültig von Nora ab. Sie überlegte keine Sekunde. Ruckartig drehte sie sich um und presste ihre Hand auf das Display, spürte das vertraute Gefühl von Energie, die durch sie hindurchfloss wie kurz vor einer *BLAsT*-Reise, und kniff reflexartig die Augen zusammen. Ein dunkelvioletter Blitz zuckte durch die Dunkelheit hinter ihren Lidern. Dann war es wieder vorbei.

»Die Letzte Mission wurde aktiviert. Ich habe ein Schatten-Enigma erkannt. Das Portalfragment für Ebene Eins wird jetzt ausgegeben.«

Unten am Terminal öffnete sich die kleine Klappe, aus

der Nora vor so langer Zeit ihr *PlugIn* genommen hatte. Diesmal allerdings lag darin eine ovale Scheibe aus dunkel schimmerndem Stein, nicht größer als ihr Handteller. Verschlungene Zeichen waren hineingeprägt oder -geritzt. Mit unwillkürlich zittrigen Fingern nahm Nora sie heraus, und tief in ihrem Innern spürte sie plötzlich ein Beben, als würde im nächsten Augenblick eine Lawine in ihr losbrechen.

Das war es also.

Der Beginn der Letzten Mission.

Nach all den Jahren vergeblicher Suche, den Verlusten und Enttäuschungen und der Einsamkeit, das wurde Nora in diesem Moment bewusst, hatte sie in Wahrheit nicht mehr daran geglaubt, dass es dazu noch kommen würde. Selbst jetzt, wo sie das Fragment in der Hand hielt, fühlte es sich noch unwirklich an, wie ein sehr wilder Traum. Doch es war da, sie spürte es deutlich, die glatte Oberfläche und jede einzelne Vertiefung an der Haut ihrer Fingerspitzen. Und im Zentrum der Tür, die in den Fahrstuhl nach Euphoria City führte und deren Kontur plötzlich in verheißungsvoll düsteren Regenbogenfarben schillerte, war eine Vertiefung aufgetaucht, die nichts anderes sein konnte als das Gegenstück, um das Portalfragment hineinzudrücken.

In diesem Moment jedoch leuchtete das Display oben auf dem Terminal rot auf. Fast zeitgleich begann über dem schillernden Türrahmen eine rote Lampe zu pulsieren, begleitet von einem metallischen Alarmgeräusch.

»*WARNUNG!*«, erklang Sekunden später die Stimme der KI aus den unsichtbaren Lautsprechern. »*Während der Letzten Mission ist keine Rückkehr aus Euphoria möglich. Ich wiederhole: Während der letzten Mission ist keine Rückkehr aus Euphoria möglich.*«

Nora spürte, wie alles in ihr erstarrte. Sie wechselte einen raschen Blick mit Gorm und Yash, die ähnlich schockiert wirkten. Doch das Ninjaschwert entfernte sich keinen Fingerbreit von Sergejs Hals. »Was sagt das Terminal?«

Nora warf einen Blick auf den Bildschirm.

WARNUNG!, stand auch dort in großen, fetten Buchstaben. *Während der Letzten Mission ist keine Rückkehr aus Euphoria möglich.*

Doch darunter gab es außerdem zwei Schaltflächen. Eine grün. Eine weiß.

Abbrechen oder *Fortfahren.*

»Wir können noch einen Rückzieher machen.« Sie hörte ihre eigene Stimme seltsam flach klingen, als würden sämtliche Ober- und Untertöne von dem nervenzerfetzenden Alarmsignal aufgefressen. »Schätze, das ist unsere letzte Gelegenheit.«

Diesmal brauchten Yash und Gorm keine stumme Unterhaltung durch Blickkontakt.

»Nein.« Gorm klang wie ein dumpfes Donnergrollen, und Yash nickte dazu mit angespannter Miene. »Tu es.«

»Nora …«, flüsterte Sergej tonlos.

Nora warf ihm einen letzten Blick zu und schüttelte den Kopf. »Tut mir leid, Serj.«

Dann schloss sie ihre Hand fest um das Portalfragment. Kein Zurück mehr.

Mit einem letzten tiefen Atemzug tippte sie auf *Fortfahren.*

Der Alarm verstummte. Das rote Licht erlosch. Stattdessen erklang Sekunden später ein ohrenbetäubendes Dröhnen, und die spiegelnde Scheibe hinter ihnen zersplitterte mit scharfem Klirren in winzige Scherben, die über den Boden des kleinen Raumes sprangen. Dahinter wurde der Blick auf Euphoria City frei.

Ein Euphoria City, das völlig verändert war.

Der Himmel, den Nora in all den Jahren niemals anders gesehen hatte als klar und dämmergolden strahlend, verdunkelte sich, und das war nicht zu vergleichen mit dem grauen Schleier, der in den Sperrstunden darüberlag. Es waren Wolken. Dichte, finstere Wolken, die sich zu bedrohlichen Gebilden auftürmten. Noch ein Donnern, und noch eines, immer mehr, wie überlaute Glockenschläge, die ganz Euphoria zum Erzittern brachten. Und die Dunkelheit machte beim Himmel nicht Halt.

In der ganzen Stadt gingen nach und nach die Bildschirme aus, die die Fassaden erleuchtet hatten. Nur die großen Hauptmonitore blieben hell. Doch statt Werbung für Spiele, Orte und Erweiterungen zu zeigen, lief dort nun eine Art Informationstext in weißer Schrift auf schwarzem Grund, groß genug, um ihn selbst von hier oben lesen zu können.

WICHTIGE INFORMATION FÜR ALLE USER: Die Letzte Mission wurde aktiviert. Eine Rückkehr aus Euphoria ist derzeit nicht möglich. User, die an der Mission teilnehmen möchten, können sich an den Zentralterminals registrieren.

Bereits gefundene Fragmente: 1

Allerdings schien sich, nach dem hektischen Gerenne zu urteilen, das nun auf den Straßen ausbrach, niemand so recht für die Nachricht zu interessieren.

Nora wandte sich zu Yash, Gorm und Sergej um, die das, was draußen geschah, mit ebenso entsetzter Faszination betrachteten wie sie. Yash hatte sogar zugelassen, dass der Vampir sich aufrichtete und schwer gegen die Wand neben dem Eingang gestützt zum Stehen kam.

»Also«, sagte Nora. »Jetzt müssen wir es durchziehen, richtig?«

Yash und Gorm nickten finster.

»Was können wir tun?«, fragte Yash und wies mit einer knappen Kopfbewegung zu Sergej, der immer noch nach draußen starrte, die Fäuste geballt und der Kiefer angespannt. »Bevor er reingeplatzt ist, meintest du, du bräuchtest unsere Hilfe.«

Nora nickte. »Das stimmt. Es gibt vier Fragmente. Eins für jede *Enigma*-Familie, und damit logischerweise auch für die Portale der ersten vier Ebenen: Schatten, Magische, Technomancer und Krieger.« In raschen Worten erklärte sie, was sie von Ekaterina über die Letzte Mission erfahren hatte. »Sami hat eine Karte von Kitty bekommen. Deshalb müsst ihr ihn so schnell wie möglich treffen, damit er die Locations der Fragmente auf eure Karten übertragen kann. Und ihr müsst jemanden finden, der das Portal der Magischen für uns öffnet.«

Yash runzelte die Stirn. »Okay. Klingt schaffbar. Aber was machst du? Wär's nicht besser, du bist dabei, wenn wir den Puppenjungen treffen?«

Nora sah auf das Portalfragment in ihrer Hand und sammelte sich kurz. »Ich bleibe hier, um das Schattenportal offen zu halten. Es muss immer jemand gemeinsam mit dem Fragment beim Portal bleiben, sonst wird es wieder geschlossen und die Aktivierung zurückgesetzt. Das hat zumindest Kitty gesagt. Deshalb ... kann ich leider von hier aus nicht weiter mitkommen.«

»Warte.«

Nora fuhr zu Sergej herum. Sie hatte nicht damit gerechnet, dass er sich überhaupt noch einmal in die Unterhaltung einmischen würde, so gebrochen, wie er gerade schien – doch dort stand er, seine Haltung so angespannt wie sein Kiefer und die Miene schmerzlich verzerrt. Und als sie ihm jetzt in die Augen sah, sah Nora zum ersten Mal seit sehr langer Zeit den Sergej, den sie kennengelernt hatte; damals, nachdem Kitty sie aufgestöbert und zum Schrottplatz gebracht hatte. Den Sergej mit dem rauen Lachen und dem groben, oftmals geradezu schmerzhaft sarkastischen Auftreten, hinter dem er ein großes, warmes Herz verbarg. Der ihr die Hand gereicht und sie trotzdem angelächelt und sie im Geheimversteck willkommen geheißen hatte.

Willkommen im Untergrund, Krähenmädchen.

»Du musst nicht hierbleiben«, sagte dieser Sergej jetzt. »Lass mich das Tor für diese Ebene aufhalten.« Sie sah in seinen Augen, wie viel Willensanstrengung es ihn kostete, nicht den Blick abzuwenden. »Du sagst, wer das Portal aktiviert, muss dortbleiben, bis die Mission beendet ist, richtig? Wenn ich es tue … dann weißt du immerhin, dass ich dich nicht noch einmal verraten werde.«

Seine Worte trafen Nora unerwartet und sehr tief. Es fehlte nicht viel, und sie wäre unter dem plötzlichen Treffer in die Knie gegangen. »Du willst …?«

»Der Puppenjunge wird dich brauchen.« Ein schwaches Lächeln erschien in Sergejs Mundwinkeln. »Meinst du nicht?«

Mit einem Schnauben machte Gorm einen Schritt nach vorn. »Denkst du, wir können ihm trauen?«

Nora musterte Sergej lange und eindringlich und versuchte dabei, die Enge in ihrer Brust wegzuatmen. Konnte sie ihm trauen? Sie wusste es nicht. Sie wusste ja nicht einmal, was eigentlich geschehen würde, wenn einer von ihnen das Portal betrat. Würde Sergej tatsächlich dortbleiben, nachdem sie ihm den Rücken gekehrt hatte?

Nein, sie konnte es nicht sagen. Aber sie wusste etwas anderes. Sie wusste, dass sie es glauben *wollte*. Wenn es diese eine, diese einzige Möglichkeit für sie gab, sich noch einmal die Hand zu reichen, dann würde sie sie nutzen, auch wenn es noch so riskant war. Das war sie ihrer gemeinsamen Vergangenheit schuldig.

»Er hat recht. Ihr könnt mich sicher noch gebrauchen«, sagte sie daher und zuckte betont gleichmütig die Schultern, als wäre das das Einzige, was wirklich zur Debatte stand. »Beim Treffen mit Sami, meine ich. Er ist etwas schwierig mit Leuten, die er nicht kennt.« Sie sah auf das Portalfragment in ihrer Hand und dann wieder zu Sergej. »Lass es uns versuchen. Ich denke, du musst dich erst für die Mission registrieren.«

Das Lächeln in seinen Mundwinkeln war immer noch da. Und jetzt glaubte Nora, echte Erleichterung darin zu sehen. Ohne noch etwas zu sagen, trat er auf das Terminal zu und tippte rasch seinen Code ein, ehe er die Hand darauflegte. »Log-in für die Letzte Mission«, befahl er.

Es dauerte einen Moment.

»Schatten-Enigma erkannt«, sagte die künstliche Stimme dann. *»Kein Portalfragment vorhanden.«*

»Was du nicht sagst«, murmelte Sergej, und nun war es Nora, die lächelte. Unter den wachsamen Augen von Gorm und Yash legte sie das Fragment zögerlich in Sergejs Hand.

»Danke«, sagte sie leise. Und als ihre Fingerspitzen versehentlich seine streiften, da griff Sergej zu, sanft und doch bestimmt. Seine eisblauen Augen sahen sie eindringlich an.

»Manchmal habe ich versucht, mir einzureden, du hättest es aus Eifersucht getan.« Seine Stimme schwankte ein wenig, aber er klang entschlossen. »Weil ich Kitty nicht deinetwegen verlassen wollte. Ich habe mir selbst gesagt, du hättest sie nicht retten wollen, weil du sie dafür gehasst hast, dass sie zwischen uns stand. Aber in Wahrheit … war ich derjenige, der eifersüchtig war. Ihr wart wie Schwestern, wie Zwillinge. Ihr habt immer das Gleiche gedacht, gesagt und gewollt. Ich hatte nie einen Platz zwischen euch.«

»Das ist nicht wahr«, flüsterte Nora. »Du hattest immer einen Platz. Vielleicht nicht den, den du dir gewünscht hast. Aber für mich warst du … du warst …« Sie brach ab und schüttelte den Kopf. »Das spielt jetzt keine Rolle. Wir haben keine Zeit. Reden wir darüber, wenn das alles vorbei ist.«

Sie sah, wie Sergejs Blick sich verdunkelte. Und natürlich wusste sie selbst, dass die Chancen, dass sie jemals wieder eine Gelegenheit für ein solches Gespräch bekommen würden, denkbar schlecht standen. Deshalb bemühte sie sich um einen weicheren Gesichtsausdruck. »Wirklich. Danke, dass du das für uns tust. Ich weiß, wie viel dich das kostet.« Sie zog ihre Hand ebenso sanft, aber bestimmt aus seiner, wie er zuvor nach ihr gegriffen hatte. Ihre Knie fühlten sich an wie Pudding, und sie hoffte bloß, er würde es nicht merken. Eine ganze Weile noch sah er sie an, das Gesicht unbewegt wie eine Maske. Doch Nora kannte ihn zu gut, um nicht zu wissen, dass der Schein trog. Je ausdrucksloser Sergejs Gesicht war, desto aufgewühlter war er. Aber er sagte nichts mehr. Stattdessen wandte er sich zur Fahrstuhltür, die nun vermutlich gar keine Fahrstuhltür mehr war. Nora sah seine breiten

Schultern sich unter einem tiefen Atemzug heben und senken. Dann blickte er sich ein letztes Mal zu ihr um.

»Es ist das Mindeste, was ich tun kann. Auch für sie. Leb wohl, Nora.«

Mit diesen Worten drückte er das Portalfragment in die Vertiefung.

Zuerst geschah nichts. Dann aber leuchtete der schillernde Rahmen um die Tür hell auf, Lichtfäden sprossen heraus, wuchsen und streckten sich nach Sergej aus. Nora hörte Yash und Gorm nach Luft schnappen, und auch sie selbst fühlte sich plötzlich atemlos, wie hypnotisiert von dem Anblick des weißen Glühens, das sich weiter und weiter ausdehnte. Alles in ihr schrie danach, zurückzuweichen, zu fliehen und wegzulaufen, so schnell und so weit sie konnte.

Aber sie rührte keinen Finger.

Und Sergej auch nicht. Er ließ nicht einmal das Fragment los. Immer länger wurden die Lichtfäden, immer enger verwoben sie sich zu einem feinmaschigen Netz, das sich um Sergejs Körper legte, fast als erweckte er in diesem Moment ein neues *Enigma.* Doch das geschah nicht. Stattdessen drehte er sich mit einer seltsam abgehackten Bewegung wieder zu ihnen um – und Nora sah mit vor Entsetzen geweiteten Augen, wie sich sein Mund zu einem stummen Schrei öffnete, nur Sekunden bevor sich seine Augen mit silbernen Spiegeln überzogen.

Oh nein. Nein, nein, nein!

»Nein!«

Als hätte ihr Schrei sie gesprengt, fiel die Starre von Nora ab und sie sprang vor; ihre Krähenschwingen spreizten sich und schlugen heftig, um ihr Kraft zu verleihen. Nora packte Sergejs Arm und versuchte, ihn aus dem immer enger werdenden Netz zu reißen, das Euphorias Letzte Mission um ihn wob. Rauschend streiften die Schattenfedern die engen Wände, und Nora und die Krähe zerrten mit aller Kraft.

Doch es war bereits zu spät.

Leere Silberaugen sahen sie an, und ein ebenso leeres Lächeln erschien auf Sergejs Lippen, während er wie eine Fliege im Netz mitten in dem noch immer düster schillernden Rahmen hing.

»Das Herz ist noch versperrt«, teilte er ihr mit, als das Lichtnetz mit einem feinen Zischen aufglühte und Nora zurückstieß wie eine falsch gepolte elektrische Ladung. Nora stolperte. Taumelte. Ihr Schatten flackerte und schmolz zu einem schwachen Schleier zusammen.

»Es müssen noch – 3 – Portale aktiviert werden, ehe das Herz von Euphoria geöffnet werden kann.«

»Sergej …« Nora begann zu zittern. Wie ein Echo lange vergangener Empfindungen hallte die Erinnerung an den Tag, an dem sie Kitty verloren hatten, in ihr wider. Ein einzelnes trockenes Schluchzen brach aus Noras Kehle.

Hinter ihr ertönte ein leiser, aber deftiger Fluch. Nora zwang sich, sich umzudrehen.

Gorm und Yash starrten immer noch an ihr vorbei auf Sergej – oder was auch immer er jetzt war. Kein Mensch mehr. Kein Vampir. Nicht mal ein *Guardian*. Nur ein in Licht gesponnenes Hindernis in menschlicher Gestalt, das den Weg ins Herz von Euphoria versperren würde, solange sie nicht die anderen Portale geöffnet – und damit noch mehr Opfer gebracht hatten.

»Das habe ich nicht gewusst«, flüsterte Nora. »Wirklich nicht.«

Eine ganze Weile blieben die beiden still. Schwiegen. Beobachteten. Ließen die neuen Fakten auf sich wirken, und Nora sah die Erkenntnis auf ihren Gesichtern wachsen, was die Letzte Mission wirklich für sie bedeuten konnte.

»Keine Sorge«, sagte Yash endlich. Ihre sonst so feste Stimme bebte. »Wir glauben dir.«

Nora warf ihr einen aus tiefstem Herzen erleichterten Blick zu, auch wenn der Schmerz dadurch nicht besser wurde. »Danke«, murmelte sie.

»Was machen wir jetzt?« Gorm hatte die Stirn in finstere Falten gezogen. Auch er schwankte ein wenig. »Schätze, wir werden alle so enden wie er, wenn wir deinem Plan folgen, oder?«

Nora presste die Lippen zusammen und schüttelte den Kopf. »Ihr müsst das nicht tun«, sagte sie. »Ehrlich, ich verstehe, wenn ihr aussteigen wollt. Ich werde andere finden, die mir helfen. Irgendwie. Ich ...«

Gorm und Yash tauschten einen raschen Blick. Dann lachten sie beide. Gorm tief und rumpelnd, Yash leise und rau.

»Das könnte dir so passen.« Das Lachen war schneller verschwunden, als es gekommen war, aber ein düsteres Lächeln war auf Yashs Gesicht zurückgeblieben. »Das hier ist unsere beste Chance, diesen verfluchten Ort für immer loszuwerden. Dark hat sich nicht umsonst geopfert. Du wirst das Ding mit deinem Puppenjungen bis zum Ende durchziehen, und dann sind wir wieder frei. Für immer. Ist es nicht so?«

Es fiel Nora schwer, Worte an dem scharfkantigen Klumpen vorbeizuquetschen, der in ihrer Kehle steckte. Yashs Worte rührten sie so sehr, dass sie am liebsten auf der Stelle in Tränen ausgebrochen wäre. Aber dafür hätte sie wenig Verständnis geerntet, das wusste sie. Also nickte sie bloß. »Wir sollten ihn suchen. Je früher ihr ihn kennenlernt und Freundschaft schließt, desto besser.«

Ninja und Berserker erwiderten das Nicken mit grimmigen Mienen. »Na dann los«, murmelte Gorm. »Wo ist er?«

Und zum ersten Mal in all der Zeit, die Nora ihn schon kannte, hörte sie eine unbestimmte Furcht in seiner Stimme. Dieser riesige Kerl, der ohne das kleinste Zögern auf die scheußlichsten Kreaturen losstürmte, die Ebene Vier zu bieten hatte, empfand jetzt, da ihrer aller Leben, wie sie es kannten, auf dem Spiel stand, eine aufrichtige, tief sitzende Angst.

Nora versuchte, ihre Stimme beruhigend klingen zu lassen, aber auch sie spürte jetzt ein Zittern, das seinen Ursprung in ihrem innersten Kern hatte und sich in prickelnden Wellen durch ihren ganzen Körper ausbreitete.

Nora schluckte und sah erst Gorm und dann Yash fest in die Augen. »Ich weiß es nicht genau. Aber wenn ich raten soll? Dann ist er bei Dante im Palast von Euphoria City.«

35

Freund und Feind

Euphoria City war dunkel.

Nachdem sich sämtliche Tore geschlossen hatten und die dröhnenden Glockenschläge verstummt waren, war Stille über die riesige Stadt gefallen. Eine Stille, die so absolut war, dass selbst die aufgeregten Schreie und Rufe der User draußen darin unterzugehen schienen. Eine sturmgraue Nacht lag jetzt über Euphoria. Einzig die Hauptmonitore und die *BLAsT*-Kuppel der Zentralterminals auf dem großen Platz leuchteten noch.

Sami hatte Dante all das Dürftige erzählt, was er über die Letzte Mission wusste – und dass Nora irgendwie das erste Portal geöffnet haben musste. Oder hatte sie die Mission nur aktiviert und das Portal noch geschlossen gelassen? Sami wusste es nicht. Er wusste nicht mal, ob das eine Rolle spielte. Er hoffte nur, dass sie so bald wie möglich hier auftauchen würde, ob Dante das nun gefiel oder nicht. Auch ihm musste schließlich sehr daran gelegen sein, die Letzte Mission zu einem Abschluss zu bringen, und die besten Chancen darauf hatten sie nun mal zusammen.

Dante hatte auf Samis Ausführungen kaum reagiert. Er schien tief in Gedanken versunken, von denen, nach seiner Miene zu urteilen, die meisten nicht sonderlich angenehm waren. Noch immer standen sie nebeneinander am Fenster und sahen auf das Gewimmel der unzähligen User hinunter, die kopflos durcheinanderliefen und alle auf einmal versuchten, sich in die Zentralterminals zu drängen. Von so weit oben sahen sie wie aufgeschreckte Kellerasseln aus, dachte Sami und ertappte sich dabei, wie er sich wünschte, ebenfalls schreiend im Kreis zu rennen, um die Energie, die blanke Furcht, die er bei dem Anblick empfand, irgendwie loszuwerden.

Doch er stand hier, mit Dante, und auch Dante rührte sich nicht. In den Schatten wirkten die Züge des Prinzen älter und ernster, jetzt da nur noch die letzte verglimmende Glut des Holzes im Kamin den Raum erhellte und mehr Schatten als Licht verbreitete. Allein seine Augen schienen immer noch in einem unerschütterlich düsteren Nachtblau zu leuchten.

»Ein bisschen Dunkelheit«, murmelte er jetzt. »Tut auch ganz gut nach all den Jahren.«

Sami warf ihm einen überraschten Blick zu. Was auch immer das nun wieder bedeuten sollte.

Aber er bekam keine Gelegenheit, diese eigenartige Bemerkung zu kommentieren, denn in diesem Moment glitt die gläserne Schiebetür, die zur Wendeltreppe hinausführte, mit leisem Zischen zur Seite.

»Dante!«

Dante und Sami drehten sich gleichzeitig um und Samis Herz machte einen Satz vor Hoffnung. Diese Stimme! Das war …

Doch er wurde enttäuscht. Marla war allein.

Sami wurde ein bisschen schwindelig, als sei sein Herz nach seinem Sprung bei der Landung ins Leere getreten und, statt an seinen Platz zu fallen, bis tief in Samis Magen gestürzt. Für einen Moment fühlte er sich entsetzlich leer, innerlich erstarrt und wie ausgehöhlt.

Und dann kam die Wut.

»Du!« Es fehlte nicht viel und er wäre auf Marla zugestürzt und hätte einfach seine Faust mitten in ihr falsches Gesicht geschlagen. Er tat es nur nicht, weil Dante neben ihm stand. Dante, der ebenfalls nicht besonders glücklich über den Anblick der Sirene zu sein schien und trotzdem, nur indem er seinen Arm eine Winzigkeit zur Seite ausstreckte, klar zu verstehen gab, dass *der Prinz* derjenige sein würde, der über diese Angelegenheit richtete, und über die Sirene, die zu seinem Gefolge gehörte.

»Wo ist Tatu?«, stieß Sami trotzdem hervor und machte mit geballten Fäusten einen einzelnen steifen Schritt nach vorn – so weit er gehen konnte, ohne die unsichtbare Schranke zu berühren, die Dante mit seiner Geste errichtet hatte.

Aber Marla beachtete ihn gar nicht. Sie sah einfach an ihm vorbei, als wäre außer ihr und Dante überhaupt niemand im Raum, und das Absonderliche daran war, dass Sami sich nicht mal sicher war, ob sie ihn mit Absicht ignorierte. Ihr Gesicht leuchtete kreideweiß in den von sanftem Glutrot durchwaberten Schatten, die das Turmzimmer beherrschten, und in ihrem Blick, der selbst dann noch unruhig umherzuckte, als sie mit zittrigen Beinen vor Dante auf ein Knie sank, sah Sami, was er selbst so intensiv spürte, dass es ihn vom Kopf bis zu den Zehenspitzen schüttelte: Angst.

»Dante … Mein Prinz, was geht hier vor? Was ist da draußen los?« Ihr Blick hing an seinen Lippen, sie flehte ihn förmlich an, ihr zu sagen, dass es für all das eine beruhigende, harmlose Erklärung gab.

Aber Dante hatte offenbar keineswegs vor, sie zu beruhigen. Im Gegenteil, sein Ärger war nun sehr deutlich auf seinem Gesicht abzulesen. »Melody. Warum bist du allein hergekommen? Ich weiß, dass du meine Nachricht erhalten hast. Ich hatte dich darin sehr deutlich gebeten, den Jungen namens Tatu so schnell wie möglich zu mir zu bringen. Wo auch immer du ihn versteckst, es ist jetzt Schluss damit.«

Marla zuckte zurück und kam deutlich weniger geschmeidig auf die Füße, als es zu ihrer grazilen Gestalt in dem elfenbeinfarbenen Euphoria-Overall passte. Dann aber reckte sie das Kinn vor – ein bisschen zu selbstbewusst, als dass man es ihr wirklich hätte abkaufen können. »Aber ich … mein Prinz, es ist gefährlich dort draußen. Sollte ich einen ganz neuen, noch unregistrierten User wirklich dieser Gefahr aussetzen? Was ist so wichtig daran, dass er unbedingt herkommen soll?« Eine Spur von Trotz hatte sich in ihre Stimme geschlichen, die Sami fast zur Weißglut trieb.

Auch Dantes Gesicht schien in den Schatten noch härter zu werden. Und im nächsten Moment spürte Sami überrascht, wie der Prinz erneut nach seiner Hand griff; mit einer Sanftheit, die sich nicht in seinem scharfen Tonfall wiederfand. »Es ist Samis Wunsch. Und ich möchte ihm diesen Wunsch erfüllen. Also, wo ist er?«

Sekundenlang starrte Marla ihn nur an, ihr unsteter Blick huschte von Dantes Gesicht zu seinen und Samis ineinander verschränkten Händen und wieder zurück. Sami konnte geradezu sehen, wie ihre Maske zu bröckeln begann. Plötzlich erinnerte er sich fast zu lebhaft an den Moment, als er Tatu mit Marla den Schulhof hatte betreten sehen, Hand in Hand, und wie seine ganze emotionale Welt und seine einfach nicht totzukriegenden Hoffnungen an diesem Tag in tausend winzige Splitter zerbrochen waren. Wie niederschmetternd es für ihn gewesen war, zu sehen, dass ausgerechnet sie es sein musste, die an dem Platz stand, an den er sich seit so langer Zeit gewünscht hatte. Ein wenig war es, als hätten sie in diesem Moment die Rollen getauscht, und trotz des winzigen Funkens Genugtuung, den er verspürte, tat sie ihm mit einem Mal auch leid.

»Melody?« Dante runzelte ärgerlich die Stirn. Seine Finger schlossen sich etwas fester um Samis. »Ich frage dich nur noch dieses eine Mal: Wo ist Tatu?«

Das war der Moment, in dem Marlas Fassade dem

Druck endgültig nicht mehr standhielt. Ihr Gesicht verzerrte sich, und in der nächsten Sekunde stürzten verzweifelte Tränen über ihre Wangen. »Okay! Okay! Ich weiß es nicht, ja? Ich habe keine Ahnung, ich ... ich hab ihn verloren. Ich kann ihn nicht finden, ich ... weiß nicht, wo er ist. Er hätte im *Silver Hotel* sein sollen, dort habe ich ihn hingeschickt, aber er ist ... einfach weg.« Ihre Stimme verklang in einem heftigen Schluchzen. »Dante! Bitte sag mir, was hier los ist. Die User ... sie verschwinden alle!«

Sami spürte, wie alles in ihm taub und kalt wurde. Verloren? Sie hatte ihn verloren? Was hieß das? Verdammt, was *hieß* das? Wo zur Hölle war Tatu?! Marlas übrige Worte hörte er kaum.

Dante aber hatte sie sehr wohl gehört. Sekundenlang blieb sein Gesicht unbewegt, und auf seiner Stirn stand eine steile Falte, als müsse er angestrengt nachdenken. Dann nickte er, wie zu sich selbst, und ließ Samis Hand los. »Ruhig. Panik bringt uns jetzt nicht weiter. Auch dich nicht, Melody. Wir sehen es uns gemeinsam an. Vielleicht weiß ich dann mehr. Kommt.« Sein Wink, ihm zu folgen, galt ihnen beiden und duldete keinen Widerspruch. Auch Marla schien das zu spüren, denn sie gehorchte sofort.

Doch als sie an Sami vorbeiging, blieb sie noch einmal stehen und begegnete zum ersten Mal, seit sie den Raum betreten hatte, seinem Blick. Ihre Augen waren immer noch voller Tränen. »Ist er jetzt also doch dein Prinz.«

Ihre leise Stimme klang bitter vor Hohn. »Was Tatu wohl dazu sagen würde?«

Es war ein verzweifelter Tiefschlag, nicht mehr. Sami wusste das, und er wusste außerdem sehr sicher, dass Dante ganz bestimmt nicht sein Prinz war und auch nie sein würde, selbst wenn er sich eingestehen musste, dass er sich ihm nach der Zeit, die er nun in seinem Turm verbracht hatte, auf eine Art und Weise verbunden fühlte, die er nicht erwartet hatte und erst recht nicht verstand. Im Gegensatz zu Marla war ihm allerdings auch sehr bewusst, dass Dante diesen Zug in Wahrheit vermutlich vor allem geführt hatte, um Marla zu quälen und emotional möglichst hart für ihren Ungehorsam zu bestrafen, und dass das mit Sami selbst nur zweitrangig etwas zu tun hatte. Vermutlich. Wahrscheinlich. Wer wusste das bei ihm schon so genau? Aber Sami war auf eine schäbige Weise froh über die Möglichkeit, die Situation so zu sehen, weil es hieß, dass er sich gerade jetzt nicht zu sehr den Kopf darüber zerbrechen musste, was es bedeutete, dass Dante tat, was er tat. Obwohl er das wohl besser hätte tun sollen. Denn womöglich spürte Dante diese Verbundenheit auch. Aber Sami war gerade einfach nicht imstande, sich darüber klar zu werden, was das für ihn heißen konnte.

Langsam schüttelte er den Kopf, ohne Marlas Blick auszuweichen, und er sah, dass sie auflachen wollte.

Doch auch Dante waren ihre Worte nicht entgangen, ganz gleich wie leise sie gesprochen hatte, und er drehte sich auf der Schwelle zum Nebenraum noch einmal um und musterte Marla mit nachdenklichem Blick. »Sein Prinz, hm? Interessant, dass du das so siehst. Sieh noch mal genau hin. Vielleicht ist er ja auch meiner.«

Dann winkte er ihnen erneut, ihm zu der *BLAsT-Station* zu folgen, die in der angrenzenden Kammer auf sie wartete, und diesmal war klar, dass er wirklich keinen weiteren Aufschub dulden würde. Sami sah zurück zu Marla. Die Tränen rannen jetzt haltlos über ihr Gesicht und sie gab sich keinerlei Mühe, sie zurückzuhalten. »Tut mir leid«, flüsterte sie und drängte sich an ihm vorbei in den Raum, in dem auch Dante gerade verschwunden war.

Sami schloss kurz die Augen, um sich zu sammeln. Was sollte das bloß wieder? Dantes Kommentar, und dann Marlas plötzliche Reue? Er kam da nicht mehr mit. Sami hatte allmählich das Gefühl, in einem wilden Fluss hin und her geworfen zu werden, ohne jede Chance, den Grund auch nur mit den Zehenspitzen zu berühren. Er musste sich konzentrieren. Auf das, was wirklich zählte. Tatu war irgendwo da draußen, allein in einer Welt, die er nicht kannte, und die Sami schon in ihrem normalen, dämmergoldenen Zustand überwältigend und bedrohlich erschienen war. Nicht einmal Marla, die ihn hier hereingezerrt hatte, wusste, wo er sich jetzt befand, und was das angesichts der Umstände heißen konnte, wollte Sami sich gar nicht erst ausmalen. Er musste Tatu finden, so schnell wie möglich. Und wenn der erste Schritt dazu war, mit

Dante hinunter nach Euphoria City zu reisen, dann sollte er jetzt besser keine Zeit mehr verlieren.

Unten auf dem Platz und in den Straßen war das Chaos noch schlimmer, als es von oben ausgesehen hatte. Dantes *BLAsT*-Station hatte sie zu einem geheimen Travel-Point in einem düsteren Hintergässchen gebracht, der, so hatte Dante erklärt, nur für seine gelegentlichen Mehr-oder-weniger-inkognito-Besuche in Euphoria genutzt wurde und niemandem außer ihm zur Verfügung stand. Von dort hatten sie sich unter die verwirrten Gesichtslosen gemischt, die an jedem anderen Tag wahrscheinlich sofort auf ihren Prinzen losgestürmt wären, um Autogramme, ein Lächeln oder sogar eine Berührung zu ergattern. Dante war hier immerhin ein Star. Sami war sich ziemlich sicher, dass er das manchmal ausnutzte und genoss. Heute aber hatte er sich eine Maske aus weichem Stoff über Mund und Nase gezogen und seine Haare mit einer Kapuze bedeckt. Schweigend wanderte er vor Sami und Marla her, seine Hand ruhte wie schützend auf einem Beutel, den er an der Hüfte trug, während um sie herum die Leute rannten und schrien und wild gestikulierten. Es schien, als würde ausnahmslos jeder versuchen, sich noch irgendwie für die Letzte Mission zu registrieren, wie es die Anzeige überall auf den Hauptmonitoren vorschlug. Nur, dass die meisten von ihnen nun einmal überhaupt nicht wussten, um was für eine Mission es sich dabei handelte oder was sie dafür tun mussten. Sie liefen einfach den anderen hinterher in der verzweifelten Hoffnung, zu tun, was alle taten, würde sie irgendwie retten können – sie in ihre eigene Welt zurückbringen, in ihre echten Körper, deren Schicksal in diesem Augenblick mehr als ungewiss schien. Waren überall auf der Welt die Körper der User bewusstlos umgefallen, als Euphoria seine Tore schloss? Wer würde sie finden? Was würde mit ihnen geschehen? Sami spürte ihre Panik wie ein unerträgliches elektrisches Kribbeln auf seiner Puppenhaut.

Irgendwann erkannte er mit Erstaunen, dass der Strom der Menschen sie bis vor die Türen der *Blue Lagoon* getragen hatte – jener Bar, in der er sich vor gar nicht langer Zeit zum ersten Mal mit Sergej getroffen hatte. Die Türen allerdings waren jetzt verschlossen und verrammelt, die Lampen erloschen. Sami wusste nicht recht, warum er stehenblieb und durch eines der dunklen Fenster spähte. Im spärlichen Licht im Inneren erkannte er die Statisten, die die Bar bei seinem letzten Besuch so urig und lebendig hatten wirken lassen. Jetzt standen sie still, wie eingefroren. Roboter, denen jemand den Akku entnommen hatte. Und erst in diesem Augenblick wurde Sami seltsam überdeutlich bewusst, dass – ganz anders als sonst – unter den Menschen auf den Straßen nicht ein einziger Statist zu sehen war. Nur Gesichtslose weit und breit. Die Puppe in Samis Inneren wisperte aufgeregt, fast als drängte sie ihn, in die Bar zu gehen und etwas gegen diesen Zustand zu unternehmen – und plötzlich kamen ihm Dantes Worte in den Sinn.

Hast du schon einmal darüber nachgedacht, die Kraft deines Enigmas *einzusetzen, um Tatu zu finden?*

Sami hätte sich am liebsten die Hand vor den Kopf geschlagen. Natürlich! Wie hatte er das vergessen können? Er konnte die Statisten fragen, was immer er wollte. Ein kühler Schauer rieselte über Samis Rücken und vibrierte in seinem Puppenkörper. Aber sollte er das wirklich tun? Er wusste immer noch nicht, was mit Rosalia und Ekaterina passiert war, nachdem er … Sami presste die Hände gegen die kühle Glasscheibe und lehnte auch seine Stirn dagegen. Seine Kehle fühlte sich plötzlich eng an, als er an die leblosen Körper dachte, die sie zurückgelassen hatten. Avatare, die sich mit sehr großer Sicherheit niemals mehr bewegen würden. Und an das Gefühl, als würde ein Stück aus seinem Herzen herausgerissen. Konnte er das noch einmal durchstehen?

Ja, dachte Sami, er konnte. Er musste, für Tatu, damit ihm nicht dasselbe geschah. Wie würde es sich wohl anfühlen, wenn auch er bereits zum Statisten geworden wäre, wenn Sami ihn endlich fand, für den er – die Puppe – nichts anderes mehr würde tun können, als ihn ebenfalls zu erlösen, ohne zu wissen, was dadurch aus ihm wurde?

Die Antwort war leicht: noch so viel schlimmer. So weit durfte es nicht kommen! Er musste in diese Bar, jetzt! Vielleicht wusste Dante, wie er das anstellen konnte, selbst wenn sie so offensichtlich verschlossen und verrammelt war. Dies war immerhin seine Stadt.

Hastig drehte Sami sich um, um den Prinzen danach

zu fragen – nur um feststellen zu müssen, dass er über all der Grübelei Dante und Marla aus den Augen verloren hatte. Samis Magen zog sich zusammen und er stieß einen überraschten Fluch aus. Wie lange hatte er denn durch dieses Fenster gestarrt? Und warum hatten sie nicht auf ihn gewartet? Wo zum Teufel waren sie hin?!

Aber alles Fluchen half nichts. Sie waren fort, untergegangen in den sich ständig bewegenden Massen der Gesichtslosen, die sich drängten und schubsten und hin und her schoben. Gesichtslose, von denen offenbar ausnahmslos alle größer waren als Sami.

Das kann doch einfach nicht wahr sein! Und jetzt?

Er sah sich um. Ganz sicher würde er nichts und niemanden finden, indem er sich allein in die Menge stürzte. Wahrscheinlich hätten sie ihn niedergetrampelt, ehe er es auch nur auf die andere Straßenseite schaffte. Also rein in die Bar, aber wie? Die Tür war und blieb gründlich verschlossen, mit mehreren Vorhängeschlössern und sogar einem Balken. Aber vielleicht konnte er das Fenster einschlagen? Dummerweise gab es auf den Straßen von Euphoria City offenbar nichts, das sich als Hilfsmittel geeignet hätte. Keine Steine, keine leeren Flaschen, auch sonst nichts. Wieso war diese Stadt so *sauber*?

Sami sah an sich herunter, an dem noch immer so ungewohnt kräftigen Körper in dem dunkelvioletten Euphoria-Overall, unter dem die Muskulatur seiner Oberschenkel sich deutlich abzeichnete. Ein Gespräch mit Tatu fiel ihm ein, das sie eines Tages auf dem Heimweg geführt hatten, kurz nachdem sie ihre zweite Prüfung im Taekwondo bestanden hatten.

»Fragst du dich nicht auch ständig, was du so alles eintreten könntest?«, hatte Tatu gefragt. *»Autoscheiben, Fenster, Mülleimer … ich schwöre, ich könnte eine Laterne umnieten! Nur so theoretisch natürlich.«*

»Ja, klar. Als ob.«

Damals war Sami Jahre jünger und noch schmächtiger gewesen. Die Prüfung hatte er mehr schlecht als recht bestanden, und wahrscheinlich hätte er allerhöchstens eine dünne Pappwand eintreten können.

Aber jetzt? Hier?

Ach fuck, warum nicht.

Er hob das Knie und trat zu.

Es war noch viel leichter, als er gedacht hatte. Und auch viel lauter. Das Glas zerbrach unter seinem Fuß mit scharfem Klirren, und Scherben regneten über seinen Unterschenkel auf das zuvor so blanke Pflaster der Straße. Eine von ihnen schlitzte im Fall Samis Overall und die Haut darunter auf. Mehrere Tropfen dunkelroten Bluts quollen hervor.

Doch als er wieder auf beiden Beinen stand und erneut auf das Fenster sah …

War es wieder genauso heil wie vorher.

»Dieser Bereich ist während der Letzten Mission nicht verfügbar«, erklang unvermittelt die Stimme des *PlugIns* in seinem Kopf. Sami schnappte nach Luft.

Verdammt!

Er hätte wissen müssen, dass es so leicht nicht sein würde. Aber er war auch nicht bereit, es einfach zu akzeptieren. Er musste da rein! Er musste mit den Statisten sprechen! Wütend schlug Sami ein weiteres Mal nach der Scheibe, diesmal mit der Faust – und mit demselben Ergebnis, auch als er es ein drittes Mal versuchte. Das Klirren klang ihm überlaut in den Ohren nach, und er bildete sich ein, dass es meilenweit zu hören sein musste.

»Jetzt lass mich doch rein, du dämliches Fenster!« In seinem Frust wurde er selbst zu laut, er brüllte fast, dass es ihn schüttelte. Hastig sah er sich um. War jemand auf ihn aufmerksam geworden? *Interessierte* sich irgendwer für das, was er hier tat?

Nein. Sie rannten alle noch genauso planlos umher wie vorher.

Oder?

Doch, dieser User dort. Er kam auf ihn zu, mit seltsam unsicheren Schritten.

Oder doch nicht?

Sami konnte das Gesicht des Unbekannten natürlich nicht sehen. Aber etwas an ihm und seiner schwankenden Zielstrebigkeit ließ ihn schaudern. Denn anders als die anderen um ihn her schrie er nicht. Er rannte auch nicht. Er torkelte einfach voran, als sei er ganz allein auf der Straße, als spüre er die Stöße und das Schieben gar nicht – und trotz seines unsteten Kurses hielt er unbeirrbar auf Sami zu. Bis er schließlich, gar nicht weit von ihm entfernt, einfach stehen blieb.

Vollkommen reglos.

Und dann geschah etwas sehr Seltsames. Die Schatten flossen vom Gesicht des fremden Users, während er Sami noch mit leerem Blick entgegenstarrte, als hätten sie gerade eine Freundschaft miteinander geschlossen. Nur war da diesmal kein Klingeln, kein eisiger Finger auf der Stirn, nichts dergleichen. Bloß die überraschte Miene des zuvor Gesichtslosen wurde sichtbar, ein rundes, sommersprossiges Gesicht mit einer dicken Stupsnase, und darauf ein eigentümlich hilfloses Erstaunen. Dann glomm ein Licht in seinen Augen auf, ein silberner Schein, der aus seinem Innersten zu kommen schien und der in den dunklen Straßen geisterhaft sein Gesicht beleuchtete, ehe sich ein silbriger Spiegel über seine Iriden legte, sein Overall sich ebenfalls silbern färbte und von dem vorherigen Spieler nichts als ein leer lächelnder Statist mit schlaff herabhängenden Gliedern übrig blieb.

Sami starrte den Jungen an. Ein Teil von ihm wollte schreien, doch als er den Mund öffnete, kam kein Ton heraus. Immer wieder verlor er den Fremden kurz aus dem Blickfeld, weil die panischen Gesichtslosen sich zwischen sie schoben – doch was gerade geschehen war, konnte er nicht aus seinem Gedächtnis löschen.

Was hatte Marla gesagt?

Die User … sie verschwinden alle!

Hatte sie das damit gemeint? Sami wusste selbst kaum, was er tat, als er wider Willen fasziniert an den Jungen herantrat. Das stille Gesicht, das leblose Lächeln. Diese

Augen … sie zogen ihn an wie mit unsichtbaren Fäden, bis er schließlich dicht vor dem fremden Jungen stand. Samis Herz pochte schwer gegen seine Rippen. Die Puppe in ihm wisperte und flüsterte.

Hier hast du deinen Statisten. Frag ihn alles, was du willst!

Samis Mund wurde trocken.

Scheiße nein, das kann ich nicht machen!

Aber die Puppe schien das anders zu sehen, denn sie streckte bereits die Hand aus und Samis Körper folgte ihren Bewegungen, immer näher, bis er beinahe die Finger des Fremden berührte. Sein eigenes Blut rauschte ihm laut in den Ohren, und nun hörte er ganz leise, wie aus der Ferne, den verborgenen Herzschlag des Menschen in dem Statisten, wie er ihn auch bei Rosalia und Ekaterina gespürt hatte. Den Atem, der von dem lebenden Wesen hinter dem starren Silberblick erzählte und hinter dem alles andere – die Panik, die Nacht über der Stadt und selbst die unzähligen Gesichtslosen, die um sie herum trieben – blass, still und unwichtig wurde.

»Hey«, murmelte Sami heiser. »Sorry, ich … muss dich was fragen.«

Der Junge antwortete nicht.

Sami holte tief Luft.

Jetzt. Tu es.

Als er die Hand des Fremden packte, durchfuhr ihn die Verbindung wie ein Ruck. Ein grelles Licht leuchtete auf, wo ihre Handflächen sich berührten, und im nächsten Moment schoss eine Lichtsäule empor wie ein Signalfeuer, das am düsteren Himmel über ganz Euphoria City zu sehen sein musste. Dann ging alles ganz schnell. Das Gesicht des sommersprossigen Jungen begann zu strahlen, er lächelte glücklich und wie befreit, wie es auch Rosalia und Ekaterina getan hatten – doch ehe Sami dazu kam, ihn etwas zu fragen oder etwas zu sagen, war der Moment schon vorbei, und wie im Zeitraffer zerfiel sein Gesicht in Millionen winziger Lichtfragmente. Und nicht nur sein Gesicht. Anders als bei Rosalia oder Ekaterina, die einfach still und ohne Regung an ihrem Platz zurückgeblieben waren, zerfiel der Körper des fremden Jungen völlig in Licht und Splitter, die über das Pflaster der Straße spritzten und in Sekundenschnelle von Millionen Füßen zertrampelt wurden.

»Scheiße!« Sami zuckte zurück, als hätte er sich verbrannt.

Was war da passiert? Was hatte er getan? Verdammt, das hatte er nicht gewollt!

Aber als er sich hastig umsah, wurde ihm schnell klar, dass die Frage, was er gewollt hatte oder nicht, gerade sein geringstes Problem war. Etwas in der Menge auf den Straßen hatte sich verändert. Es war eine Bewegung in die Massen geraten, die nicht mehr völlig wahllos schien. Und als er genauer hinsah, erkannte Sami, dass der sommersprossige Junge in seinem Schicksal bei Weitem nicht der Einzige war. Immer wieder blieben irgendwo scheinbar willkürlich ausgewählte User stehen, um für einen kurzen Moment ihr Gesicht zurückzuerhalten, ehe sie zu reglosen, stummen Statisten wurden. Nur dass sie jetzt nicht mehr reglos waren. Als hätte das Licht am Himmel sie aus ihrem Schlaf geweckt und angelockt, hatten sie sich in Samis Richtung in Bewegung gesetzt, näherten sich ihm langsam und doch zielstrebig, die Gesichtslosen ringsumher ignorierend, als wären sie gar nicht da. Manche hatten sogar die Hände nach ihm ausgestreckt, als wollten sie ihn anflehen, sie ebenfalls zu berühren, wie er es bei dem Jungen getan hatte. Und auch die Puppe in Sami regte sich nun stärker, sie rief und lockte und flüsterte, und die Statisten schienen jedes Wort zu hören, es einzufangen und in ihrem leeren und zugleich hoffnungsvollen Lächeln zu spiegeln.

Sami war es nun allerdings sehr egal, was die Puppe wollte. Er drehte sich um und rannte. Kalte, überwältigende Angst hatte ihn gepackt, und in seinem Kopf war nur ein Gedanke übrig: *Weg. Weg hier!*

Bloß war das gar nicht so einfach und besonders weit kam er nicht. Es war zu voll, die Gesichtslosen versperrten ihm den Weg, und die Statisten kamen nun von allen Seiten. Mehr und immer mehr. Es schien, als würde mit einem Mal an jeder Ecke ein weiterer Gesichtsloser in seinem Schritt verharren und gen Himmel schauen, wo noch immer ein Nachglanz des Lichts leuchtete, das Sami bei der Verbindung mit dem Jungen hervorgerufen hatte – nur um sich im nächsten Moment in einen Statisten zu verwandeln und sich mit silbernem Blick und entschlossenem Schritt in seine Richtung zu wenden.

Sami keuchte und drängte sich weiter mit Schultern und Ellbogen zwischen den Gesichtslosen hindurch, ohne darauf zu achten, wohin er eigentlich lief, aber es war ja auch egal, sie waren *überall*. Manchmal kam einer der Statisten ihm nah genug, um ihn zu streifen, und dann zersprang er binnen weniger Sekunden in einem funkelnden Regen aus Lichtsplittern.

Verdammt, was jetzt? Wohin?

Er musste es irgendwie zum Palast schaffen, dachte Sami, zu einer *BLAsT*-Station, oder wenigstens zu irgendeiner Tür, die er hinter sich schließen und verriegeln konnte. Doch er hatte im Gewühl inzwischen völlig die Orientierung verloren, und es dauerte nicht lange, bis er, rücklings an ein Gebäude gedrückt, stehen bleiben musste. Die Statisten näherten sich ihm unaufhaltsam in einem Halbkreis, den sie enger und enger zogen. Fast schien es, als seien in der ganzen Stadt überhaupt keine normalen User mehr übrig. Sie sprachen nicht, blieben völlig stumm in ihrem ständigen Lächeln. Doch Sami hörte die Stimmen in ihrem Inneren wispern, die auf den lockenden Ruf seiner Puppe antworteten, den er nicht abschalten konnte, so sehr er es auch versuchte. Sein *Enigma*, das begriff Sami nun zum ersten Mal in aller Klarheit, war nicht nur ein Teil von ihm. Es war ein eigenständiges Wesen, das sehr viel mehr zu Euphoria gehörte als zu ihm und das sich in diesem Moment völlig außerhalb seiner Kontrolle befand. Oder schlimmer: das mit jeder Sekunde dringlicher versuchte, die Kontrolle über *ihn* zu übernehmen. Sami spürte den fast unwiderstehlichen Drang, den flehend ausgestreckten Händen der Statisten entgegenzugehen. Sie zu ergreifen. Sie zu erlösen. Denn das war es, wofür die Puppe geschaffen war. Er konnte nicht mehr lange dagegen ankämpfen. Nicht allein.

»Hey!« Sami brüllte, so laut er konnte, auch wenn er wenig Hoffnung hatte, dass Dante ihn dadurch tatsächlich finden würde. »Dante! Marla!«

Keine Antwort im verzerrten Rauschen der vielen Tausend Stimmen. Nur das Wispern der Puppe wurde lauter, als die Statisten sich noch weiter näherten.

»DANTE!«

Noch immer keine Antwort.

Doch im nächsten Moment hörte Sami etwas anderes. Einen Klang, der eine Woge der Erleichterung mit solcher Wucht durch ihn hindurchrauschen ließ, dass er darunter taumelte: Der Schrei einer Krähe gellte über den düsteren Himmel. Kurz darauf war das Rauschen riesiger Flügel zu hören, das sich in rasender Geschwindigkeit näherte. Und mit einem weiteren gellenden Schrei landete das Krähenmädchen inmitten des Kreises der Puppen, die taumelnd auseinanderstoben.

»Sami!« Selbst ihr grimmigster Blick war in diesem Moment wie ein Sonnenstrahl in der Dunkelheit, die Sami zu erdrücken gedroht hatte. Sie streckte ihm die Hand entgegen. »Los, komm! Ich bring dich weg von hier.«

Und Sami wurde in diesem Moment seltsam überdeutlich bewusst, dass er wenigstens von ihrer Hand hier in

Euphoria keine bösen Überraschungen zu erwarten hatte. Er hatte Nora noch nie so sehr gemocht.

»Auf mein Kommando: Spring!« Fest schlossen sich ihre Finger um seine. »Jetzt!«

Sami zögerte nicht lange, und es fiel ihm auch nicht ein zu fragen, woher sie kam oder wohin sie ihn bringen wollte. Mit einem gewaltigen Sprung waren sie in der Luft, hoch über den Köpfen der Gesichtslosen und Statisten, und segelten, von Noras Schattenschwingen getragen, über die Straßen und den großen Platz, über die schier endlos scheinende Masse grauer Menschen unter dem gewitterdunklen Himmel, an dem sich immer noch Funken der in Licht vergangenen Statisten mit dem glitzernd blauen Schnee der *BLAsT*-Reisen mischten.

Auf dem Dach eines der Hochhäuser am Rand des Platzes setzte Nora ihn schließlich ab. Und obwohl Samis Knie weich waren vor Aufregung, machte ihn das Gefühl, der Gefahr einfach so davongeflogen zu sein, regelrecht high.

»Danke«, brachte er hervor und versuchte vergeblich, das Zittern in seiner Stimme zu unterdrücken. »Das war wirklich …« Er brach ab, weil ihm die Worte fehlten.

Aber Nora schien ihm ohnehin gar nicht richtig zuzuhören. Sie stand am äußersten Rand der Dachkante und spähte aus verengten Augen in das geisterhafte Zwielicht unter ihnen. »Die *BLAsT*-Stations scheinen noch zu funktionieren«, stellte sie schließlich fest. »Wenn auch sonst nichts.«

Sami nickte und trat vorsichtig neben sie, wenn auch nicht ganz so nah an den Rand. »Ja. Ich bin vorhin schon einmal gereist. Mit …« Er räusperte sich. »Mit Dante.«

Nora warf ihm einen Blick zu, den er nicht deuten konnte. Aber er war bei Weitem nicht so wütend oder auch nur vorwurfsvoll, wie Sami befürchtet hatte. »Du bist mit dem Prinzen hier«, stellte sie nur fest, als hätte sie sich das schon längst gedacht. »Und wo ist er jetzt? Hätte *er* nicht auf dich aufpassen müssen?«

Sami biss sich auf die Unterlippe und starrte hinab auf das wogende Meer aufgeregter Menschen weit unter ihm. Suchten die Statisten ihn wohl noch? Hatten sie genug Bewusstsein übrig, um verarbeiten zu können, dass er ihnen entwischt war? Und ja – wo zum Henker war eigentlich Dante? Wohin war er so spurlos verschwunden, und warum war er nicht gekommen, als Sami ihn brauchte? Wie hatte er es überhaupt so weit kommen lassen können, dass sie sich aus den Augen verloren? Sami spürte ein leises Aufflackern von Wut. Bestimmt hätte Dante ihn finden *können*, wenn er es gewollt hätte. Aber er hatte sich, warum auch immer, dagegen entschieden. Vielleicht, weil Nora in der Nähe gewesen war? Sami war immer noch weit entfernt davon, den Zwist zwischen den Geschwistern zu verstehen. Dabei, dachte er sarkastisch, hätte es eigentlich gar keinen Zwist geben dürfen, weil sie sich in seinen Augen einfach nur verdammt ähnlich waren.

»Keine Ahnung«, gab er zu, als ihm bewusst wurde,

dass Nora schon eine ganze Weile auf seine Antwort wartete. »Ich hab ihn verloren. Oder er mich. Wie auch immer. Und dann waren *die* plötzlich überall.« Er spürte erneut einen Schauder, als er an den Jungen dachte, den er berührt hatte. »Nora, ich habe …«

Sie hob abwehrend die Hand. »Schon gut. Ich weiß. Erzähl mir das später. Erst mal brauchen wir einen möglichst kurzen Weg von hier weg. Meine Flügel können uns nicht ewig beide auf einmal tragen.« Sie wandte den Kopf und sah ihn eindringlich an. »Für den Moment musst du nur eines wissen: Es geht ihnen gut. Hörst du, Sami? Ich war bei Kitty im Krankenhaus, draußen. Sie lebt! Das war es, was ich klären wollte, verstehst du? Es geht ihr gut, und ich bin sicher, dass es bei den anderen genauso ist. Bei all denen da unten. Du hast ihnen nichts getan.«

Sami spürte seine Knie weich werden. Die Erleichterung ließ ihn taumeln. Sie lebten! Alle, die ihn da unten berührt hatten … Rosalia und Ekaterina. Er hatte sie nicht getötet. Es war, als würde ihm ein Sack voll Blei von den Schultern genommen.

Als er Nora wieder ansah, lächelte sie.

»Na komm.« Erneut streckte sie ihm die Hand entgegen. »Da unten im Park ist eine *BLAsT*-Station, die mit etwas Glück nicht völlig überlaufen ist. Die Strecke schaffe ich gerade noch.«

Sami nickte und schloss seine Finger um ihre, obwohl ihm jetzt doch ein wenig flau im Magen wurde bei dem

Gedanken, dass sie sich diesmal einfach vom Dach stürzen würden. »Und wohin gehen wir dann?«

Noras Grinsen war selbstironisch wie eh und je. »Zum Schrottplatz. Wohin sonst?«

Und dann, bevor Sami noch Gelegenheit hatte, weiter darüber nachzudenken, sprang sie und riss ihn mit sich.

36

Das Spiel der Porzellanpuppe

Auf dem Schrottplatz schien, abgesehen von der Farbe des Himmels, nichts verändert. Es war ruhig hier, geradezu gespenstisch still im Vergleich zu dem Aufruhr, der in Euphoria City herrschte. Nur ein langsamer, schwüler Wind, den Nora bisher nicht von diesem Ort kannte, wehte zwischen den Bergen alter Maschinenteile und metallischem Unrat hindurch und zupfte mit trägen Fingern an ihrem Haar. Sonst war niemand unterwegs, niemand schien das Areal auch nur im Entferntesten auf dem Schirm zu haben, um sich hier, wie auch immer, auf die Letzte Mission vorzubereiten.

Genau darauf hatte Nora gesetzt.

Auch Gorm und Yash waren schon vor Ort, dessen war sie sich sicher, auch wenn auf den ersten Blick nichts von ihnen zu sehen war. Sie waren gut darin, sich zu verbergen, selbst der riesige Berserker konnte mit nahezu jeder Art von Hintergrund verschmelzen, das hatten die vielen Raids auf der Krieger-Ebene Vier sie gelehrt.

Aber die Krähe hatte sie bereits gefunden. Nachdem sie und Sami sicher bei der *BLAsT*-Station gelandet waren, hatte Nora sie wieder aus ihrem Schatten gelöst. Nun kreiste sie über den Schrottbergen, bis sie sich schließlich ganz oben auf einem der verwitterten Stahlträger niederließ, das Gefieder schüttelte und vernehmlich krächzte. Kurz darauf traten zwei vertraute Gestalten aus den Schatten der Maschinengerippe hervor. Eine groß und massig, die andere klein und drahtig.

Nora warf einen Blick zu Sami. »Das ist unser Team. Sie wollen dich kennenlernen.«

Sami nickte nur. Das Erlebnis mit den Statisten in der City saß ihm immer noch in den Knochen, das war ihm deutlich anzusehen. Nora konnte es ihm nachfühlen. Allein mit ansehen zu müssen, wie sich die User plötzlich in Statisten verwandelten, war hart genug. Dass sie sich auch noch auflösten, sobald Sami sie berührte, und das gleich zu Dutzenden, musste wirklich tief verstörend gewesen sein.

Sie hatten Ninja und Berserker jetzt fast erreicht. Sami hielt seine Hände krampfhaft hinter dem Rücken verschränkt, als fürchtete er, auch die beiden könnten bei seiner Berührung einfach in Lichtsplitter zerspringen. Nora glaubte allerdings nicht, dass das eine begründete Angst war. Ihr jedenfalls war nichts passiert, und sie hatte Sami seither durch die halbe zweite Ebene geschleift. Dass sich in Euphoria City so viele User spontan in Statisten verwandelten, hatte bestimmt nichts mit Sami selbst zu tun. Sie *reagierten* nur auf ihn. Oder vielmehr: Auf die Puppe, von der sie sich Erlösung erhofften.

»Hey«, sagte Yash in diesem Moment und streckte die Hand aus. »Ich bin Yash. Cyber-Ninja.«

»Und ich bin Gorm«, sagte Gorm und legte eine Hand über Yashs. Eine eindeutige Einladung. Ein schwaches Lächeln zuckte unwillkürlich um Noras Mundwinkel. Nicht vielen wurde diese Ehre zuteil, und es bedeutete, dass die beiden tatsächlich ihrem Urteil vertrauten. Sie konnte kaum in Worte fassen, wie viel ihr das bedeutete. »Berserker. Willkommen im Team.«

Sami hingegen war sich offenbar nicht annähernd so sicher wie Nora, dass das hier eine gute Idee war. Immerhin, er lief nicht weg, aber seine Hände blieben hinter seinem Rücken und seine Schultern verkrampft.

Sie musste ihn irgendwie überzeugen, dachte Nora. Sie hatten jetzt wirklich keine Zeit, sich erst mal besser kennen zu lernen. Sie beugte sich zu ihm hin. »Wir brauchen diese Freundschaft«, sagte sie leise, aber eindringlich. »Ich weiß nicht, was *TwilightPoints* jetzt noch zählen – vermutlich gar nichts –, aber du musst ihnen Kittys Karte zeigen. Und das kannst du nur, wenn du dich mit ihnen verbindest.« Sie legte ihm kurz die Hand auf die Schulter. »Bitte, Sami. Selbst ich vertraue ihnen. Dann kannst du es auch.«

Sami blieb noch einige Sekunden reglos stehen und starrte in Yashs und Gorms Gesichter, die für ihn nur aus verschwommenen, schattigen Flächen bestehen mussten. Die beiden hingegen warfen ungeduldige Blicke zu Nora, als begriffen sie nicht recht, was hier gerade das Problem war. Aber Nora hob nur die Schultern. Sie hatte ihnen immerhin gesagt, dass Sami schwierig mit Fremden war.

Doch dann schien sich Sami einen Ruck zu geben. Er machte den letzten, entscheidenden Schritt nach vorn und streckte beide Hände aus, um die von Ninja und Berserker damit zu umschließen.

»Sami. Die Puppe mit dem Silberhaar.« Er klang etwas heiser und die Worte kamen stockend, als müsse er sich selbst aufmerksam dabei zuhören, wie er zum ersten Mal den Namen seines *Enigmas* aussprach. Nora glaubte beinahe, das Klingeln des Fortschrittsbalkens zu hören, als die Verbindung sich bildete und die Schatten wichen. Sie atmete auf.

»Wunderbar. Also.« Sie trat auf die drei zu. »Da wir das nun geklärt hätten, sollten wir ein paar Informationen austauschen.« In raschen Worten berichtete sie Sami, was im Raum beim Registrierungsterminal vorgefallen war. Als sie erzählte, wie Sergej sich als Wächter des Portals zur Verfügung gestellt hatte, spürte sie ihre Stimme erneut gefährlich schwanken. Zu deutlich stand ihr noch immer das Bild vor Augen, wie die Lichtfäden ihn einwoben. Sein letzter Blick. Wenn sie es nicht schaffte, sein Opfer lohnenswert zu machen, dann …

Nein. So durfte sie nicht denken. Sie musste es schaffen. Sie würde es schaffen.

»Und du?«, fragte sie und schob Sergejs Bild entschlossen zur Seite. »Was hast du bei Mi… bei Dante erreicht? Was ist mit deinem Freund?«

Aber Sami schüttelte nur mit gesenktem Blick den Kopf und sah dabei nicht weniger verzweifelt aus, als sie sich fühlte. »Er weiß es auch nicht.« Seine Stimme klang brüchig. »Niemand weiß, wo er ist, nicht einmal die Sirene, die ihn hier reingeschleift hat. Dante meinte, ich solle die *Guardians* nach ihm fragen, und das hab ich versucht, aber …« Er brach ab und presste die Lippen zu einem schmalen Strich zusammen. »Du hast ja gesehen, was passiert ist. Und Dante ist auch … weg, das hab ich dir ja schon gesagt.«

Nora schwieg eine Weile. Es fiel ihr nicht ganz leicht, das Gehörte zu verarbeiten, und noch viel schwerer fiel es ihr, zu hören, wie Sami vom Prinzen sprach, als wären sie gute Freunde und hätten sich konstruktiv und ergebnisoffen über diese Dinge beraten, noch ehe sie selbst auch nur davon gewusst hatte.

»Und habt ihr«, brachte sie endlich heraus, »auch über die Letzte Mission gesprochen? Hast du ihm davon erzählt?«

Sami zuckte etwas verkrampft mit den Schultern. »Ja, irgendwie schon. Ich meine, ich wusste ja selbst quasi nichts, aber ich dachte, es wäre gut, wenn er zumindest in etwa weiß, worum es eigentlich geht, als die Ausgänge versperrt wurden. Weißt du, ich habe viel mit ihm geredet, Nora, und ich glaube, er …«

»Ich glaube, du kannst ihn gleich selbst alles fragen, was du wissen willst«, warf Yash in diesem Moment vielsagend ein. Eine scharfe Warnung schwang in ihrer Stimme mit. Die Cyberlinien auf ihrem Overall glühten auf, als sie sich in Kampfbereitschaft versetzte.

Nora spürte, wie etwas in ihr erstarrte. Langsam, widerstrebend fast, drehte sie sich um. Und tatsächlich: Im Eingangsbereich des Schrottplatzes, dort, wo die *BLAsT*-Station lag, waren die flimmernden Überreste blauen Lichts zu sehen.

Mika.

Er musste es sein.

Niemand anders konnte auf den Gedanken kommen, sie hier zu suchen. Niemand außer Sergej, und der war … Nora schloss kurz die Augen. Nein. Nur ihr Bruder konnte jetzt noch wissen, weil er es von Sergej oder vielleicht sogar von Sami erfahren hatte, dass hier, zwischen all dem Müll und Schmutz, verborgen vor allen neugierigen oder feindseligen Augen, die ganze Zeit über ihr Nest gewesen war.

Auch die Krähe stieß nun einen warnenden Schrei aus und glitt von ihrem Aussichtspunkt herab zurück auf Noras Schulter. Nun konnte sie ihn sogar spüren. Seine vertraute Aura, die sich rasch näherte. Ihr Herz begann unregelmäßig zu pochen, und ein unruhiges Flattern ergriff von ihrem ganzen Körper Besitz.

Und dann war er da. Er trat zwischen den hoch aufragenden Schrottbergen hervor, sein nachtblauer Overall schimmerte matt im spärlichen Licht. Darüber trug er einen weiten Mantel mit zurückgeschlagener Kapuze und eine Maske, die er wie einen Schal heruntergezogen hatte.

Er schritt schnell und geradewegs auf sie zu. Sein goldenes Haar wehte leicht in dem schweren Wind und seine Miene war finster. Dicht auf seinen Fersen lief eine Gesichtslose in einem elfenbeinfarbenen Overall, mit einer goldbraunen 04 auf dem Oberarm.

Das muss die Sirene sein, von der Sami erzählt hat.

Nora ballte die Fäuste, bis es schmerzte, und zwang sie dann, sich wieder zu öffnen. Das machte sie für kostbare Sekunden etwas ruhiger. Ruhig genug, um sich an beißendem Sarkasmus festzuklammern.

»Sieh an. Der Prinz höchstpersönlich. Was für ein hoher Besuch in meinem bescheidenen Heim.«

Mika warf ihr einen kurzen, aber bohrend scharfen Blick zu. »Ich bin nicht deinetwegen hier. Sami! Bin ich froh zu sehen, dass es dir gut geht! Du warst plötzlich verschwunden. Dieses Licht – das warst du, stimmt's?«

Er machte Anstalten, einfach an Nora vorbei auf Sami zuzugehen. Doch Nora hatte keineswegs die Absicht, ihn seinen Plan – wie auch immer der aussah – einfach durchziehen zu lassen. Sie machte einen Schritt zur Seite, um ihm den Weg abzuschneiden, und nahm Sekunden später erleichtert aus dem Augenwinkel wahr, dass auch Yash und Gorm sich rechts und links von ihr postierten, nur einen halben Schritt hinter ihr, um Sami so gut wie möglich von dem Prinzen abzuschirmen.

Mika blieb stehen. Eine steile Falte hatte sich zwischen seinen Brauen gebildet. »Das ist jetzt nicht euer Ernst. Also bitte.«

»Er ist in meinem Team«, knurrte Nora. »Lass ihn in Ruhe.«

Mika seufzte gereizt und verdrehte die Augen. »Wieso bist du nur so lästig? Wann wirst du endlich damit aufhören? Merkst du eigentlich gar nicht, wie gefährlich das ist?« Er schüttelte finster den Kopf. »Du machst wirklich alles kaputt, Nora. Alles! Siehst du das nicht? Hast du dich mal in der Stadt umgesehen? Hast du das etwa gewollt?«

Nora ballte erneut die Fäuste. Diesmal tat es mehr weh, und es war bedeutend schwerer, sie auch wieder zu öffnen. »Wenn es das ist, was nötig war: Ja!«, stieß sie hervor. »Sieh dich doch selbst mal um! Das ist Euphorias wahres Gesicht. Ist das wirklich der Ort, an dem du für immer leben willst?«

Mika schloss kurz die Augen, als müsse er sich mit Gewalt zur Ruhe zwingen. »Ich habe es dir schon vor Jahren gesagt, und ich sage es jetzt wieder: Selbst wenn es so wäre, ginge es dich nichts an.«

»Aber dein Körper da draußen stirbt!« Nora schrie jetzt fast. »Und meiner vielleicht auch! Wir alle! Du bringst uns um! Wie kann dir das egal sein?«

Mikas Gesicht war jetzt völlig ausdruckslos, aber in seinen Augen flackerte vernichtende Wut. »*Ich* bringe euch um? Oder bist du es nicht eher selbst? Wer hat denn diese beschissene Mission aktiviert?« Er schüttelte den Kopf. »Tu was du willst, Nora. Ich will nur zu Sami. Ich muss mit ihm reden. Lass mich vorbei.«

Nora konnte nichts dagegen tun, dass sich ein bitteres ironisches Grinsen auf ihr Gesicht stahl.

»Nein. Niemals.«

Wie von selbst breiteten ihre Krähenschwingen sich aus und bildeten eine zusätzliche Barriere zwischen Mika und Sami. Mika starrte sie an, in seinen Augen immer noch dieser Zorn, und Nora konnte sehen, wie er versuchte zu entscheiden, wie viel Gewalt er ihr antun konnte, um seinen Willen durchzusetzen.

In diesem Moment nahm sie hinter sich eine Regung wahr. Zuerst dachte sie, es wären Gorm und Yash, die sich ebenfalls in eine bessere Position brachten. Aber es war keiner der beiden. Es war Sami, der beinahe grob ihre Flügel beiseiteschob und sich nach vorn drängte. Genau auf halber Strecke zwischen ihr und Mika blieb er stehen, sein ganzer Körper wie zum Zerreißen angespannt.

»Jetzt hört doch endlich auf mit dem Scheiß. Beide.«

»Sami!« Sie starrte ihn an, fassungslos, und eisige Angst breitete sich von einem Punkt in ihrer Brust durch ihren ganzen Körper aus, als sie das triumphierende Lächeln sah, das jetzt auf Mikas Gesicht erschien.

Du bist doch noch in meinem Team, Sami. Oder?!

Sami warf ihr einen finsteren und unendlich genervten Blick zu. »Er will nur mit mir reden, Nora. Das bringt niemanden um. Ich weiß es, denn wie ich bereits sagte, *habe* ich schon mit ihm geredet, und sieh mich an, ich lebe noch, und ihr alle auch. Er ist hier gefangen, genau wie wir. Wenn er uns helfen kann, will ich hören, was er zu sagen hat, und ich habe wirklich keine Zeit für euren Mist.« Damit wandte er ihr den Rücken zu und ging mit festen Schritten das letzte Stück zum Prinzen von Euphoria hinüber.

Nora spürte, wie sich Yash und Gorm hinter ihr anspannten, und auch sie selbst hätte nichts lieber getan, als loszustürmen und Sami von Mika wegzureißen. Trotzdem streckte sie ihren linken Arm zur Seite aus – ein Zeichen, zurückzubleiben. Einen Kampf gegen den Prinzen, hier und jetzt, konnten sie sich wirklich nicht leisten. Nicht, solange sie nicht wusste, was Sami vorhatte.

»Geh nicht zu ihm«, flüsterte sie rau. Es war erbärmlich, so zu betteln, aber sie konnte die Worte nicht zurückhalten, sie fielen einfach aus ihrem Mund. »Bitte.«

Sami drehte sich nicht noch einmal zu ihr um. Doch sie konnte förmlich hören, wie er die Augen verdrehte.

»Also?« Er baute sich mit verschränkten Armen vor Mika auf. Vor der sehnigen, hochgewachsenen Gestalt des Prinzen wirkte er so zart. Und doch so unbeugsam wie kein anderer von ihnen. »Worüber wolltest du mit mir reden? Oder willst du mich bloß wieder benutzen, um jemandem emotional ans Bein zu pissen, wie du es vorhin mit Melody gemacht hast?«

Mika hob die Brauen. Dann sah er Sami lange und eindringlich an, ehe er sich endlich dazu entschied, etwas zu sagen. »Puppenjunge.« Er schüttelte den Kopf und ein eigenartiges, fast erstauntes Lächeln zuckte in seinen Mundwinkeln. »Du bist einfach unglaublich.«

Sami stöhnte, und als sie sich sein Gesicht dabei vorstellte, musste sogar Nora lächeln. »Ist das echt alles? Dafür bist du hergekommen? Ich dachte, ich hätte gerade gesagt, ich habe keine Zeit. Und ich habe immer noch kein Interesse an deinem Bund oder wie auch immer du es nennst, nur damit du es weißt.« Er schoss über die Schulter einen Blick zu Nora. »Und an deinem Team auch nicht wirklich, wenn ich ehrlich bin. Ich will nur nach Hause.« Sein Blick richtete sich auf die Sirene in dem hellen Overall, die sichtlich zusammenzuckte, ehe sie die Schultern hochzog, als müsse sie sich schützen. »Und meinen Freund wiederhaben.«

Jetzt lachte Mika. Ein tiefer, warmer, vibrierender Klang, der Nora mitten ins Herz traf. Wie lange hatte sie ihn nicht mehr so lachen hören? Wie lange war es her, dass er für *sie* so gelacht hatte? In einem anderen Leben. In einer anderen Welt.

Ich hab dich lieb, kleiner Vogel.

Ein Kloß bildete sich in ihrer Kehle. Vergeblich versuchte sie, ihn hinunterzuschlucken.

Aber das Lachen verschwand genauso schnell, wie es gekommen war.

»Entschuldige. Ich wollte nicht über dich lachen.« Mika strich sich die Haare aus der Stirn und straffte die Schultern, als wolle er sich sammeln. Doch die Spur eines Lächelns blieb. »Aber du bist wirklich erstaunlich, ich meine es ernst. Und keine Sorge, ich werde dich nicht mehr fragen, ob du dich mir offiziell anschließen möchtest. Ich mag dich so frei, wie du bist, und möchte dich niemals anders sehen.« Er sah Sami ernst in die Augen. »Aber ich bin zu einer Schlussfolgerung gekommen, die deinen Freund betrifft. Darüber wollte ich mit dir sprechen. Abgesehen davon, dass ich mir nach deinem Auftritt in der Stadt ziemliche Sorgen um dich gemacht habe.«

Nora sah, wie Sami sich versteifte. Es war so bitter ironisch, dachte sie, wie Mika in einem Atemzug von Freiheit sprechen und ihn in emotionale Geiselhaft nehmen konnte. Wenn es um Tatu ging, das wusste Nora, obwohl sie ihm nie persönlich begegnet war, war Sami völlig machtlos. Und Mika wusste das garantiert inzwischen auch, wenn sie so viel miteinander *geredet* hatten, wie Sami sagte.

Aber war das wirklich alles nur Berechnung? Da war ein weicher Zug auf dem Gesicht ihres Bruders, eine Sanftmut, von der Nora geglaubt hatte, er hätte sie längst an Euphoria verloren, eingetauscht gegen ein Leben im ewigen Dämmerlicht, in dem er mächtig und unsterblich sein konnte. Konnte er das wirklich so überzeugend spielen?

Und dieses Lachen …

»Was für eine Schlussfolgerung?«, hörte sie Sami flüstern. Der schwüle Wind trieb die Worte zu Nora herüber und ließ sie in ihren Krähenschwingen rascheln. Auch Gorm und Yash waren noch immer angespannt, jederzeit bereit, sich auf Mika zu stürzen.

Sami aber ließ Mika jetzt nicht mehr aus den Augen.

Die Hoffnung, die in ihm wuchs, war nahezu greifbar. »Was hast du über Tatu herausgefunden?«

Mika schüttelte den Kopf. »Nicht das, was du dir erhoffst, fürchte ich. Nichts so Konkretes. Tut mir leid. Es geht um die User in der Stadt. Was mit ihnen geschieht. Du weißt, was ich meine.«

Sami nickte nur. Sein Körper wirkte noch immer zum Zerreißen gespannt.

Mika erwiderte das Nicken. »Ich war gerade auf der Suche nach dir, als ich es gesehen habe. Das Licht. Ich wusste, dass es mit dir und deinem *Enigma* zu tun haben muss, und ich habe mich sofort auf den Weg zu dir gemacht.« Ganz kurz nur huschte sein Blick zu Nora, ehe er sich wieder auf Sami richtete. »Aber ich war wohl zu langsam. Wie dem auch sei, ich habe es geschafft, eine kurze Analyse der betroffenen User durchzuführen, und ich denke, ich weiß, warum manche plötzlich zu Statisten werden und andere nicht.« Er machte eine kurze Pause, wie um sich die richtigen Worte zurechtzulegen. Aber Nora ahnte schon, was er sagen würde, weil ihr der Gedanken selbst schon gekommen war. Es war logisch, naheliegend … und enorm nützlich, wenn man so skrupellos sein und das Verschwinden von Samis Freund dazu benutzen wollte, Sami auf seine Seite zu bringen.

Genialer Schachzug, Mika, dachte Nora bitter. *Wirklich genial.*

»Es betrifft die neuen Spieler, Sami. Euphoria nimmt ihnen ihre Pillen und damit auch ihre Zeit und Energie.

So verteidigt es sich gegen den Angriff, den die Letzte Mission für das System darstellt. Die Energiemengen, die es dafür benötigt, sind enorm, und nachdem es zuerst alle öffentlichen Bereiche heruntergefahren hat, nimmt es sie als Nächstes von den Usern. Zuerst natürlich von den neuen, weil sie noch ohne *Enigma* und damit angreifbarer sind. Und das bedeutet …«

»Nein.« Sami sprach leise, trotzdem klang es wie ein Schrei und fuhr Mika schneidend ins Wort. Sein ganzer Körper bebte. »Nicht. Du sagst mir gerade nicht, dass Tatu auch schon zu so einem Ding geworden ist. *Das sagst du mir nicht!*«

Mika schüttelte leicht den Kopf, seine Miene war angespannt. »Ich weiß es nicht, Sami. Nicht mal ich kann das wissen. Aber ich habe noch über etwas anderes nachgedacht, und vielleicht gibt es dir etwas Hoffnung. Bisher scheint sich Euphorias Gegenschlag nur auf die ersten beiden Ebenen zu beschränken – und wenn ich nicht völlig falsch liege, hält dein Freund sich dort gar nicht auf.« Eine kleine Falte erschien zwischen seinen Brauen, und erneut huschte sein Blick kurz zu Nora. »Erinnerst du dich, wo ich gelandet bin, nachdem ich zu viele von den goldenen Pillen genommen hatte?«

Alles Blut wich mit einem Schlag aus Samis Gesicht, und auch Nora spürte, wie es in ihr mit einem Mal seltsam kalt wurde. *Darüber* hatten sie gesprochen? Mika hatte Sami wirklich einfach so erzählt, was damals mit ihm passiert war – etwas, das Nora bis heute nicht wusste?

Sie sah Sami angespannt nicken. »Im Herz«, wisperte er heiser.

»Genau. Und vielleicht – nur vielleicht – ist dein Freund auch dorthin geraten.« Mika legte Sami die Hände auf die Schultern. Doch es war jetzt nicht mehr Sami, den er ansah. Sein Blick, hart und kalt, galt einzig und allein Nora. »Deshalb schlage ich vor, wir gehen gemeinsam dorthin. Und zwar schnell. Denn auch wenn du den Bund nicht willst, mit dem ich dir unendlich viele Pillen übertragen könnte – *ihn* kann er vielleicht retten.«

Einige schreckliche Atemzüge lang war Sami sehr still. Nora sah, wie seine Hände sich zu Fäusten verkrampften.

Nein. Oh nein.

»Okay«, sagte Sami. Seine Stimme bebte, aber sie klang dennoch sehr klar. »Gehen wir und suchen ihn. Wenn du wirklich glaubst, dass er dort ist, wenn du wirklich denkst, dass du ihn retten kannst ...« Er atmete einmal tief durch. »... dann öffne ich das Herz für dich. Du hilfst mir mit meinem Wunsch und ich dir mit deinem. Das erscheint mir nur fair.«

Nora starrte Mika mit offenem Mund an. Was zum Teufel sollte das denn für ein Deal sein? Als ob es Mika auch nur einen einzigen Moment darum gegangen wäre, Samis Freund zu helfen. Nora hätte schreien mögen vor Wut, während ein unbelehrbarer Teil von ihr nichts anderes wollte, als zu glauben, dass er es ernst meinte. Dass Sami gelungen war, was sie nicht geschafft hatte, dass er tatsächlich das Herz des Prinzen ein Stück weit erweicht hatte.

Leider … unwahrscheinlich.

Oder nicht?

Ein schiefes Lächeln erschien auf Mikas Gesicht. »Ich sagte es ja schon: Du bist wirklich erstaunlich, Sami. Mal ganz davon abgesehen, dass du auf diese Weise vermutlich mein Reich und uns alle retten wirst.« Er lachte leise und klopfte ihm leicht auf die Schulter. Dann ging er langsam an ihm vorbei, direkt auf Nora zu, bis er genau zwischen ihr und Sami stand. Seine blauen Augen glühten. Er war nun wieder ganz Herr der Lage, ganz der Prinz, und sie meilenweit unter ihm. Nora wollte ihm vor die Füße spucken und vor ihm niederknien zugleich, und sie fürchtete, dass es ihren Freunden ebenso ging.

»So. Und plötzlich steht er hinter mir statt hinter dir. Wer hätte das gedacht.« Mika lächelte sie mitleidig an. »Was schaust du denn so, Nora? Bist du so überrascht? Ich dachte, das war es, was du die ganze Zeit wolltest? Oder kannst du den Gedanken dermaßen wenig ertragen, dass wir gar nicht so verschieden sind? Ich bringe Sami nach Ebene Fünf, dort wolltet ihr doch sowieso hin, oder nicht?«

»Halt die Klappe, Mika«, schnappte Nora. »Denkst du wirklich, du kannst hier irgendwen austricksen? Niemand kann einfach nach Ebene Fünf reisen, das weißt du genau. Also lass mich eins klarstellen: *Ich* gehe mit Sami hin, sobald die Portale offen sind. Auch wenn ich dich wohl leider nicht daran hindern kann, uns zu begleiten.«

»Ach Nora.« Mika schüttelte den Kopf. »Du bist mal

wieder falsch informiert. Niemand kann *ins Herz* reisen. Nach Ebene Fünf aber natürlich schon. Wenn man fortgeschritten genug ist, und wie du dir vielleicht denken kannst, bin ich das.« Er zuckte mit den Schultern. »Klar könntet ihr warten, bis alle Portale offen sind. Aber wenn du auch nur einen Moment deinen Sturkopf außer Acht lässt, könnt ihr euch mir auch einfach anschließen und zumindest schon mal ein Stück Wegs gutmachen – ich denke tatsächlich, dass ihr damit ganz gut beraten wärt. Und dann werden wir ja sehen, was passiert. Ob Euphoria gerettet oder zerstört wird. Meine Freundin Melody hier«, er wies flüchtig auf die Sirene, »wird im Übrigen das Portal auf der Magischen Ebene für uns öffnen. Ihr habt noch kein magisches *Enigma* im Team, wenn ich das richtig sehe. Also warum machst du es dir nicht leicht und nimmst meine Hilfe an?«

Nora schluckte hart. Dann zwang sie sich, ihrerseits einen Schritt auf ihn zuzumachen. »Nicht so schnell. Es gibt da etwas, das du über die Portale wissen solltest, ehe du eine deiner Verbündeten opferst, ohne weiter darüber nachzudenken. Weißt du, was mit Dark passiert ist, nachdem du ihn mir nachgeschickt hast?«

Mika hob milde belustigt die Brauen. »Ist das etwa eine Drohung, Nora?«

Nora schüttelte den Kopf. Sie brachte die Worte kaum heraus. »Er hält das Portal für uns auf. Aus freien Stücken, wenn du es genau wissen willst.« Sie räusperte sich. »Zeig's ihm, Yash.«

Yash trat wortlos neben sie. Mit einem Blinzeln aktivierte die Cyber-Ninja die Kamera in ihrem rechten Auge. Ein flimmerndes Hologramm erschien, das Sergej in seinem Netz aus Licht zeigte.

Mika starrte etliche Sekunden auf das Bild, bis es wieder verblasste, sein Gesicht starr und seltsam ausdruckslos.

»Wie hoch«, sagte er endlich leise, und sie hatte das Gefühl, dass er mehr zu sich selbst sprach als zu ihr, »wird der Preis wohl noch?« Dann wandte er sich zu der Sirene um.

»Du hast es gesehen. Willst du das trotzdem für mich tun?«

Die Sirene antwortete nicht gleich. Nora konnte ihr Gesicht nicht sehen, aber sie spürte all die widerstreitenden Empfindungen, die sich darauf abzeichnen mussten, als wären es ihre eigenen. Angst. Wut. Entschlossenheit. Und wieder Angst. Nora dachte daran, was Sami gesagt hatte – dass Mika ihn benutzt hatte, um dieser Sirene einen emotionalen Schlag zu versetzen. Wie auch immer das genau ausgesehen hatte, Nora zweifelte keine Sekunde daran, dass es zu hundert Prozent der Wahrheit entsprach.

Die Sirene sank graziös auf ein Knie und senkte den Kopf. »Für dich tue ich alles, mein Prinz«, flüsterte sie.

Mika nickte bloß, das Gesicht seltsam abwesend, als hätte er ohnehin mit keiner anderen Antwort gerechnet und wäre gedanklich schon sehr viel weiter. »Dann schlage ich vor«, sagte er und machte einen Schritt zur Seite, sodass Sami wieder in Noras Sichtfeld kam, »dass Sami jetzt seine Karte mit uns allen teilt.«

Nora starrte Sami an. Die Karte. Sogar das hatte er Mika erzählt?! Aber nach allem, was sie gerade gesehen hatte, wusste Nora, dass sie das eigentlich nicht mehr überraschen durfte. Sami, egal wie sehr sie ihn inzwischen auch mochte, spielte nicht nach ihren Regeln. Aber auch nicht nach Mikas, sondern allein nach seinen eigenen. Das war seine Rebellion, sein Weg, mit Euphoria umzugehen. Mika hatte das offenbar längst begriffen und begonnen, seine eigene Strategie danach auszurichten. Vielleicht sollte sie es allmählich ebenfalls akzeptieren, wenn sie in diesem Rennen noch eine Chance auf den Sieg behalten wollte. Und verdammt ja, das wollte sie.

»Das kann nur Sami entscheiden«, sagte sie deshalb und zwang sich zu einem ruhigen Tonfall. »Ich bin bereit, wenn er es ist.«

Nun richteten sich alle Augen auf ihn. Auf die kleine, zarte Puppe mit dem Silberhaar und den entschlossenen Augen, die ihr eigenes Geheimnis noch immer nicht ganz verstand.

Sami starrte zurück. Sein Gesicht war angespannt, sein ganzer Körper bebte. Aber er nickte. »Klar«, sagte er bloß, und obwohl auch seine Hand sichtbar zitterte, streckte er sie in ihre Richtung aus. »Kommt nur her.«

37

Das Herz von Euphoria

Nachdem die Sirene, der Ninja und der Berserker sich auf den Weg gemacht hatten, um mit Hilfe von Ekaterinas Karte die fehlenden Fragmente zu suchen und die übrigen drei Portale zu öffnen, blieben Sami, Nora und Dante allein auf dem Schrottplatz zurück. Es hing eine eigenartige Spannung zwischen ihnen, für die keiner der drei Worte hätte finden können, um sie zu beschreiben – von auflösen ganz zu schweigen. Und so blieben sie eine ganze Weile stumm und beobachteten, wie die glitzernden Lichtflocken der gerade vergangenen *BLAsT*-Reisen zu Boden sanken und langsam verglühten.

»Also dann«, sagte Dante schließlich. Seine Stimme klang dunkler, als Sami es von ihm kannte. »Wir machen uns besser auch auf den Weg.«

Nora runzelte die Stirn. »Jetzt? Ich glaube nicht, dass sie schon so weit sind. Meinst du nicht, wir würden es merken, wenn ein Portal geöffnet wird?«

»Mit Sicherheit.« Dante zuckte die Schultern. »Aber der Weg zum Herz ist weit, und wir müssen ihn zu Fuß gehen. Das war es, was ich vorhin meinte, als ich vorschlug, ein Stück Wegs gutzumachen: Du kennst Euphoria. Wenn erst alle Portale geöffnet sind, bezweifle ich, dass uns viel Zeit bleiben wird, um in Aktion zu treten.« Er legte eine Hand auf den Beutel an seiner rechten Hüfte. »Wie gut seid ihr vorbereitet? Wir werden sicher mehr als drei Stunden auf Ebene Fünf unterwegs sein.«

Nora schwieg. Ihr Gesicht war grimmig, und Sami begriff, dass Dante gerade einen Teil der Mission angesprochen hatte, den sie bisher nicht bedacht hatte. Wobei er ihr, das musste Sami zugeben, wohl auch nicht so viel Zeit für die Planung gegeben hatte, wie sie es besprochen hatten. Oder vielmehr hatte Marla das nicht.

Marla. Ein seltsames Gefühl schnürte Samis Brust zusammen. Ein wenig fühlte es sich nach schlechtem Gewissen an. Sie hatte ihn unerwartet umarmt, bevor sie gegangen war. Regelrecht an seinen Hals geklammert hatte sie sich, als hätte sie nur zu genau gewusst, dass er von allen Menschen auf der Welt von ihr am allerwenigsten berührt werden wollte.

»Rette ihn!«, hatte sie geflüstert. *»Rette ihn, bitte! Ich wollte nicht, dass das passiert, ich wollte ...«*

An diesem Punkt hatte er sie von sich gestoßen. »Hau einfach ab«, hatte er geknurrt. Er wollte kein Mitleid mit ihr haben und auch kein Verständnis. Er wusste genau, was sie gewollt hatte, nämlich Tatu von ihm zu trennen, damit sie ihn für sich haben konnte – aber vor allem hatte sie sich bei Dante einschmeicheln wollen. Sie hasste Sami, weil er den zwei Männern, die sie liebte, näherstand als sie, und genau deshalb würde er sich von ihr keine Schuldgefühle aufladen lassen, bloß weil sie dachte, mit ihrer Aufopferung im Portal wäre sie plötzlich die Heldin der Geschichte. Das war sie nicht, und es machte ihn wütend, dass sie es auch nur versuchte. Natürlich würde Sami alles tun, um Tatu zu finden und zu retten, und auch Marla würde er am Ende retten, wenn es nötig war. Aber das tat er für Tatu, und natürlich auch für sich selbst, vielleicht sogar für Nora oder Dante, aber nicht für sie. Auf gar keinen Fall für sie.

Trotzdem fühlte er sich schlecht.

Dante seufzte leise. »Du wirst uns nichts nützen, wenn du nicht mal im Herz ankommst«, sagte er zu Nora. »Und du leider auch nicht, Sami.« Mit einem weiteren Seufzer löste er den Beutel von seiner rechten Hüfte. »Haltet eure Hände auf. Sami, du zuerst.«

Nora musterte den Beutel argwöhnisch. »Mika. Was ist das?«

Dante lächelte schief, als wüsste er bereits, dass ihr seine Antwort nicht gefallen würde. »Vertrau mir, du wirst es brauchen. Na los.«

Sami warf einen letzten Blick zu Nora, die die Stirn in tiefe Falten gelegt hatte. Als er seine Hände zu einer Schale formte, goss Dante einen beachtlichen Haufen winziger Pillen hinein. Goldene Pillen, so viele, dass Sami sie mit nur einem Blick nicht zählen konnte.

Sami starrte ungläubig auf den Schatz, den er in den Händen hielt. »Ich glaub, mich tritt ein Pferd.«

Dante zuckte nur die Schultern. »Ehrlich gesagt stehen sie dir gar nicht zu. Immerhin hast du dich geweigert, den Bund mit mir zu schließen. Mehrfach. Weißt du noch?« Er zwinkerte Sami zu. »Nimm es als Geschenk.«

In diesem Moment trat Nora mit einem entschlossenen Schritt nach vorn. Ihre Miene war noch finsterer als zuvor. »Ein Geschenk, das dir gar nicht gehört. Hab ich recht? Das sind die Pillen, die dein Gefolge dir erspielt hat.«

Dante hob die Brauen und musterte sie. Es wirkte beinahe amüsiert. »Aber natürlich gehören sie mir. Rechtmäßig. Ich habe niemanden zu dem Bund gezwungen, das kann ich gar nicht, wenn du es genau wissen willst. Der Bund besagt, dass ich über die Dämmerzeit meiner Untertanen jederzeit frei verfügen kann. Das ist kein Geheimnis, weißt du.«

Nora ballte die Hände zu Fäusten und machte noch einen Schritt vor. Sie sah aus, als hätte sie ihm den Beutel am liebsten aus der Hand geschlagen. »Verarsch mich nicht, Mika! Er besagt auch, dass du dich verpflichtest, sie zu ihrem Schutz einzusetzen!«

Dante erwiderte ihren Blick unerschütterlich. »Und tue ich das etwa nicht? Sei ehrlich, Nora, nachdem du und Sami uns in diese *wirklich schwierige* Lage gebracht habt – denkst du, ich kann irgendjemanden da draußen noch schützen, indem ich wahllos Pillen an User in Not verteile, obwohl es offenbar derzeit keinen Nachschub gibt? Wir sind alle in Not, Nora! Sami ist es, der uns jetzt noch retten kann, und zwar jeden von uns, deshalb stehen ihm die Pillen zu. Dich nehme ich mit, weil ich dich zu *seinem* Schutz brauche. Es sei denn, du möchtest lieber verzichten? Bitte. Dein Risiko.«

Das brachte selbst Nora zum Schweigen. Sami sah sie mit den Zähnen knirschen. Dann streckte sie widerwillig die Hände aus, obwohl ihr deutlich anzusehen war, dass sie sie lieber zu Fäusten geballt und Dante ordentlich eine verpasst hätte.

Dante lächelte, es war ein zynisches Lächeln. »Kluges Mädchen. Man könnte fast meinen, wir wären verwandt.« Damit ließ er auch in ihre Hand einen Haufen Pillen rieseln, so viele, wie Sami sich niemals auf einem Fleck hätte vorstellen können. Und er hatte vor Kurzem noch gedacht, fünfzehn Pillen wären viel gewesen. Immerhin konnte er inzwischen halbwegs mit seinem Inventar umgehen, was ihm die Verlegenheit ersparte, hilflos mit den Händen voller Pillen dazustehen, ohne zu wissen, wohin damit.

»Also«, sagte Dante, als auch Nora die Pillen aus ihren Händen verschwinden ließ, obwohl sie immer noch aussah, als hätte sie sie ihm lieber direkt ins Gesicht geworfen. »Wollen wir?«

Nora presste unwillig die Lippen zusammen. Dann nickte sie grimmig und wandte sich demonstrativ von Dante ab. »Bereit, wenn du es bist, Sami«, wiederholte sie und stellte sich dicht neben ihn. Ein klares Zeichen, dass sie ihre Rolle als seine Beschützerin von nun an sehr ernst nehmen würde. Wenn sich herausstellte, dass es Dante war, vor dem er beschützt werden musste, vermutlich erst recht. Der Gedanke ließ Sami tonlos seufzen. Sie waren wirklich anstrengend, diese zwei. Aber irgendwie rührte es ihn auch, wie sehr sie um ihn besorgt waren. Auch wenn es in Wahrheit wohl immer noch vor allem um die Puppe ging. Und zwar beiden.

»Bereit«, bestätigte er.

Dante nickte, und mit einem goldenen Glühen materialisierten sich fünf Pillen in seiner Hand. »Also dann: Ebene Fünf!«

Es war ein überwältigendes Gefühl, tiefer in die Ebenen hineinzureisen. Nicht annähernd zu vergleichen mit dem Zersplittern der Zeit, das den Übertritt zwischen Euphoria und der Realität markierte, oder dem Strudel aus blauem Licht, in den die *BLAsT*-Reisen einen zogen. Vielmehr war es, als rauschten sie auf einer stockfinsteren, geräuschlosen Achterbahn immer tiefer hinab, ohne dass je der tiefste Punkt gekommen wäre, ab dem es wieder aufwärts und in den Looping ging. Stattdessen rasten sie immer weiter abwärts, und das schneller und schneller, bis das Ziehen in Samis Magen fast unerträglich wurde und er das Gefühl hatte, seine Eingeweide müssten im nächsten Moment seinen Hals hinauf und aus ihm herausrutschen. Dann hörte der Rausch so plötzlich auf, dass sein Bewusstsein noch einige halsbrecherische Purzelbäume schlug, ehe es endlich trudelnd und stolpernd allmählich wieder zur Ruhe kam. Langsam, ganz langsam öffnete Sami die Augen, die er, ohne es zu merken, fest zugekniffen hatte – und fand sich auf einer weiten Ebene wieder, die sich in alle Richtungen bis zum Horizont erstreckte. Mit offenem Mund und weichen Knien drehte Sami sich einmal um sich selbst, kaum fähig, die gewaltigen Ausmaße der Landschaft in sich aufzunehmen.

Das ist Ebene Fünf? Die Ebene der Puppen?

In der Ferne, so klein, dass es mit dem bloßen Auge kaum noch zu erkennen war, lag wie eine dicke, ausgefranste schwarze Linie die Silhouette einer Stadt. Das musste Euphoria City sein. Und in der entgegengesetzten Richtung, sicher ebenso weit entfernt und doch noch so viel bizarrer und überwältigender in seiner riesenhaften Unförmigkeit, lag das Herz Euphorias, das er schon von Dantes Turm aus gesehen hatte. Nur, dass es ihm von dort aus absurderweise sehr viel näher erschienen war. Und es regnete. Ein grünlich gelber, lauwarmer Regen, der nach Säure stank.

Neben ihm standen, wie schon oben auf dem Schrottplatz, Dante und Nora. Die beiden schienen sich sehr viel schneller von dem Sturz durch die Ebenen erholt zu haben, wahrscheinlich, weil es für sie nicht das erste Mal gewesen war. Vermutlich, dachte Sami sarkastisch, waren sie bei *ihrem* ersten Mal auch nicht gleich von Ebene Zwei auf Ebene Fünf gestürzt. Nora zumindest war ja auch noch nie auf Ebene Fünf gewesen. Vielleicht war die Reise nach Ebene Vier ähnlich, wer wusste das schon.

Aber ihn warfen sie ja bekanntlich gern mit verbundenen Augen ins eiskalte Wasser. Oder eben in stinkenden Säureregen. Was sollte er anderes von ihnen erwarten?

Erstaunlicherweise schien der Regen zumindest der Puppe nicht besonders viel auszumachen. Im Gegenteil. Wo er auf Samis Haut traf, schien der Porzellanschimmer makelloser denn je zu leuchten, und Sami fiel ein, was Dante und Nora über Ebene Fünf vermutet hatten: dass sie die Ebene der Puppen war. Die Heimat seines *Enigmas*.

Heimat! Wollt ihr mich verarschen?

»Da wären wir.« Selbst Dantes sonst so weiche Stimme klang hier unten seltsam flach, als verliere sie sich im Regen und der Weite der nackten Landschaft, kaum dass die Worte seinen Mund verlassen hatten. Er zog seine Maske wieder über Mund und Nase und streifte die Kapuze über den Kopf. »Gehen wir. Je weniger Zeit wir hier draußen verbringen, desto besser. Glaubt mir.«

Er sagte nicht, warum das so war, aber Sami war im Augenblick auch nicht danach, ihn nach Details zu fragen. Vielleicht war es in diesem Fall tatsächlich besser, einfach so wenig wie möglich zu wissen. Diese Umgebung, in die sie dem Prinzen gefolgt waren, wirkte auch so bedrohlich genug. Nicht einmal Nora schien jetzt noch auf ihrer Streitlust beharren zu wollen. Stattdessen hielt sie sich weiter dicht neben Sami, die gespreizten Schwingen wie ein Dach über sie beide gebreitet, während sie sich in finsterem Schweigen auf den Weg machten.

Die Ebene, die das Herz von Euphoria umgab, war ein

wirklich durch und durch düsterer Ort. Sami war sich nicht sicher, ob es daran lag, dass Euphoria seit Beginn der Letzten Mission ohnehin ein düsterer Ort war, aber wenn er an den Anblick aus Dantes Turm dachte, hatte es auch aus der Ferne nicht wesentlich einladender gewirkt. Der aschefarbene Himmel hing tief über dem Land, das von Schluchten und Rissen durchfurcht war, aus denen unheilvoll dunkelviolettes Glühen aufstieg und alles in düsteres Zwielicht tauchte. Immer wieder rumpelte und bebte die Erde, zitterte unter den Kräften, die wie unsichtbare Wellen von dem bizarren Gebilde ausgingen, das wie eine deplatzierte Felsklippe weit vor ihnen in den Himmel wuchs. Das schwarze Gestein schien selbst das magere Licht restlos zu verschlucken, und schwefelgelbe Wolken sammelten sich um seinen Gipfel wie die Ausdünstungen einer alten Fabrik, die alles ringsumher erstickten. Nichts wuchs hier. Nichts lebte hier. Was immer einmal über diese Ebene gestreift sein mochte, das Herz Euphorias hatte es ausgesaugt, um seine Energie für sich zu nutzen, bis nur noch trockene Knochen übrig blieben, die aus leeren Augen in den trostlosen Himmel starrten; verdorrte Skelette einst mächtiger, stolzer Bäume und ein schwacher Hauch von Blut in der schweren Luft.

Und über allem der Regen. Dieser ätzende Regen.

Als Nora ihn leicht in die Seite stieß, hätte Sami beinahe einen Satz unter ihren Flügeln hervor gemacht. »Hey!«, zischte er, aber Nora schüttelte nur den Kopf und deutete unter den Schattenfedern heraus in die Ferne.

»Sieh dir das an.«

Sami folgte ihrem Fingerzeig mit dem Blick und verengte überrascht die Augen. Am düsteren Himmel jenseits des steinernen Herzens leuchtete etwas. Es sah aus wie ein naher Stern, eine kleine, blasse Sonne, die jedoch nicht hinter den Wolken leuchtete, sondern davor, als hätte sie sich mit tausend Armen aus mattem Licht am Himmel festgekrallt. Und noch etwas war bemerkenswert daran: Das Licht war nicht weiß, gelb oder rot, wie man es von einem Stern hätte erwarten können. Es war schwarz – auch wenn Sami wenige Sekunden zuvor noch nicht gewusst hätte, wie er schwarzes Licht hätte beschreiben sollen.

»Sergej«, sagte Nora, leise und fast ehrfürchtig. »Das ist das Schattenportal.«

Auch Dante hatte das Licht bemerkt. Er beschirmte die Augen mit der Hand und spähte aufmerksam in den Himmel. »Und dort öffnet sich gerade ein weiteres.« Er wies in den Himmel auf der anderen Seite des Herzens, wo in diesem Moment wie eine seltsame Blume ein weiteres Portal in glühendem Blau erblühte.

Ein gequältes Lächeln erschien auf Noras Gesicht. »Das ist die Farbe von Yashs Schwert. Wundert mich gar nicht, dass sie die schnellste war.«

Einige Augenblicke noch sahen sie stumm in den Himmel. Beinahe, dachte Sami und fühlte den Gedanken seltsam schwer auf seiner Brust lasten, fühlte es sich an wie eine Schweigeminute. Doch zumindest für den

Moment schien sich kein weiteres Portal öffnen zu wollen, und kurz darauf trieb Dante sie erneut zur Eile an.

»Denkt an die Pillen«, sagte er. »Wir sollten bald nachlegen. Ich habe das Gefühl, die Dämmerzeit ist … unberechenbar geworden.«

»Ja«, murmelte Nora. »Ich glaube, du hast recht.«

Und auch Sami spürte, wie die Dämmerzeit unaufhaltsam aus ihm herausrann wie der Sand aus dem oberen Glas einer Sanduhr. Also tat er, was Dante gesagt hatte, und schluckte rasch fünf weitere der goldenen Pillen, obwohl es sich bereits jetzt absurderweise so anfühlte, als würde sein Vorrat dramatisch schnell kleiner werden.

Der Weg über die Ebene schien eine Ewigkeit zu dauern. Doch langsam, ganz langsam näherten sie sich dem Herz, das immer bedrohlicher über ihnen aufzuragen schien, je näher sie ihm kamen. Irgendwann, Sami konnte nicht sagen, wie viel Zeit vergangen war, leuchtete am Himmel ein drittes Portal auf, sanft cremefarben glimmend, und sie wussten, auch Marla hatte ihr Ziel erreicht.

»Dein Berserker-Freund lässt sich Zeit«, bemerkte Dante mit einem Seitenblick in Noras Richtung. »Vielleicht ist das gut für uns. Trotzdem sollten wir uns beeilen. Ich habe den Regen nicht als so kräftezehrend in Erinnerung.«

Kräftezehrend. Ja, das traf es genau. Auch Sami spürte inzwischen deutlich, wie die giftige Atmosphäre der fünften Ebene ihn langsam, aber sicher auslaugte. Als würde es von Schritt zu Schritt schwerer, einen Fuß vor den anderen zu setzen.

»Er ist allein auf Ebene Vier«, entgegnete Nora mit finsterer Miene auf Dantes Kommentar. »Ich schätze, er hat einige Monster aus dem Weg zu räumen. Aber wenn es jemand schafft, dann er.« Sie schwieg einen Moment. »Vielleicht hätte ich ihn begleiten sollen«, murmelte sie dann. »Nicht euch.«

Dante lächelte schief. »Und mich mit deinem Puppenjungen allein lassen? Nein, kleiner Vogel. So leichtsinnig bist du nicht.«

Noras Kopf ruckte bei seinen Worten in die Höhe. »Warum nennst du mich so?«

Dante zuckte mit den Schultern. »Ich habe dich immer so genannt. Weißt du nicht mehr?«

Nora sah zur Seite und gab keine Antwort mehr. Aber Sami spürte ihre Krähenflügel leise zittern.

In diesem Augenblick blieb Dante erneut stehen, die Hand erhoben, um sie ebenfalls zum Stehen zu bringen. »Seht mal da vorn.«

Diesmal zeigte er nicht zum Himmel. Sein Finger wies ein Stück rechts von ihnen seitwärts über die Ebene.

Sami verengte die Augen. Dante hatte recht. Dort war etwas. Es sah aus wie …

Auch Nora hatte sich alarmiert umgewandt. »Da ist jemand«, sagte sie. Ihre Stimme klang angespannt.

»Dort dürfte aber niemand sein«, murmelte Dante. »Wie …«

Aber Sami hörte ihn kaum noch. Denn in diesem Moment hatte er die taumelnde Gestalt erkannt. Er hätte sie überall erkannt, obwohl sein Gesicht von verschwommenen Schatten verdeckt war.

Keine Freunde in Euphoria. Und doch sein bester Freund.

»Tatu!«

Es gab kein Halten mehr. Keinen zweiten Gedanken. Sami rannte. Er rannte so schnell, wie er in seinem Leben noch nie gerannt war, und schien doch kaum vom Fleck zu kommen. Ebenso gut hätte er auf einem Laufband stehen und endlos auf der Stelle treten können. Aber er gab nicht auf. Der Gesichtslose dort am Horizont war Tatu und niemand sonst, Dante hatte recht gehabt und doch so falsch gelegen. Er war hier, nicht im Inneren des Herzens, wie der Prinz vermutet hatte, und Sami musste zu ihm. Sofort.

»Sami!«

Er konnte nicht mal sagen, wer da nach ihm rief. Hastige Schritte erklangen hinter ihm, das Rauschen schattiger Federn. Dann packte ihn eine vertraute Hand am Arm. Nora.

»Spring!«

Und Sami sprang.

Sie stiegen nicht besonders hoch. Der saure Regen drückte sie nach unten, und er hörte Nora schwer keuchen, als bereite jeder Meter ihr Schmerzen. Doch sie segelten in einem flachen Bogen pfeilschnell über die

Ebene dahin, um kurz darauf auf taumelnden Füßen direkt neben der Gestalt zu landen, die Tatu war – und die in diesem Moment einfach umkippte.

»Tatu!«

Sami fiel neben ihm auf die Knie und wälzte Tatu mit einer letzten Kraftanstrengung auf den Rücken. Im gleichen Moment spürte er den kalten Finger einer Euphoria-Freundschaft auf seiner Stirn, und noch während er auf den Rücken fiel, flossen die Schatten von Tatus leerem Gesicht. Seine Augen waren geöffnet. Silber flimmerte in ihnen, ohne seine Iriden ganz zu überziehen. Dann traf sein unsteter Blick auf Sami, und seine Augen weiteten sich.

»Piet?« Ein kraftloses Wispern. Er schien seinen Sinnen nicht zu trauen, als sei er eher bereit, an eine Fata Morgana zu glauben als daran, Sami wirklich zu begegnen. Seine Haut war übersät von roten, wunden Flecken, die der Regen hinterlassen haben musste, und um seine Augen lagen tiefe Schatten. Wie lange war er schon hier draußen?

»Er braucht Pillen.« Noras Stimme hinter ihm klang zum Zerreißen angespannt, und ihre Hand tauchte vor Samis Gesicht auf, mit fünf golden schimmernden Pillen darin. »Hier, schnell.«

Sami nickte und griff nach den Pillen. »Los, ich helf dir.«

Aber Tatu starrte ihn nur entsetzt an und schüttelte den Kopf. »Nein. Nicht noch mehr.« In seinem Blick lag nackte Angst. Angst vor einem weiteren Höllentrip.

»Halt die Klappe und nimm!« Es kostete Sami größte Mühe, nicht zu schreien. »Du musst mir jetzt vertrauen!«

Tatu stöhnte und presste sich die Hand vor die Augen. »Ich weiß doch nicht mal, ob du wirklich da bist, Mann. Und wer ist die Vogelfrau?«

In diesem Augenblick packte Nora Tatu von hinten und schob ihn mit einem Ächzen in eine halbwegs aufrechte Position. »Keine Zeit für Diskussionen«, keuchte sie. »Rein damit.«

»Tatu«, flehte Sami. Jetzt hätte er am liebsten geheult. »Bitte!« Er sah sich über die Schulter um. »Dante!«, brüllte er. »Wo bleibst du?«

Dante, der sich auf seine eigenen Füße hatte verlassen müssen, war deutlich hinter ihnen zurückgeblieben. Jetzt aber schloss er zu ihnen auf und ging neben Tatu in die Hocke. Sami war vielleicht noch nie so froh gewesen, ihn zu sehen.

»Du hast gesagt, du kannst ihn retten«, presste Sami hervor. »Na los.«

Dante warf ihm einen kurzen Blick zu. Seine blauen Augen hatten einen eigentümlich weichen, seltsam traurigen Schimmer, und kurz hatte Sami das Gefühl, dass er im Begriff war, etwas Schreckliches zu sagen. Dann aber nickte er und beugte sich zu Tatu, um ihm etwas ins Ohr zu flüstern. Tatus Augen wurden groß. Sein Blick wanderte zu Sami. Ungläubig und voller Staunen. Dann nickte er schwach.

Im nächsten Moment griff Dante nach Tatus Hand.

Aber es war nicht einfach eine Berührung, eine Euphoria-Freundschaft, wie Sami sie nun schon so oft selbst erlebt hatte. Ihre Finger verflochten sich ineinander, und auch ohne es zu sehen, spürte Sami förmlich das Band, das sich zwischen den beiden knüpfte. Ein Band, das über eine Freundschaft weit hinausging. Ein Bund, hatte Dante es genannt, über den nun goldene Dämmerzeit in Tatu hineinfloss.

Das Silber in seinen Augen verschwand.

Die Verwirrung und Schwäche nicht.

Dante ließ Tatu los und drehte sich mit einem seltsam schiefen Lächeln zu Sami um. »Jetzt schuldest du mir was.«

Sami hörte gar nicht richtig zu. Das Gefühl der Erleichterung, das seine Brust zu sprengen drohte, war zu überwältigend.

»Hey, Arschloch«, sagte er und starrte mit Tränen in den Augen Tatu an, der immer noch in Noras Armen hing. »Was machst du denn für Sachen?«

Tatus Gesicht verzerrte sich zu einem matten Grinsen. »Das musst du gerade sagen. Wie siehst du überhaupt aus?«

Sami wusste nicht, ob er lachen oder weinen sollte. Die Puppe. Natürlich. Tatu hatte sie noch nie gesehen.

In diesem Augenblick erschütterte ein erneuter Donnerschlag den Himmel, lauter und dröhnender als alle anderen zuvor. Und weit oben, direkt über ihnen, erblühte ein greller, feuerroter Stern.

»Gorm«, flüsterte Nora. Dann schüttelte sie ihre Starre ab. »Scheiße, wir müssen los! Mika, bleib bei Sami! Ich bringe ihn hier schon mal rüber.«

Ohne eine Antwort abzuwarten, spreizte sie erneut ihre Krähenschwingen, festigte ihren Griff um Tatus Brust und zerrte ihn auf die Füße. Nur einen Moment später stieß sie sich vom Boden ab und stieg mit kräftigen Flügelschlägen in den Himmel, der in diesem Moment zu glühen begann.

Wider Willen fasziniert starrte Sami auf die Portalsterne, die an Licht zunahmen und zu wachsen begonnen hatten. Sie breiteten ihre leuchtenden Arme über den ganzen Himmel aus, bis sie einander zu fassen bekamen und sich verbanden in einem die ganze Welt umspannenden Netz aus Licht. Schwarz. Blau. Weiß. Rot. Sie wanden sich umeinander und fielen herab wie ein Seil, das in einem Funkenregen auf das Tor zum Herzen Euphorias traf. Eine Stimme schallte durch die schillernde Kuppel, die das Licht der Portale über den Himmel gespannt hatte.

»Missionsziel erfüllt: Das Herz Euphorias wurde freigeschaltet. User mit einem Puppenenigma können das Tor nun öffnen. Das Zeitlimit beträgt – 2 – Minuten.«

Zeitlimit? Verdammt. Warum musste in dieser Welt alles ein Zeitlimit haben?!

Neben sich hörte Sami auch Dante leise fluchen, und sein Blick huschte von ihm zu dem noch immer viel zu weit entfernten Herz. Dann griff Dante nach Samis Hand.

»Los, Puppenjunge. Renn.«

Und sie rannten.

Die Welt um Sami verschwamm, als sie atemlos über die Ebene rasten. Mehr denn je spürte er nun, wie sehr die letzten Stunden ihn geschwächt hatten. Doch die unsichtbare Stimme zählte unerbittlich die Zeit rückwärts.

»Noch – 1 – Minute. Ich wiederhole: Die Portale der oberen Ebenen schließen sich in – 1 – Minute.«

Sie schienen nur in Zeitlupe voranzukommen. Doch endlich wuchs, Stück für Stück, das gigantische Portal zum Herzen Euphorias vor ihnen in die Höhe. Das verwobene Licht der Portalsterne zeichnete es in einem gewaltigen schillernden Bogen in den schwarzen Stein. Direkt davor kauerte Nora, sichtlich erschöpft und die Flügel schützend über sich und Tatu gebreitet.

Dante verlor keine Zeit. Er stolperte auf das Tor zu und presste die Hand auf ein schwach leuchtendes Feld im Zentrum des Bogens.

»Lass mich rein, verdammt!«, hörte Sami ihn zischen.

»Puppen-Enigma zur Freigabe der Portalfragmente benötigt. Verbleibende Zeit: – 40 – Sekunden.«

»Sami!« Dante sah über die Schulter zu ihm zurück. Er atmete schwer. Sein Haar hing ihm wirr ins Gesicht und seine Miene war vor Anstrengung verzerrt. »Ich brauche dich hier!«

Und obwohl Sami in diesem Moment nichts lieber getan hätte, als zu Tatu zu stürmen, zu sehen, ob es ihm gut ging, nahm er seine letzten Kräfte zusammen und schleppte sich zu Dante hinüber. Der verlor keine Zeit mit Erklärungen, sondern packte mit einer fast groben Bewegung Samis Hand, um sie neben seine auf das Display zu pressen.

»Puppen-Enigma erkannt. Portalfragmente werden ausgegeben.«

Eine Klappe öffnete sich unter dem Display. Und darin lagen sie. Schwarz, Blau, Weiß und Rot. Vier Teile einer Scheibe, die offenbar zu einem Ganzen zusammengefügt und in die Vertiefung oberhalb des Displays eingesetzt werden konnten.

»Verbleibende Zeit: – 15 – Sekunden.«

»Setz sie zusammen«, keuchte Dante. »Schnell!«

Es war nicht leicht, unter so großem Zeitdruck ein Puzzle zu lösen, auch wenn es nur aus vier knapp handtellergroßen Teilen bestand. Zu sehr zitterten Samis Hände, zu heftig schlug sein Herz vor Erschöpfung und unter dem Adrenalin, das der Klang der zählenden Stimme durch seine Adern jagte.

»Verbleibende Zeit: Zehn. Neun. Acht. Sieben …«

Die Scheibe war schwer. Samis Muskeln protestierten brennend unter dem Gewicht, als er sie zu heben versuchte.

»Fünf. Vier. Drei …«

Mit einem gequälten Ächzen stemmte er die Scheibe in die Höhe und drückte sie mit aller Kraft in die Vertiefung.

»Missionsziel erfüllt: Das Herz Euphorias wurde geöffnet.«

Sami hatte erwartet, dass die Erde im Anschluss an diese Ankündigung beben müsste. Dass das Tor ins Herz sich mit dramatischem Rumpeln und Donnern und Lichtgewitter öffnen würde.

Aber das tat es nicht. Der Stein innerhalb des Bogens zerfiel einfach lautlos zu Staub, der wie feine Asche auf ihre kleine Gruppe herabrieselte. Die fünfte Ebene wurde plötzlich sehr still.

Der Weg war frei.

38

Das Vermächtnis der Schlüsselmacherin

Als das steinerne Portal zerfiel und der Weg ins Herz Euphorias sich öffnete, war das Erste, was Nora auffiel, das Licht. Bläulich weiß pulsierte es in einem langsamen, kräftigen Rhythmus, als sei es wirklich ein riesiges Herz, das hier schlug und Licht statt Blut durch unsichtbare Adern pumpte. Und wie ein riesiges Herz klang auch das Wummern, das durch das Portal drang, ein kraftvoller Doppelschlag, der sich durch den Boden über die ganze Ebene ausbreitete. Sie hatte ihn bereits aus der Ferne gespürt. Hier aber war er so kräftig, dass es sich anfühlte, als wäre das Wummern in ihrem Inneren.

Nora sah hinunter auf Samis Freund. Er hatte die Augen geschlossen, vermutlich war er bewusstlos vor Erschöpfung. Auch Nora spürte ihre Schultermuskeln brennen von der ungewohnten Anstrengung, gleich mehrmals hintereinander nicht nur sich selbst auf den Krähenschwingen tragen zu müssen, und das nach dem langen Marsch durch den ätzenden Regen. Ihr ganzer Körper fühlte sich ausgelaugt an, als sei nicht viel mehr als eine kraftlose Hülle von ihr übrig.

Aber sie war so weit gekommen. Sie konnte Mika jetzt nicht den Rest überlassen. Es war noch nicht vorbei. Entschlossen hob Nora Tatu noch einmal auf ihre Arme, obwohl sie sich taub anfühlten, als könnten sie jeden Moment einfach abfallen, und trug ihn hinter Mika und Sami über die Schwelle des Herzens. Dicht hinter dem Eingang legte sie ihn so sanft wie möglich auf dem Boden nahe der steinernen Wand ab. Es war nicht das gemütlichste Lager. Aber zumindest war er hier geschützt vor dem sauren Regen und den giftigen Gasen der Ebene.

Nora hob den Kopf und sah sich um. Nun erkannte sie, dass das Licht von einem Korridor aus hohen Säulen ausging, so hell, dass sie kaum hinsehen konnte, und doch nicht hell genug, um die gewaltige Herzkammer bis in die letzten Winkel auszuleuchten. Die Schläuche, oder vielleicht waren es auch Leitungen, die oben aus den Säulen herauswuchsen, verliefen funkensprühend unter der Decke entlang und verloren sich in einem Bereich der Höhle, der noch immer in tiefen Schatten lag.

Auch Sami war bei Nora und Tatu stehen geblieben. Sein Gesicht war grau vor Sorge, aber vielleicht war das auch nur das Licht. Der bläulich kalte Schein glättete jede Mimik und machte es schwer, eindeutige Gefühlsregungen zu erkennen.

»Wie geht es ihm?«

Nora zuckte die Schultern. »Schwer zu sagen. Besser als vorher, hoffe ich.« Sie betrachtete Tatu nachdenklich.

»Ich überlege, ob es nicht sinnvoll wäre, ihm schwarze Pillen zu geben und ihn nach Ebene Zwei zu schicken.«

Sami runzelte die Stirn. »Wäre er da sicherer?«

»Schwer zu sagen. Normalerweise ja, aber so, wie es dort gerade aussieht?« Sie sah sich nach Mika um. »Was sagst du dazu?«

Aber Mika stand nicht mehr bei ihnen. Alarmiert sprang Nora auf. Wo war er? In all der Aufregung war es leicht zu vergessen, dass er trotz allem immer noch ihr Gegner war. Er würde alles tun, um zu verhindern, dass sie Euphoria schloss. Der Gedanke tat nicht weniger weh als schon Jahre zuvor. Und nach allem, was sie neuerdings über ihn wusste, hatte er ihr gegenüber einen vielleicht entscheidenden Vorteil: Er kannte das Herz von Euphoria schon. Er war bereits hier gewesen.

Fast panisch sah Nora sich um. »Mika?!«

Da entdeckte sie ihn. Winzig klein im Vergleich zu den hoch aufragenden Säulen, ging seine schmale Gestalt im pulsierenden Licht beinahe verloren. Er stand dort, wo der Säulenkorridor begann, und schien in Gedanken sehr weit weg zu sein.

»Komm, Sami!«

Aber Sami zögerte. Er wollte seinen Freund nicht in diesem Zustand zurücklassen, das war offensichtlich.

»Hier ist er erst mal sicher«, sagte Nora mit so viel Überzeugung, wie sie aufbringen konnte. »Aber wir müssen die Schlüsselmacherin finden, und das schnell! Wer weiß, wie lange Mikas Bund ihn schützen kann.«

Das schien Sami tatsächlich zu überzeugen. Er warf einen letzten Blick auf Tatu. Dann nickte er entschlossen und folgte Nora ohne weiteres Zögern.

Mika hatte sich immer noch nicht von der Stelle gerührt. Selbst als Nora und Sami zu ihm aufschlossen, stand er einfach nur da und starrte gedankenverloren auf die lange Doppelreihe der Säulen. Das pulsierende Licht spiegelte sich in seinen Augen.

»Dante?«, fragte Sami, als sie schließlich direkt neben ihm standen und er noch immer keine Anstalten machte, etwas zu sagen oder ihnen auch nur einen Blick zu schenken.

»Siehst du das?« Mikas Stimme klang ehrfürchtig, und obwohl er so leise sprach, dass es fast nur ein Flüstern war, schien es, als würde das dumpfe Vibrieren, das durch die Höhle drang, seine Worte verstärken. »Das Licht ist so anders. So hell. Das Herz arbeitet. Es kämpft … gegen uns.«

Nora warf einen raschen Blick zu Sami und bemerkte verblüfft, dass er genau zu wissen schien, was Mika meinte. Als wäre er ebenfalls schon einmal hier gewesen. Aber das war doch nicht möglich.

»Sind sie … wach?«, fragte er ebenso leise.

Mika nickte, und Nora hörte nun deutlich die Anspannung in seiner Stimme. »Ich glaube schon.«

»Sie?« Es rutschte Nora heraus, ehe sie sich zurückhalten konnte.

Mika nickte erneut und wies mit einer leichten Kopfbewegung auf die Säulen. »Die *GenZero.*«

Nora sah noch einmal hin.

Und nun erkannte sie es.

Nein.

Sie erkannte *sie*.

Für einen schrecklichen Moment blieb ihr der Atem im Hals stecken. Sie. Die *GenZero*. Sie waren dort, in diesen Säulen. Schwerelos schwebend, durchscheinend fast wie Geister, gefangen in einer ewigen Momentaufnahme ihrer selbst. Ihre Gesichter. Sie kannte *jedes einzelne von ihnen*. Nora wurde schwindelig. Sie erinnerte sich plötzlich mit geradezu schmerzhafter Deutlichkeit an den Ort, an den Mika sie manchmal mitgenommen hatte, wenn er auf sie aufpasste, an Tagen, an denen ihre Eltern keine Zeit für sie hatten. An den Ort, wo Jacko gemeinsam mit dreizehn anderen jungen Menschen an diesem Geheimprojekt arbeitete, von dem sie flüsternd und mit leuchtenden Augen erzählten. Das Projekt mit den Pillen, das Mika testen durfte.

Du bist noch zu jung, kleiner Vogel. Aber bald kannst du es auch ausprobieren.

Sie hatte sie gern besucht, diese Frauen und Männer, die auch Mika so glühend verehrte. Sie hatte es kaum erwarten können, älter zu werden. Hatte begonnen, ihren Bruder zu bespitzeln, wenn er die Pillen nahm, hatte jeden einzelnen Abend mit sich gekämpft, nicht vielleicht doch schon eine davon zu stehlen. Bis zu dem Tag, an dem sie alle verschwanden. So wie Jacko verschwunden war. Und dann auch Mika.

Hier waren sie. All die Zeit über waren sie hier gewesen. Sie waren das Herz Euphorias. Oder vielleicht auch … sein Gehirn.

Ohne dass sie es wirklich gemerkt hatte, war Nora immer weiter zwischen den Säulen hindurchgelaufen, hatte in die geisterhaft durchscheinenden Gesichter gesehen, die sie aus wissenden Augen anstarrten. *Sahen* sie sie? *Erkannten* sie sie? Nora war sich nur einer Sache ganz sicher: Sie wussten, dass sie da war und dass sie das Herz bedrohte. Ein Zittern überfiel sie am ganzen Körper, bis sie sich kaum noch auf den Beinen halten konnte. Und doch trugen ihre Füße sie vorwärts, immer weiter, ließen sie in jedes Gesicht sehen, in jedes Auge starren.

Eines fehlte.

Sie wusste es schon, bevor sie bei der letzten Röhre in der langen Reihe ankam. Die Säule war die einzige, die kein pulsierendes Licht verströmte, keine funkenden Ströme über die Leitungen an der Decke in die Finsternis sandte. Sie war leer.

Jacko war nicht hier.

Langsam drehte Nora sich zu Mika und Sami um, die ihr langsam gefolgt waren.

»Wo ist er?« Die Worte kratzten kraftlos in ihrer Kehle. »Wo ist Jacko?«

Mika blieb in der Mitte des Gangs stehen, nicht mehr als zwei Armlängen von ihr entfernt. »Fort.« Seine Stimme klang eigentümlich hohl. »Tot.«

»Tot«, wiederholte Nora flüsternd.

Mika schloss die Augen, als fiele es ihm schwer, den Anblick zu ertragen. »Sieh genauer hin, kleiner Vogel.«

So, wie er es sagte, so voller bitterer Verzweiflung und Hoffnungslosigkeit, war Nora sich sicher, dass sie das, was sie in der Säule finden konnte, auf gar keinen Fall sehen wollte. Trotzdem trat sie noch einen letzten Schritt näher heran – und spürte, wie ihr Herz einen schmerzhaften Schlag aussetzte.

Mika hatte recht. Die Säule war nicht leer. Auf ihrem trockenen Grund lag ein verwittertes Häuflein Menschenknochen.

Nora spürte, wie saure Galle ihr die Kehle hinaufstieg. Instinktiv schlug sie die Krähenflügel vor ihre Augen. Schützte sich vor dem Anblick und damit auch für den Moment vor dem Begreifen.

»Aber warum?«

»Ich weiß es nicht genau.« Mika war neben sie getreten. Seine Stimme klang belegt. »Kurz nachdem ich es entdeckt hatte, wurde ich aus dem Herz vertrieben. Und bin seitdem nie wieder hereingelassen worden.«

»Aber sein Körper. Draußen«, flüsterte Nora. »Er ist nicht … wie kann er …«

Mika schüttelte den Kopf. »Ich denke, genau das war sein Plan. Er hat Euphoria so sehr geliebt, weißt du. Es war sein Zuhause. Und er hat schon davon gesprochen, für immer hierzubleiben, bevor das alles passiert ist. Bevor sie gedroht haben, ihnen Euphoria wegzunehmen. Das hier, das Herz, war seine Idee. Er wollte immer noch mehr, noch tiefer hinein. Er sagte, wenn es so weit wäre, wenn er es geschafft hätte, könnte ich …« Er atmete einmal tief durch. »… seinen Platz einnehmen.« Mit angespanntem Kiefer starrte er auf das Knochenhäufchen. »Er ist noch irgendwo da drin, ich weiß es. So sehr eins mit Euphoria, dass er niemals zurückgeholt werden kann.«

»Warum hast du mir das nie erzählt?« Wut rauschte plötzlich durch Nora hindurch. Wut, aus Trauer und bitterem Vorwurf geboren. »Das hättest du mir erzählen müssen!«

Da wandte Mika den Kopf und warf ihr einen langen Blick zu – so sanft und liebevoll, wie sie ihn nie wieder an ihm zu sehen geglaubt hatte. »Du warst zu jung, kleiner Vogel. Und dann ist alles so außer Kontrolle geraten. Ich konnte es dir nicht sagen. Du hättest eigentlich nie herkommen sollen.«

»Nora?«

Samis Stimme zerschlug die hitzige Antwort, die ihr bereits auf der Zunge lag. Offenbar war er bereits ohne sie weitergegangen, denn sie kam aus dem hinteren Teil der Höhle, der sich jenseits des Lichts aus den Säulen im Schatten verbarg. Nur ein matter Schein drang bis dorthin und ließ den schwachen Umriss von Samis Silhouette vor einem gewaltigen, unförmigen Klotz erahnen. »Dante? Das solltet ihr euch ansehen.«

Nora und Mika wechselten einen raschen Blick. Was auch immer unausgesprochen zwischen ihnen hing – es konnte warten.

Als sie Sami kurz darauf erreichten, brauchten sie keine weiteren Fragen mehr.

Der unförmige Schatten war aus der Nähe als ein riesiger Platinenturm zu erkennen. Ein Rechner, so groß wie ein Haus. Summend und blinkend verarbeitete er die Informationen, die über die funkensprühenden Leitungen hoch oben an der felsvernarbten Decke in ihn hineingeleitet wurden. Und es waren nicht nur die dicken Leitungen aus den Säulen der *GenZero.* Unzählige weitere, dünnere Leitungen überzogen die Decke und die steinernen Wände mit einem spinnennetzartigen Geflecht aus Datenströmen, schillernd wie ein feiner Wasserfilm. Die Maschine war es auch, in der das rhythmische Pochen seinen Ursprung haben musste, ohrenbetäubend und dabei doch nahezu lautlos. Der Core Prozessor. Das Rechenzentrum, in das Ekaterina sich an jenem verhängnisvollen Tag gehackt hatte – hier war es. Nora spürte einen Kloß in ihrer Kehle wachsen.

So tief bist du gegangen.

Aber es war nicht der Prozessor, den Sami ihnen hatte zeigen wollen. Es war der Käfig, der direkt davor an einer dicken Kette von der Decke baumelte. Und in dem Käfig, schlaff wie eine Marionette ohne Fäden, saß er.

»Jacko?«, flüsterte Mika ungläubig.

Auch Nora starrte die reglose Gestalt fassungslos an. Er war es, daran gab es keinen Zweifel. Aber wie war das möglich? Sie hatte doch eben noch … Das dort in der Säule, das war doch …?

Aber als sie ihm in die Augen sah, wusste sie die Antwort.

Silberne Spiegel, blank und starr.

Nur ein Statist.

»Holt ihn runter.« Mikas Stimme war ein flüsternder Schrei, vielleicht weil ihm die Kraft für einen echten fehlte. Der bahnte sich erst im zweiten Anlauf seinen Weg, hallte dafür aber umso lauter von den Felswänden wider. »Verdammt, *holt ihn da runter!*«

Nora sah sich hastig um. Der Käfig war an einer Kette befestigt, die wiederum zu einer Mechanik mit einem rostigen Hebel führte. Nora packte den Hebel mit beiden Händen. Er war offenbar lange nicht mehr bewegt worden und sie musste einiges an Kraft einsetzen, bis er sich rührte. Dann aber setzte sich der Käfig knirschend und ruckelnd in Bewegung und kam schließlich mit einem metallischen Rumpeln auf dem Boden der Höhle auf. Mika sprang auf den Käfig und zerrte an dem Riegel, der die Klappe an der Oberseite versperrte. Mit einem Ächzen gab der Verschluss nach und Mika hievte Jackos schlaffen Körper aus dem Käfig, um ihn beinahe zärtlich auf den steinernen Boden zu legen. Auf den Knien blieb er neben ihm sitzen und starrte in das leblose Gesicht mit den Spiegelaugen.

»Warum?«, wisperte er. »Was tust du hier, was … Ich verstehe das nicht …«

Auch Nora verstand es nicht. Wenn sie jemals irgendetwas nicht verstanden hatte, dann den Anblick der

Jacko-Puppe in ihrem Käfig. Schon gar nicht nach allem, was Mika ihr gerade erzählt hatte.

»Nora«, flüsterte Sami in diesem Moment. Er war neben sie getreten und starrte auf Mika und den reglosen Körper, über den er sich beugte. »Wer ist das?«

Nora atmete mühsam durch. »Sein bester Freund«, antwortete sie dann ebenso leise. »Von früher. So was wie unser großer Bruder.«

Sami war einen langen Augenblick still. »Aber«, wandte er dann zögernd ein, »ist das nicht … Ich meine, ich dachte … ich dachte, es wäre die Schlüsselmacherin.«

Seine Worte durchzuckten Nora wie ein Blitz. Und auch Mikas Kopf ruckte augenblicklich in die Höhe.

Schlüsselmacherin.

Ein Erinnerungsfragment schoss Nora in den Sinn. Ein Fragment, das sie nie ganz verstanden hatte bis zu diesem einen, schwerelosen Moment. Worte, die sie gehört, aber in ihrer Bedeutung nie begriffen hatte – nie hatte begreifen können. Jetzt aber gaben sie die Antwort auf so vieles.

»Jacko ist drüben eine Frau?«

Jacko grinst schief, fährt sich durch die langen dunklen Haare, ein wenig linkisch, wie er nun mal ist, und reibt sich dann über den kleinen Bierbauchansatz, der unter seinem T-Shirt hervorblitzt. »Mann, Frau … überlasst die binäre Denke mal den Rechnern, Leute. Mein tiefster Wunsch ist eben eine Modelfigur.« Er wackelt mit den Brauen, sodass niemand sagen kann, wie ernst er den blöden Spruch wirklich meint und wo der Fehler tatsächlich liegt. Falls es überhaupt einen gibt.

Aber Nora, die dicht neben Mika steht, spürt eine seltsame Schwingung in der Stimme ihres Bruders, als er antwortet – als wüsste Mika etwas über Jacko, das sonst niemand weiß und das vielleicht auch sonst niemand wissen soll. »Was soll's. Du bist einfach immer Bad-Ass, Jacko.«

»In Euphoria kannst du sein, wer du wirklich bist. Und so stark, wie du es dir immer gewünscht hast«, hörte Nora Mika murmeln, die Stimme heiser vor zurückgedrängten Tränen und überwältigender Erinnerung, und auch Nora spürte, wie ihr die Kehle eng wurde. Jacko. Puppe. Schlüsselmacherin.

Euphoria sollte eine Welt sein, in der alle Menschen einfach sein können, wie sie sein wollen. Was ist dabei nur so furchtbar schiefgelaufen?

Es spielte keine Rolle. Das Euphoria, das Jacko gewollt hatte, gab es nicht mehr. Und das neue war immer noch tödlich. Nora packte Sami bei den Schultern und sah ihm fest in die Augen. »Sami! Du musst mit Jacko sprechen. Kannst du das für uns tun?«

Sami starrte sekundenlang wortlos zurück, sein Gesicht war seltsam unergründlich.

»Du bist dir sicher, dass sie leben?«, sagte er endlich leise. »Ganz sicher?«

Nora schloss kurz die Augen. Dachte an Kitty im

Krankenhaus und an ihr Lächeln. Ein Lächeln, das für alle Zeit frei war von Euphorias zerstörerischem Ruf. »Ja«, flüsterte sie. »Ich habe es gesehen. Mit eigenen Augen.«

Sami musterte sie eindringlich, als wolle er herausfinden, ob sie ihn auch nicht anlog, um ihn dazu zu bringen, zu tun, was sie wollte. Wie viel er in den letzten kurzen Tagen gelernt hatte, dachte Nora, und wie hart er geworden war. Und doch stand er dort, mit seinem schimmernden Silberhaar und den dunklen, eindringlichen Augen, und war vielleicht aufrechter und entschlossener und hoffnungsvoller als je zuvor.

»In Ordnung«, sagte er schließlich. »Ich kann es versuchen. Aber Nora … ich glaube, es ist anders als bei den anderen. Macht euch nicht zu viele Hoffnungen.«

Nora runzelte die Stirn. »Was meinst du damit?«

Sami zuckte ein wenig angespannt die Schultern. »Ich weiß nicht, ob … Ich meine, ich spüre niemanden dort drin. Die anderen habe ich atmen hören und ihren Herzschlag gefühlt. Sogar Ekaterina. Aber ich glaube, das hier …« Er holte tief Luft und sah auf Jacko hinunter, als könne er sich nicht überwinden, einem von ihnen bei seinen nächsten Worten in die Augen zu sehen. »Ich glaube, das hier ist wirklich bloß eine Puppe.«

Nora starrte ihn an. Ihre Brust fühlte sich plötzlich eigentümlich hohl an. Auch Mika hing an Samis Lippen, als wolle er sie mit seinem Blick zwingen, noch etwas anderes zu sagen. »Nein«, flüsterte er. »Das kann nicht sein.«

Aber Sami zuckte nur ein weiteres Mal mit den Schultern. Dann wandte er sich ab und ging an Mika vorbei um Jacko herum, um sich auf die andere Seite zu knien, wie er es schon bei Kitty getan hatte. Langsam, geradezu bedächtig, griff er nach einer der schmalen, weißen Hände.

»Hey«, murmelte er. »Hörst du mich? Wach auf.«

Nora hielt unwillkürlich den Atem an – und schnappte nach Luft, als die Puppe fast augenblicklich begann, sich zu bewegen.

Sami hatte recht.

Es *war* anders. Alles war anders.

Die Augen der Puppe leuchteten hell auf. Doch ihr Licht war nach innen gerichtet, sodass kaum etwas davon nach außen strahlte. Stattdessen war der ganze Körper nun von einem goldenen Schein erfüllt, der jeden Winkel der Puppe von innen ausleuchtete und alles sichtbar machte, was sich in ihrem Inneren befand. Und das, so viel sah nun auch Nora, war definitiv kein echter Mensch, sondern nur eine leere Hülle. Und ein großer Schlüssel.

Langsam löste sich die Puppe, die wie Jacko aussah, vom Boden, schwebte empor und richtete sich auf, bis sie mit ausgebreiteten Armen ein gutes Stück über dem Grund schwebte. Ihre Hand rutschte dabei aus Samis, aber das schien in diesem Fall keinen Unterschied zu machen, als hätte er einen Mechanismus aktiviert, der nun unaufhaltsam sein Werk tat. Das lange Haar der

Puppe wogte um ihren Kopf, als triebe sie im Wasser dahin, um ein Gesicht, das Nora vertraut und fremd zugleich war. Und als die Schlüsselmacherin schließlich ihre Hände auf ihren Bauch legte, leuchtete der Schlüssel darin auf.

Nora fiel es plötzlich schwer, zu atmen.

Das ist es.

Es konnte nichts anderes sein. Das Letzte Artefakt. Der Schlüssel von Euphoria.

Langsam, so langsam, dass es fast quälend zu beobachten war, wurde das Licht unter den Händen der Schlüsselmacherin heller, und der Schlüssel begann sich aus ihrem Inneren zu lösen, bis er schließlich inmitten einer Kugel aus Licht zwischen ihren gespreizten Fingern schwebte.

Die Puppe der Schlüsselmacherin lächelte, und plötzlich schien ihr Gesicht gar nicht mehr leer.

»Willkommen im Finale der Letzten Mission. Du hast mich gefunden, Puppe mit dem Goldhaar.«

39

Das Ende von Euphoria

Sami starrte die Schlüsselmacherin an. Etwas wisperte in seinem Inneren, scharf und drängend, und sprach von Gefahr. Aber er konnte kein einziges Wort verstehen.

Es war nicht möglich, dachte er. Es konnte einfach nicht sein, dass Euphoria in seiner wichtigsten Mission einen so schweren Fehler machte. »Puppe mit dem Goldhaar? Meinst du mich?«

»Nein.« Die Antwort auf seine Frage war laut, klar und ohne jeden Zweifel.

Aber es war nicht die Schlüsselmacherin, die antwortete. Dante war aufgestanden und hatte sich neben ihn gestellt. Tränen rannen haltlos über sein schönes Gesicht. »Ich bin gemeint.«

Sami starrte ihn entgeistert an – und plötzlich sah er, was er schon die ganze Zeit hätte sehen müssen. Dantes geheimnisvolle Schönheit, die rätselhaften Andeutungen über sein wahres *Enigma*, das er zugunsten des Prinzen aufgegeben hatte, und die eigentümlich intensive Verbindung, die Sami zwischen ihnen beiden gespürt hatte. Dante war eine *Puppe*. Er war wie er. Oder war es gewesen. Und diese Mission, die sein einst bester Freund in Euphorias innersten Kern hineingeschrieben hatte, war niemals für *irgendeine* Puppe bestimmt gewesen. Sondern ganz allein für ihn.

Langsam trat Dante auf die Schlüsselmacherin zu, die Hand vorsichtig, wie zögernd, nach dem Schlüssel ausgestreckt. »Ich bin hier. Ich höre dich, Jacko.« Seine Stimme war rau und von Tränen beinahe erstickt.

»Sami!«, zischte Nora warnend, aber Sami schüttelte nur den Kopf. Er durfte diesen Augenblick nicht stören. Es stand ihm nicht zu.

Die Schlüsselmacherin lächelte Dante an. Und obwohl ihre Augen noch immer leer waren, glomm das Licht weich in ihnen und verlieh ihr beinahe den Anschein von Lebendigkeit. »Du hast mich gefunden. Ich wusste immer, dass du es schaffen wirst. Dies ist nur eine Aufzeichnung. Ich weiß, dass Euphoria mich bald endgültig vernichten wird. Ich weiß, dass es auch versuchen wird, dich aufzuhalten. Aber du bist stärker, als ich es war. Du wirst der Versuchung widerstehen und erkennen, was aus unserem Traum geworden ist. Du wirst mich finden – wenn du das hörst, ist es dir bereits gelungen. Und du wirst tun, was ich nicht geschafft habe. Du wirst es ein für alle Mal abschalten.«

Der Schlüssel schwebte nun über den Händen der Puppe wie über einer leuchtenden Schale, die sie Dante entgegenstreckte.

»Wir haben ein Monster geschaffen, Mika. Ich weiß,

dass es so nicht hätte sein sollen, nicht sein dürfen! Aber Euphoria hat sich verändert, seit wir es befreit haben. Es ist nicht länger ein Zufluchtsort. Es hat uns unseren Willen genommen, unsere Gedanken und Wünsche, um sich selbst immer weiter zu bauen. Es lebt durch uns und von uns, und es wird niemals mehr aufhören, Unschuldige zu verschlingen, weil es nur so am Leben bleiben kann. Wenn du das hier hörst, hat es mich längst vernichtet, so wie es alle vernichtet, die sein wahres Wesen erkennen. Aber du kannst es stoppen. Ich habe diese Letzte Mission für eine Puppe geschrieben, damit ganz sicher nur du sie lösen kannst. Dieser Schlüssel öffnet die Klappe über dem Not-Aus-Knopf, den ich installiert habe. Er ist natürlich groß und rot.« Nun klang die Stimme beinahe scherzhaft und zugleich so schrecklich ernst. »Wenn du diesen Knopf drückst, Mika … ist alles vorbei.«

Dante schloss die Augen. Mehr Tränen fielen über seine Wangen. Seine Hand, noch immer nach dem Schlüssel ausgestreckt, zitterte.

»Ich wollte dich finden.« Er brachte die Worte kaum heraus. »Ich wollte deinen Platz einnehmen, wie du es gesagt hast, und hier drin eine bessere Welt schaffen, wie wir es immer vorhatten. Ich habe Euphoria vertraut, weil ich dachte, dass du immer noch darin steckst und es lenkst. Es hat uns so viel gegeben, Jacko! Es hat *mir* so viel gegeben! Es kann doch verdammt noch mal nicht vollkommen schlecht sein!«

Die Schlüsselmacherin lächelte noch immer. »Sei vorsichtig. Es kann dich sehen. Sei schnell, mein Bester. Und sei stark. Viel Glück.«

Mit diesen Worten schlossen sich ihre Augen. Das Licht in ihrem Inneren verlosch. Mit einem dumpfen Laut stürzte die Puppe zu Boden und rührte sich nicht mehr. Neben ihrer bleichen Hand landete klirrend der Schlüssel.

»Missionsziel erfüllt: Der Schlüssel von Euphoria wurde ausgegeben.«

Für einen endlosen Moment war es totenstill in der Höhle. Selbst das Wummern und Pulsieren war verstummt, eingefroren in einem Augenblick schrecklichen Schweigens.

Dann hörte Sami einen Schrei, so grell, dass ihm die Ohren klingelten. Er sich krümmte unter dem spitzen Ton, und er brauchte kostbare Sekunden, um zu begreifen, dass es die Puppe in seinem Inneren war, die schrie.

Gefahr!

Lebensgefahr!

Denn Euphoria hatte die ganze Zeit auf diesen Moment gewartet. Die *GenZero* war erwacht. Ihre Köpfe hatten sich ihnen zugewandt und sie starrten sie aus weit geöffneten, glühenden Augen an.

»Warnung! Warnung! Schwerer Systemfehler. Ich wiederhole: Warnung! Schwerer Systemfehler. Überschreiben der Letzten Mission wird eingeleitet. Neubesetzung von Pod – 14 – dringend erforderlich.«

Die mechanische Stimme hatte kaum ausgesprochen,

als mit einem scharfen Klacken am Fuß der dunklen Säule eine schmale Tür aufsprang.

Im gleichen Moment machte Dante einen Satz nach vorn. Seine Finger bekamen den Schlüssel zu fassen.

»Mika, Vorsicht!«, hörte Sami Nora brüllen. Ihre Krähenflügel entfalteten sich raschelnd und sie sprang auf ihren Bruder zu.

Aber es war schon zu spät.

Wie silbrige Tentakel schossen Kabel aus der Säule, die plötzlich wieder in düsterem Grün zu glühen begonnen hatte. Schneller, als das Auge folgen konnte, wanden sie sich auf Dante zu, griffen nach ihm.

Doch wer kurz darauf vor Schmerz aufschrie und sich gegen die Fesseln aufbäumte, die sich zischend um Hand- und Fußgelenke schlangen, war nicht der Prinz.

»Nora!«, brüllte Sami, und noch ehe er wirklich darüber nachdenken konnte, was er tat, sprang er ihr nach, während die Kabel sie bereits durch die Höhle auf den Säulenkorridor zuschleiften. Die Luft war plötzlich von knisternder Spannung erfüllt, und der Geruch von verbrannten Federn stieg Sami in die Nase. Elektrische Ladungen tanzten zuckend über die schwarzen Flügel, als Nora mit aller Kraft gegen die Kabel ankämpfte. Wieder schrie sie vor Schmerz.

Und dann bekam Sami sie zu packen. Mit beiden Händen umschloss er ihr Handgelenk, so fest er konnte, und versuchte sich gegen die Kabel zu stemmen, die Nora unerbittlich auf die Säule zu zogen. Vergeblich. Sie rissen ihn einfach mit. Bäuchlings wurde er über den nackten Steinboden der riesigen Höhle gezerrt, während Nora sich ihrerseits mit aller Macht an ihn klammerte. In ihren weit aufgerissenen Augen stand nackte Angst. Doch sie sah nicht Sami an. Sie starrte über seine Schulter.

»Mika!« Ihre Stimme brach wie der hilflose Schrei eines gefangenen Tieres. »Mika, hilf mir!«

Doch sie erhielt keine Antwort. Und als Sami ebenfalls einen Blick über seine Schulter warf, sah er den Prinzen von Euphoria noch immer neben dem gefallenen Körper der Schlüsselmacherin stehen, den Schlüssel fest in der geballten Faust, wie er auf Nora starrte, auf die Säule und die Kabel, genau wie sie um Begreifen ringend. Seine Lippen bewegten sich stumm. Doch er rührte sich nicht.

»Hilfe …«, wisperte Nora noch einmal. Ihre Kraft war beinahe aufgebraucht, Sami spürte es daran, wie ihr Griff um seine Hände sich lockerte. Nicht einmal in ihrer Stimme war etwas davon zurückgeblieben.

»Dante!«, brüllte Sami. »Scheiße, tu was!«

Immer noch keine Antwort.

Doch als Nora erneut unter dem Schlag einer elektrischen Ladung aufschrie, begann der Laut sich plötzlich zu dehnen, größer zu werden und den Raum zu füllen, bis er ihn mit seinen Schwingungen beinahe sprengte. Sami konnte die Luft förmlich unter dem Klang Wellen schlagen sehen, langsame, große Wellen, die sich schließlich mit einem dröhnenden Schlag in Milliarden grelle Lichtpartikel auflösten.

Die Zeit stand still.

Dante.

Sami wusste es so sicher, wie der Atem in seiner Lunge sein eigener war. Der Prinz von Euphoria hatte die Zeit angehalten. Niemand anderes als er hätte das tun können. Doch inmitten der gefrorenen Zeit konnte Sami sich nicht noch einmal zu ihm umdrehen, und so hörte er nur, wie der Schlüssel von Euphoria ein weiteres Mal klirrend auf dem steinernen Boden der Höhle aufkam, weil er den Gesetzen von Zeit und Raum offenbar ebenso wenig gehorchen musste wie der Prinz, gefolgt von raschen und zugleich fast lautlosen Schritten.

Und dann war Dante auch schon bei ihnen. Sami sah, wie er neben ihnen auftauchte und vor Nora auf die Knie ging, geschmeidig und wunderschön wie eh und je. Er sah, wie der Prinz dem Krähenmädchen sanft eine Hand an die Wange legte, als könne er so ihr in einer vor Entsetzen verzerrten Maske erstarrtes Gesicht glätten. Und Sami sah die Tränen, die noch immer auf den Wangen ihres Bruders schimmerten.

»Tut mir leid, Nora«, sagte Dante, und seine Stimme klang seltsam hohl in der unbewegten Zeit. »Aber das ist mein Platz und du kannst ihn nicht haben. *Ich* werde eins mit Euphoria sein. Nicht du.« Dann wandte er sich zu Sami um und sah ihn aus seinen unendlich blau leuchtenden Augen an. Unendlich blau. Und unendlich entschlossen. »Sami. Bitte tu, was du tun musst. Du bist jetzt die Puppe. Bring diese Mission zu Ende.« Er lächelte schief, als Sami vehement widersprechen wollte. »Versuch's erst gar nicht.« Er streckte die Hand nach den Fesseln aus, die Noras Gelenke umschlossen. »Na los. Nehmt mich. Ich bin bereit.«

Ein weiterer greller Blitz flutete die Höhle, und im nächsten Moment sprang die Zeit mit einem Ruck nach vorn, schnellte zurück wie ein überdehntes Gummiband, und Sami kniff geblendet die Augen zusammen.

Das Nächste, was er sah, als er blinzelnd die Lider hob, war Dante, der, sich windend und brüllend vor Schmerz, von den Kabeln auf die Säule zu gezerrt wurde.

»Mika!« Nora war bereits auf den Beinen, obwohl sie sichtlich schwankte und sich nur mit weit gespreizten Krähenschwingen aufrecht hielt. »Sami, der Schlüssel!« Und ohne ein weiteres Wort sprintete sie los, ihrem Bruder hinterher. Doch schon jetzt sah Sami, dass nicht einmal die Krähe noch eine Chance hatte, ihn rechtzeitig zu erreichen. Der Prinz hatte seine Entscheidung getroffen. Nun gab es kein Zurück mehr. Nur Sekunden später hatten die Kabel ihn in die Säule gezerrt. Die Tür schlug zu und rastete mit einem erneuten scharfen Klacken ein.

»Neubesetzung von Pod – 14 – erfolgreich. Versiegelung abgeschlossen. Starte Injektion des Kontrollmediums.«

Ein gurgelndes, blubberndes Geräusch erklang. Und auch ohne hinzusehen, hätte Sami gewusst, dass die Säule begann, sich mit kaltbläulich glühender, brodelnder Flüssigkeit zu füllen.

»Mika!«, brüllte Nora erneut. »Nein, bitte … bitte

nein!« Mit wildem Blick drehte sie sich zu Sami um. »Verdammt, der Schlüssel, Sami! *Jetzt!*«

Der Schlüssel.

Du bist jetzt die Puppe. Tu, was du tun musst.

Sami verschwendete keinen weiteren Gedanken. So schnell er konnte, rappelte er sich auf und rannte auf Beinen, deren Gelenke nur noch aus Watte zu bestehen schienen, hinüber zur Schlüsselmeisterin. Kühl und fest drückte sich das gewundene Metall des Schlüssels in seine Hand, als er auf den Prozessor zustolperte, der sich wie ein düsterer Turm vor ihm erhob. Die Klappe. Wo war diese verdammte Klappe?!

Da. Die Schlüsselmacherin hatte an alles gedacht, kein Zweifel. Von düster regenbogenfarbenem Glimmen umrahmt, leuchtete die Klappe ihm aus der Dunkelheit entgegen wie eine sehr viel kleinere Version des Portals, das sie ins Herz geführt hatte. Und darin, von einer kleinen Flamme schillernden Lichts beleuchtet, das Schlüsselloch. Es war ein großes Schlüsselloch, für einen großen Schlüssel. Aber Samis Finger zitterten so sehr, dass er es trotzdem kaum schaffte, ihn hineinzustecken. Endlich klickte es im Schloss und der regenbogenfarbene Schimmer verlosch. Die Klappe war offen.

Darunter lag ein sehr großer, sehr roter Knopf. *PUSH*, stand in dicken Großbuchstaben darunter.

Wenn du diesen Knopf drückst, ist alles vorbei.

Das Zittern hatte sich jetzt von Samis Fingern in seinen ganzen Körper ausgebreitet.

Das war es.

Er konnte es tun.

Er musste es tun.

Er musste …

Und wenn nicht?

Trotz allem gab es da immer noch diesen winzigen Teil in ihm, der zweifelte, dass es richtig war. Dass er womöglich etwas Kostbares, Unwiederbringliches zerstören würde, wenn er jetzt auf diesen Knopf drückte.

Es kann doch verdammt noch mal nicht vollkommen schlecht sein!

Das hatte Dante gesagt, und Sami spürte es ebenso. Seine Hand über dem Knopf bebte. Zögerte.

Noch einmal sah er über die Schulter.

Nora war inzwischen an der Säule angekommen und hämmerte mit aller Kraft gegen das dicke Glas. Vergeblich. Selbst die Klappe, durch die Dante hineingezerrt worden war, war wieder nahtlos mit der Säule verschmolzen.

»Injektion des Kontrollmediums bei – 25 – Prozent. Initiiere Verbindung des Objektes mit dem System.«

Dante im Inneren schien währenddessen nicht die geringste Absicht zu haben, noch irgendeine Form von Widerstand gegen seine Assimilierung zu leisten. Die glühende, blubbernde Flüssigkeit reichte ihm bereits bis zu den Oberschenkeln und stieg rasch weiter, aber er tat rein gar nichts, um sich wenigstens gegen die Kabel an seinen Händen und Füßen zu wehren – oder gegen die, die sich jetzt unerbittlich auch um seinen Hals und seine Hüfte schlangen. Er stand bloß da, die Hände von innen gegen die Scheibe gepresst. Nicht einmal Angst oder Schmerzen waren auf seiner Miene zu lesen. Doch selbst aus der Ferne erkannte Sami, dass noch immer Tränen über seine Wangen rannen.

»Es ist okay, kleiner Vogel. Es ist doch alles, was ich mir immer gewünscht habe.« Seine Stimme, obwohl doch eigentlich viel zu weit entfernt, schallte knisternd durch die Höhle wie von Lautsprechern verstärkt. Ein schmerzhaftes Lächeln verzerrte sein Gesicht zu einer Grimasse. »Na los. Bringt es zu Ende. Bevor es zu spät ist.«

Sami sah Noras Schultern beben und hörte sie etwas schreien, das er über dem Stampfen und Dröhnen und Gurgeln der riesigen Maschine nicht verstehen konnte. Endlose Sekunden stand sie nur da, die Hände auf der anderen Seite des Glases gegen Dantes gepresst.

Dann wandte sie sich mit einem Ruck zu Sami um. Ihre Augen brannten.

»Der Knopf, Sami! Drück jetzt den verdammten Knopf!«

Sami starrte an ihr vorbei auf Dante, dem die Flüssigkeit nun bis zur Brust stand. Er konnte es nicht, dachte er. Wie sollte er? Wie *konnte* er ...?

Aber es ist das Richtige. Das einzig Richtige.

Selbst aus der Ferne, in all der Finsternis, die sie nun umgab, waren Dantes Augen immer noch unendlich blau. »Tu es«, sagte nun auch er. »Ich kann deinen Freund nicht länger retten, weißt du.«

Seinen Freund.

Tatu.

Samis Blick flog zum Eingang der Höhle. Er konnte Tatu von hier aus nicht sehen. Aber als er in sich hineinlauschte, erkannte er, dass die Puppe ihn atmen hörte. Und das war kein gutes Zeichen. Das wusste er inzwischen aus schmerzhafter Erfahrung.

Sami ballte die Faust. Tränen brannten hinter seinen Lidern.

»Ich komme dich suchen«, flüsterte er.

Dante lächelte matt. »Ich weiß.«

Dann hieb Sami mit aller Kraft auf den roten Knopf. Und das Licht zerbrach für immer.

Epilog:
Ein neues Ende

Als Sami die Augen wieder aufschlug, lag er auf seinem Bett.

Es musste früh am Morgen sein. Die ersten blassen Herbstsonnenstrahlen fielen auf sein Gesicht und kribbelten in seiner Nase. Sein Kopf fühlte sich eigentümlich klar an, als hätte er nach nächtelanger Schlaflosigkeit endlich einmal wieder lang und fest ausgeschlafen. Er lag noch da und genoss das ungewohnte Gefühl, als er neben sich plötzlich jemanden tief einatmen hörte, der sich kurz darauf schwerfällig regte.

Samis Herz machte einen Satz und er fuhr in die Höhe.

Tatu.

Er wagte kaum den Blick zu senken. Als er es doch tat, sah er in Tatus verschlafenes Gesicht, der ihn unter schweren Lidern anblinzelte.

»Piet? Hey … sind wir hier eingeschlafen? Mann, ich hatte den abgefahrensten Traum, kann ich dir sagen.« Er setzte sich auf und rieb sich mit beiden Händen über das Gesicht. »Uh. Ich fühle mich, als hätte ich gesoffen.«

»Du trinkst gar keinen Alkohol«, murmelte Sami. Es

kostete ihn große Mühe, Tatu nicht um den Hals zu fallen vor Erleichterung, ihn gesund und so etwas Ähnliches wie munter zu sehen. Wenn er den ganzen Trip in Euphoria – und hoffentlich auch den vorangegangenen Zwischenfall mit Marla – für einen Traum hielt, umso besser. Sami würde ihn bestimmt nicht aufklären.

Tatu zuckte mit einem müden Grinsen die Schultern. »Dann halt gekifft.«

»Du kiffst auch nicht, Witzbold.«

»Na klar. Weil ich genug über die Nachwirkungen weiß.«

Sami seufzte und schwang die Beine aus dem Bett. Auf dem Boden zu seinen Füßen lag immer noch Dantes verfluchtes Halsband. Hastig kickte Sami es mit der Ferse unter das Bett. Dante. Seine blauen Augen, wie sie ihn aus dieser Röhre ansahen, waren ihm immer noch viel zu gut im Gedächtnis. Was war mit ihm passiert? Was hatte Euphoria …

Euphoria.

Einer plötzlichen Eingebung folgend griff Sami nach seinem Handy, das immer noch neben dem Bett auf dem Nachttisch gelegen hatte. Hastig entsperrte er es und wischte durch das Menü auf der Suche nach der Euphoria-App.

Sie war verschwunden. Einfach weg, so plötzlich, wie sie aufgetaucht war, als hätte sie nie existiert. Auch Noras Nachricht, mit der sie ihn eingeladen hatte, gab es nicht mehr. Sami fühlte sich plötzlich seltsam leer, als ihm klar wurde, was das bedeutete. Es war vorbei. Sie hatten es geschafft. Euphoria gab es nicht mehr.

Aber was es damit auch nicht mehr gab, war eine Möglichkeit, Nora zu kontaktieren. Oder nach Dante zu suchen, wie er es versprochen hatte. Oder auch nur mit irgendwem über all das zu reden.

Sami starrte auf das Display seines Handys, ohne es wirklich zu sehen. Ein Nachhall des Zitterns, das ihn im Herzen Euphorias geschüttelt hatte, rieselte durch ihn hindurch.

»Piet?« Tatu musterte ihn mit fragend gerunzelter Stirn. »Alles okay?«

Nein. Nichts war okay. Und zugleich alles und noch mehr. Wie sollte er überhaupt noch irgendetwas wissen? Die ganze Welt schien auf den Kopf gestellt und Sami hatte keine Ahnung, wie er all das wieder in Ordnung bringen und sein altes Leben weiterleben sollte. Vermutlich war das sowieso unmöglich, und irgendwie war selbst das ihm gerade egal.

Und darum, bevor er wieder an einem Punkt ankommen konnte, an dem es eine große Sache wurde, größer sogar als einen verdammten roten Knopf zu drücken und eine ganze Welt einfach auszulöschen, tat Sami nun das, was er schon seit Monaten hatte tun wollen.

Er lehnte sich zu Tatu hin und küsste ihn.

Einfach so. Weil es ihm in diesem Moment egal war, was es für Folgen für ihre Freundschaft haben würde. Weil es ihm sogar egal war, ob Tatu seine Gefühle erwiderte oder nicht. Er konnte schlicht und einfach den Gedanken nicht ertragen, dass ihr einziger Kuss für alle Zeit ein heimlicher auf die Stirn gewesen sein sollte.

Es war ein Abschied. Aber irgendwie auch ein Neuanfang.

Tatu, natürlich, erwiderte den Kuss nicht. Aber er zuckte auch nicht zurück, und das war mehr, als Sami sich jemals erhofft hatte. Er wartete einfach ab, bis es vorbei war, und er starrte Sami danach mit brennenden Wangen an, der Blick fragend und auf seltsame Art erstaunt.

Und weil Tatu seinen Blick nicht abwandte, tat Sami es auch nicht.

»Sorry«, murmelte er, während er immer noch überdeutlich das Gefühl von Tatus Lippen an seinen spürte, die sich so anders anfühlten, als er es sich immer vorgestellt hatte, und trotzdem besser als alles, was er sich je hätte träumen können. »Ich tu's nie wieder. Ich wollte es nur mal … ausprobieren, glaube ich.« Er zuckte mit den Schultern.

»Mann, Piezke. Du machst mich fertig.« Tatu stand auf, ganz offensichtlich hatte er weiche Knie, und irgendwie gefiel Sami das, egal was der Grund dafür war. »Ehrlich. Darüber muss ich jetzt erst mal nachdenken.«

»Mmh«, machte Sami und musste fast lachen, weil seine spontane innere Reaktion auf Tatus Worte im ersten Moment bloß Erleichterung war. Weil Tatu nun etwas anderes als seinen »Traum« von Euphoria hatte, über das er grübeln musste. »Ich auch.«

Und da geschah etwas Erstaunliches. Tatu lächelte. Es war ein sanftes, geradezu liebevolles Lächeln, zugleich seltsam nachdenklich und immer noch so erstaunt. Sami war sich nicht sicher, was es zu bedeuten hatte. Aber es nahm ihm innerhalb eines Wimpernschlags die gerade aufkeimende Furcht, vielleicht doch einen großen Fehler gemacht zu haben.

»In meinem Traum ... da wär ich fast gestorben«, sagte Tatu langsam, ohne den Blick von Sami zu nehmen, als wolle er seine Reaktion genau beobachten. »Aber dann war da dieser Typ. Er sagte ... also, er sagte: *Nur deinetwegen wird er die Welt retten. Also lass dir nicht einfallen, vorher zu sterben.*« Ein schiefes Grinsen erschien auf seinem Gesicht. »Na ja, was soll ich sagen, das erschien mir irgendwie logisch. Also hab ich es gelassen. Zu sterben, meine ich.«

Sami konnte ihn nur anstarren.

Das hatte Dante zu ihm gesagt? Sami wusste nicht mal, wo er anfangen sollte, darüber etwas zu denken, und was es für sie beide bedeuten konnte.

In diesem Augenblick ertönte draußen vor dem Fenster der Schrei einer Krähe. Der Laut ging Sami durch Mark und Bein. Und noch ehe er wusste, was er tat, war er aufgesprungen und zum Fenster gestürzt, hatte es aufgerissen und sich weit nach draußen gelehnt.

Aber dort war niemand. Oder doch?

Samis Herz klopfte schneller. Auf der Bank unter der Laterne saß eine Gestalt in einem schwarzen Mantel.

Sami drehte sich wieder zu Tatu um, der ihn immer noch aufmerksam beobachtete – und gar nicht so verwirrt wirkte, wie er es hätte sein können. Als wüsste ein Teil von ihm eben doch, was ein Krähenschrei für Sami bedeutete. Jetzt schüttelte er leicht den Kopf und rieb sich die Schläfe. »Oh Mann. Ich muss dringend diese Kopfschmerzen ausschlafen. Aber wir sehen uns morgen«, sagte er sehr bestimmt und sah Sami streng an. »Wehe, du wirst wieder krank.«

Sami konnte nicht anders. Er musste lächeln, auch wenn eher ein Grinsen daraus wurde. »Werd selber nicht krank.«

»Ich bin nie krank. Frühkindliche Überdosis *Dak Juk*, hab ich dir doch gesagt.«

»Schon klar.«

Er folgte Tatu die Treppe hinunter und sah zu, wie er in seine Schuhe schlüpfte. »Dann versprochen also. Bis morgen. Schönen Sonntag, Piet.« Tatu tippte sich grinsend an die Stirn. Und für einen winzigen Moment war da wieder ein Hauch dieses Lächelns. »Und mach dir keinen Kopf, klar?«

»Klar.« Auch Sami lächelte – was auch immer es war, das da gerade zwischen ihnen passiert war, es fühlte sich gut an.

Dann war Tatu weg, und nur ein kleiner Funken angenehmer Wärme blieb in Samis Brust zurück.

* * *

Nora saß auf der Bank vor Samis Haus und starrte zu der Laterne hinauf. Sie war leer. Von jetzt an würden so einige Flecken für immer leer sein. Nora ballte in den Manteltaschen die Hände zu Fäusten. Das vertraute Metall des Pillendöschens streifte ihre Finger. Auch das Döschen war leer. Leer bis auf das Foto, das sie noch nicht gewagt hatte, wieder anzusehen.

Sie sah auch Sami nicht an, als er sich näherte. Aber sie war dankbar, dass er sich ohne weiteren Kommentar einfach neben sie setzte.

Lange Zeit schwiegen sie beide. Nora hatte immer geglaubt, Euphoria zu besiegen müsste mit einem Gefühl des ultimativen Triumphes verbunden sein. Aber den empfand keiner von ihnen. Auch dafür war sie Sami dankbar. Er wusste, dass es im Grunde nichts zu feiern gab.

Gar nichts.

Später vielleicht.

»Ich gehe nach Hause«, sagte Nora irgendwann, nachdem genug Zeit verstrichen war, damit sie beide ihre Worte und Gefühle sammeln konnten. »Ich hab die Hoffnung noch nicht ganz aufgegeben, weißt du. Und selbst wenn nicht … werden meine Eltern sicher froh sein, wenigstens eins ihrer Kinder wiederzuhaben. Hoffe ich. Ich war wirklich lange nicht dort.«

Nun sah Sami sie an. Sein Gesicht war blass und nachdenklich. Er nickte langsam. »Kommst du wieder?«, fragte er dann.

Nora zuckte mit den Schultern. »Nicht, wenn ich nicht muss.« Ein schiefes Lächeln stahl sich auf ihr Gesicht. »Es sei denn vielleicht, du bittest mich freundlich darum.« Sie fischte einen Zettel aus der Tasche, auf den sie eine Nummer notiert hatte. Eine ganz normale Handynummer eines ganz normalen Handys. Ohne Apps. Ohne Netzwerk. Ohne dämmergoldenes Paralleluniversum. Nur eine Telefonnummer.

»Ruf mich an, wenn du willst. Vielleicht gehe ich sogar ran.«

Sami ließ den Zettel in seiner Jacke verschwinden. »Danke. Vielleicht ist mir irgendwann danach.«

Nora spürte, wie ein Lachen sich den Weg ihre Kehle hinauf bahnen wollte. Es war wie ein kleiner Sonnenstrahl. »Ich würde mich freuen.«

Nun endlich lächelte auch Sami. »Ich mich auch.«

Nora stand auf. »Na dann. Mein Zug geht in einer halben Stunde. Zeit, sich zu verabschieden.« Und noch ehe er sich dagegen wehren konnte – obwohl er das vielleicht nicht einmal wollte, wer wusste das bei ihm schon so genau – machte sie einen Schritt auf ihn zu und umarmte ihn. »Es war mir eine Ehre, Sami«, murmelte sie. »Pass auf dich auf und leb wohl.«

Damit ließ sie ihn los und wandte sich ohne ein weiteres Wort zum Gehen, damit er nicht sah, wie ihr Tränen in die Augen stiegen. Es war vorbei. Vielleicht würde sie ihn nie wiedersehen. Aber vergessen würde sie den Puppenjungen niemals.

»Nora!«

Seine Stimme ließ sie noch einmal innehalten. Langsam drehte sie sich noch einmal halb zu ihm um.

Sami stand da, die Hände tief in den Jackentaschen vergraben, die kleine, schmale Gestalt wie verloren zwischen all dem Herbstlaub, das sanft von den Bäumen rieselte. Es war ein schönes Bild, um es als Erinnerung mitzunehmen.

»Ich ruf dich an.« Sein Blick war ernst und eindringlich. »Wehe, du gehst nicht ran.«

Das Lächeln, das nun auf ihrem Gesicht erschien, kam aus tiefstem Herzen. »Versprochen. Bis bald, Sami.«

Ein letztes Mal hob sie grüßend die Hand. Sami erwiderte den Gruß.

Dann spreizte die Krähe ihre inneren Schwingen und segelte davon, in einen neuen Morgen hinein.

– E N D E –

© Anette Klein

Autorin

Anika Beer wuchs in der Nähe von Bielefeld auf. Die Welt der Geschichten begleitet sie seit frühester Kindheit: Sie lernte mit drei lesen, im Alter von acht Jahren bekam sie eine Schreibmaschine und fing an, erste Geschichten zu schreiben. Inzwischen hat sie mehrere Bücher für Jugendliche und Erwachsene veröffentlicht und lebt mit ihrer Familie in Bielefeld.

Von Anika Beer sind bei cbj erschienen:
Als die schwarzen Feen kamen (06837)
Wenn die Nacht in Scherben fällt (08731)
Niemand soll uns trennen (31267)
Euphoria City (31396)

Mehr über die Autorin auf Instagram unter @anika.beer.autorin

Mehr über cbj auf Instagram unter @hey_reader

Anika Beer

Als die schwarzen Feen kamen

ISBN 978-3-641-06837-0

Völlig unerwartet wird die fünfzehnjährige Marie von Gabriel, dem Schwarm ihrer Mitschülerinnen, angesprochen. Gabriel vermag die Wesen zu sehen, die sich im Schatten der Menschen verbergen, und in Maries Schatten bemerkt er etwas Beunruhigendes: einen Schwarm gefährlich anmutender schwarzer Feen. Gabriels Angebot, ihr zu helfen, lehnt Marie zunächst ab, doch als es den Feen gelingt, in die Realität einzubrechen, geht sie erneut auf ihn zu. Gemeinsam versuchen sie, das Wesen der schwarzen Feen zu ergründen. Dabei stoßen sie auf eine düstere Stadt aus Obsidian, die Marie einst in ihrer Phantasie erschuf, die jetzt aber von den schwarzen Feen beherrscht wird. Mit Gabriels Hilfe will Marie es wagen, die Obsidianstadt zu betreten, um sich den Feen zu stellen ...

30377

www.cbj-verlag.de